timeCRIME

SERGIO FANUCCI

# L'Enigma del Patriarca

*romanzo*

FANUCCI EDITORE

Dello stesso autore abbiamo pubblicato:

Serie *Trilogia dei Codici*
*Codice Scorsese*
*Codice Scriba*
*Codice Lumière*

Serie *Trilogia degli Enigmi*
*L'Enigma del Patriarca*

Prima edizione: maggio 2025

Sede secondaria: via Giovanni Antonelli, 44 – 00197 Roma
tel. 06.39366384 – email: info@gruppoeditorialefanucci.it
Indirizzo internet: www.timecrime.it

Stampato in Italia – Printed in Italy

Progetto grafico: Franca Vitali

SERGIO FANUCCI

# L'Enigma del Patriarca

A mia madre che sorride al futuro,
a mia moglie che sorride al presente,
alle mie figlie che iniziano a capire cosa vuol dire sorridere.

Giustizia mosse il mio alto fattore;
fecemi la divina podestate,
la somma sapïenza e 'l primo amore.

DANTE ALIGHIERI, *Inferno*, "Canto III"

## Personaggi principali

| | |
|---|---|
| Elisabeth Scorsese | avvocato |
| Anna Pareto | professoressa di Storia delle religioni |
| Lara Donovan | assistente di Elisabeth Scorsese |
| James Scorsese | direttore dei servizi segreti DIA |
| Andrea Spinazzola | proprietario della casa d'aste Ars Longa |
| Olivia Brossuard | socia della casa d'aste Ars Longa |
| Alex Fortini | collaboratore della casa d'aste Ars Longa |
| Sigismondo Altieri | zio di Andrea Spinazzola |
| Claudia De Nardi | colonnello a capo dell'Europol |
| Nirvana | agente dell'Europol |
| Hans | capo analista dell'Europol |
| Monsignor Giulio Abbate | canonico di San Pietro |
| Monsignor Xavier Gimenez | responsabile dei giardini del Vaticano |
| Arcivescovo Pierluigi Battista | patriarca di Gerusalemme dei Latini |

# Prologo

Il convento si trovava sulla strada che saliva per il monte San Vicino, in provincia di Macerata, e ospitava appena undici frati. Non era di grandi dimensioni, serviva soprattutto per la meditazione e manteneva quell'aura di semplicità che era propria dell'ordine dei Francescani. Da sempre, rigide regole scandivano la vita monacale di tutti i giorni ed era superfluo aggiungere che per nessun motivo andavano violate. L'eccezione, come una semplice modifica al programma giornaliero, non era contemplata e persino il priore conventuale si sentiva a disagio al solo pensiero. Era la figura più importante di quel luogo, il punto di riferimento, e per questo motivo Fra Bartolomeo si sentì in colpa quando decise di seguire l'istinto e ammettere senza indugio l'uomo che gli chiedeva di riceverlo. D'altronde, era sempre stato un curioso e non riconoscerlo sarebbe stata una falsità detta prima a sé stesso e poi a Dio.

"Che tutto vede e tace," pensò mentre liquidava il novizio Martino con un semplice gesto della mano. Alla sua età, più di novant'anni, aveva deciso di limitare anche l'uso della parola e spesso ricorreva a un semplice sguardo. Era esausto, questa era la verità, e non capiva perché suo Signore si ostinasse a tenerlo in vita.

Si passò tra le mani il biglietto da visita che aveva appena ricevuto e lo studiò bene.

Monsignor Giulio Abbate dell'Archivio Apostolico Vaticano. Si erano scomodati da Roma, e dire che ormai si era ritirato da tempo, si poteva dire che era andato in pensione.

La porta del suo piccolo studio si aprì e un uomo fece capolino. Indossava una mantelletta sopra la talare e a giudicare dalla collana e la croce che pendeva, doveva occupare un posto di rilievo. Dimostrava circa ottant'anni e manteneva un fisico ancora asciutto, raro per un prelato del suo rango e della sua età, spesso dediti a passare molto tempo a tavola a ricamare le volontà del pontefice. Lo sguardo era penetrante e con velocità concluse un'ispezione della piccola stanza.

«Grazie per avermi ricevuto senza preavviso, priore.»

«Mi chiami pure Fra Bartolomeo, Sua eccellenza monsignor Abbate. Prego, si accomodi.»

L'uomo annuì e si sedette anche se la piccola e vecchia sedia non prometteva bene.

Passarono alcuni secondi senza che nessuno dicesse nulla, continuando a fissarsi. Era sempre così. Nel clero il silenzio era il primo segno di rispetto e ospitalità. O forse un giusto tempo per pensare e valutare.

«Di cosa si occupa presso l'Archivio Apostolico e come posso aiutarla, monsignore?»

L'uomo accennò un sorriso di circostanza; l'anziano priore aveva evitato di mettersi in una condizione sconveniente.

«Sono un Canonico di San Pietro.»

Fra Bartolomeo non si scompose ma un senso di meraviglia e agitazione s'impossessò di lui. Cosa ci faceva una così alta carica nel suo piccolo e sperduto convento?

Di nuovo il silenzio si prese il suo tempo.

«Per quale motivo è venuto a trovarci?» Riuscì a chiedere il priore realizzando che non gli aveva risposto.

Il viso di monsignor Abbate s'indurì; eppure, Fra Bartolomeo fece finta di nulla.

«Subito al dunque, sono d'accordo.»

Il vecchio allargò le braccia.

«Quanti anni ha ora, priore? Novantadue? No, se non erro

novantatré e tra non molto nostro Signore la chiamerà al suo cospetto, giusto?»

Fra Bartolomeo scosse la testa. Non riusciva a seguirlo.

«Lei crede nella confessione in punto di morte? Pensa che togliersi un peso dalla coscienza poco prima di entrare in Paradiso, perché questo è quello che auspica ognuno di noi, sia fondamentale per ottenere il perdono?»

Quelle parole rimasero un po' nell'aria e poi si posarono sul cuore del vecchio prete. In quel momento, si accorse di quanto era stanco.

«Immagino di sì, Sua eccellenza, ma non capisco cos'abbia a che fare con me,» si sforzò di dire.

«Ne è sicuro?»

Fra Bartolomeo cercò nella memoria qualcosa che si avvicinasse a quell'allusione ma non vi trovò nulla. Come aveva appena detto l'uomo scaltro seduto di fronte a lui, aveva una gran bell'età e i ricordi sfumavano.

«Vedo di fare chiarezza, come ama dire il Santo Padre.»

Ora sembrava perfino prendersi gioco di lui.

Sospirò, rassegnato. Contro la Chiesa era inutile resistere, lo sapeva bene la storia.

«Grazie alla sua conoscenza delle materie umanistiche, ai suoi studi e alla sua dedizione, lei ha ricoperto diversi ruoli in tutti questi anni.»

«Non penso ci sia qualcosa di sbagliato.»

Il monsignore sorrise di nuovo, questa volta a denti stretti; odiava essere interrotto.

«Mi lasci finire, poi potrà dire ciò che vuole.»

Fu il turno di Fra Bartolomeo di accennare un sorriso mesto perché il tono del monsignore gli fece pensare: "Forse tremate più voi nel pronunciare contro di me questa sentenza che io nell'ascoltarla", le ultime parole di Giordano Bruno. Alzò le spalle, era pronto a tutto oramai.

Abbassò gli occhi.

«Lei mi aspettava, giusto?» L'alto prelato non attese risposta, lo sguardo del priore era sempre basso. «Non me, certo, ma qualcuno da Roma, qualcuno che le venisse a chiedere conto del suo peccato. Questo se lo aspettava, invero?»

Fra Bartolomeo trattenne il sospiro.

«Sa, prima di venire qui ho studiato la sua vita, ho letto della sua conversione, quasi improvvisa. Era uno scavezzacollo, un amante dei vizi, e poi d'un tratto decise di prendere i voti. A me piace fare l'investigatore e allora ho approfondito e capito cos'è successo dopo un incontro. Con una suora, priore, corretto?»

L'anziano prete alzò gli occhi e lo fissò.

«Era a Roma per l'università e un giorno le si avvicinò una suora che le chiese di aiutarla. All'inizio la respinse, dica la verità, cosa mai poteva volere da lei? Era un sempliciotto, un ragazzo di provincia un po' scapestrato. In realtà, qualcuno le aveva fatto il suo nome e le aveva detto dove trovarla perché quella suora era una cugina di sua madre, ed era disperata. La famiglia, solo quella poteva aiutarla. Aveva un segreto che non sapeva come gestire.»

L'uomo smise di parlare perché Fra Bartolomeo aveva chiuso gli occhi e spostato il capo all'indietro.

Sospirò, questa volta rumorosamente. Era successo da più di settant'anni.

«È morta da tanto tempo e ha portato quel segreto con sé.»

«No, sta mentendo mio caro, Carlo, esatto?»

Quel tono e quelle continue domande rafforzative cominciarono a infastidire il vecchio priore.

«Insomma, cosa vuole?»

«Lo sa bene. Quel foglio o più di uno, insomma, quella confessione, completa. E in originale. Le copie che sono girate non valgono nulla.»

Allontanò quell'ultima frase con un gesto della mano. Era vero. In tutti quei secoli, non era mai trapelato nulla, anche perché lui sapeva bene che di copie non ne esistevano. Forse questo alto prelato del Vaticano non conosceva bene la storia.

«Non ho più nulla con me.»

Monsignor Abbate scoppiò in una risata che poco dopo si trasformò in un ghigno beffardo.

«Non faccia il furbo con me, se ne potrebbe pentire, Bartolomeo.»

Il tono sprezzante aveva raggiunto il suo apice fermandosi sul suo nome. Cosa gli restava se non l'incarico di priore? Aveva rinunciato a una vita intera per quel segreto, abbandonato ogni desiderio, ambizione, velleità della giovinezza e poi della vita. Aveva abbracciato i voti solo per proteggerlo dall'interno, come un guerriero che per difendere la verità è pronto a immolare sé stesso. E quale strategia migliore se non operare nello stesso campo del nemico? La Chiesa, per l'appunto, che ora però minacciava di togliergli anche le vesti che portava.

«Un Francescano è votato alla povertà e di certo alla mia età non ho molti desideri,» sussurrò il priore.

Per la prima volta, l'alto prelato non aggiunse nulla. Si era forse arreso? Fra Bartolomeo gli gettò una rapida occhiata e incontrò uno sguardo che lo trafisse. Vi riconobbe un controllo assoluto, una forza che solo il demonio conosceva e che davanti a nulla vacillava, perché colma del male che portava. In più era protetto dal Bene supremo. Comprese che non aveva scelta, era giunta la resa dei conti.

«Facciamo in questo modo. Le concedo fino a domattina. Poi agirò di conseguenza. So che tiene l'originale qui con sé, altrimenti perché chiudersi in una prigione come lo può essere il nostro giuramento a Dio se non per custodirlo personalmente? Devo ammettere che è stato furbo. Si è nascosto sotto i nostri occhi, bravo.»

Al priore parve di scorgere un complimento genuino, poi si ricordò che anche il diavolo sapeva mentire.

«Se lo distruggerà, gesto ultimo ed estremo, avrà fallito la sua missione padre e soprattutto avrà soddisfatto il mio desiderio. Che poi è sempre stato quello di Roma, in tutti questi secoli. Ma questo lo sa meglio di me, giusto Carlo?»

Si guardarono ancora una volta negli occhi e poi l'alto prelato si alzò.

«Ci saranno due miei collaboratori qui fuori per garantire che nessuno esca o entri, priore. Ovviamente per la sua incolumità. E non dimentichi che la fede è fallace, anche i suoi confratelli dovranno seguire comunque il volere di Dio e del Santo Padre.»

Ecco, se lui avesse passato quel segreto a uno di loro, lo avrebbero indotto a parlare, nel nome di Dio nostro Signore.

Non aveva via di scampo. Come se il cervello avesse smesso di funzionare, osservò con distacco l'uomo lasciare il misero studiolo e attese che una lacrima facesse capolino. Non ricordava l'ultima volta che aveva pianto. Scivolò sulla guancia e come toccò un lato delle labbra la cercò con la lingua. Sapeva di sale ma durò poco. Allora, gli venne in mente la parabola di Gesù: "Voi siete il sale della terra; ma, se il sale diventa insipido, con che lo si salerà? Non è più buono a nulla se non a essere gettato via e calpestato dagli uomini."

Ecco, se avesse rivelato il segreto di una vita, non sarebbe stato calpestato ma avrebbe dovuto fare i conti con qualcosa di più grande, la sua anima. Avrebbe tradito la verità, questa volta sul serio.

Si alzò stancamente e raggiunse la porta che il monsignor Abbate si era chiuso dietro di sé. Chiamò ad alta voce Martino e il novizio accorse immediatamente. Da quando era arrivato, era stato assegnato al priore e Fra Bartolomeo doveva ammettere che era attento e scrupoloso. Un ragazzo sveglio, insomma, tanto che lui stesso si chiedeva cosa ci facesse in quel convento. In più, pendeva dalle sue labbra e avrebbe fatto qualsiasi cosa pur di soddisfarlo.

«Ascoltami bene.»

Martino annuì e si fece attento.

«Devo andare a Roma con quel monsignore,» gli porse il biglietto da visita, «tienilo tu, a me non serve più. So bene chi è.»

«Lo conosceva?»

«No, lui no, ma sono tutti uguali. I prelati più vicini al pontefice, quelli che decidono. Ricordalo, sono i più potenti a Roma.»

Il giovane annuì di nuovo. Non aveva capito bene perché mai il priore si fosse lasciato andare con lui a una confidenza ma in fondo non erano affari suoi.

«Comunque,» continuò Fra Bartolomeo, «ti lascerò tre lettere. Una per Fra Igino, è una tua lode e voglio che sappia della tua totale devozione ai sacramenti; la seconda è per una persona che non vedo da anni. Devi promettermi che la darai solo a lui. Ti scriverò le istruzioni e come contattarlo. L'ultima è per mia zia Marta, una suora Clarissa, dovrai sincerarti che la riceva lei a costo di portarla personalmente. Se non lo farai, Martino, se non manterrai questa promessa, giuro su Dio che marcirai all'Inferno.»

Il ragazzo spalancò gli occhi.

«Padre ma io... Certo che farò quello che mi chiede, io...»

Il priore alzò una mano.

«Basta così. Troverai tutto qui nel mio studio questa sera dopo il tramonto. Ora puoi andare.»

Il giovane abbassò lo sguardo e, camminando all'indietro, uscì dalla stanza. In cuor suo, avrebbe seguito tutto alla lettera perché la sua anima fosse salva.

E questo il priore lo sapeva bene. Non aveva altra persona più fedele del novizio Martino. Raggiunse di nuovo la sedia e si sedette lasciandosi andare. Non aveva più voglia di lottare, non a quel punto; alla fine lo avevano scoperto e ringraziò Dio, il suo Dio, per essere durato così a lungo.

Chiuse gli occhi e reclinò il capo.

Un'altra lacrima corse verso le labbra, questa volta più velocemente, e il suo sapore fu inconfondibile. Accennò un mesto sorriso. Ripensando alla parabola del sale, ora sapeva cosa fare; ancora una volta il Vangelo era corso in suo aiuto.

# 1

L'odore della laguna la sorprendeva ogni volta che passeggiava per Venezia. Era un misto di mare e civiltà, un connubio che pochi luoghi vantavano, una delle tante cose uniche che offriva la città galleggiante, chiamata così fin dal V secolo dopo Cristo. Potevi cogliere la storia e la grandiosità che avevano reso famose quelle acque, le guerre, il dolore ma anche la gloria di epoche lontane che avevano visto quel popolo comandare buona parte del mondo conosciuto. Camminare per le strette calli, superare gli infiniti ponti che univano un angolo all'altro, fermarsi a godere del silenzio tipico di alcuni sestieri, erano per lei motivo più che sufficiente per aver scelto di trascorrerci le ultime settimane di un anno sabbatico.

Dopo gli eventi che avevano sconvolto la sua vita newyorkese, Elisabeth aveva deciso di staccare la spina, lasciare gli Stati Uniti, allontanarsi dal padre e da tutto ciò che le ricordava cos'era successo. Sua madre, Caterina, creduta morta per oltre quindici anni, era stata ritrovata e catturata proprio da James Scorsese come una spia traditrice. Ora si trovava in prigione a scontare l'ergastolo. Aveva ricevuto un paio di lettere, timidi tentativi di spiegare cose che ai suoi occhi non avevano senso, giochi di potere governativi, lotte tra servizi segreti, valanghe di denaro corrotto, ambizioni tradite. Non le aveva mai risposto, si era limitata a cestinarle dopo averle lette velocemente più per una sorta di educazione che per curiosità. Portavano il timbro dello United States Disciplinary

Barracks, chiamato semplicemente Leavenworth, situato a Fort Leavenworth in Kansas, un carcere militare femminile di massima sicurezza tanto la ritenevano ancora pericolosa.

Poi le telefonate del padre, quell'ultimo incontro a casa sua per giustificare la messinscena che aveva messo in piedi proprio per catturare sua madre, calpestando i suoi sentimenti per un bene superiore, la legge e la giustizia sopra ogni cosa. Lo aveva guardato avvilita, svuotata di qualsiasi forza e in quel preciso istante aveva capito che doveva lasciare quel luogo e quel mondo il prima possibile.

Aveva trascorso così gli ultimi dodici mesi girovagando per l'Italia, la sua seconda casa, e dopo un periodo passato tra Toscana e Umbria, era approdata nella città più suggestiva dello Stivale. Quegli ultimi mesi li aveva impiegati a riscoprire l'amore per l'arte e Venezia era una fonte inesauribile e così coinvolgente da farla sentire in un altro tempo.

Sì, certo, era strano: una città piena di turisti, negozi e locali uno sopra l'altro, centinaia di ponti e scalini, le strette calli che alternavano confusione e silenzio senza un criterio, insomma, un ossimoro bello e buono, ma questo era in fin dei conti: un luogo sospeso, quasi incantato, in grado di ridarle il senso del tempo e delle cose.

Si affacciò oltre il muretto del primo ponte che incrociò, si sporse in avanti e inspirò l'aria della laguna di inizio ottobre. Sorrise e non si accorse che due giapponesi la stavano osservando divertiti. Tirò indietro il viso e i capelli liberi al vento volarono pieni di luce. Si portò una mano alla bocca e l'uomo alzò velocemente la macchina fotografica a cogliere quell'attimo di assoluto incanto. Un'anima rinata, un sorriso sincero, uno sguardo aperto. Ne approfittò e gli fece una linguaccia, e lui, più felice di un bambino, scattò come un forsennato. Allora, decise che era il momento di giocare; si mise in posa e lasciò che la sua grazia prendesse il sopravvento, libera da qualsiasi ruolo, rapporto, impegno e promessa, sola con sé stessa davanti a due sconosciuti. Il tutto durò pochi minuti e poi quelle piccole figure si allontanarono ridendo e ringraziando con la testa china.

«Ringrazio voi, amici miei.» E s'inchinò a sua volta portando la gamba sinistra indietro e il braccio destro in avanti, la testa piegata a guardare il piede in un saluto di corte.

Fu quel gesto insolito a farle intravedere tra due pilastrini un anziano che stava incespicando pericolosamente vicino al bordo della calle.

«Ehi, stia attento!»

Urlò più forte che poté mentre scattava verso di lui.

Scese i gradini a due a due notando che nessuna figura gli passava accanto, come se si fosse isolato magicamente in una città a dir poco piena di gente.

Lo raggiunse in una manciata di secondi, e mentre il vecchio stava per scivolare con un piede in sospeso, lo afferrò per un braccio tirandolo verso di sé.

Lui alzò lo sguardo smarrito. Come si raddrizzò, Elisabeth colse la luce cambiare nei suoi occhi scuri che si ridussero a due piccole fessure. Abbozzò un mezzo sorriso come a scusarsi.

«Come sta? Va tutto bene? Come si sente?»

L'incalzò continuando a tenerlo per un braccio.

«Non è successo niente, che diamine. Io...»

«È scivolato, tutto qui, può succedere.»

L'uomo si guardò in giro con aria persa. Il senso di precaria sicurezza era svanito in un istante e rimaneva una palpabile irrequietezza.

«Esatto,» si limitò a dire quasi sottovoce.

«Dovrebbe bere dell'acqua e mettersi seduto. Se la sente di camminare?»

Lui tornò di nuovo in sé e annuì. Elisabeth lesse il nome della calle, erano nel sestiere Dorsoduro, non sarebbe stato difficile trovare un bar.

«Venga,» gli disse sfiorandogli il gomito. Il vecchio fece per muoversi ma poi si bloccò all'istante.

«No, non di qui. Mi segua.»

Prese nella direzione opposta con passo spedito, come se non fosse successo nulla. Era alto, longilineo, con un portamento quasi austero. Indossava una giacca blu con tanto di spilla, un paio di pantaloni color crema e una camicia azzurra. La cintura era di corda e cuoio, in perfetto abbinamento. Ma quello che colpì Elisabeth fu il foulard che portava al collo. Roba d'altri tempi. Rimase in silenzio anticipandola a ogni passo, come se volesse aprire il passaggio e riscattarsi per quello che era successo. Superarono un paio di ponti, svoltarono in angoli che sembravano bui e poi presero calle del Forno per sbucare su Campo Santa Margherita. Sulla destra si trovava il Caffè Rosso, un bar storico che Elisabeth aveva visitato un paio di volte.

«Ecco,» esclamò soddisfatto l'uomo. Le lanciò uno sguardo e senza attendere risposta entrò. Lei lo seguì a ruota.

«Maestro, ben tornato,» lo apostrofò il ragazzo dietro al bancone. Poi spalancò la bocca quando intuì che lo accompagnava quella bionda mozzafiato dietro di lui. Non riuscì ad aggiungere nulla e allora il maestro parlò per lui.

«Se riuscissi a controllare i tuoi istinti animaleschi, te ne sarei grato.»

Poi, senza aggiungere altro, puntò a un tavolo ad angolo e si sedette. Elisabeth fece una smorfia divertita al barista incredulo e lo seguì.

Come gli fu di fronte, mormorò appena: «Vedo che è conosciuto. E io che pensavo...»

«Mi chiamo Sigismondo Altieri, signorina, ed è un piacere fare la sua conoscenza.»

«Elisabeth Scorsese,» disse porgendogli la mano. Lui mimò un baciamano e lei sorrise.

«Americana?»

Si finse meravigliata. «Cosa mi ha tradito?»

Il maestro alzò le spalle ma non rispose.

«Mia madre è italiana, mio padre americano. Ha quasi indovinato.»

«Sarà l'età, mia cara, comincia a sentirsi. Per questo prima ho perso il controllo.» Il viso si rabbuiò e gli occhi si fecero più piccoli.

Il ragazzo del banco si palesò in quell'istante ed Elisabeth ne approfittò per osservare meglio il maestro. Distinto, gentile, elegante, un perfetto gentiluomo. Chissà com'era stata la sua vita.

«Cosa desiderate?»

Gli occhi di lui la fissarono.

«Un caffè e un bicchiere d'acqua.»

«Per me lo stesso, ma decaffeinato, Paolo.»

Attese che rimanessero soli.

«Vorrei ringraziarla, il suo intervento è stato tempestivo e prezioso. Chissà cosa mi sarebbe successo se fossi caduto in acqua.»

Gli occhi sorridevano quasi maliziosamente.

«Sono cose che possono succedere, stia tranquillo. Ora come si sente?»

«Come un leone. Ma mi dica, cosa ci fa a Venezia? È una turista?»

«Sono qui da alcune settimane, ho un piccolo appartamento in calle Contarini.»

«Zona interessante. Non è distante dal dipartimento di Filosofia e Beni culturali.»

«Perché la chiamano maestro?»

Nei suoi occhi passò un lampo di divertimento. Aveva di fronte una persona curiosa, incontrarne alla sua età era una rarità. Si addolcì e ne approfittò. Mai dare la parola a un vecchio.

«Come vede, ho qualche anno sulle spalle e ne ho combinate un po'.»

Arrivarono i caffè, entrambi attesero di essere ancora soli e poi Elisabeth chiese: «Perché non mi fa un riassunto nel tempo di un espresso?»

"È anche una donna incoraggiante, ottimo," pensò Altieri.

«Mi sono laureato in Storia dell'arte in un tempo che ho dimenticato, eoni fa, ho insegnato un po' in tutto il mondo ma poi sono tornato qui a Venezia e ho diretto per più di trent'anni la Biblioteca Nazionale Marciana.»

«Una vita nella cultura e nei libri.»

Lui abbozzò un mezzo sorriso.

«Sono il rifugio per un'anima piena di angoscia, la pace dopo la guerra, il silenzio dopo il caos.»

Elisabeth annuì. Non era certa fosse una citazione, decise di non dire nulla.

«Conosce la biblioteca?»

«L'ho visitata solo una volta, una tappa obbligatoria.»

«Allora non ne ha apprezzato i suoi lati nascosti. Ormai sono in pensione ma vista la mia lunga carriera ho amicizie altolocate e un segreto.»

Si sporse in avanti invitando Elisabeth a fare altrettanto. Lo imitò e notò che sulla giacca aveva uno stemma particolare. Uno scudo rosso e bianco copriva una stella a otto punte.

«Conservo ancora le chiavi. Non me le hanno mai chieste indietro e tenendole non ho fatto un torto a chicchessia, giusto? C'è un'entrata che nessuno conosce.»

Gli occhi di lui le suggerirono che si sentiva un monello alle prime marachelle. Fu lei a sorridere a quel punto.

«Mi sa che lei si è divertito molto... nella vita, intendo.»

«Sa mia cara, l'arte nasconde e svela l'intimo umano, a seconda di come la si vuole guardare. Studiarla a fondo è come inoltrarsi nelle pieghe più oscure e sorprendenti dell'anima.»

Lei riprese la giusta distanza. «Detta così mi sembra minacciosa, non trova?»

Anche Sigismondo Altieri si ricompose.

«Ha il suo lato imprevedibile, questo sì, ma prevale la meraviglia, sia dell'artista che di chi osserva l'opera. Il mistero, comunque, è una costante, è presente ovunque, a volte appena accennato, altre sfacciatamente dichiarato.»

«Un esempio su tutti?» Lo stuzzicò Elisabeth.

«Il trittico del Giardino delle Delizie.»

Lo sapeva, in cuor suo, lo aveva sempre saputo. Quei quadri di Bosch l'avevano incantata quando era ancora ragazza in una visita a Madrid al museo del Prado, tanto da farle acquistare e comporre un puzzle che raffigurava il pannello centrale, il giardino delle delizie per l'appunto. E ora, casualità della vita, condivideva quel senso di meraviglia con un uomo che poteva essere suo nonno in una città così lontana dalla sua fanciullezza.

«Cosa c'è? Non lo conosce?»

Lei deglutì.

«Tutt'altro, lo adoro. Da sempre.»

Lui sembrò farsi più dritto e i suoi occhi si allargarono.

«Interessante. E perché mia cara? Me lo spieghi nel tempo di un espresso. Ammesso che ci riesca.»

«Per la grandezza dell'opera o perché non ne sarei capace?»

L'uomo fece una smorfia, era irrilevante.

Lei scosse la testa, divertita. Durante il suo soggiorno aveva conosciuto alcuni veneziani, giovani aitanti, studiosi interessanti, ma quell'uomo, che portava a spasso con naturalezza tanti anni di cultura, le trasmise un senso di gioia. Un pensiero veloce andò a suo padre, erano due giorni che la cercava ma lei non rispondeva. Non voleva, non ancora.

Scosse la testa un paio di volte come a ricercare la concentrazione di poco prima e mandar via quel pensiero.

«Simbolismo, creatività estrema, immaginazione provocatoria, al limite della blasfemia.»

Il maestro rimase un attimo interdetto, poi aggiunse appena, quasi sottovoce: «Curioso.»

In quel momento, squillò il cellulare nella borsa di Elisabeth. Il volume non era alto ma fu sufficiente a distrarli.

«Mi scusi,» disse mentre lo afferrava allungando una mano. Altieri alzò le spalle, immediatamente annoiato.

Controllò il numero, ancora lui. Rifiutò la chiamata e fece una smorfia. Lanciò uno sguardo al ragazzo al banco e con un gesto chiese il conto.

«No, è mia ospite, signorina. Senza il suo aiuto, forse non sarei qui.»

«Ora non esageri. È sicuro di sentirsi bene? È di nuovo in forze?»

L'uomo allargò le braccia mentre un piattino con un foglietto si materializzava sul tavolino.

«Direi di sì e per ripagare la sua gentilezza, posso mostrarle i segreti della Biblioteca Marciana?»

Elisabeth annuì mentre si alzava.

«Domani alle 11:00 davanti all'ingresso in piazza San Marco?»

«Splendido, grazie. Buona giornata.»

«A lei, maestro.»

Elisabeth accennò un sorriso e lasciò il Caffè Rosso.

# 2

«Pensi che l'idea fu del Petrarca.»

«Ma ho letto che è nata nel XVI secolo.»

Il maestro abbozzò un sorriso. La sua "allieva" improvvisata aveva studiato.

«È vero ma Petrarca, in visita in città, propose che venisse realizzata la prima biblioteca pubblica e donò alcuni suoi volumi. Poi il Maggior Consiglio fece un po' di conti e rigettò la proposta, troppo costosa. Abbiamo dovuto attendere più di cento anni, e grazie alla donazione del cardinale greco Bessarione, venne costituita nel Palazzo Ducale. La sua collezione era molto preziosa e ricca di codici che all'epoca erano stati salvati grazie a un fine lavoro di copiatura. Fu un uomo molto importante non solo per la Biblioteca. Provò a unire i cristiani d'Oriente e Occidente e in principio vi riuscì.»

I suoi occhi trasmisero un senso di pura ammirazione ed Elisabeth ne rimase affascinata; quell'uomo con così tanti anni di lavoro e studio sulle spalle si emozionava ancora per la storia.

«Cosa successe veramente?»

«Papa Eugenio IV in accordo con l'imperatore di Bisanzio, Giovanni VIII, convocò un concilio che coinvolgeva Ferrara e Firenze per realizzare l'unione che venne proclamata nel 1439 proprio a Firenze. Il cardinale divenne poi nientemeno che il patriarca di Costantinopoli, la più alta carica dei greci ortodossi, ma solo dopo che l'unione fallì.»

«Il motivo?»

«Lotte interne alla Chiesa. Lui divenne cardinale della Basilica dei Santi XII Apostoli a Roma sei mesi dopo che fu proclamata l'unione e nel 1443 era in Laterano. Da quel momento in avanti, sbrigò incarichi di legazione, ossia missioni politiche, per ogni papa che si succedette e come in ogni papato che si rispetti, ha avuto i suoi nemici.»

«Immagino anche alleati?»

«I Francescani perché condividevano la regola di San Basilio, il fondatore dell'ordine cui Bessarione apparteneva. Dedicarsi e accudire i poveri e i malati nel mondo, in principio in Oriente e quando furono cacciati, qui in Italia.»

Elisabeth si deliziò: osservare un luogo e sentirne la storia le trasmetteva un senso di compiutezza.

«Quanti libri o codici ci sono?»

«Oltre un milione, molti hanno secoli di vita.»

Ammirarono la grande sala dove banchi in legno ancora ne esaltavano lo spazio, circondati dagli scaffali pieni del sapere degli ultimi seicento anni. Pensare che in quel luogo potesse essere sepolto chissà quale segreto, celato tra le pagine di un manoscritto, le animava quell'idea strampalata che a volte bastava poco per cambiare il corso delle cose.

«C'è un luogo qui che nessuno immagina. Io lo chiamo l'officina culturale.»

«Ossia?»

Il maestro la guardò come se volesse prendere tempo per riflettere. Poi rispose: «Mi segua ma senza fare troppo rumore.»

Si mossero per un paio di corridoi, superarono un ambiente che sembrava l'ingresso di una nuova ala e si ritrovarono in un'enorme stanza dove alcuni tecnici in camice bianco stavano lavorando chini sui libri o dediti alle sculture.

«Ecco i miei meccanici.»

Elisabeth spalancò gli occhi.

«Cosa fanno esattamente?»

«Manutenzione.»

Lei rimase in silenzio.

«Provi a immaginare di dover gestire un'auto vecchia di seicento anni e farla andare sempre bene. Bisogna controllarne il motore, i freni, le gomme e così via. Queste donne e questi uomini sostituiscono i pezzi quando serve, correggono le imperfezioni, esaltano un inchiostro che sta perdendo colore. Insomma, fanno in modo che pezzi unici e autentici non invecchino fino a sbriciolarsi o scomparire.»

Era sbalorditivo; una retrovia che mai si sarebbe immaginata di trovare.

«Ma come fanno con i pezzi di ricambio?» Chiese, continuando con la metafora.

«Non sa quanto si riesce a riutilizzare delle opere che ormai hanno ceduto al tempo e non possono essere più recuperate. Non solo, ma la scienza ormai ha creato prodotti che ai miei tempi erano puro sogno. Il restauro è così ben fatto che è impossibile cogliere la differenza con il lavoro originale. Almeno a prima vista. Le faccio vedere.»

Superarono un paio di stanze attirando gli sguardi e qualche cenno di saluto da parte dei "meccanici" e poi sbucarono in un magazzino.

«Questa è l'ala che preferisco. L'ho creata io stesso. È tutto perfettamente catalogato e conservato. Non può immaginare quanto sia prezioso questo settore. È ricco di soluzioni inimmaginabili.»

«Non ne dubito.»

Elisabeth era sinceramente colpita. Rimase affascinata: dai numerosi pennini di varia dimensione alla ceralacca chiusa in appositi contenitori, dalle polveri di diverso colore ai fogli tanto antichi da essere impilati separati uno dall'altro.

Altieri attese che assimilasse quei momenti e poi aggiunse: «Ma c'è un luogo che adoro ancora di più.»

Lasciarono la biblioteca per spostarsi al Palazzo della Libreria del Sansovino, costruito dall'angolo del campanile in modo che fronteggiasse Palazzo Ducale.

«L'architetto Jacopo Sansovino cominciò a costruirla nel 1537 con l'idea di ospitare proprio la collezione del cardinale Bessarione. Prima di tutto troviamo il loggiato, di impostazione romana, un atto coraggioso a quei tempi: lo stile veneziano fu messo da parte e con sorpresa i procuratori, ossia i delegati che gestivano la biblioteca, ne ammirarono l'eleganza ed elogiarono l'audacia del suo creatore.»

«Gli portò fama e onore.»

«Non proprio, finì anche arrestato.»

Elisabeth fece una smorfia. «Perché?»

«Sansovino aveva progettato una copertura a volta ma poi ci fu un crollo, qualcuno parlò di un atto doloso, altri di un errore dell'architetto, comunque fu incarcerato, i costi aumentarono e fu costretto a realizzare una grande terrazza. Non riuscì a finire il lavoro, morì nel 1570 e diciotto anni dopo Vincenzo Scamozzi terminò l'opera, demolì il palazzo delle Beccherie e fece costruire le ultime cinque arcate verso il molo.»

Camminarono in silenzio ammirando la bellezza del luogo e la sua architettura. L'aria che si respirava era gravida di sapere, conteneva tutto ciò che i libri testimoniavano.

*Scripta manent.*

«Guardi i tre obelischi angolari, sono magnifici. Le statue poi sono state realizzate da Alessandro Vittoria tra gli altri. Pensi che era uno degli studenti del Sansovino. Quando l'allievo supera il maestro, bisogna dirlo.»

«A lei è mai successo?» Lo provocò Elisabeth.

«Mai,» fu la risposta secca dell'anziano professore.

Completarono il giro e poi lui la invitò per un caffè prima di salutarsi.

«Le devo confessare, mia cara, che essere tornato in veste di cicerone, mi ha appassionato. Ecco, l'ho detto.»

Sigismondo Altieri non era un uomo dalle facili ammissioni ed Elisabeth lo aveva capito e ne apprezzò la schiettezza. Sapeva bene che le persone diventano avare di certi momenti a un'età avanzata, come se l'esperienza di vita li rendesse cinici e al tempo stesso disincantati tanto da non riuscire a cedere alla bellezza della semplicità.

«Mi fa piacere averle dato quest'occasione.»

Lui abbozzò un sorriso, ancora catturato dalla genuinità del momento.

«Mi ha fatto un regalo inconsapevole. Sono i migliori, inaspettati da chi li riceve ma anche da chi li fa. Il dono di oggi e di domani.»

Elisabeth si sporse leggermente in avanti. «Vuol dire che l'incoscienza, a volte, genera reazioni piacevoli?»

«È raro, ma possibile.» Fece una pausa e poi aggiunse: «Lei cosa fa nella vita? Mi perdoni l'invadenza ma la curiosità è un mio vezzo.»

«Lo sa che la curiosità è solo vanità?»

Questa volta il professore perse il suo aplomb.

«Pascal, ben detto, mia cara. *Touché*.»

Rimase in silenzio e fu lei a toglierlo dall'imbarazzo.

«Sono un avvocato. Ho uno studio a New York.»

«Avevo pensato che vivesse nel sestiere Dorsoduro.»

«Ho preso in affitto un appartamentino, amo vivere una città come se ci abitassi. Gli alberghi o i b&b non mi piacciono molto, sono troppo impersonali. Spesso mi scambiano per un'italiana. Mi piace e mi rilassa.»

Lui annuì. «Di cosa si occupa come avvocato? Ha una specializzazione?»

Elisabeth abbassò la testa e buttò fuori l'aria. Ripensando agli ultimi casi che l'avevano coinvolta, poteva solo dire che la sua specializzazione era "viverli pericolosamente".

«Mi scusi, signorina Scorsese, non volevo metterla in imbarazzo.»

«Non si preoccupi; è che mi sono occupata di cose diverse ultimamente, seguo il diritto internazionale e d'autore ma la mia vera specializzazione è quella di mettermi nei guai,» disse Elisabeth con una punta di sarcasmo.

Il professore tirò indietro le spalle. Tutto si aspettava meno che quello.

«Cosa vuol dire? Un avvocato nei guai non è certo una bella prospettiva.»

«Intendevo un'altra cosa. Mi lascio coinvolgere molto e voglio scoprire sempre la verità.»

«Anche se intuisce che può non piacerle?»

Elisabeth pensò a sua madre, a cosa avesse scoperto, a quello che era diventata e a dove si trovava in quel momento. Alzò le spalle non per indolenza ma per scrollarsi di dosso quel pensiero.

«Sono ancora troppo giovane e ingenua per cedere al compromesso. O a far finta di niente, mandare giù l'amaro in bocca e andare avanti. Faccio delle resistenze a crescere, tutto qui.»

«Una forma di sindrome di Peter Pan. Interessante.»

«No, non direi, anzi per certi versi sono fin troppo cresciuta e non mi sottraggo alle mie responsabilità. Se lo avessi fatto, avrei evitato di soffrire.»

«*Puer aeternus*, l'eterno bambino.»

Elisabeth fece una smorfia. «Si riferisce ai sentimenti, giusto?»

Altieri annuì con un impercettibile movimento della testa. Odiava le domande ovvie.

«Neanche questo, no. La mia sfera sentimentale è cresciuta parecchio ultimamente.» Ripensò alle delusioni che aveva collezionato, all'infinita sofferenza vissuta a causa dei suoi genitori e a quando aveva lasciato Palmer per prendersi cura di sé stessa. Non c'era molto spazio nel suo cuore e di certo non per amare ancora.

«Credo di avere ancora voglia di capire le persone e come gira il mondo. Sono in una ricerca continua, ecco.»

Il professore allargò gli occhi.

«Questo è decisamente malioso, sa? È come il fuoco sacro per un artista, l'eterna fiamma che brucia e permette la creazione, infonde luce, coraggio e forza. Non credo sia legato all'età, lei è questo e si deve rassegnare.»

Lei mosse il capo lentamente come a metabolizzare quel suggerimento.

«Quale termine ha usato?»

«Malioso. Vuol dire irresistibile e si adatta perfettamente alla sua situazione. Non può opporre resistenza alla sua natura, mia cara.»

Elisabeth annuì. Forse quel vecchio professore aveva ragione. Doveva accettarsi e le cose sarebbero andate meglio.

«Vuol dire anche un'altra cosa, sa?»

Non rispose ma lo esortò a continuare con un semplice sguardo. Altieri n'era compiaciuto; quegli occhi così blu e intensi gli stavano regalando una piacevole sensazione che non provava da anni.

«Era un termine con cui s'indicava una persona dedita alla stregoneria.»

«Una strega! Ecco cosa sono.»

Sorrisero entrambi.

Arrivarono i caffè e il professore si occupò del conto. Da gran gentiluomo non accettò le insistenze di Elisabeth per pagare.

«Mi ha donato una visita unica, è il minimo che possa fare per sdebitarmi,» cercò di convincerlo.

«Neanche per idea.»

«Così però mi mette a disagio. Ora dovrò ricambiare.»

Lui le lanciò un'occhiata maliziosa, insignificante alla sua età ma comunque divertente.

«Se vuole contraccambiare, questo mi sembra di aver capito, può incontrare mio nipote.»

Lo guardò sospetta e attese che lui parlasse.

«Non mi fraintenda, a lui non piacciono le donne. Ha una casa d'aste a Londra ma a quanto ho capito vuole trasferire la sede a Milano e necessita di una consulenza legale. Una volta all'anno, mio nipote viene a Venezia per stare con me e coltivare le amicizie altolocate che abbiamo. Lui più di me, s'intende. È un esperto di arte antica soprattutto, un po' snob ma molto capace.»

Quasi ridacchiò prima di bere il caffè in un paio di sorsi. Elisabeth lo imitò e nel frattempo pensò a quelle ultime parole. Se giudicava il nipote snob, proprio lui che di certo non sembrava da meno, chissà che tipo avrebbe incontrato.

«Non so. Sono qui in vacanza da molto tempo ed è ora di rientrare a New York.»

Sigismondo Altieri allargò gli occhi.

«Perché, se posso permettermi?»

Quella domanda spiazzò Elisabeth; in effetti non c'era nessuno ad aspettarla se non suo padre.

«Se ha voglia di riprendere a lavorare, incontri mio nipote. Le porterà via poco tempo e magari troverà interessante ciò che ha da proporle. Il mondo dell'arte è pieno di sorprese.»

«Mi dica qualcosa di lui.»

Il professore Altieri quasi gonfiò il petto. Decise di approfittare di quella curiosità, non gli accadeva da tempo e non poteva permettersi di non sfruttare quell'inaspettata occasione.

«È un uomo di cultura, loquace solo per quello che vuole e scontroso per il resto. Ma ha un'ottima società a Londra ed è un grande esperto di manufatti antichi. Se comincia a parlarne, non smette più. È capace di elaborare supposizioni al limite del verosimile ma con alla base sempre un concetto logico.»

Elisabeth accennò un mesto sorriso. Dopo quello che aveva scoperto negli ultimi anni e che la riguardava da vicino, nulla la meravigliava più di tanto. Conclusioni quasi fantascientifiche si erano poi rivelate vere.

«Cosa intende esattamente?»

«Andrea parte dal presupposto che ogni società, di cultura e religione diversa, abbia comunque un fondamento in comune che è l'essenza dell'uomo. È un concetto alchemico, al limite della verosimiglianza, che ha trovato nei secoli passati moltissime adesioni, anche tra studiosi conosciuti e accreditati. Partendo da questa tesi, è sempre alla ricerca del minimo comune denominatore, riduce qualsiasi analisi a un concetto essenziale, vitale direbbero gli inglesi, e una volta sezionato in altre possibili parti o segmenti, prova a tracciarne gli elementi in comune.»

Elisabeth lo guardò rapita.

«Spero di essere stato chiaro.»

«È un tipo di analisi che procede solo per logica.»

Il professore alzò una mano.

«No, mia cara, è l'esatto contrario. Abbandona la logica e si muove sull'essenza delle cose e delle persone, della natura e dei suoi concetti ultraterreni. Entra nel campo della fede, diventa all'occorrenza mistica, insomma, tocca quei campi del sapere che non sono immediatamente riconducibili alla logica, per l'appunto.»

«Un approccio esoterico.»

«Esatto.»
Il tono del professore era pacato e convincente.
Lei ci pensò su, sembrava intrigante. "Poi," si disse, "cos'aveva da perdere?"
«Come lo riconosco?»
«Sarà lui a farlo, le assicuro che non passa inosservata.»
Elisabeth ci rifletté e poi fece un sorriso.
«D'accordo, domani alle dieci all'hotel Danieli per un caffè.»
Lui annuì, lei gli sorrise e gli strinse la mano.
«*Pacta sunt servanda*, mi raccomando.»
«Non ne dubiti, maestro.»
Si alzarono, si scambiarono il numero di cellulare e si salutarono. Era stata una giornata piacevole per Elisabeth. Tirava un po' di vento che rinfrescava l'aria e mentre camminava verso casa, si mise a pensare a come sarebbe fuggita da quello strambo colloquio di lavoro se si fosse messo male. All'occorrenza, avrebbe fatto un incantesimo. D'altronde, come le aveva detto il professore, era o no una strega?

# 3

La telefonata arrivò mentre stava concludendo l'ultima serie di jumping jack. Sbuffò e anche in maniera rumorosa. Era finalmente sola in casa e odiava profondamente che quell'unica ora dedicata a sé stessa venisse interrotta da chicchessia. "Giuro che lo mando a quel paese anche se è il papa," si disse mentre rispondeva.

«Professoressa Pareto?»

La voce femminile e perfettamente impostata la catturò all'istante. Non era italiana.

«Sono io, chi parla?»

«Camille Flammarion, responsabile delle relazioni esterne del Consiglio dei patriarchi cattolici d'Oriente.»

«Come scusi?» In realtà, aveva capito bene per chi lavorasse ma fece finta di nulla, con quella pronuncia suonava come se si trattasse di una loggia segreta o qualcosa di simile.

La donna si lasciò andare a una risatina.

«Reagiscono tutti così?»

Anna Pareto fece una smorfia. Per quello che le importava avrebbe potuto anche riagganciare. Ma poi pensò al suo ex marito sempre senza un soldo e ai due figli che doveva mantenere.

«Così come?» Chiese.

«Cercherò di spiegarmi meglio anche se l'italiano non è la mia prima lingua. Sono francese,» rispose Camille Flammarion facendo finta di non aver sentito il tono scortese della sua interlocutrice. «La chiamo per proporle una collaborazione ben remunerata.»

Ecco, quelle parole ad Anna piacquero più delle precedenti.

«Per chi lavora esattamente?»

«Per il Consiglio dei patriarchi cattolici d'Oriente, un'organizzazione che appartiene alla Chiesa cattolica e unisce le Chiese cattoliche orientali e quella di Gerusalemme.»

"Per essere esatti unisce i patriarchi di queste religioni, mia cara," pensò mentre annuiva con un mezzo grugnito. Camille Flammarion lo prese per un invito a continuare. «Ho chiesto un po' in giro e più di una persona mi ha indicato lei come un'esperta di religione e Medio Oriente qui in Italia.»

Anna fece un mezzo sorriso mantenendo comunque alta la concentrazione: era abituata ai complimenti ma non li ascoltava più di tanto, non era con quelli che pagava i conti di casa.

«Mi fa piacere, tuttavia, se non le dispiace, sarei nel mezzo di una video call. Se non è urgente, possiamo sentirci più tardi?»

La salutò velocemente e chiuse la telefonata.

Si guardò riflessa nel televisore che le rimandava il completino Asics che le fasciava le forme leggermente generose ma ancora ammirabili. "Sei tonica, ragazza," si disse e si mandò un bacio. Le piaceva mantenersi in forma e soprattutto godere di un buon vino e buon cibo, e quindi si sottoponeva a sedute di ginnastica e jogging sei giorni su sette. Solo la domenica era sacra, dedita allo studio o alla lettura di svago, i romanzi rosa su tutti, e un giro di tarocchi, la sua passione inconfessabile. Ne conosceva anche i lati più oscuri e rivelatori. Poi c'erano i figli, giusto, e loro erano tutto quello per cui valeva la pena vivere: loro e la storia delle religioni, o meglio della religione cattolica in Terra Santa. Già, perché non si trovava una studiosa più preparata di lei in Italia. La professoressa Anna Pareto aveva tante stranezze ma di certo non le mancava la cultura e la padronanza della sua specializzazione. Ed era questo il motivo per cui la cercavano.

Smise di allenarsi, si sedette con il portatile davanti e digitò il nome della donna con cui aveva appena parlato: Camille Flammarion. In un attimo, visualizzò i dati che le interessavano: lavorava veramente per il Consiglio dei patriarchi cattolici d'Oriente, che aveva sì una sede a Gerusalemme ma anche uffici un po' ovunque, compresa Roma.

"Non si muove foglia, che la Curia non voglia," si disse mentre leggeva le ultime notizie su quel luogo definito il crocevia della fede. "E come non essere d'accordo, un'oasi di pace in un deserto sempre in guerra." Già, perché era questo il punto. Gerusalemme sembrava per la Chiesa cattolica l'ultimo avamposto di un concetto tanto ambizioso quanto improbabile. Lesse di nuovo il loro obiettivo: promuovere la vita cristiana in Medio Oriente e coordinarne l'attività pastorale, affermare il futuro del cristianesimo e consolidare i legami tra i fedeli in madrepatria e quelli della diaspora, favorire il dialogo ecumenico tra le diverse religioni, assicurare la partecipazione attiva dei cattolici in seno al consiglio e promuovere la pace, lo sviluppo, il rispetto dei diritti dell'uomo e della donna. Ce n'era per tutti, di questo non aveva dubbi.

Riprese il cellulare e dopo poco era di nuovo in linea con Camille Flammarion.

«Mi perdoni per prima. Ora posso ascoltarla.»

La donna sembrò sollevata e la ringraziò per la decisione di richiamarla subito.

«Abbiamo bisogno di aiuto.»

«Mi dica pure.»

Fece un sospiro e cominciò a parlare: «Nel 2018, il nostro consiglio ha pubblicato una lunga lettera in cui...»

«Sì, l'ho letta. Vada avanti.»

Camille Flammarion fu presa alla sprovvista. Non era abituata a tanta immediatezza.

«Ecco, noi siamo a un punto fermo.»

«Si spieghi meglio.» Anna Pareto lanciò uno sguardo all'orologio appeso al muro. Non aveva molto tempo, suo figlio Fabio sarebbe rientrato a minuti e doveva portarlo agli allenamenti di calcio.

«La lettera esorta una giustizia sociale, la libertà di poter esprimere le proprie convinzioni religiose senza essere perseguitati, l'equilibrio e il rispetto tra cristiani, musulmani e drusi, soprattutto con l'esempio e l'azione dei nostri governanti o capi religiosi e una nuova educazione religiosa e politica, un nuovo atteggiamento verso i palestinesi da parte d'Israele. Ecco, questo in sintesi. Ma non è stato fatto nulla in questi anni. Anzi, la guerra tra Hamas e Israele ha reso tutto più complicato.»

Anna Pareto rimase in silenzio. Stava pensando che il suo ex marito non le aveva ancora versato gli alimenti e lei aveva il mensile delle lezioni di canto di Eleonora, la loro figlia, ancora da pagare.

«Capisco. Come posso esserle utile?»

«A Roma c'è un vescovo che è particolarmente sensibile alla nostra causa e vorrei che lei lo incontrasse.»

Anna fece una smorfia.

«Potrebbe essere più precisa?»

Sentì scattare l'ascensore. Era Fabio, suo figlio. Doveva sbrigarsi.

«Monsignor Giulio Abbate è convinto che si possa ottenere la giusta attenzione dalla Curia di Roma solo presentando uno studio preciso della situazione in Medio Oriente, partendo dalla storia delle religioni e da quello che ci ha lasciato in eredità.»

"Niente di buono, mia cara," pensò mentre una chiave s'inseriva nella toppa. Aveva pochi secondi.

«Mi sembra un'ottima idea.»

«Allora accetta di scrivere questa relazione? Sono cinquemila euro. Consegna prima possibile. Tutte le spese coperte, compreso un viaggio a Gerusalemme. Abbiamo fretta.»

Anna Pareto stava per emettere un fischio da stadio tanto esagerato da far impallidire Fabio ma si limitò ad aggiungere: «Va bene, grazie. Le mando la mia mail per definire i dettagli.»

«E l'incontro con il monsignor...»

«Abbate, certo. Verrò a Roma subito dopo la firma.»

Si salutarono mentre Fabio sbatteva la porta e grugniva qualcosa rivolto all'unica persona che ancora gli andava dietro: sua madre.

«Eureka!» Urlò lei di rimando. Aveva trovato un po' di ossigeno uscendo da una zona di riserva.

Il ragazzo si affacciò dalla sua stanza.

«Mamma, da quando leggi Topolino?»

Anna Pareto rimase basita. Perché aveva un figlio così ignorante?

# 4

Ancora non credeva ai suoi occhi.

Il Palazzo Dandolo, luogo che ospitava da secoli l'hotel Danieli a due passi da piazza San Marco, era uno spettacolo impressionante. La grande scala al suo interno, la reception e tutti gli arredi, le opere d'arte che si lasciavano ammirare, lo facevano sembrare un museo e al tempo stesso un luogo di lusso e sfarzo. Non vi era mai entrata prima e le venne naturale alzare lo sguardo e abbracciare tutto ciò che poteva.

Aveva deciso di prendersi qualche minuto per ammirare quel luogo prima di presentarsi all'appuntamento con Andrea Spinazzola. Di fattura neogotica, rappresentava una parte importante della storia della Serenissima e tuttora manteneva una bellezza indiscutibile con i suoi arredi d'epoca e i lampadari di Murano.

La voce alle sue spalle la fece quasi sobbalzare anche se il nipote del professore Altieri aveva usato un tono sobrio e gentile.

Attese che si avvicinasse e si strinsero la mano. Un gesto così antico che sapeva di nuovo dopo la pandemia, una consuetudine più o meno involontaria tornata in auge.

«Mio zio ha parlato molto bene di lei, gli ha fatto un'ottima impressione.»

«È un gentiluomo, un uomo di altri tempi.»

Spinazzola abbozzò un sorriso e la precedette verso il bancone del bar Dandolo e lei ne approfittò per guardarsi intorno.

Era magnifico, un soffitto a cassettoni decorato, le colonne che dividevano la sala e i lampadari impressionanti che fornivano al tutto un senso di antichità. I quadri alle pareti, immensi e meravigliosi, davano il tocco finale.

«Questo luogo potrebbe essere un museo. Pensi che William Turner ha soggiornato qui duecento anni fa regalandoci dei paesaggi di Venezia di estrema bellezza. Riesce a immaginare quello che provava a vivere qui dentro, come l'arte creativa prendesse forma nella sua mente? Un'emozione infinita.»

Lo sguardo di Spinazzola era perso nella magnificenza della sala ed Elisabeth lo fissò senza dire nulla. Sembrava come rapito e per un attimo chiuse gli occhi.

«Sa avvocato,» aggiunse come se fosse altrove, «il salone più famoso, il Ridotto, fu il luogo che ospitava il gioco d'azzardo nel XVIII secolo durante il carnevale che durava circa sei mesi. Era frequentato da artisti, nobili, pittori, uomini di scienza ma anche dai veneziani che avevano voglia di divertirsi. Lo stesso Casanova, assiduo giocatore, lo riteneva un posto perfetto per le sue conquiste. Come dargli torto.»

Abbozzò un sorriso, scosse la testa e guardò la donna che aveva di fronte. Elisabeth tirò indietro le spalle.

«Allora, suo zio ha detto che forse potrei esserle d'aiuto, è esatto?»

«Così sembrerebbe.»

Si sentiva spaesato e cercò di non darlo a vedere. Era a suo agio con la storia e le opere d'arte ma con le altre professioni, e con chi le rappresentava, faceva davvero fatica.

«Sia lui che la mia socia Olivia Brossuard credono abbia bisogno di un nuovo avvocato e l'incontro con mio zio sembra essere stato interpretato come un segno del destino. Per questo ho accettato di vederla. Tra l'altro vorrei trasferirmi a Milano.» Fece una pausa e poi aggiunse: «Le va un caffè?»

Elisabeth annuì e fecero l'ordine al cameriere.

«Ho fondato la Ars Longa dodici anni fa a Londra, prima ero solo ma poi ho conosciuto Olivia, o meglio l'ho convinta a lasciare il suo lavoro in America e a unirsi a me. Lei voleva essere socia, a me andava bene e così ha comprato il 30% delle quote ed è diventata il nostro marchio di garanzia.»

«Come si svolge il suo lavoro? Consideri che non so nulla di come funziona una casa d'aste quindi massima semplicità e sinteticità, come se parlasse a un bambino.»

Fece un mezzo sorriso: non gli piaceva fare il professore, lo lasciava a suo zio.

«Ci sono collezionisti che mi conoscono perché hanno comprato dei pezzi da me, oppure tramite amici comuni vogliono far valutare e vendere le loro opere d'arte. A volte scovo dei reperti in giro per il mondo, scopro nuovi ritrovamenti e cerco chi ne controlla la proprietà. O ancora, alcuni musei dismettono dei padiglioni e mi affidano la vendita.»

«Perfetto, ho capito: servizio e ricerca.»

Lui annuì e si compiacque di tanta sintesi.

«Nel servizio cosa include oltre alla valutazione?»

«Mi occupo di seguire anche l'iter burocratico, motivo per il quale ho bisogno di un avvocato. Infatti, mi può capitare di comprare un pezzo antico per poi rivenderlo, oppure di guadagnare una percentuale su un prezzo stabilito con il possessore. Ne seguo inoltre la promozione, dagli scatti fotografici alla scelta dei testi descrittivi. Più sono ricchi d'informazioni, più sono accattivanti.» Fece una pausa per bere il caffè ed Elisabeth lo imitò.

«E qui Olivia fa la differenza, ha una cultura impressionante ed è bravissima a scrivere. Da quando c'è lei, l'Ars Longa è cresciuta molto.»

«Non vedo un lavoro così complicato. C'è il diritto di proprietà ma alla fine sono contratti sempre simili, si tratta di capire la natura dei reperti in vendita. Poi ci sono i vari passaggi, però dovrebbe essere routine. Perché un trasferimento a Milano?»

«Per stare più vicino a mio zio.»

Elisabeth non fu molto convinta della risposta. Rimase in silenzio.

L'uomo strinse le labbra e sembrò pensare. Non era del tutto pago.

«Sa quando le ho detto che mi occupo anche di ricerca?»

Elisabeth annuì e qualcosa le diceva che si stava avventurando in un terreno poco piacevole.

«Vede avvocato, di tanto in tanto entro in contatto con governi o società difficili, non so se mi spiego...»

«Compravendite illegali?» Lo interruppe Elisabeth.

«No, assolutamente, più che altro mi riferisco a trattative con Paesi complicati, tipo l'Egitto, o gli Stati africani. Capita che i reperti più inestimabili e introvabili passino per mani che non ne conoscono il valore reale, che vengano scambiati più volte e quindi diventa difficile stabilirne la fonte.»

«Cosa c'entra un avvocato?»

«Si occupa dei passaggi e si confronta anche con i legali o le istituzioni di questi Paesi. Cura i rapporti con persone facoltose oltre che con manager di Stato influenti, i nostri clienti. Insomma, una figura che possa rappresentare all'esterno ciò che siamo. Cerco un salto di qualità.»

Elisabeth scoppiò a ridere.

«Lei non cerca un avvocato, dica la verità.»

«Dentro di noi si nascondono doti inimmaginabili.»

«Non c'è dubbio. Ma non so se fa per me.»

Si raddrizzò e fece per raccogliere le sue cose. L'incontro era stato fin troppo lungo e inutile, una perdita di tempo.

«Aspetti. Devo essere sincero. Quando ieri mio zio mi ha parlato di lei, mi sono documentato. Ho letto quello che dicono di lei in rete, della fama di cui gode. Se non sbaglio, alcuni anni fa vantava un record mai superato al tribunale di New York.»

Lei fece una smorfia.

«Tutto passa, le cose belle e quelle brutte.»

«Per ottenere simili risultati deve avere capacità risolutive, un'ottima formazione, tatto e coraggio. Poi mio zio mi ha detto che ha cultura. Quante lingue parla?»

Elisabeth voleva scoppiare a ridere ma si trattenne, le sembrava un colloquio da selezione per l'università prestigiosa di turno.

«Cinque ma non vuol dire niente.»

«Invece è fondamentale perché può cogliere le sfumature di una lingua che una traduzione, pur essendo ottima, non sa rendere.»

Era vero; si era trovata più volte in una conversazione multilingue e si era sentita avvantaggiata e privilegiata.

«Venga a Londra per capire se il lavoro le possa piacere. Conoscerà la mia socia e il mio più stretto collaboratore, Alex Fortini. Avrà libero accesso a dati sensibili, informazioni riservate e ai meccanismi che regolano il nostro business. Tutto a mie spese, ovviamente. Dopodiché, prenderà una decisione in assoluta libertà.»

Elisabeth si arricciò una ciocca di capelli, rifletteva.

«Lo capisce anche lei che è una proposta di lavoro alquanto bizzarra.»

Spinazzola scoppiò a ridere.

«La consideri un'occasione di scoprire un mondo nuovo, quello dell'arte è sorprendente.»

«È la stessa frase che mi ha detto suo zio.»

L'uomo allargò le braccia e prima che lei aggiungesse qualcosa, una voce le gelò il sangue.

«Avvocato Scorsese, ma che sorpresa vederla qui.»

Si girò con calma, sperando non fosse vero, che il timbro fosse simile ma la persona diversa. Lasciò il campo visivo di Spinazzola per ritrovarsi di fronte chi non avrebbe mai voluto incontrare: Christopher Brimley.

«Lei...»

Non riuscì a dire altro e allora l'uomo che aveva di fronte s'intromise per toglierla da quell'imbarazzo.

«Non sapevo vi conosceste,» disse in un inglese quasi perfetto.

Brimley gli strinse la mano ma la sua attenzione fu per l'avvocato Scorsese.

«Non avrei mai pensato di vederla di nuovo, per di più in questo luogo splendido. D'altronde le meraviglie si attraggono, non è così?»

Il sorriso che Elisabeth stava guardando in quel momento la fece ulteriormente innervosire.

«Non solo, anche il male si accompagna al crimine che io sappia.»

Lui fece una smorfia e negò con la testa. «Non so a cosa si

riferisca, avvocato. Da parte mia, ho proseguito la missione di mio padre, come immagino abbia saputo.»

Stava per controbattere ma qualcosa la trattenne.

«Ho letto che ha lavorato per suo padre,» disse Spinazzola.

«Esatto, Jonathan Brimley mi aveva assunta per una consulenza ma purtroppo non ho fatto in tempo ad aiutarlo.»

Scese un impercettibile attimo di silenzio. Un istante che le permise di osservare il nuovo arrivato. Aveva abbassato gli occhi ma il corpo rimaneva teso. Non sapeva perché ma continuava a temerla.

«Comunque, sono andata a trovare Christopher nella sua villa a Long Island e sono rimata colpita dalla collezione di libri antichi che possiede.»

«Erano la ragione di vita di mio padre,» la interruppe con un tono gelido. "Quel ricordo lo aveva toccato nell'anima, se mai ne avesse avuta una," pensò Elisabeth.

«Era impressionante, tanto quanto l'arredamento. Jonathan aveva un grande gusto, raffinato e ricercato.»

«Come anche Christopher, è uno dei nostri primi sostenitori, avvocato. Non immagina che pezzi ha nel suo appartamento a Parigi, ho verificato con i miei occhi.»

«So riconoscere il valore della storia e di quello che ci ha lasciato,» aggiunse Brimley riprendendo il controllo delle sue parole.

«Ah, lo ricordo bene. La nostra cena a New York fu molto interessante. Come anche il biglietto che mi ha mandato prima che incontrassi Philip Delany.»

L'uomo s'irrigidì. «Non lo ha apprezzato?»

«Molto. L'ho aiutato a farsi riconoscere una montagna di soldi, dovuti ovviamente.»

«Ma c'è dell'altro, giusto?»

Elisabeth spalancò gli occhi. Falso e sfacciato, un mix piuttosto comune. Lo avrebbe strangolato all'istante ma si limitò a rispondere: «Certo, e credo che lei lo sappia ma non vorrei annoiare il suo amico Spinazzola.»

«Anche io torno al mio appuntamento. Mi ha fatto piacere vederla di nuovo, avvocato Scorsese.»

Disse qualcosa all'orecchio di Spinazzola che parve irrigidirsi e poi si allontanò.

Dopo pochi passi, Elisabeth lo vide avvicinarsi a un uomo e notò che indossava dei gemelli arancioni alquanto bizzarri. Strinse la mano a Brimley ammiccando un sorriso e incrociò il suo sguardo per un istante.

Fu sufficiente per capire che era un tipo da cui stare alla larga.

«Chi è quel tipo che sta con Brimley?»

«Un uomo facoltoso che vive in Svizzera.»

«Un altro suo cliente?»

«Sì, diciamo così.»

Se mai avesse accettato la proposta di Spinazzola, avrebbe limitato il proprio lavoro ai fornitori.

«Tornando a noi, devo pensarci, ho bisogno di un po' di tempo.»

Anche Spinazzola sembrava ansioso di chiudere quella conversazione come se qualcosa lo avesse turbato.

«D'accordo, ma a una condizione.»

«Mi dica.»

«Che tra dieci giorni al massimo sarà a Londra. Organizziamo un evento e non può mancare. Valuterà la mia azienda e poi deciderà. Lei farà il prezzo ma deve essere ragionevole. E poi mi prometta che brinderemo.»

«Senz'altro, io adoro lo champagne.»

Lui sorrise.

«Senza quelle bollicine non vale la pena vivere, non posso farne a meno.»

Fu il turno di Elisabeth di annuire e stringere la mano che attendeva da un po'. Gli sorrise, prese il suo cellulare e lo salutò con una mezza idea già in testa.

Lasciava Venezia con due nuovi obiettivi, il tempo per curarsi le ferite era terminato del tutto e si sentiva pronta per una nuova sfida professionale.

Chissà dove l'avrebbe portata questa volta.

# 5

Roma, la Città Eterna. Poi vista da chi adorava la storia delle civiltà e delle religioni, era un susseguirsi di sorprese e suggestioni. E lei, romanticona per eccellenza, amava chiudere gli occhi e immaginarsi a passeggio per il Foro Imperiale o piazza Navona in compagnia di un bel romano, curioso e amante della perfezione, mano nella mano a godere di tanta bellezza e magnificenza.

«Ah, signo', va bene se la lascio qui?»

L'accento era romano, per carità, ma il tassista non aveva altro di bello. Le ricordava Giulio Cesare con il naso lungo e appuntito, uno sguardo da lupo predatore.

Subito dopo il colonnato della Basilica di San Pietro, sulla destra c'era Porta di Sant'Anna e da lì in una decina di minuti a piedi avrebbe raggiunto la sua destinazione.

Varcò il primo cancello, quello con le guardie svizzere e poi si recò alla dogana. Lasciò il passaporto in cambio di una tessera numerata e subito in strada fermò un gendarme.

«Monsignor Gimenez Xavier, mi sta aspettando. Sono Anna Pareto. Forse ha lasciato detto qualcosa per me?»

«Come l'economista?»

Anna spalancò gli occhi.

«Sa chi è?»

«Certo. Il principio di Pareto, chi non lo conosce.»

"La moltitudine, mio caro."

«Siete tutti così colti qui?»
Era ben più alto di un metro e ottanta, notò Anna.
«Anche belli alti, direi,» aggiunse sorridente.
«E addestrati signora. Siamo parte dei difensori del papa, dobbiamo essere i migliori. Non sono ammessi errori o distrazioni, è il nostro motto: *Acriter et fideliter*.»
"Con coraggio e fedeltà, bel figaccio," tradusse mentalmente e con disinvoltura Anna ma lo tenne per sé.
Le sorrise e lei gongolò.
«L'attende al Giardino Quadrato. Sa dove deve andare?»
«Conosco la strada, grazie.»
S'incamminò pensando al bonifico ricevuto il giorno prima. Duemila euro di acconto per affrontare le spese e il saldo alla consegna della relazione. Aveva sistemato la scuola di canto di Eleonora, acquistato un paio di scarpe da ginnastica per entrambi i figli e si era concessa un completino intimo di Victoria's Secret, lei che amava fare sogni proibiti.
"Ma cosa vai a pensare, sei nella casa del Signore, scostumata!" Si diede un pizzico su una guancia anche se in realtà si piaceva molto nel suo sentirsi trasgressiva.
Dopo dieci minuti, arrivò al punto stabilito. Era in leggero anticipo ma vide la figura alta e allampanata del suo amico prelato.
«Monsignor Gimenez, ben trovato.»
L'uomo si girò e le fece un sorriso. Poi le porse la mano e lei mimò un baciamano. Era riservato al pontefice però Anna sapeva che un gesto così inorgogliva anche i prelati minori ma influenti. E Gimenez era uno di quelli.
«Mia cara adorata studentessa, ben arrivata nel mio umile regno.»
Anna gli sorrise pensando che tutto si potesse dire a quel "regno" ma certo non "umile". Il suo anziano mentore l'aveva aiutata così tante volte da far nascere un'amicizia che andava oltre le diverse scelte di vita e pensiero.
«Direi che è sempre più bello. Il suo ruolo di supervisore dei giardini è stata una scelta indovinata. A chi è venuto in mente?»
Gli occhi dell'uomo tradirono una piccola gioia per il complimento o per l'accennata audacia di quelle parole. O forse per entrambi.

«Ogni cosa è definita da nostro Signore o da colui che lo rappresenta in Terra, mia cara.»

«Giusto, che sciocca a non pensarci. Lei ha sempre ragione e allora le chiedo: c'era bisogno di una sua supervisione o dell'averla vicino a sua Santità? Un consigliere in più e con la sua esperienza può essere molto prezioso.»

Monsignor Gimenez sorrise e rispose: «*Prima tam valida quam secunda*, Anna. Ma dimmi, perché sei qui?»

«Per una visita al monsignor Giulio Abbate dell'Archivio Apostolico Vaticano e non potevo non cogliere l'occasione di salutarla.»

L'anziano prelato annuì muovendo appena il capo.

«Vieni, sediamoci, le ossa cominciano a farmi male.»

Lo affiancò e con passo leggero raggiunsero una panchina poco lontana. Anna lasciò vagare lo sguardo e ammirò la bellezza e il silenzio di quel luogo. Era perfetto per meditare come per progettare nuove imprese.

«Questo luogo trasmette un senso di pace, come se l'esterno non esistesse.»

«È la sua forza, credimi, ma purtroppo non tutti la comprendono. Almeno non in questo periodo.»

«Turbolenze?»

La domanda sapeva di sfrontatezza ma il prelato conosceva bene chi aveva di fronte: una donna diretta che amava andare al sodo senza tanti fronzoli e malizia. Era per questo che gli piaceva. Accennò un sorriso.

«Come sempre.»

La donna fece vagare lo sguardo ancora un po' sui prati vicini.

«Cosa vuoi sapere, Anna? Non ti facevo così reticente.»

«Non voglio metterla in difficoltà.»

Questa volta il sorriso di monsignor Gimenez fu aperto e sincero. «Cara mia, al massimo non ti rispondo.»

Era il loro codice, fin dall'inizio. Quando lei era diventata la sua protetta, avevano stabilito che ogni informazione non grata alla Curia sarebbe stata confermata con un semplice silenzio.

«Che rapporti ha con il monsignor Abbate?»

«Dai per scontato che lo conosca.»

«Lei conosce tutti.»

«È un Domenicano.»

Quella risposta poteva dire tutto e niente e in quel momento non le suggerì nulla.

«Ha un ruolo importante?»

«È molto vicino a sua Santità.»

«Lo è anche lei.»

Il prelato sorrise mestamente. «Ma sediamo su due lati opposti, diciamo così. Perché me lo chiedi?»

«Tramite una sua collaboratrice mi ha affidato una relazione sul Medio Oriente. Non ho capito bene cosa, c'è di mezzo il Consiglio dei patriarchi cattolici d'Oriente.»

Gli occhi dell'uomo si spalancarono per un microsecondo che non sfuggì ad Anna.

«Situazione complicata.»

«Lo so bene, monsignore. C'è altro che devo sapere?»

L'uomo si alzò come a voler dire che l'incontro era terminato. Non fu brusco ma qualcosa le disse che non voleva aggiungere altro.

«Mi dica solo se posso fidarmi.»

«Assolutamente no. E se vuoi ancora il mio aiuto, come in passato, allora dovrai raccontarmi tutto.»

Anna annuì senza indugio. «Ho sempre agito in questo modo e lei lo sa. Non vedo perché ora non dovrei fare altrettanto.»

«Come ti ho detto, è una situazione complicata e quindi tutto va di conseguenza.»

«Un esempio?»

Il prelato sorrise di nuovo. Ricordava bene quella sua allieva, così scaltra e pragmatica.

«Il papa non è contento della gestione di quell'area. Si sente troppo debole ma alcuni cardinali sono di parere contrario.»

Se fosse stata con suo figlio, avrebbe emesso un fischio da stadio. I cardinali! La solita contrapposizione tra progressisti e conservatori tornava al centro delle cose.

«Perché questa richiesta? Perché a me?»

«Avranno bisogno di capire come stanno le cose da una voce autorevole e indipendente.»

Anna fece una smorfia.

«Ha fatto lei il mio nome?»

«No, assolutamente. Non sapevo nulla di questa cosa. Perché sei così preoccupata?»

Alzò le spalle anche se non si sentiva tranquilla.

«Vuoi un consiglio?»

Annuì; al punto in cui era aveva bisogno di qualsiasi suggerimento, anche se di parte.

«Affidati alla storia, quella non mente mai.»

Il colloquio era finito.

S'incamminarono verso la direzione da cui era venuta. Poi, come furono sul punto di salutarsi, monsignor Gimenez disse: «Segnati questo numero.»

Anna prese il cellulare e memorizzò le cifre che lui le dettò.

«È il mio numero personale, chiamami per qualsiasi motivo, anche di notte. Al massimo, non ti rispondo o è staccato.»

Poi si girò e la lasciò basita.

Cos'era stato? Un monito, una richiesta o un cattivo presagio?

Dopo pochi minuti, arrivò al Cortile del Belvedere e si recò presso la portineria dell'Archivio Apostolico, l'ex Archivio Segreto del Vaticano. Nel 2019 Papa Francesco ne cambiò il nome per cercare di smussare l'idea errata che la parola segreto portava con sé. In effetti *secretum*, in latino, significava privato e stava a indicare che era l'archivio privato del papa, nulla di più. A buon vedere però, una parte dei documenti rimaneva ancora secretata e non era consentito l'accesso neanche agli studiosi come lei. Vi era già stata alcune volte in passato, la prima quando era ancora una studentessa di Lettere e filosofia e aveva intrapreso il percorso in Storia, antropologia, religioni. Come aveva iniziato a studiare Storia delle religioni, si era ritrovata in un mondo fatto di miti e antiche scritture, di un sapere che si perdeva nella notte dei tempi, tanto antico quanto suggestivo. Ben dodici secoli di storia erano racchiusi in quelle mura con più di otto milioni di documenti. Entrando la prima volta, aveva capito che sarebbe stata la sua specializzazione in un modo o nell'altro e quando si era avvicinata alla Storia del cristianesimo aveva definitivamente compreso che la Terra Santa era il luogo da dove tutto partiva e, quasi per incanto, tornava. E Gerusalemme, il centro vitale, rappresentava l'unione delle tre religioni monoteiste, amato e odiato all'occorrenza. "Mai luogo più adatto per cospirazioni o alleanze." Ed era stato questo aspetto che l'aveva da sempre interessata, la religione e la politica.

Affrettò il passo e poco dopo fu davanti a un professo, capelli corti scuri e un viso rotondo quanto gli occhiali che portava.

«Come posso aiutarla?»

«Sono Anna Pareto e ho appuntamento con monsignor Abbate.»

Il giovane controllò il computer che aveva di fronte, fece un cenno di assenso, non si sa bene a chi, forse all'Altissimo, e poi le sorrise.

«La prego di attendere.»

Non indicò nulla in particolare e Anna rimase ferma in piedi.

«Nella sala d'aspetto, lì sulla sinistra.»

«Oh, grazie. Conosco bene questo posto ma non avevo mai atteso qualcuno.»

Il professo la guardò malamente. Dove aveva sbagliato? Ecco, quello era l'esempio di come se dicevi qualcosa di interpretabile per un uomo di Chiesa sbagliavi sempre: per loro le parole potevano assumere un significato del tutto diverso dall'intenzione.

Si accorse di aver perso quella cautela che l'aveva sempre salvaguardata dai religiosi e quindi tornò a concentrarsi.

La sala d'attesa aveva una foto di Papa Francesco che sorrideva in un momento di privacy. Lontano dalla folla che lo accoglieva ogni domenica o durante uno dei suoi viaggi, rappresentava un momento di felicità e spensieratezza, la rara dimostrazione di un'anima spontanea. La scelta di Bergoglio del nome "Francesco" l'aveva particolarmente colpita. È vero che la figura del frate d'Assisi era emblematica come voto alla povertà, ma era stato molto di più. Aveva rappresentato la Chiesa cattolica proprio in Terra Santa, avventurandosi in luoghi ostili, rischiando di morire, con il solo coraggio e la fede a proteggerlo. Pochi conoscevano questo aspetto della sua vita, molti lo ricordavano per il suo amore verso la natura, la preghiera e la meditazione che ne derivava; ma chi aveva studiato, oppure semplicemente letto della sua vita, sapeva che Francesco era stato un uomo ardito e visionario. "Un guerriero senza patria e senza spada, per dirla come Bertoli, anticattolico per eccellenza," si disse sorridendo tra sé. Un'altra blasfemia considerando il luogo in cui si trovava.

«La prego, venga.»

Un altro giovane, questa volta un novizio, la invitò a seguirlo con un cenno. Anche lui sembrava molto convinto di quello che faceva e questo la rincuorò: c'era bisogno di una nuova classe di religiosi che sentissero i voti come una vera missione e non un rifugio in una vita dettata da altri.

Passarono un lungo corridoio che si trovava sulla destra della biblioteca. Intravide l'ingresso e abbozzò un mezzo sorriso. Ricordò quegli anni da ragazza, cullati dall'amore per Simone, il ragazzo che era diventato il padre dei suoi figli, poi perso nella nebbia piemontese. Peccato, ci aveva creduto eccome; tuttavia, non rimpiangeva nessuna scelta. "Nulla va come si crede, cara mia, quindi occhi aperti."

Il giovane bussò all'ultima porta e davanti a loro si aprì uno studio importante, una stanza degna di un alto prelato come doveva essere Giulio Abbate.

Appena varcata la soglia, il novizio si dileguò all'istante e chiuse la porta dietro di sé.

«Ben arrivata, mia cara. Prego, si accomodi.»

Allungò la mano perché Anna facesse il gesto del baciamano.

Lei non disse nulla e seguì il suo invito.

«Sono contento che sia venuta così presto. Vuole qualcosa da bere, un po' d'acqua, un caffè?»

«Sto bene, grazie. Il viaggio è stato molto confortevole.»

«Si ferma qui a Roma?»

Anna Pareto osservava quell'uomo alla ricerca di ciò che non andava, una nota stonata dietro tanta gentilezza ma non ne trovò.

«Un paio di giorni, per la gioia dei miei figli.»

«Adolescenti?»

Lei annuì.

«Non deve essere facile per una donna separata...» Monsignor Abbate lasciò la frase a metà mente faceva vagare lo sguardo oltre la donna. Ecco, il primo affondo era arrivato.

«Si sviluppano doti fantastiche, lo sa? Mia figlia dice che le ricordo Wonder Woman.»

«Non so chi sia, mi spiace.»

«Non deve. È un'invenzione di un fumetto, è una donna con poteri speciali e al giorno d'oggi ne abbiamo tutti bisogno, non crede?»

Il prelato annuì. Se le aveva promesso tutti quei soldi era perché credeva che lei avesse qualcosa di speciale.

Attese che lui aggiungesse qualcosa ma, dato che non sembrava sul punto di parlare, l'anticipò: «Mi dica perché sono qui, monsignore.»

«Giusto, giusto. Vediamo da dove cominciare. Cosa le ha detto Camille Flammarion?»

«Nulla di particolare, solo che ha bisogno di una relazione sulla situazione odierna in Terra Santa.»

L'uomo alzò i sopraccigli.

«Niente di più?»

«Che lavora per il Consiglio dei patriarchi cattolici d'Oriente.»

Il monsignore fece dondolare la testa avanti e indietro e poi chiese: «E questo la porta a pensare?»

«Che c'è di mezzo un problema di gestione di quei luoghi. Quello che non capisco è come posso aiutarla, sono semplicemente una storica.»

«Non riduca il suo valore, lei è ben altro, ho fatto le mie ricerche.» Il tono era tanto piatto che Anna rimase in silenzio cercando di capire la portata di quelle parole.

«Sa quello che è successo ultimamente?»

Lei fece un cenno con la testa, non era aggiornata.

«Nel 2016 il Patriarcato latino di Gerusalemme, la nostra anima in Terra Santa, aveva debiti per quasi cento milioni di euro, e il nostro attuale patriarca, che allora ricopriva il ruolo di amministratore apostolico, l'arcivescovo Pierluigi Battista, è stato costretto a vendere dieci ettari di nostre proprietà a Nazareth per sanare due terzi del debito, e a introdurre nel 2020 un nuovo statuto che prevedesse maggiore trasparenza sui conti economici. A ottobre di quell'anno il Santo Padre lo ha nominato patriarca di Gerusalemme dei Latini. Tutto chiaro?»

Il cervello della donna correva velocemente e ci mise un po' ad annuire. Se dieci ettari di proprietà valevano più di sessanta milioni di euro, chissà che giro poteva esserci dietro.

«Una domanda: di quali proprietà si tratta?»

Il monsignore rimase sorpreso e alzò ancora una volta i sopraccigli.

«Non vedo come questo possa esserle d'aiuto.»

Lei rimase in silenzio e lui continuò: «Il Santo Padre è ovviamente rimasto molto colpito da questa situazione; non capita spesso che una nostra sede rischi la bancarotta, così ha deciso di esplorare nuove iniziative. Deve comunque sapere che l'arcivescovo Pierluigi Battista ha ricevuto il pallio.»

"Urca!" Si disse Anna mantenendo un'espressione impassibile. La massima onorificenza esclusiva del papa che, imposta da lui stesso, sottolineava il servizio reso da chi lo riceveva in comunione con la Santa Sede di Roma. Era il simbolo di un legame speciale con il papa, un encomio raro e destinato soprattutto a chi esercitava in terre lontane, ai metropoliti, ossia coloro che presiedevano una provincia ecclesiastica. Un uomo potente in una zona piena di insidie, difficile da gestire. Ma era chiaro che c'era qualcosa che non tornava.

«Cos'è che vuole da me, esattamente?»

Cercò di mantenere un tono neutro ma un leggero calo della voce tradì la sua preoccupazione. L'uomo sorrise; gli piaceva tanta schiettezza.

«Un resoconto di quello che succede, se gli equilibri dello Statu Quo sono ben mantenuti, se i Frati Minori della Terra Santa e il nostro patriarca s'impegnano al massimo per fare quello per cui secoli fa sono stati riconosciuti dal Santo Padre.»

«Dovrò recarmi a Gerusalemme e incontrare l'arcivescovo Pierluigi Battista, tanto per cominciare.»

«Ci dica solo quando vuole partire, Camille Flammarion l'accompagnerà ovunque.»

Anna Pareto abbozzò un sorriso.

«So cavarmela da sola, grazie, ormai sono un'adulta.»

Il monsignor fece finta di non aver sentito, ma poco dopo aggiunse: «Non lo metto in dubbio ma visto che intraprenderebbe il viaggio a nostre spese e per nostro conto, deve avere un'accompagnatrice. Se Camille Flammarion non è di suo gradimento, posso trovare qualcun altro.»

«No, va bene, nessun problema.»

«Ottimo. Abbiamo terminato. Mi raccomando,» scrisse qualcosa su un biglietto che poi le porse, «questo è il mio numero personale, mi chiami per qualsiasi motivo. Devo essere aggiornato costantemente, non voglio attendere la fine della relazione.»

Quelle parole, pronunciate solo pochi minuti prima dal suo mentore, le gelarono il sangue. "Splendido, ora ho due capi cui riferire," pensò mentre lo metteva in tasca.

«Lo farò senz'altro.»

«Ottimo. E mi saluti il giardiniere del papa la prossima volta che lo vede o sente, professoressa.»

Non ne fu sicura ma le sembrò di avvertire del disprezzo nel suo commiato.

"E questi due capi sono anche in lotta tra loro," concluse il pensiero annuendo. Fece un cenno di saluto e ignorò la mano del monsignore che si stava alzando. Un brivido le corse lungo la schiena quando attraversò a passi veloci il corridoio verso l'uscita. Aveva accettato quell'incarico perché aveva bisogno di soldi ma forse era stata troppo frettolosa. Si sentiva già immersa in quell'atmosfera fatta di parole non dette, inganni e pugnalate alla schiena. Si affrettò verso l'uscita e quando fu davanti alla vecchia fontana a bordo strada, pochi metri prima del controllo passaporti, si fermò e fece una lunga sorsata. Era un rito che ripeteva da tempo, convinta che bere quell'acqua "santa" portasse fortuna. Ritirò il documento d'identità ringraziando il tipo dietro al bancone e finalmente riprese a respirare in modo normale.

Come fu fuori, l'uomo che le aveva consegnato il passaporto prese il telefono e compose un numero.

«Monsignore?»

«Mi dica.»
«Abbiamo fatto quello che ci ha chiesto.»
«Grazie. Che Dio vi benedica.»
Poi la comunicazione fu interrotta.

# 6

Il quartiere Bloomingdale di Washington sembrava un piccolo paese con le villette a schiera di colori diversi. I locali che si concentravano nel triangolo tra Rhode Island Avenue, Florida Avenue e North Capitol Street trasmettevano quel senso di caratteristico, un'armonia che trovavi solo nelle cose curate nei dettagli. Era un angolo di pace in una città piena di palazzi governativi e edifici costruiti per ospitare i milioni di dipendenti e per questo motivo era diventata la casa di James Scorsese; poteva raggiungere il Pentagono in meno di venti minuti, traffico permettendo. Era anche un luogo dove una passeggiata serale era ancora possibile senza essere circondati soltanto da auto e cemento.

La telefonata di sua figlia Elisabeth lo aveva colto di sorpresa e il primo locale che gli era venuto in mente era stato il Big Bear Cafe, dove andava spesso a fare colazione con il suo nuovo amico a quattro zampe, Omar, un pastore belga. Sarebbe arrivata in treno alla Union Station e lo avrebbe raggiunto in poco tempo. Di andare a prenderla non se ne parlava, era più di un anno che non si faceva viva. Avrebbe ascoltato quello che aveva da dire, chiesto il motivo di tanto silenzio e del perché era stata così stronza da non farsi sentire, sparire in Italia e a Venezia (aveva fatto le sue ricerche, era sempre nei servizi segreti, e che diamine!) senza mai mandare un semplice messaggio. Non aveva neanche risposto alle sue telefonate. E non avendo neanche un profilo social, non sapeva più che aspetto avesse. Aveva tagliato fuori non solo lui ma tutti i legami con la vita americana, come se l'incontro con sua madre e quello che era successo dopo l'avessero ferita irrevocabilmente. Si dispiaceva per Lara, la sua migliore amica, e Palmer, il suo fedele collaboratore, realmente innamorato di sua figlia, anche se in parte capiva il suo risentimento per come erano andate le cose. Già, ma di chi era la colpa? Del destino? Degli eventi? Di quello che tocca a chi vive vite intense e piene di emozioni, a chi osa e non lascia che il tempo trascorra ma lo impiega per crescere, sentire, amare e spesso soffrire? "Hai fatto una strage di cuori, figlia mia," si disse mentre seduto all'aperto con Omar accucciato ai suoi piedi sorseggiava un po' d'acqua in attesa che arrivasse. "Voglio vedere come hai intenzione di rimediare."

Già, perché era quello ciò di cui si trattava.

Gli si avvicinò una ragazza, indossava un paio di jeans e un giubbotto di pelle con un cappello dei Nationals, sicuramente non suo.

«Non posso crederci, James!» L'apostrofò e al suo nome Omar tese le orecchie.

«Linda,» esclamò il generale maggiore. Preso dai pensieri non l'aveva vista avvicinarsi. Era fuori allenamento, troppo tempo in ufficio lo stava rammollendo.

«Cosa ci fai qui?» Le chiese senza pensarci molto, l'istinto paterno stava tornando fuori così come quello indagatore.

«Faccio un giro. Tu piuttosto, non dovresti essere al lavoro?» Sottolineò quell'ultima parola mimando con le dita le virgolette.

«Beh, diciamo che oggi sono in libera uscita. Ogni tanto posso permettermelo.»

«Certo, certo, stai aspettando qualcuno?»

Scorsese cercò di trattenere un sorriso, Linda era come sua madre Lauren e non solo per la forte somiglianza.

«Non ci crederai ma sì, aspetto qualcuno che non vedo da molto tempo.»

Non aveva voglia di aggiungere altro, Lauren si sarebbe scatenata se solo avesse immaginato.

«Cose di lavoro?»

«Non proprio.»

Un lampo di malizia passò negli occhi della ragazza che non fece nulla per nasconderlo.

«Non è come pensi, Linda. Ci tengo a tua madre, come a te d'altronde.»

La ragazza sorrise e il viso le si distese.

«Non lo metto in dubbio, generale. Ma a volte essere figo alla tua età, può farti venire strane idee.»

Lasciò la frase a metà perché Scorsese era scattato in piedi e già si aspettava un rimbrotto che invece fu sostituito da un'espressione di contentezza. Seguì il suo sguardo, che si fermò sulla figura che stava salutando il tassista prendendo un trolley. Lei non poteva vederli, erano coperti da alcune piante ma loro avevano una visuale perfetta. Anche Omar comprese che il momento era solenne e si mise su due zampe.

Mentre Elisabeth si avvicinava, Linda strabuzzò gli occhi.

«Oh cavolo,» si lasciò scappare non sapendo se dipendesse più dalla sorpresa o dalla luce che la donna emanava. Si sarebbe aspettata chiunque, un vecchio amico, un'amante occasionale, quel ficaccione di Palmer che sognava anche di notte ma sua figlia mai, e poi era un vero e proprio schianto!

Elisabeth allungò il passo e il suo volto fece capolino tra due piante che sembravano incorniciarlo. "Un'opera d'arte, ecco cos'è." Linda se n'era perdutamente innamorata e avrebbe sposato l'amore fluido per l'eternità se questa fosse stata la ricompensa.

«Elisabeth,» chiamò James Scorsese agitando la mano. Omar a quel punto era pronto a scattare. «Buono, è mia figlia,» disse a bassa voce e sentendosi pronunciare quelle parole una parte di sé gioì come non succedeva da anni, un microsecondo in cui emozioni e sofferenza si unirono, un abbraccio con la vita trascorsa da quando, quasi quarant'anni prima, aveva tenuto in braccio per la prima volta quella splendida creatura che gli stava venendo incontro. La osservò pregando che quel momento non finisse mai, che per effetto Matrix si congelasse così come stavano esplodendo i sentimenti che provava per lei, oltre i limiti dei gesti e degli eventi che li inchiodavano alla realtà. Tutto il suo astio, la sua rabbia per quei mesi di silenzio s'infransero nello sguardo che passò tra loro, e sua figlia, coperti gli ultimi metri, si bloccò rimanendo senza parole.

"Come ho potuto fare a meno di lui?," si chiese Elisabeth, semplicemente.

Lasciò il trolley e prima che qualcuno potesse dire qualcosa, Omar fece una cosa che non faceva mai con chi non conosceva o fino a quando non imparava a fidarsi, le andò incontro con il muso rivolto verso l'alto.

Elisabeth lo vide e si lasciò andare a un sorriso aperto e sincero e allora Linda sussurrò: «Oddio, devo sedermi.»

«Chi è questo nuovo amico?» Chiese al padre chinandosi e cominciando ad accarezzarlo. Non era mai stata una patita di cani ma in quel momento le sembrava la sorpresa più bella che potesse ricevere.

«È il mio nuovo impegno quotidiano. Dicono che guarisce le ferite e spinge a guardare avanti.»

«Ed è così?»

Elisabeth continuava a fissarlo, i suoi occhi chiari, limpidi e pieni d'amore.

«Non proprio, ma ti dà una mano.»

«Come si chiama?»

«Omar.»

In un attimo, come una nube improvvisa e solitaria in un cielo azzurro intenso, gli occhi di lei si rabbuiarono. Stava per replicare ma chiuse le labbra. No, non ora, il passato poteva aspettare.

«Scusate, ci sono anche io.»

Elisabeth si tirò in piedi e affrontò la ragazza che aveva appena parlato. Allungò una mano per educazione, un gesto istintivo e l'altra la prese subito facendo un passo avanti. Stava per abbracciarla ma lei la fermò con il palmo della mano libera.

«Scusa, chi sei?»

Linda fece una smorfia, scosse la testa, lasciò la stretta e scoppiò a ridere. "Eterna incosciente giovinezza sia lodata per sempre," pensò James mentre la ragazza si rivolgeva a lui: «Non le hai detto nulla?»

Lui rimase in silenzio e Omar emise un gemito come a dire che era in arrivo una tempesta.

«Veramente?» Lo incalzò alzando le mani in segno di resa.

«Non c'è stata occasione,» fu la sua risposta laconica.

Non c'è modo di evitare la verità, prima o poi ti assale con tutta la sua forza, volente o nolente. Ed era giunto il momento. Inevitabile.

«Questa poi, non me l'aspettavo proprio da te, generale.»

«Maggiore, è così che lo chiamano i suoi uomini.»

La ragazza alzò le spalle, in quel momento non faceva differenza.

«Allora, glielo dici o devo farlo io?»

Il tono di Linda era salito di un'ottava. Elisabeth spalancò gli occhi e chiuse le mani a pugno, le braccia stese lungo i fianchi.

«Ehi, ragazzina, come ti permetti di parlare così a mio padre? Sei impazzita o cerchi guai? E tu, non startene lì impalato, fa' qualcosa.»

Omar andò a nascondersi dietro il tavolino, segno che conosceva bene quel posto come l'aria che stava tirando.

«Beh, ecco, sì, giusto,» intervenne Scorsese, «devo fare le presentazioni.»

«Sarebbe meglio, maggiore,» aggiunse Linda con palese sfottò.

Prima che Elisabeth cominciasse a urlare, una voce li raggiunse: «James.» Una mano sventolava nella loro direzione, un'altra apparizione non prevista.

Ognuno di loro si girò in quella direzione e videro una donna che li raggiungeva a grandi passi.

«Oddio, qui si fa bella, adesso,» sussurrò Linda decisamente divertita. Il cane si appiattì più del dovuto nella speranza di trasformarsi in un gatto.

«Cosa ci fai qui?»

Incurante degli sguardi che sentiva addosso, la donna gli si avvicinò e gli stampò un bacio sulle labbra. Linda scoppiò a ridere e James quasi cadde seduto.

Allora, fu Elisabeth a parlare per prima. «Qualcuno mi spiega cosa sta succedendo?»

La donna si girò verso di lei e, allungando la mano, rispose: «Sono Lauren, sua moglie.»

«Cosa?»

Incredula, Elisabeth ricambiò il saluto e trasformò la stretta in un'àncora di salvataggio. Avvertì un senso di vertigine e prima che cadesse a terra, Linda fu veloce a metterle una sedia sotto le gambe. Sbiancò ma si costrinse a rimanere in piedi.

«Mi dispiace, pensavo lo sapessi. Io...»

«E io sono sua figlia. Tua sorella, in un certo senso.»

A quel punto cedette e si accasciò sulla sedia. James condivise con Linda un'occhiata di intesa, il suo gesto era stato provvidenziale. Poi lei scattò dentro il locale e ne uscì subito dopo con una brocca d'acqua e un paio di bicchieri. Nel frattempo, Lauren si era fatta da parte e aveva lasciato a James lo spazio visivo libero su sua figlia. Anche lui si era seduto.

Elisabeth afferrò il bicchiere stracolmo che le porgeva Linda, lo tracannò e prima di appoggiarlo sul tavolo, esclamò: «Non mi hai detto niente!»

«Elisabeth, io...»

«Io cosa? Ti lascio stravolto dopo l'arresto di mia madre e ti ritrovo sposato e con un'altra figlia!»

«A proposito, mi chiamo Linda.»

Elisabeth la guardò e lei le sorrise. Disarmante, ecco com'era Linda. "Tempismo perfetto," pensò Lauren. Sarebbero andate d'accordo.

«Vieni Linda, lasciamoli soli,» aggiunse Lauren mentre li salutava con un gesto della mano.

La ragazza annuì e si avvicinò a James. Si chinò in avanti e lo baciò su una guancia, poi girandosi verso Elisabeth, le disse: «Sorella, sei uno schianto e già ti amo. Dio, come sono fortunata.»

Linda alzò gli occhi al cielo e sorrise a entrambi. Fece per allontanarsi ma James la richiamò: «Non dimentichi qualcuno?»

«Sì, giusto. Omar andiamo.»

Il cane si mise su quattro zampe, attese il via del padrone e poi le andò dietro. Era la sua guardia del corpo.

«Ho bisogno di qualcosa di forte.»

Scorsese chiamò il ragazzo che serviva ai tavoli.

«Generale, bentornato. I Nationals hanno perso ma dicono che ci rifaremo, lei cosa ne pensa?»

«Se Rodney si riprendesse dall'infortunio, potremmo farcela, è lui il nostro battitore designato.»

Il ragazzo annuì soddisfatto.

Elisabeth era sempre più sconcertata. Il baseball? Da quando?

«Posso avere una vodka doppia ghiacciata?»

«Subito. Lei generale?»

«Anche per me. Sono fuori servizio,» si giustificò anche se un capo dei servizi segreti non conosce riposo.

«Allora, da dove cominciamo?»

«Dalle cose più semplici.»

Elisabeth fece una smorfia.

«Il cane. Perché quel nome?»

James Scorsese abbozzò un sorriso.

«Avevo detto dalle cose più semplici, questa è la più complicata.»

Arrivarono i drink ed entrambi ne bevvero un sorso come fosse acqua nel deserto. Dovevano abbeverare lo spirito oltre che le intenzioni. James Scorsese cercò una via di fuga ma al punto in cui era, non ne aveva. Deglutì; avrebbe preferito avere di fronte dei terroristi incazzati che sua figlia arrabbiata e giustamente in attesa. Ma non era lui quello che doveva ricevere delle spiegazioni?

«Vogliamo parlare del tuo silenzio di oltre un anno?»

«Non cambiare discorso, sei tu che me lo hai insegnato.»

«Ho provato a chiamarti, ti ho scritto mail, ti ha scritto anche Lara...»

Elisabeth lo interruppe. «Nessuno di voi due si è degnato di dirmi cosa stavi combinando qui. Se lo avessi saputo, ti avrei risposto immediatamente. Non provare a coinvolgere la mia migliore amica.»

James Scorsese alzò le mani in segno di pace.

«Sei sconvolta e lo capisco, ma non puoi pensare che proprio per la portata di queste notizie, potevo limitarmi a scriverti. Questo credo tu possa comprenderlo.»

«Avevi paura che ti facessi una scenata di gelosia?»

Scorsese scosse la testa. Non era questo il punto.

«Riguarda me. Vedi Elisabeth, fin da quando tua madre è sparita, ti ho cresciuta considerandoti un'adulta e, come tale, non ti ho mai sottratto alla verità.»

«Cazzate e lo sai bene. Mi hai usata come esca per catturare mia madre, Caterina o Iside come si faceva chiamare. Te lo sei dimenticato?»

Incrociò lo sguardo del cameriere e ordinò altre due vodka.

Si guardò intorno. Era un giorno feriale e quel luogo non era così affollato ma lui era pur sempre un agente ed erano in una città detta "sempre critica".

«Se vuoi parlare, abbassa la voce.»

«Giusto, la grande spia. Giochi ancora con i soldatini?»

La stilettata arrivò mentre l'alcol si apriva una strada nell'intestino di James Scorsese e con il suo aiuto, in qualche modo, cercò di evitarla. Ma con scarsi risultati. Lo odiava fino a quel punto?

Si rabbuiò e fece un lungo respiro.

«Si chiama Omar perché è l'Omar che tu hai conosciuto, sì, è per quel motivo. Io e tua madre gli dovevamo molto ed è morto per causa nostra. Lo so bene che il passato non si cancella, ma può aiutare a non fare gli stessi errori. Omar è qui per questo, per farmi ricordare.»

«Non capisco.»

Arrivarono le altre due vodka, ma nessuno le toccò.

«Mi sono distratto. Con te e con tua madre. Non ho realizzato di cosa avevate bisogno preso dalla carriera, dai doveri e dagli impegni. Spesso ho tollerato silenzi o incomprensioni, o represso anche il solo desiderio di chiarimento perché li giustificavo come una forma di indipendenza. "Ognuno ha il suo spazio," mi dicevo, "Rispettalo". Invece, dovevo andare a fondo, comprendere meglio chi eravate... e non l'ho fatto, sbagliando. Ora, con Lauren e Linda ho un'altra occasione e non voglio fallire di nuovo come ho fatto con te.»

Chiuse gli occhi. Era una giornata splendente, il sole scendeva lentamente e si lasciava ammirare in tutta la sua pienezza ma un'ombra scura e malevola copriva il cuore di James Scorsese. Poteva sentire le ramificazioni allungarsi ovunque e stringere l'anima fino a stordirlo. Emise un gemito ed Elisabeth se ne accorse. Si alzò in piedi e si avvicinò. Prese la sua testa e l'attirò a sé, a contatto con la vita. Lo strinse e lui le cinse i fianchi. James cominciò a piangere. Era ferito, dilaniato dai sensi di colpa per aver perso sua figlia e la sua fiducia, per averle fatto quello che mai avrebbe voluto, per aver infranto l'eterno indissolubile amore tra padre e figlia.

«Perdonami,» riuscì a dire senza vergogna, quell'uomo che era stato una leggenda e ora, umilmente e con rinnovato coraggio, provava dove aveva fallito. Un esempio, ecco cos'era suo padre, e non il cinico agente segreto pronto a tutto pur di avere la meglio.

Attese che lui si riprendesse e poi si accomodò di nuovo, questa volta avvicinando la sedia. Gli prese una mano e cominciò ad accarezzarla.

«Sai cosa mi piace di te, papà?»

Gli occhi chiesero per lui.

«L'assoluta incapacità a capire una donna.»

«Non è vero.»

Lei abbozzò un sorriso. Fece passare qualche secondo, momenti che non sarebbero più tornati.

«Lauren ti ama?»

«Così sembra.»

Lei gli lanciò un'occhiataccia.

«Sì, mi ama molto.»

«E Linda?»

«Credo che provi il massimo che può, ed è tanto, anzi tantissimo.»

«Bene. Lo sanno che sono tua figlia?»

James Scorsese alzò i sopraccigli.

«Come hai ricordato, mi hai educato tu e sono pronta a uccidere se dovessero farti del male.»

Questa volta il suo viso riassaporò il piacere di un sorriso pieno.

«Non ce ne sarà bisogno e poi non vale la pena.»
«Questo è da vedersi, ma l'importante è che loro lo sappiano.»
Lui allungò anche l'altra mano e lei la prese.
«Ti amo con tutto il cuore, Elisabeth.»
«Anche io papà.»
Repressero le lacrime, ora il sole poteva tornare a splendere anche nei loro cuori.
«Hai fame?»
«Da morire.»
«E allora lasciati consigliare.»
Persero tempo nel leggere il menu tanta era la voglia di pensare ad altro ma entrambi sapevano che c'era ancora molto da dire. Poi, chiamarono il cameriere che questa volta si avvicinò meditabondo. Conosceva bene il generale, aveva capito che era un pezzo grosso del Pentagono e aveva preso informazioni dalle diverse persone che frequentavano il locale e lo conoscevano. Un mito vivente, questo era. Sinceramente averlo visto in quello stato lo aveva impressionato. Gli fece ricordare una frase di uno scienziato che lo aveva colpito: "I miti sono storie che esprimono un senso, una morale e una causa. Se sono vere o no, è irrilevante." L'aveva scritta Michael Shermer, uno scrittore un po' fuori dagli schemi, con teorie che rasentavano il sovrannaturale.
«Sam, questa è mia figlia, dovevo presentartela prima, scusami.»
Lui sorrise, prese l'ordinazione, e lasciandoli di nuovo soli, aggiunse: «Ora mi è tutto chiaro, generale.»
Scorsese annuì anche se ci aveva capito ben poco.
«Come hai conosciuto Lauren?»
«Per Linda, ho conosciuto prima lei. L'ho arrestata.»
Elisabeth spalancò gli occhi.
«Oddio, ma è la giornata delle sorprese?»
«Puoi dirlo forte, amore mio.» Le strinse la mano e continuò: «Abbiamo avuto una soffiata, un nucleo di combattenti di Al-Qaida stava organizzando una rapina in una banca in un paesino in Texas.»
«Ma Al-Qaida non era finita?»

«No, Elisabeth, anzi. Dopo la morte di Ayman al-Zawahiri si stanno riorganizzando, in Afghanistan sono al potere grazie a un accordo con la famiglia Haqqani...»

«Papà!»

«Scusami. Hai notato la personalità di Linda? È diciamo un tipo vivace, non ha problemi a fare conoscenza con le persone ed è un po' troppo disponibile.»

Elisabeth annuì. Voleva aggiungere altro ma lo tenne per sé. Abbozzò un sorriso e lui continuò: «Ha stretto amicizia con un ragazzo arabo e qui niente di particolare, ma noi lo stavamo tenendo sotto controllo per una segnalazione degli egiziani. Il ragazzo lo immaginava e quindi una sera ha chiesto a Linda il cellulare per fare una telefonata, quella che doveva stabilire l'incontro. Aveva i codici di un nuovo congegno per esplosivi.»

«Lei non ne sapeva nulla, giusto?»

Scorsese annuì.

«Ma abbiamo dovuto comunque fermarla. Con il suo caratterino si è ribellata, ha dato un calcio in mezzo alle gambe a un agente, un paio di gomitate a un altro, fino a quando sono riusciti a bloccarla.»

Elisabeth sorrise appena, più per la comicità del momento che per la storia in sé. In effetti, c'era poco di divertente e già intuiva il motivo della presenza del cane. Sam si avvicinò con i piatti che avevano ordinato e cominciarono a mangiare. Dopo i vari assaggi iniziali, fu Elisabeth a esortarlo a continuare.

«Quando Lauren è venuta alla stazione di polizia, era su tutte le furie e allora le ho raccomandato una vecchia conoscenza, un avvocato in gamba, spiegandole che se voleva che venisse non solo liberata ma che cadessero anche le accuse di resistenza a pubblico ufficiale aggravata e concorso in associazione con finalità di terrorismo, doveva convincere Linda a collaborare.»

«E così ha fatto?»

Scorsese fece un gesto con la mano.

«Diciamo di sì. È un po' più complicata di così però lasciamo perdere. Ora è pulita ma temiamo per lei, potrebbero vendicarsi. Si sono trasferite qui a Washington, Linda ha accettato a patto di non finire nel programma testimoni, anche perché non ci sarebbero i presupposti, e l'unica soluzione che le andava bene era Omar. È un cane poliziotto molto ben addestrato. Questa è la storia.»

«Quando è successo?»

«Subito dopo che sei partita per l'Italia.»

Aveva sempre saputo dov'era. Questo la rincuorò.

«Mi hai fatto pedinare in questo periodo?»

«Mai.»

«Telefono sotto controllo?»

«Neanche.»

Lei sorrise. «Non ci credo, neppure una semplice sbirciatina, magari ai tabulati?»

Lui negò e si baciò le dita in segno di giuramento.

«Dimmi di te, piuttosto. Come sei stata?»

Elisabeth raccolse i pensieri. L'Italia era un Paese favoloso e Venezia una città da fiaba, ma la vita era un'altra cosa. «Nessun marito e figli al seguito. Nessun parto e sono felice di essere tornata.»

«Hai espiato colpe non tue.»

«Volevo ritrovarmi.»

«Lo hai fatto?»

Annuì, soddisfatta. «Adesso sì. E a quanto pare, ho una nuova famiglia.»

«Così sembra.»

«Ho ancora una domanda.»

«Me la farai mentre camminiamo. C'è un parco qui vicino che voglio farti vedere.»

«Non lavori oggi?»

Lui sorrise. Era il minimo benvenuto che potesse riservare al suo ritorno e in programma c'era altro.

Pagò il conto e s'incamminarono per Florida Avenue. Lui le portava il trolley.

«Avevi deciso di fermarti?»

«No, rientro stasera, ho portato solo due cose.»

In quell'istante gli arrivò un messaggio sul cellulare. Lo guardò velocemente, non voleva interrompere quel momento.

«Cosa volevi chiedermi?»

«Il matrimonio con Lauren, com'è stato possibile? Eri sposato con mamma.»

«Ha firmato il divorzio. Tecnicamente c'era da discutere perché era stata data per dispersa e quindi il matrimonio era nullo, ma poi è ricomparsa e l'annullamento è stato revocato. Insomma, un bel problema che abbiamo risolto come due persone adulte.»

«Come sta?»

«Come un prigioniero chiuso in un carcere di massima sicurezza senza contatti con l'esterno e solo un'ora di luce e aria al giorno. Le hanno concesso soltanto alcuni libri.»

Elisabeth rallentò vistosamente il passo. Sua madre aveva tradito il proprio Paese, certo, fomentato un piano diabolico per controllare gli equilibri del mondo con un'associazione di ricconi, detti "Scriba" che volevano armare addirittura un satellite tenendo così sotto scacco tutti i governi del pianeta. Ma pensarla in quella situazione la rattristava comunque.

«È impazzita?»

«Non che io sappia. E non pensare che non mi dispiaccia. L'ho amata alla follia, tu sai quanto, non te l'ho mai nascosto.»

Aveva ragione. Da quando era sparita in una missione in Venezuela, quasi quindici anni prima, era rimasto ancorato all'idea che fosse ancora viva. La sua speranza si era rivelata realtà, anche se poi Caterina si era svelata un'abile criminale dalla spia integerrima che era. Era riuscito ad arrestarla solo grazie all'inconsapevole aiuto di sua figlia. Elisabeth ebbe la sensazione che quella macchia della loro vita non sarebbe mai andata via.

Gli prese la mano e lui si addolcì. Stava invecchiando lentamente, seppur facendo finta di nulla.

«Com'è stato il matrimonio?»

«Una piccola fuga.»

Eccolo lì, l'anima inquieta mai domita, l'uomo che deve avere sempre un motivo per vivere, che un giorno non può essere quello e basta ma deve rappresentare qualcosa, meglio se essenziale. Come il lavoro, i sentimenti, il chiedere e dare. Vita piena, certo, ma anche molto esigente.

«C'è un'altra cosa che devi sapere, Linda è legalmente tua sorella. L'ho adottata, ho sentito di volerlo fare e l'ho fatto.»

"Bravo papà." Lo tenne per sé ma gli strinse un braccio. Era un uomo che non amava le pause, le usava solo per poi passare di nuovo all'azione. Una volta un amico lo aveva guardato bere una birra tenendo gli occhi chiusi e lo aveva definito "il riposo del guerriero".

«Non ti stanchi mai?»

«Spesso, però non fino a quel punto. Avrò tempo per dormire quando non ci sarò più.»

Arrivarono all'ingresso di Le Droit Park e lo attraversarono in silenzio, sbucando su Georgia Avenue.

«Devo dirti una cosa ma non vorrei che la prendessi male.»

Lui s'irrigidì ma le fece segno di continuare.

«Ho ricevuto una proposta di lavoro a Venezia, una consulenza per una casa d'aste. È una cosa diversa dal solito e volevo approfondire.»

«Cosa ti trattiene?»

Elisabeth si guardò intorno. Aveva ritrovato suo padre e ora non voleva stargli di nuovo così distante.

«È a Londra,» rispose a malincuore.

«Dietro l'angolo.»

«Già.»

James fece una smorfia ma poi abbozzò un sorriso.

«Chi è il cliente?»

«Un certo Andrea Spinazzola. La sua casa d'aste si chiama Ars Longa. Non ho ancora confermato, volevo prima parlartene.»

«Non ti ho mai frenato, anzi. Ti ho sempre spronato a fare nuove esperienze, perché ora ne dubiti?»

Elisabeth abbassò lo sguardo. Non sapeva perché ma si sentiva in colpa.

«Ti sono stata lontana tanto tempo, non ho voglia di mettere di nuovo un oceano tra di noi.»

«Non succederà.» Le sorrise e poi continuò: «Questa volta non lo permetterò, a entrambi.»

Non c'era bisogno di aggiungere altro. Avevano appena siglato un patto, un atto d'amore che non li avrebbe più divisi.

«Grazie, papà. Ma c'è anche un'altra cosa.»

Le lanciò un'occhiata e lei continuò: «A Venezia ho incontrato anche Christopher Brimley, è un cliente di Spinazzola ed è successa una cosa che mi ha fatto pensare.»

«Cosa?»

«Prima di allontanarsi, Brimley ha detto qualcosa all'orecchio di Spinazzola e la sua reazione è stata...» Fece una pausa. «Di paura, ecco.»

«Un'intimidazione?»

«Forse, non saprei, certo è strano che accada se un rapporto è limpido.»

James Scorsese annuì, era abituato a dubitare e così aveva insegnato a sua figlia. Poi la vita aveva fatto il resto.

«Linda mi chiede se ti fermi da noi stasera, era suo il messaggio di prima. Per tua informazione, Lauren sta già cucinando e ti assicuro che non succede mai.»

Lei sorrise mentre Scorsese spalancava gli occhi.

«Non posso crederci.»

Elisabeth seguì lo sguardo del padre e vide due ragazzi che si stavano sbaciucchiando su una panchina. James partì come se avesse visto una tigre che assaliva una pantera tanto erano attorcigliati quei due.

«Montero, cosa stai facendo?»

Come il ragazzo sentì le parole del generale, si staccò dalla tipa e scattò in piedi. Anni di addestramento gli erano serviti a qualcosa. Elisabeth rimase a distanza a godersi la scena.

«Capo, io...» Cominciò a balbettare. «Ho preso alcune ore di permesso, lei non era in ufficio e non c'era bisogno di me.» Poi lanciò un'occhiata alla ragazza dai capelli rossi che gli si avvicinò un po' intimorita.

"Carina la tipa, bravo Montero," pensò Elisabeth notando anche un tatuaggio alla base del collo che spariva sotto la maglietta.

«Certo, certo,» stava dicendo suo padre mentre Montero si allontanava continuando a scusarsi. La ragazza sconosciuta tratteneva un sorriso.

Lui tornò sui suoi passi scuotendo la testa.

«È il mio segretario personale, un genio con i computer ma un disastro per il resto.»

«Però ha un ottimo gusto. La ragazza è trendy.»

James fece una smorfia. Era ancora infuriato, così sua figlia lo prese sottobraccio e aggiunse: «Se l'invito è ancora valido, sarò felice di stare con voi, papà.»

In un attimo, il volto di Scorsese si rilassò; le nuvole erano sparite e di colpo splendeva di nuovo il sole.

# 7

«Questo è un bel posto, decisamente,» sentenziò Anna Pareto guardando la sua interlocutrice.

«Ho pensato che prima di cominciare ed essere operative, potevamo rilassarci un po'.»

«Perdonami ma sembri un'agente in missione,» le fece una smorfia passando a darle del tu e Camille Flammarion trattenne a stento un risolino. Si sentì in imbarazzo, dopo tanti anni in Italia non si era ancora abituata alla spontaneità degli italiani.

«Come hai trovato questo posto?»

«Il nostro ufficio non è lontano, sono pochi minuti a piedi.»

Si trovavano al bar ristorante Le Terrazze a Castel Sant'Angelo sedute a un piccolo tavolino in affaccio sul Tevere che di biondo ormai aveva ben poco. Ricordava più un vecchietto intento a farsi una tinta con risultati scadenti e soprattutto evidenti. Quello che l'aveva colpita era però il menu. Alcuni piatti portavano il nome dei papi, da Leone X a Clemente VI, due personaggi lontani nel tempo come nella vita papale. Due esempi distinti di come la scelta talare si muoveva su credi totalmente opposti.

Avevano ordinato un paio di drink analcolici e qualche tramezzino caratteristico romano, e si stavano conoscendo. L'ordine di monsignor Abbate era stato chiaro, doveva lavorare con quella donna e quindi tanto valeva coinvolgerla fin da subito.

«Ieri ho incontrato il nostro caro monsignore.»

«Lo so, mi ha chiamata.»

"Ottimo, fiducia zero, alla faccia dei buoni sentimenti," pensò Anna che cacciò via una mosca particolarmente fastidiosa.

«Allora, verrai con me.»

Camille sorrise e le instillò un po' di tranquillità.

«Parlami un po' di te, Anna.»

La professoressa di Scienze delle religioni più ambita in Italia ebbe la tentazione di rispondere evasivamente, ma poi valutò che non parlava delle sue cose da tempo immemorabile. E poi voleva partire con il piede giusto.

«Sono separata da un tempo infinito, single non per scelta, ho due figli, una femmina che è brava e mi somiglia e un maschio che è un ignorante talentuoso.»

Camille sgranò gli occhi. Non aveva capito molto, così chiese: «Cosa vuol dire?»

«Cosa?»

«L'ultima parola che hai detto.»

Anna scoppiò a ridere e Camille la seguì.

«Giura che sarai sempre così...» Cercò la parola giusta, soprattutto comprensibile per una straniera. «Naturale.»

«Sì, giusto, sarò sempre così, *nature*. Mi piace.»

Fecero un brindisi ai buoni propositi che si erano ripromesse e poi fu Anna a chiederle: «Tu? Sposata, fidanzata o cosa?»

Camille arricciò le labbra e questa volta fu lei a cercare la parola più consona alla sua situazione.

«Fluida.»

Il sorriso di Anna le si spense in volto. Sapeva bene cosa volesse dire e quindi senza troppi problemi esclamò: «Cazzo, non me l'aspettavo.»

Camille la guardò con aria divertita e poi aggiunse: «Non preoccuparti, non sei il mio tipo, anche se a una certa ora e con qualche bicchiere di vino di troppo.»

Dio, dovevano dividere la stanza, altro che storie!

«Ferma, non andare avanti. No, questa cosa non sono in grado di gestirla.»

«Io neanche. Viene e basta.»

Anna la fissò per alcuni secondi e poi di nuovo scoppiarono a ridere.

«E non abbiamo bevuto alcol, figuriamoci se alzassimo il gomito.»

«Cosa?»

Ecco, di nuovo. Aveva una compagna di viaggio che non capiva bene la sua lingua, amava chi le capitava a tiro e lo/la trovasse congeniale, non disdegnava sballarsi, *what else*?

«Ma lo sai che lavori per i preti, sì?»

«È questo il divertimento. E poi non è che loro sono così perfetti, giusto?»

Anna si rabbuiò all'improvviso e Camille se ne accorse, però decise di rimanere in silenzio questa volta.

«Vieni, andiamo a lavorare sul viaggio, ci sono alcune cose che devi sapere.»

Lasciarono Castel Sant'Angelo passando per il ponte Sant'Angelo e poi dopo una cinquantina di metri imboccarono via dei Coronari. Per Anna Pareto, che conosceva un po' Roma, ogni volta era come immergersi in altre epoche. I romani ormai non ci facevano caso, ma poteva capitare di svoltare un angolo del tutto sconosciuto e ritrovarsi davanti una fontana antica, magari di poca importanza e tuttavia di estrema bellezza. La Roma nascosta, come amava definirla, l'aveva sempre attratta e aveva condiviso il suo amore con Simone prima di andare entrambi a vivere a Torino. Vi avevano trascorso gli anni dell'università e poi il dottorato, due strade parallele che sembrava non dovessero mai dividersi.

«A cosa stai pensando?» La voce di Camille la sorprese. Fino a quel momento, avevano camminato una vicina all'altra ma in silenzio come rapite da tanta solennità. Quei luoghi sapevano di storia e potere.

«Nulla in particolare. O meglio, che la vita non va mai come i piani che immagini.»

«Quella è l'ascensore.»

«Come scusa?»

Camille le sorrise e tirò su le spalle mentre Anna scoppiava a ridere. Era anche simpatica e questo avrebbe reso tutto più semplice.

«Vieni, siamo arrivate.»

Piazza Madama, il palazzo prima del Senato della Repubblica, quello che ospitava la farmacia. Quanti ricordi. Vide la guardiola dei carabinieri e dentro il piantone di turno che tutto scrutava e le strappò un sorriso. Il negozio di fronte che ora vendeva scarpe. Un ricordo, la libreria storica che una volta era stata del fratello di Cesare Zavattini, o almeno così si diceva, e nella quale aveva lavorato un periodo per pagarsi le spese romane. Una volta, di domenica quando chiudeva per un paio d'ore a pranzo, nella fretta di andar via lasciò dentro un cliente, il quale, nel panico, cominciò a urlare battendo i pugni sulla vetrina, ma dall'interno. Fu il solerte carabiniere di guardia al Senato che lasciò il suo posto per soccorrere lo sventurato amante di libri e rassicurarlo attraverso il vetro, ovviamente. Raggiunta al telefono dal suo capo, palesemente arrabbiato, Anna si precipitò ad aprire al poveretto, chiese mille volte scusa, diede le generalità al carabiniere, il quale poco dopo le offrì un caffè, e lei invece pianse per la pessima figura che aveva fatto. Il cliente non tornò mai più, come dargli torto. E così si era conclusa la sua avventura da libraia. Quell'immagine ora le tornava in mente, un altro tempo e soprattutto libri al posto di scarpe. Erano stati momenti che ora definiva "come un lusso".

Salirono un piano e si ritrovarono nella sede italiana del Consiglio dei patriarchi cattolici d'Oriente. In realtà era una stanza, l'ufficio di Camille, e un bagno poco vicino, niente di più.

«Scusami, ma sono solo io qui a Roma. La sede principale è a Bkerké, in Libano.»

Anna annuì. Conosceva bene quell'istituto. Da anni manteneva un equilibrio politico attraverso le religioni, o almeno ci provava.

«Come mai questo ufficio?»

«Lo ha voluto il Santo Padre, dal 2020. In realtà non serve a molto ma ha rappresentato il messaggio della maggior vicinanza di Roma ai loro problemi. Sai, non ne parlano molti, ma la presenza della Chiesa cattolica in quei luoghi è molto importante.»

«Lo so bene, Camille.»

«Sì, giusto.»

La francese si accomodò alla sua scrivania e invitò Anna a occupare la sedia di fronte. Accese il suo computer e attese che fosse pronto.

«Vediamo se abbiamo novità dall'agenzia di viaggio.»

Scrutò lo schermo dopo aver inforcato un paio d'occhiali rosso, molto fashion.

«Eccola qui. Allora, vediamo cosa ci propone. Partenza tra cinque giorni, così hai tempo di tornare a casa e preparare il bagaglio, volo fino a Tel Aviv e poi in macchina per circa un'ora e mezza fino a Gerusalemme. Alloggeremo presso il monastero Francescano di San Sepolcro.» Fece una pausa e guardò dritto negli occhi la sua interlocutrice. Non era certo una visita di piacere.

«Poi al mattino dopo incontro con il custode di Terra Santa, padre Francesco Galan, e visita al museo di Terra Santa, voluto dai Francescani. Ore libere per la preghiera.»

Anna alzò gli occhi al cielo. Non si era ancora abituata all'atteggiamento dei credenti: credevano loro, credevano tutti.

Era stata in Terra Santa oltre dieci anni prima; pensava fosse un luogo che, visto con occhi autoctoni e non da turisti, si potesse definire come minimo "complicato". Erano tutti diffidenti, rigidi, mentre seguivano le regole della propria religione come se questo potesse proteggerli oltre il proprio credo; ciascun credente gestiva il quotidiano rispettando pedissequamente la tradizione e gli obblighi. Ogni cosa sembrava immobile, una convivenza che si teneva in equilibrio quasi per magia.

«Non preoccuparti Anna, tanto poi andiamo a farci un giro per Gerusalemme.»

Ecco, così andava meglio.

«Il giorno dopo incontreremo il grande capo, il patriarca di Gerusalemme dei Latini, l'arcivescovo Pierluigi Battista, con il quale passeremo alcune ore. Tra l'altro ci farà da cicerone per la visita alla procattedrale del Santissimo Nome di Gesù. È previsto un colloquio con il patriarca di Antiochia dei Maroniti, cardinale Béchara Boutros Raï, con quello dei Melchiti, Youssef Absi e infine con quello dei Siri, Ignace Joseph III Younan.»

Camille si bloccò, e non solo perché era terminata la mail.

«Sai cosa significa, vero?»

Anna spalancò gli occhi. Lo immaginava, però attese una conferma.

«Che la tua non sarà solo una visita per raccogliere informazioni sull'attuale situazione in Terra Santa dal nostro patriarca di Gerusalemme dei Latini, ma una visita ufficiale di un inviato del Vaticano.»

«Non è così. Monsignor Abbate non mi ha detto nulla in questo senso.»

«Allora come ti spieghi la presenza di ben tre patriarchi oltre al padrone di casa? Secondo me hanno tentato anche con altri ma lo scarso preavviso non lo ha permesso. Poi sarebbe diventata troppo solenne e non giustificabile.»

«Stai esagerando, Camille.»

«No, mia cara. La presenza di un solo patriarca poteva essere una coincidenza, essendo tre vuol dire che sono stati chiamati a rapporto dall'arcivescovo Battista.»

Anna Pareto cambiò posizione e rimase in ascolto.

«È un uomo potente, un Francescano colto e rispettato. È molto influente in quell'area e se ha ricevuto il pallio, ci sarà un motivo, tu cosa dici?»

Anna annuì. «Quando lo ha ricevuto?»

«Nel 2020, l'anno della sua elezione a patriarca dopo essere stato custode di Terra Santa per oltre tredici anni.»

«L'anno in cui ha promulgato il nuovo statuto e ha terminato l'operazione di salvataggio evitando la bancarotta.»

«Così pare. Un grande stratega e un ottimo uomo di conti. Quale può essere il motivo del tuo incarico, Anna?»

La domanda di Camille colse di sorpresa la professoressa. Cosa voleva intendere? Lei stessa aveva riportato le parole di monsignor Abbate, voleva una relazione sull'attuale situazione e quindi una sorta di analisi dell'operato dei Frati Minori e del loro patriarca, era stato semplice e diretto.

«Non capisco cosa vuoi dire.»

La francese mosse due dita in aria come a eludere quella domanda e poi chiese: «Allora se non hai obiezioni dico all'agenzia di prenotare, va bene? Ho bisogno del tuo passaporto.»

Le due donne terminarono le formalità in pochi minuti e si salutarono. Anna doveva tornare in fretta a Torino, aveva pochi giorni per organizzarsi e soprattutto per aggiornarsi sulla situazione in Terra Santa. Non sapeva perché ma qualcosa le diceva di stare più che attenta.

# 8

La Grand Central l'accolse con il solito trambusto e le luci potenti che ne illuminavano la volta. I newyorchesi la consideravano da sempre non una semplice stazione quanto più che altro un monumento della città, come se non ne avessero molti altri. Ma gli americani erano così, il troppo non stroppia mai, anzi. Le venne in mente una battuta che anni prima girava per i locali intorno a Wall Street: "Cosa c'è di meglio di avere tanti soldi? Fare ancora più soldi." In quella città l'anima commerciale di ogni individuo veniva esaltata come spinta da una forza oscura che era poi la spinta di ogni essere umano che calpestava i marciapiedi di Manhattan. Il fuoco sacro della città, solo che la Grande Mela bruciava tutto come fosse carico di benzene. Era una spinta contagiosa che ti costringeva ad accelerare a ogni piè sospinto.

Ed era quello che lei stava facendo in quel momento diretta a casa. Viveva in Park Avenue proprio di fronte al Waldorf Astoria, al 319. Aveva acquistato un appartamento al venticinquesimo piano alcuni anni prima dopo aver vinto una causa molto remunerativa che l'aveva proiettata nella cerchia ristretta degli avvocati più influenti del foro. In seguito, era arrivato il caso Corvino e tutto era cambiato. Da quel momento in poi, aveva scoperto cose della sua vita che l'avevano costretta ad affrontare la verità sui suoi genitori e la violenza che ne era scaturita. Per quei motivi, il suo appartamento era diventato il luogo in cui si rifugiava quando sentiva che il momento era difficile. Affrettò il passo come a voler spingere il tempo e un altro pensiero le affiorò nella mente. Prese il cellulare e chiamò Lara, la sua fedele collaboratrice da anni, nonché amica da sempre. Era passato troppo tempo.

«Chi non muore, si risente.»

«Potevi anche accogliermi con un: "Ciao, che bello sentirti! Come stai?"»

«So che stai bene, cara mia, altrimenti non mi avresti chiamato.»

Aveva ragione; per abitudine si sfogava con lei per messaggi, a volte vocali, e solo dopo un po' decideva di parlarne a voce. Era un'abitudine che non sapeva spiegarsi, una di quelle cose che si fanno naturalmente e vengono notate solo da chi ti sta vicino.

«Vedo che non ti sei dimenticata di me.»

Lara scoppiò in una risata.

«Come potrei, con tutto quello che abbiamo passato.»

Non c'era da aggiungere molto altro; Lara era stata presente nei momenti più difficili della sua vita e conosceva aspetti di lei che quasi nessuno poteva comprendere.

«Mi sei mancata.»

«Anche tu, bella mia. Quando ci vediamo?»

«Passo a trovarti più tardi, così saluto il tuo capo.»

«Spiritosa.»

Elisabeth sorrise e si godette gli ultimi metri prima del suo civico. Le era venuta un'idea. Si fermò nell'atrio per presentarsi a un nuovo portiere, José, sudamericano, paffuto e gioviale, in perfetto stile Park Avenue. Assomigliava a chi lo aveva preceduto, Ralph; notò che certi cliché non tramontavano mai e che ora le davano noia. Tutto quel periodo lontano dalla *concrete jungle* le aveva dato la possibilità di sviluppare un diverso approccio alla società, più libero e meno estetico.

«Le auguro una buona giornata, avvocato Scorsese.»

Sorrise. Chissà se sarebbe mai tornata a occupare le sale del foro.

«A lei, José.»

Salì nel suo appartamento ripensando alle ore trascorse con la sua nuova sorella. Aveva tirato fuori una bottiglia di vodka, calda purtroppo e quindi doppiamente micidiale, e dopo averne scolata più della metà era riuscita a convincerla ad andare a dormire. Le piaceva, la intrigava il mondo dei teenager, tuttavia, ora aveva altro per la testa; Spinazzola e la sua offerta di lavoro. Si sentiva pronta per una nuova sfida e quello che aveva imparato negli ultimi anni l'aveva resa più forte e conscia delle proprie qualità. Le aveva anche fatto capire quanto fosse importante fare squadra e poter contare su un team; per questo era il momento di incontrare il suo socio dello studio associato Norton and Bridge, Jeff Norton, specializzato in diritto internazionale. Prima di lasciare la città, gli aveva passato i suoi clienti senza chiedere nulla se non la garanzia che tenesse Lara: lo avrebbero fatto comunque, a loro serviva una continuità storica, però in quel modo si era assicurata che i suoi clienti non subissero uno shock nel passaggio. Aveva anche promesso che al suo rientro si sarebbe presentata senza minare i nuovi rapporti cresciuti con i suoi vecchi clienti.

Il suo cellulare squillò. Era proprio lui.

«Mi hai preceduto. Come fai a sapere che sono tornata?» Era un professionista preparato, un uomo corretto e degno della massima stima ma non pensava fosse anche un indovino.

«Ho visto gli occhi di Lara risplendere questa mattina e dato che non sono arrivate rose o altro, ho immaginato che la sua migliore amica fosse in città.»

«Non ti sbagli, Jeff. Che bello sentirti.»

Lui fece un risolino e ricambiò il calore delle sue parole. In effetti, le faceva piacere sentire la sua voce, ma aveva preso una decisione e voleva approfittarne.

«Sei libero più tardi?»

«Per te sempre.»

«Sei un pessimo adulatore.»

«Non è per questo. È che ho ricevuto una telefonata che oserei dire "strana" e volevo parlartene. Riguarda un tuo ex cliente.»

«Per le 15:00?»

«Ti aspetto.»

Chiuse la comunicazione e si concentrò su quello che le aveva appena detto. Era rientrata da pochi giorni in America e sembrava non fosse trascorso un solo giorno dalla sua partenza. Sentì un leggero formicolio, però non ci badò più di tanto. Era ora di darsi una mossa.

Camminava verso l'ufficio del suo socio guardando i grattacieli e si trovò a far caso anche ai negozi, ai locali, ai ristoranti; si accorse che tutto aveva un che di familiare ma anche di nuovo. Era come se New York si rivitalizzasse a ogni ristrutturazione, trasloco, apertura, cambi di gestione così repentini che la rendevano sempre *à la page* e ancor più stimolante.

Incrociò uno Starbucks e non indugiò oltre. Era tempo di un espresso. Si mise in coda, ordinò un "Solo doppio", il singolo non reggeva il confronto con quello italiano neanche se fosse stato l'ultimo sulla Terra, e lasciò il nomignolo che usava da sempre, Eli.

Quando fu il suo turno, prese la tazza con il caffè e riguadagnò l'uscita. Lo sorseggiò ripensando a quello che era successo solo il giorno prima a Washington. Suo padre aveva una nuova famiglia, dei nuovi affetti, un nuovo scopo oltre a quello che lei già conosceva, ossia l'amore per lei, e il suo lavoro. Era questo che lo aveva spinto ad andare avanti per tanto tempo e poi, una volta arrestata sua madre, era come se tutto ciò non fosse più sufficiente. E alla sua età non si era rassegnato come chiunque altro; no, aveva rilanciato con due gesti importanti ed esemplari. Quello che aveva sempre e comunque fatto nella vita precedente.

Dopo poco era davanti al civico 41 di Madison Avenue, si fece annunciare e in un attimo fu nell'ufficio di Norton.

Lara le si fece incontro sorridendo.

«Ma che bella sorpresa,» le disse abbracciandola. Elisabeth non era affatto rilassata.

«Possiamo andare nel tuo ufficio?»

L'amica annuì.

Una volta sole, Elisabeth esclamò: «Ho un appuntamento con il tuo capo; non conosco il motivo, è stato evasivo ma urgente.»

«Non mi sembra così preoccupante.»

«Comunque, ho una proposta di lavoro e non è qui a New York.»

Lara spalancò gli occhi.

«In che senso, scusa?»

«Nel senso che ho intenzione di capire se accettare un incarico a Londra per una casa d'aste. Dovrò stare via qualche settimana.»

Questa volta Lara spalancò anche la bocca.

«Cosa? Non sei neanche arrivata e già riparti?»

«Non solo, vorrei che tu venissi con me.»

«Scordatelo.»

Elisabeth le sorrise. Non era più abituata al solito tira e molla con l'amica.

«Cos'è che ti trattiene?»

Lara fece il giro della scrivania e le si piazzò davanti.

«Ascolta bene, avvocato Scorsese. Sparisci per un anno e non ti fai mai viva se non con qualche messaggino del cazzo, non mi dai nessuna notizia su come stai o perché sei andata via in tutta fretta e ora pretendi che io venga con te come se nulla fosse?»

Elisabeth non si toglieva il sorriso dalle labbra.

«Lo so, è un po' da stronza... però noi siamo come sorelle e ho voglia di ricominciare con qualcuno che stimo vicino. Poi dobbiamo recuperare il tempo perduto.»

«Mi dispiace, non se ne parla.»

«Perché?»

Lara stava per rispondere ma poi qualcosa le disse di cambiare atteggiamento. Si mise sulla difensiva.

«Cosa sai?» Le chiese.

«Nulla, non mi hai mai scritto al riguardo.»

«Ma...»

Elisabeth fece un paio di passi e la superò costringendola a girarsi per seguirla con gli occhi.

«Sei dimagrita e molto curata anche in un giorno in mezzo alla settimana, più elegante di quanto lo studio richieda, non mi hai detto nulla di lui in questi mesi e non hai gli occhi che brillano come quando lo frequentavi. Sufficiente?»

Si stava riferendo alla sua storia d'amore con il Regolare, Simon, il suo ex investigatore privato.

«Oltre che stronza sei un'indovina, ora?»

Fece una smorfia.

«Alcuni giorni fa mi hanno detto che sono una strega.»

«Sempre stronza rimani.»

«Allora accetti?»

Lara tornò a sedersi, il tempo che le serviva per sottrarsi da quel fuoco amico cui avrebbe ceduto.

«Solo per quindici giorni. Poi se va bene, valuteremo.»

«Un mese?»

«No, due settimane.»

Elisabeth fece finta di pensarci su ma dentro di sé esultava. Non ci avrebbe scommesso l'ultimo dollaro che aveva in banca.

«Affare fatto.»

Si strinsero la mano.

«Come farai a convincere Norton a lasciarmi venire?»

«Ho i miei trucchi.»

Elisabeth mostrava una sicurezza che non aveva, tuttavia confidava sul "regalo" che gli aveva fatto offrendogli i propri clienti.

«Partiamo domani.»

Lara sbatté gli occhi.

«Allora lo fai apposta. Tu parti domani, io ti raggiungo tra quattro giorni.»

«Dobbiamo cominciare insieme e non posso aspettare così tanto. Dopodomani?»

Lara annuì.

«Ottimo, vado a dirlo al tuo capo.»

«Sei tu il mio capo, lo sei sempre stata, anche se ti eri persa in Italia.»

Elisabeth le sorrise e lei ricambiò.

«Lo sai che ti voglio bene, vero?»

Lara le fece la linguaccia e in quel momento un volto fece capolino dal corridoio.

«Ho sentito una voce conosciuta?»

«È qui ed è tutta per te.»

Elisabeth ammiccò al suo socio.

«Eccomi.»

Si salutarono e poi lui la precedette nella propria stanza, informandosi su com'era stato il suo anno sabbatico, l'Italia, Venezia, e il rientro a casa.

«Tutto una meraviglia. Devo confessarti che mi mancava.»
«Cosa?»
"Non saprei da dove cominciare," si disse. Invece, rispose in un soffio: «Non cosa ma chi. Mio padre.»
«Ah,» fece lui di rimando e liquidò la faccenda con un gesto della mano. Per molti, James Scorsese era solo un nome, inavvicinabile e inspiegabile.
Dopo che si furono accomodati, Jeff venne subito al dunque per non smentire la convinzione che gli avvocati erano pagati un tanto all'ora e quindi il tempo era denaro sonante.
«C'è un tuo ex cliente che conosci bene e che ha elogiato le tue capacità in modo, oserei dire, molto determinato.»
«Mi fa piacere e chi sarebbe?»
«Christopher Brimley.»
Elisabeth saltò su dalla sedia e Jeff si immobilizzò rimanendo a bocca aperta.
«Ancora lui. Come osa quell'essere immondo solo pronunciare il mio nome.»
«Calmati, Elisabeth, per favore.»
L'avvocato Scorsese prese a camminare avanti e indietro con Norton sempre più sconvolto. Se avesse immaginato...
«Cosa vuole da me quel bastardo?»
«Niente di particolare, rilassati per favore.»
Fu il turno di Elisabeth di bloccarsi riuscendo a tenere la bocca chiusa. Tornò a sedersi. «Cosa ti ha detto sul mio conto?»
«Che avete avuto un bel rapporto fin da quando è morto il padre, il quale ti ha dato un milione di dollari per difenderlo ma poi è stato ucciso, e allora tu hai cercato di capire cosa fosse successo. Ricorda un'ottima cena insieme e che ti ha visto a Venezia recentemente.»
"Peccato che non ti ha detto com'è finita la mia ricerca," pensò Elisabeth prima di chiedere ancora: «Cosa sai della casa d'aste Ars Longa, Jeff?»
«Che hai incontrato il titolare, me lo ha detto Christopher.»
«Mi ha offerto un lavoro che ho intenzione di accettare.»
«Sono contento.»

Elisabeth lo fissò fino a quando lui distolse lo sguardo.
«Cosa volevi dirmi su Brimley?»
Jeff indugiò per cercare le parole giuste.
«Da quando sei partita, lo studio è cresciuto e Christopher ha contribuito in modo importante. Non solo ha portato qui quasi tutte le sue società, ha anche speso per noi parole di elogio tali da indurre alcuni suoi amici facoltosi a chiedere la nostra consulenza.»
«Direi che è ottimo, non trovi?»
«Certo, e anche tu, come tornerai, ne beneficerai.»
«Andrò a Londra e starò via molto tempo.»
Jeff Norton annuì con un cenno della testa.
«Porterò con me Lara.»
A quel punto, strabuzzò gli occhi.
«Non capisco.»
«Non c'è molto da capire, ho bisogno di una mano e sarà per pochissimo tempo.»
«Quanto?»
«Due o tre settimane al massimo.»
«Va bene ma non di più; tra un mese c'è una presentazione con un cliente strategico e non possiamo fare a meno di lei.»
Elisabeth accennò un sorriso. Doveva sempre cadere in piedi. Tra loro scese un silenzio che sapeva di vicolo cieco.
«C'è altro, vero?»
«Sì. Ti pregherei di essere gentile con Christopher per i motivi che ti ho detto. Non ti chiedo di dargli corda, ma almeno di ascoltarlo e non trattarlo male.»
«Non l'ho mai fatto.»
«Elisabeth.»
«Diciamo che gli ho mandato qualche frecciatina, però lui è uno che te le tira fuori.»
Jeff mosse la testa sconsolato. Deludere un cliente non era contemplato, figurarsi uno di prima classe.
«Voglio solo farti presente ancora una volta che è un cliente top e quindi consideralo come tale.»
Era il momento di ritirarsi.

«Puoi stare tranquillo, farò del mio meglio.»

Mentre si alzava e guadagnava l'uscita, il suo socio alzò gli occhi al cielo.

Come Elisabeth lo salutò e chiuse la porta dietro di sé, prese il cellulare e premette un paio di tasti.

Alcuni istanti dopo, una voce chiese: «Allora?»

«Tutto come previsto, non sospetta nulla.»

Entrambi chiusero la comunicazione. Non c'era altro da aggiungere.

Sbucò nella hall del civico in cui abitava con ancora in testa le parole di Jeff Norton su Christopher Brimley.

"Due stronzi, ecco cosa sono," pensò e non si curò di José che si avvicinava a passo veloce.

«Avvocato, c'è qui suo...» disse ad alta voce e non fece in tempo a finire la frase che lei si bloccò.

«Papà!»

James Scorsese era seduto in una poltrona e le si fece incontro cercando di simulare la preoccupazione.

«Come mai sei qui? Ci siamo salutati stamattina.»

Lo strinse senza dire nulla e poi, staccandosi, disse: «Devo parlarti, saliamo da te.»

Gli fece strada cercando di immaginare cosa potesse essere successo di così importante da farlo volare da lei in poche ore. Perché quello era il tempo che aveva impiegato.

«Mi fermerò lo stretto necessario, c'è una macchina che mi aspetta, poi un elicottero che mi riporta a Washington.»

Era dannatamente serio.

Come furono dentro il suo appartamento, Elisabeth si liberò dello spolverino e lui del giaccone.

«Mi stai spaventando, cosa è successo?»

Lui si mise seduto dopo aver preso e acceso il portatile. Si collegò alla rete del Pentagono.

«Quel nome che mi hai detto ieri al parco, Andrea Spinazzola. L'avevo già sentito e ho fatto fare delle ricerche.»

Elisabeth alzò gli occhi al cielo.

"Ci risiamo," si disse. Era scappata da tutto questo e nel giro di poche ore, si ritrovava di nuovo coinvolta. Sentì una rabbia salirle lentamente ma poi vide che c'era una luce diversa negli occhi di suo padre; erano preoccupazione e timore al tempo stesso.

«Sarà la tua deformazione professionale, papà, ma non puoi vedere complotti ovunque.»

«Per me non è facile, Elisabeth, ma ti prego di ascoltarmi.»

Fece una pausa come se cercasse le parole giuste. Poi decise di muoversi a braccio.

«Il nome di Spinazzola è uscito in un paio di indagini di alcuni anni fa legate a una dubbia vendita di manufatti iracheni trafugati dal Museo Nazionale di Baghdad addirittura nel 2003 durante la Seconda guerra del Golfo. Un imprenditore americano ha acquistato da Christie's a Londra oltre duemila pezzi e Spinazzola fece da intermediario. Pare che avesse procurato lui alla casa d'aste quei reperti ma non ha mai voluto rivelarne la fonte. Nessuno ha fatto denuncia, i pezzi sono stati riconsegnati agli iracheni e tutto è stato archiviato.»

«Quindi poteva avere anche ragione.»

«L'americano in questione è un magnate molto vicino ai Repubblicani, uno dei principali finanziatori del partito, e non si convince uno così se non hai qualcosa da offrire in cambio.»

«Tradotto, Spinazzola gli doveva un favore.»

«Esatto, e qui si incrociano le strade tra il magnate americano e un certo Thomas Schluck. I movimenti di quest'ultimo registrati in quel periodo, siamo nel 2018, ci mostrano come si siano incontrati almeno un paio di volte. Sai, amano mostrare i loro jet privati e per noi sono una traccia indelebile. Poi Schluck fa lo stesso con Spinazzola ma tra loro non gira denaro.»

«Schluck ha comprato il debito di Spinazzola. Questo è il motivo per cui il magnate si è tirato fuori.»

James Scorsese annuì alle parole della figlia.

«Ti ho detto che Spinazzola è saltato fuori in due indagini. La seconda è più delicata e forse complessa.»

Elisabeth si concentrò, magari fosse finita lì. «Dimmi.»

«Dopo essere stato scoperto, diciamo così, e aver chiesto aiuto a Schluck, Spinazzola ha incontrato uno dei nostri, un colonnello in pensione che era in Iraq nel 2003. Non sappiamo cosa si siano detti ma lo tenevamo d'occhio perché in una missione sotto il suo controllo, un marine era morto in una situazione non chiarissima. Purtroppo, non avevamo elementi per procedere ulteriormente e quindi abbiamo dovuto archiviare tutto.»

«Ho capito, credi che Spinazzola possa fornire qualche informazione in più. Perché non lo avete interrogato quando era il momento?»

«Sai Elisabeth, se non hai elementi sufficienti non vai in giro a chiedere a chiunque abbia incontrato una persona, cosa si sono detti. Ma ora è diverso.»

«Ossia?»

James Scorsese sospirò rumorosamente.

"Non può dirmi un cazzo, la solita storia dei servizi segreti," pensò sua figlia.

«Diciamo che Spinazzola potrebbe conoscere un particolare che legherebbe il colonnello in questione al marine morto, ecco.»

«Potrebbe?»

Vide uno sguardo passare negli occhi del padre, doveva convincersi da solo a parlare.

«Siamo abbastanza sicuri che conosca quello che ci serve.»

«Ma non al 100% e poi c'è altro che non vuoi dirmi.»

«Sai bene che non posso.»

Elisabeth fece una smorfia; era un sorriso amaro, teso e sofferente.

«Insomma, più di un anno fa sono scappata da tutto questo, e ora ritrovo le stesse dinamiche? Papà, mi hai promesso che tra noi sarebbe andata diversamente, è il momento di dimostrarlo.»

Si alzò e si riempì il bicchiere. Un po' di vino avrebbe allentato la tensione. Ne preparò uno anche per suo padre pur sapendo che non avrebbe bevuto.

James Scorsese non avrebbe dovuto parlare e ne stava soppesando le possibili conseguenze. Tra la rinnovata fiducia di sua figlia e la riservatezza scelse la prima. Non aveva più voglia di soffrire nel non vederla e sapere che lo detestava.

«Hai mai visto quest'uomo?»

Mostrò a Elisabeth una foto che aveva sul cellulare.

«Era con Brimley a Venezia e sembravano in confidenza. L'ho notato perché indossava dei gemelli arancioni e mi ha lanciato uno sguardo da brividi.»

James si rabbuiò. Le cose si complicavano.

«È lui Thomas Schluck, un collezionista svizzero di opere d'arte. Ha una moglie israeliana, è legato al Mossad perché pare che con il suo hobby abbia favorito il passaggio di informazioni sensibili in Paesi in cui gli israeliani non sono amati.»

"Sono odiati, papà. Potresti usare i termini giusti per una volta?"

«È una persona molto ascoltata dal primo ministro e vanta una serie di favori che riscuote senza troppi scrupoli. Abbiamo provato a incastrarlo perché crediamo sia legato alla criminalità organizzata ma non ci siamo mai riusciti.»

Fece una pausa per riprendere fiato e poi aggiunse: «Ti conosce? Sa chi sei?» Chiese a Elisabeth.

«Non ci hanno presentati. Ma non posso esserne sicura, ovvio. Però papà, mi hai fatto intendere che c'è altro.»

James selezionò una cartella fino a quando non gli apparvero alcuni file. Sapeva bene che quella ricerca avrebbe lasciato una traccia ma al punto in cui era, non poteva tirarsi indietro. Porse il portatile alla figlia.

«Apri il primo, quello con il nome di Spinazzola.»

Elisabeth eseguì trattenendo il respiro, le guance leggermente arrossate. Era un rapporto dell'FBI International su alcuni traffici di reperti sospetti in Palestina e Israele. L'elenco dei possibili manufatti trafugati riempiva alcune pagine.

«Si è dato da fare.»

«Arriva fino in fondo, alle conclusioni.»

Fece come le aveva detto, e le ultime righe la lasciarono senza parole.

«L'FBI ha una teoria. Spinazzola acquistava pezzi antichi dai palestinesi per finanziare il terrorismo. Ma non hanno nessuna prova anche se spiegherebbe perché il Mossad lo vuole e quindi la presenza di Schluck.»

«C'è qui il suo nome.»

Il secondo file era su Thomas Schluck ma conteneva poche informazioni. Leggendolo si aveva l'impressione che non avessero voluto approfondire la vita privata e professionale. Elisabeth lo disse ad alta voce.

«Succede quando intuiscono che ci sia del marcio e non possono o devono calpestare i piedi a qualcuno.»

«E quel qualcuno è il Mossad o la Svizzera stessa. C'è un altro file, l'ultimo.»

Elisabeth vi cliccò sopra due volte e in quel momento si aprì un numero imprecisato di operazioni bancarie, nulla più.

«Cos'è questa roba?»

«Sono transazioni finanziarie di milioni di dollari. Guarda il mittente o destinatario.»

Società dai nomi più improbabili, da moltissimi Paesi diversi, spesso europei ma anche del continente americano. Molti meno dai Paesi arabi. Tutti i soldi convergevano in un unico conto aperto a Tel Aviv e da cui partiva un bonifico al mese per centinaia di milioni di dollari. Il destinatario finale era lo IOR, la banca del Vaticano.

«Tutte le strade portano a Roma, mai detto fu più calzante,» aggiunse Elisabeth. «Papà, come spieghi tutto questo?»

James si schiarì la voce una seconda volta, era in imbarazzo. Ma fece un grande sforzo e parlò lentamente: «Siamo in pochissimi a essere autorizzati a leggere questi file. Come vedi, non si tratta solo di merce uscita di contrabbando dall'Iraq ma di una precisa operazione che frutta denaro al Vaticano, tanto, che passa per Israele e proviene da tutto il mondo. Abbiamo ottenuto questo documento prelevando per alcuni minuti il cellulare di Schluck quando era in corso un'indagine sul suo conto e risulta mandato solo a una persona, Spinazzola per l'appunto. Non è una prova e ne siamo entrati in possesso con metodi poco ortodossi quindi non possiamo usarlo in nessun modo, ma esiste. Spinazzola potrebbe rivelare cosa c'è dietro ai numeri e creerebbe un bel polverone. Abbiamo bisogno d'interrogarlo per la morte del marine ma come vedi c'è altro.»

Il silenzio s'impadronì della stanza. Elisabeth scosse la testa. Era una cosa troppo grande per tutti.

«Perdonami, non volevo smorzare il tuo entusiasmo ma devi sapere esattamente per chi andrai a lavorare. Ora hai quello che ti serve per accettare o meno.»

«Non è una scelta facile.»

«Non ho detto questo e mi dispiace avertela complicata, ma è sempre meglio conoscere gli attori in campo.»

«Quindi Spinazzola è molto di più che un mercante d'arte borderline?»

Elisabeth tratteneva a stento lo stupore per quello che aveva letto.

«Non lo sappiamo ma c'è un altro fatto che lo accomuna a Schluck: il furto di un dente di un orso bruno di oltre 3400 anni scoperto in Siberia. Pare che in questo caso il nostro filantropo svizzero riuscì a convincere i russi a non dare corso a ritorsioni contro di lui ma non sappiamo molto di più. Insomma, credo che se Spinazzola parlasse, uscirebbe fuori una verità che è dinamite.»

«Perché non lo avvicinate? Insomma, sapete tutte queste cose, non è complicato.»

Il padre scosse la testa.

«Ti ripeto, non funziona in questo modo. O lui si fa avanti oppure non possiamo estorcergli una confessione. Non appartiene ai nostri metodi e non avrebbe neanche valore legale. Sarebbe del tutto inutile.»

Elisabeth piantò gli occhi nei suoi.

«Vuoi che lo convinca a parlare? Dimmi la verità, è per questo che ti sei compromesso nel farmi leggere questi file.»

«No, amore mio. L'ho fatto solo perché tu sia informata.»

«Sei sicuro...»

«Come l'amore che provo per te. È il motivo per cui mi sono precipitato a venire qui questa sera.»

Lei si alzò e lui lo prese come un commiato.

«Devo andare. Qualunque cosa deciderai di fare, sarò con te, non dimenticarlo.»

Poi si abbracciarono e lui la lasciò sola.

Elisabeth prese il bicchiere e ne scolò il contenuto in un unico sorso.

Era pronta a immergersi in una realtà che sapeva di crimine?

# 9

"Non si può parlare di Gerusalemme senza amarla," si disse Anna Pareto seduta a fianco di Camille Flammarion mentre l'autista le portava nella Città Santa.

«Puoi ripetere, scusa?»

Anna rimase sorpresa, non aveva parlato.

«Stavo pensando a una frase del cardinale Carlo Maria Martini.»

«Ah, ora ho capito. L'amore per Gerusalemme è l'amore per questa terra e il cardinale Martini lo sapeva bene. Ha fatto molto per il dialogo tra ebrei e cattolici.»

Anna annuì. Era un personaggio che le era sempre piaciuto.

«Ha rischiato di diventare papa al posto di Benedetto XVI.»

«Perché ha rischiato? Mica è un pericolo.»

«No, certo.» Lei e i suoi modi di dire; veniva spesso ripresa anche dai colleghi universitari per il loro utilizzo sebbene fossero colloquiali ed efficaci.

«Comunque stava già male a causa del Parkinson, non lo avrebbero eletto,» aggiunse Anna.

«Non credo fosse per quel motivo. Era un Gesuita.»

Anna si girò deliberatamente per guardarla dritto negli occhi ma Camille fece finta di nulla. Non voleva finire coinvolta in discussioni su poteri e gerarchie tra ordini ecclesiastici anche se era sempre difficile evitarle, essendo la base di tante scelte della Chiesa.

«Quando abbiamo il primo appuntamento?»

«Domani, c'è tempo per un giretto, bella mia.»

Sorrise e si chiese come la pensasse veramente quella francese. Era un tipo un po' fuori dalle righe per essere una donna così ben introdotta nel mondo religioso. Aveva conosciuto altre colleghe di Paesi stranieri e nessuna di loro corrispondeva a un profilo simile. E non le piaceva quello che aveva insinuato nell'ufficio romano. Che il suo viaggio fosse addirittura interpretato come una visita ufficiale di un inviato del Vaticano? Ma cosa andava pensando? Certo, non aveva tutti i torti. Tre patriarchi del Consiglio dei patriarchi cattolici d'Oriente presenti gli stessi giorni del loro viaggio non erano una coincidenza quanto più una chiamata alle armi, in senso lato, ovvio. Come mai una mossa del genere? Cosa voleva prevenire il patriarca di Gerusalemme dei Latini, l'arcivescovo Pierluigi Battista, il capo in persona?

«Posso chiederti una cosa, Camille?»

«Come dite voi, spara!»

Anna accennò un sorriso.

«Che idea ti sei fatta di questo viaggio? Sì, insomma, l'altro giorno mi dicevi che...»

«Ho capito, tranquilla. Credo che ti vogliano usare per far arrivare un messaggio a Roma. Se lo scopo della nostra missione è quello di capire quali equilibri ci siano ora a Gerusalemme, la loro risposta sarà a più voci e quindi più perentoria.»

Pronunciò l'ultima parola quasi a monosillabi, ma fu tanto precisa quanto utile. La francese andava dritta al sodo, sarebbe stata un'ottima compagna di viaggio.

«Si sentono minacciati? Da me?» Sorrise; le sembrava tutto troppo eccessivo.

«Non da te, da chi rappresenti, il monsignor Abbate. Lui è un Domenicano.»

«Insisti nel definire sempre l'ordine religioso a cui appartengono. Perché?»

Camille sembrò rilassarsi.

«Vedi Anna, sei una storica e saprai meglio di me che per molti anni si sono succeduti in posizioni di potere prelati che appartenevano allo stesso ordine. Non solo, ma grandi alleanze della Chiesa con i vari imperatori europei sono state possibili grazie alla mediazione di un ordine piuttosto che un altro. Pensa ai Medici a Firenze che hanno avuto tre papi, tutti di ordini diversi, in base alla convenienza del momento.»

«Camille, il papa in passato è stata sempre una scelta familiare, non fa testo. Apparteneva agli aristocratici, per lo più.»

«Anna, io non sono una storica, tu sì, e credo che sia qui per questo. Sappi solo che ogni ordine religioso ha regole di comando diverse. I Domenicani tendono a prendere decisioni mediando il parere di più prelati, i Gesuiti hanno un apparato rigido dove ogni decisione è presa unicamente dal maestro dell'ordine. Questo è un esempio ma ce ne sono tanti.»

La francese aveva ragione. Pensò agli ordini mendicanti: i Domenicani e i Francescani. Entrambi nacquero nel XII secolo, il primo fondato da Domenico di Guzmán, uno spagnolo, e l'altro da Francesco d'Assisi. Il primo costituì l'ordine dei frati predicatori, il secondo di quelli minori. Tutti e due gli ordini furono riconosciuti, il primo da Papa Onorio III nel 1216 mentre il secondo da Papa Innocenzo III nel 1210. "Che strano," si disse Anna, le date quasi coincidevano, come se in quel periodo non nascesse solamente un'alternativa all'eresia diffusa del momento ma anche una naturale competizione tra quelli che sarebbero diventati nel tempo due ordini diversi e molto influenti.

In quell'istante, ricevette una notifica. Un sms da padre Gimenez.

"Chiamami ora se ti è possibile."

Lanciò un'occhiata a Camille che sembrava essersi assopita. Controllò l'ora, mancavano circa venti minuti a Gerusalemme.

Premette il numero e attese che squillasse.

«Dio è con noi, ne sono felice.»

«Anche io, monsignore. Cosa voleva dirmi?»

«Non parlare; ascolta e se non capisci qualcosa, scrivi.»

Anna si mise sul chi vive.

«Vai al Shuk, il mercato, c'è un locale che si chiama Shuka su Agripas Street. Chiedi al banco di Ari, è un uomo sui cinquant'anni, scuro e con la barba.»

Splendido. Era la descrizione del 99,9% degli uomini in Terra Santa.

«Come faccio a capire che è lui?»

«Ti ho detto di non fare domande.» Il tono del monsignore la spaventò. «Ti dirà questa frase: "Il leone è il mio nome", e tu risponderai: "Sempre". D'accordo?»

«Sì.»

«Bene. Ha delle notizie sulla tua visita, puoi fargli qualsiasi domanda, se saprà qualcosa te la dirà. Puoi fidarti.»

«Ho capito.»

«Ottimo. Mi raccomando, devi andarci oggi e da sola, intesi?»

Guardò di sottecchi la compagna di viaggio che continuava a dormire.

«Assolutamente.»

«Che Dio sia con te.» E chiuse la comunicazione.

Anna rimase senza parole. Non doveva essere un viaggio per una semplice relazione? Cos'era questo incontro a mo' di spie? Poi con un arabo?

«Signora, siamo arrivati.»

L'autista le si rivolse in inglese e lei diede un colpetto a Camille.

«Svegliati, ci siamo.»

L'auto passò per le strade strette e caotiche del centro di Gerusalemme fino a sbucare nell'ampia piazza della Basilica del Santo Sepolcro dove gli ultimi visitatori stavano lasciando il luogo sacro. Era contenta di tornare in una città che da sempre amava e conosceva bene, anche se l'ultima telefonata ricevuta l'aveva disturbata.

Attese che l'autista entrasse nel cancello alla sinistra della basilica e si fermasse per dire a Camille: «Ho un impegno più tardi, un vecchio amico che devo incontrare.»

«Ehi, non hai perso tempo, ragazza. Complimenti.» Le diede una pacca su un braccio.

Poi, vedendo che Anna non diceva nulla, le chiese: «Tutto bene? Sembri da un'altra parte.»

«Sono un po' frastornata. Tornare in questo Paese mi riporta indietro a quando ero una studentessa.»

«Conosci bene la città?»

Anna annuì. Si ricordò di un certo Umar, un ragazzo che stava studiando Lingue e che aveva deciso di far pratica con lei. Il gioco che facevano sempre era dare una traduzione ai nomi arabi e il suo voleva dire "pieno di vita". Chissà se era riuscito a coronare il suo sogno: voleva diventare una guida per spiegare i luoghi in cui era cresciuto a chi veniva a visitarli.

Scesero dall'auto e si avvicinò un prete molto giovane.

«Che siate le benvenute. Vi accompagno nella vostra stanza.»

«Come?» Chiese la francese. «Dormiremo insieme?»

Il frate annuì. «Purtroppo il vostro viaggio coincide con tre visite e non c'era altra disponibilità. Per gli alberghi bisogna prenotare con mesi d'anticipo.»

«Non preoccuparti Camille, staremo bene. Sono solo tre notti.»

Seguirono il novizio al di là del chiostro interno e Anna si meravigliò del silenzio che regnava indisturbato. Era tardo pomeriggio, ogni visita era terminata e la folla di turisti e credenti si era ormai dispersa.

«Non si sente un rumore,» mormorò tra sé.

«Ma non è sempre così, anzi. La quiete dopo la tempesta.»

Anna sorrise apertamente. Le erano sempre piaciute le citazioni, e lì a Gerusalemme aveva ritrovato addirittura Leopardi. «Diciamo così perché ogni giorno si scatena un gran trambusto,» aggiunse il giovane.

«Lo immagino,» commentò Camille che aveva ascoltato senza capire molto.

«No, guardate, in quest'ultimo periodo, dopo la guerra tra Hamas e Israele, quando sono ripresi i viaggi, il turismo è aumentato di oltre il 20%. Io faccio parte dell'ordine dei Frati Minori, ci occupiamo dell'accoglienza dei pellegrini e non sono mai stati così numerosi come in questi ultimi mesi.»

«È stata una reazione naturale. È come quando tieni qualcosa compresso e poi lo lasci andare tutto d'un tratto. L'effetto è maggiore della sua potenza normale.»

Anna si era spiegata perfettamente, ma il giovane si fermò e la guardò negli occhi scuotendo la testa.

«Non è solo questo. Il nostro patriarca, l'arcivescovo Pierluigi Battista, ha adottato nuove iniziative, chiuso accordi con altre fondazioni e creato una solida interrelazione con gli altri patriarchi. Domani saranno qui proprio per suggellare un nuovo accordo.»

Camille si accigliò. «Di cosa si tratta, esattamente?»

Il giovane questa volta sorrise, il volto illuminato neanche avesse visto la Madonna. «Credo che ve lo diranno loro stessi.»

Si girò e riprese a camminare fino a quando si fermò davanti a una porta chiusa a chiave. L'aprì e si rivelò una cella con due letti singoli e un piccolo bagno.

«Qui starete benissimo. Vi lascio il mazzo di chiavi per la vostra stanza e per il portone d'ingresso. Vi raccomando di rientrare per le dieci, al massimo. Sapete, facciamo una vita ritirata e dopo una certa ora ci piace godere del silenzio della sera.»

Era come dire "c'è una regola e va rispettata" anche se non scritta. Era il linguaggio delle religioni, qualunque fosse il luogo o il tipo, il detto o non detto, le allusioni o i pochi chiarimenti. E quando la giusta interpretazione veniva a mancare, ci si rifugiava nella fede o nelle scritture.

Anna si sdraiò sul primo letto.

«Sembra una brandina.» Sorrise a Camille che lo guardava disgustata.

«Dovrei dormire su questa cosa?» S'interrogò, ben sapendo che non aveva alternativa. Poi gettò uno sguardo all'ora e aggiunse: «Mi dispiace per te, mia cara, ma abbiamo solo un mazzo di chiavi e dovrai sopportarmi.»

Anna nascose il senso di panico che la colse all'improvviso. E ora? Monsignor Gimenez era stato chiaro, doveva incontrare il tipo di nome Ari da sola. Simulò uno sbadiglio, la prima cosa che le venne in mente.

«Sono stanca.»

«Non hai un appuntamento? Poi dobbiamo pur mangiare qualcosa e non abbiamo molto tempo,» disse la francese.

Lei annuì e chiuse gli occhi. Cominciò a pregare mentalmente che succedesse qualcosa.

«Va bene, ho capito. Mi faccio una doccia mentre tu riposi.»

"Dio esiste," si disse mantenendo gli occhi chiusi e soffocando un sorriso.

Camille disfò la valigia in un tempo che ad Anna sembrò interminabile, poi raccolse le sue cose da bagno e si chiuse dentro. Come il rumore del getto d'acqua arrivò alle sue orecchie, Anna scattò in piedi, prese un foglio di carta e scrisse un biglietto per la sua compagna di stanza. Afferrò il cellulare, un copricapo e si catapultò all'esterno neanche avesse il diavolo alle calcagna. Era nervosa e faceva fatica a ricordare bene quello che doveva fare. Per fortuna, aveva una memoria impressionante. Da ragazzina, l'insegnante d'Italiano la lodava ogni volta che doveva recitare una poesia, non dimenticava nulla tant'è che si conquistò il soprannome della sorella minore di Pico della Mirandola, il famoso filosofo che pareva recitasse a memoria l'intera Divina Commedia al contrario.

Si chiuse il pesante portone alle spalle, si coprì il capo e controllò la direzione da prendere su Google Maps.

"Ventotto minuti! Sono un'eternità, non posso permettermelo." L'opzione auto le dava dieci minuti.

Affrettò il passo per la via principale che attraversava l'angolo alla sua destra e come vide il primo taxi libero lo fermò.

Diede l'indirizzo esatto del locale e provò a rilassarsi.

«È una turista, signora?» Disse il tassista in un inglese approssimativo.

Lei scosse il capo.

«Sono una studiosa delle religioni, sono qui per lavoro.»

Lui annuì, sembrava più tranquillo.

«Le lascio il mio numero, se ha bisogno di un taxi, anche per fuori città, mi telefoni pure. A qualsiasi ora del giorno e della notte. Le farò un prezzo da amico.»

"Sì, certo," pensò e si mise il biglietto in tasca.

L'auto si accostò al marciapiede su Agripas Street davanti al locale Shuka e dopo aver pagato e ringraziato, Anna scese velocemente. Non aveva avuto il tempo di guardarsi intorno e l'aria calda e appiccicosa del tardo pomeriggio la catturò all'istante. Inspirò gli odori, realizzò il caos che la circondava. Si fermò un attimo, il tempo di osservare quel luogo che anni prima l'aveva conquistata, la breve storia con Umar a suggellare quei mesi vissuti intensamente. Macchine che sembrava si scontrassero ma ecco che, all'ultimo momento, come per magia, si evitavano. Persone che sbucavano da ogni angolo, parlavano a voce alta; mille dialetti che si mischiavano, mani che si toccavano in continuazione, colori che si sovrapponevano come anche le voci dei venditori del mercato più famoso al mondo, il Shuk. Poi c'era il cibo, diverso in tutto, dalla tradizione cui apparteneva all'odore che rilasciava, forte e pungente, come le spezie che ogni cittadino di quel luogo amava usare; già, perché un cibo non condito non era contemplato. Si accorse che tutto quel trambusto le era mancato. Abbozzò un sorriso ma poi si ricordò che non era in vacanza, aveva un appuntamento e si diede una mossa. Notò gli sguardi degli uomini barbuti che ostentavano sicurezza oltre che curiosità, un'europea sola e a quell'ora non passava certo inosservata.

Camminò lungo il marciapiede cercando di identificare il suo obiettivo. Aveva calcolato che Camille si sarebbe fatta viva in meno di mezz'ora, conoscendo la sua curiosità e la naturalezza che aveva mostrato nell'ambientarsi velocemente alle nuove situazioni.

Trovò il piccolo locale con la vetrata verde in parte aperta e dalla quale usciva una musica araba. Era l'unica cosa che non le era mai piaciuta ed era stato il motivo di più di una discussione con Umar. Si diresse al banco meravigliandosi di quanto fosse piccolo il locale anche all'interno.

«C'è Ari?» Chiese in inglese al ragazzo che la guardò con la stessa intensità che si dedica a una formica su un elefante. Zero assoluto.

«Mi scusi, le ho chiesto se c'è Ari.»

«Un momento,» disse il giovane a denti stretti e poi superò una tendina di plastica alle sue spalle. Poco dopo riemerse accompagnato da un uomo molto alto. Si era chinato e non di poco per oltrepassare la porta, e come si avvicinò ad Anna, si aprì in un sorriso. Ma quello che la colpì furono gli occhi, di un verde quasi accecante.

«Sono Ari, chi mi cerca?» Esclamò in un inglese dalla pronuncia impeccabile. Anna rimase impassibile. Doveva pronunciare quella frase che aveva probabilmente convenuto con monsignor Gimenez ma non la ricordava. Oddio e adesso? Cominciò a sudare e non certo per il gran caldo. Quell'uomo continuava a fissarla e lei stava entrando in modalità disperazione.

«Cercava me, giusto? Come fa a sapere il mio nome?»

«Io...» La voce le si strozzò in gola. Era pure bello, dannazione. «Il suo nome non significa...» L'uomo alzò una mano e scoppiò a ridere.

«Ah, giusto, il prete, sì, certo. Leone è il mio nome, una cosa del genere, e lei è...?»

Alzò i sopraccigli e lei finì la frase per lui. «Anna.»

Lui annuì e la raggiunse oltre il bancone.

«Venga, facciamo due passi.»

La prese per il gomito e con delicatezza la costrinse a stare al suo passo. Considerate le gambe lunghe, faceva un metro alla volta.

«Ho fame, lei?»

Anna annuì cercando di non perderlo tra le persone che doveva evitare e la sua velocità da supereroe. Si sentiva un'imbranata oltre che totalmente inadeguata.

«Scusi, potrebbe rallentare?» Piantò i piedi per terra evitando un paio di ragazzini che si stavano rincorrendo.

L'uomo scoppiò di nuovo a ridere.

«Da quanto manca dalla città?»

«Come fa a sapere che non è la mia prima volta?»

Lui alzò le spalle e riprese a camminare. «Mi stia vicino, non si perda.»

Splendido, ora si prendeva anche gioco di lei.

«Allora, mi vuole rispondere invece di trattarmi in questo modo?»

L'uomo sembrò non badarle, si fermò davanti a un piccolo chiosco.

«Qui c'è il miglior falafel della città, lo provi.»

Anna mantenne un'aria scettica e incrociò le braccia.

«Come vuole.» Lui ordinò qualcosa in arabo, gli diedero una bottiglia d'acqua e un cartoccio con dentro alcuni falafel. Ci mise sopra una salsa e poi le fece cenno di seguirlo. Dietro l'angolo, apparvero alcuni tavolini circondati da sedie di plastica.

«Tra meno di un'ora devono chiudere e far sparire queste sedie.»

«In che senso?»
«È un punto ristoro improvvisato, diciamo così. Senza licenza, senza controlli ma i falafel sono divini. E di giorno c'è una gran fila. Poi la sera si dileguano.»
Anna era stordita.
«Ne vuole uno? La salsa poi è straordinaria.»
Lo guardò cercando di capire chi fosse quell'uomo e quale potesse essere il legame con monsignor Gimenez.
Alla fine, annuì.
«È salsa tahina, giusto? A base di sesamo.»
Lui sorrise e lei rimase a bocca aperta. Era un fico pazzesco, altro che i soliti arabi barbuti.
Come sentì l'odore dei falafel, si accorse di avere una fame incredibile, lo trangugiò in poco tempo.
«Vedo che aveva fame, ne vuole un altro?»
Anna annuì con la bocca ancora piena.
Lui scomparve dietro l'angolo e riapparve poco dopo con un altro cartoccio e un'altra bottiglia d'acqua.
«Ecco, ora può rilassarsi.»
Lei sorrise. Come aperitivo improvvisato, poteva ritenersi più che fortunata.
«Allora, cosa vuol sapere?»
Spalancò gli occhi. Ma quale film stavano girando?
«Come scusi? Monsignor Gimenez mi ha detto che lei doveva dirmi delle cose.»
«Io?»
Lei annuì di nuovo mentre si gustava un'altra polpetta. Erano decisamente squisite.
«Perché è qui?» Le domandò approfittando di una pausa.
«Devo scrivere una relazione per il Vaticano sul patriarcato latino di Gerusalemme.»
«Capisco.»
«Cosa esattamente?»
Ari alzò gli occhi al cielo.
«Cosa capisce esattamente?» Ripeté lei sottolineando il tono sbrigativo di Ari.

«Sono il responsabile della sicurezza di Betlemme.»

A quel punto, fu lei a capire e in un istante le fu tutto chiaro. Betlemme era sempre stata una questione nevralgica sia per gli aspetti religiosi che aspramente politici. Chi non ricordava quello che era successo il 2 aprile del 2002? In quella che gli israeliani avevano chiamato operazione "Scudo difensivo", le loro Forze di difesa avevano occupato Betlemme per cercare di catturare alcuni militanti palestinesi ricercati che si erano rifugiati nella Basilica della Natività. Dopo ben 39 giorni avevano raggiunto un accordo con i militanti e il 10 maggio cessò una crisi che sconvolse il mondo religioso. Addirittura, Giovanni Paolo II si pronunciò contro l'azione dell'esercito israeliano e contribuì in questo modo a rafforzare la collaborazione degli arabi e dei cristiani greco-ortodossi oltre che quelli cattolici. Non solo, ma la frattura con Israele ne portava ancora le conseguenze. E come sapeva bene, la grotta della Natività era in parte di proprietà dei frati Francescani e in parte della Chiesa greco-ortodossa, gestita dai vari patriarchi, con uno spazio riservato alla Chiesa apostolica armena. Diciamo che se c'era un punto di equilibrio per mantenere un accordo di pace e cooperazione tra le religioni di quella regione, e non solo, quello era rappresentato dalla Basilica della Natività.

«Splendido,» commentò Anna ad alta voce.

«Non definirei così il mio lavoro ma se la pensa così...»

«No, no... non intendevo il suo lavoro. Cioè, per carità, sarà anche un bel lavoro ma io... Oddio lasci perdere.»

«Perché è qui, signora Pareto, e perché monsignor Gimenez vuole che parli con lei?»

Anna alzò leggermente le spalle, conosceva il suo nome, fino a quel momento era stata tutta una messinscena. Lo vide concentrato e lei fece lo stesso.

«Mi hanno mandata qui per stilare una relazione sull'attuale gestione del Consiglio dei patriarchi cattolici d'Oriente.»

L'uomo alzò un sopracciglio.

«Gimenez?»

«No, non lui, il monsignor Abbate.»

«Non lo conosco. Continui per favore.»

«Non ho molto da aggiungere. Il monsignor Gimenez sapeva del mio incontro in Vaticano con Abbate e mi ha messo in guardia, diciamo così.»

«Per ora nulla di strano, ma ha chiamato anche me e vuole che l'aggiorni su ciò che sta succedendo a Betlemme. Sinceramente, non ne capisco il motivo. Non mi sembra una dell'Entità.»

«Cos'ha detto, scusi?»

«L'Entità o Santa alleanza, è così che chiamiamo i servizi segreti del Vaticano. A volte ho contatti con loro, ma se lei è qui le cose sono due: o devono ancora valutare se c'è una situazione d'emergenza o meno, oppure c'è una lotta interna e lei è solo la prima mossa. O forse entrambe.»

«Sta dicendo una cosa non vera, non esistono i servizi segreti del Vaticano, quello che gira in rete o tra le intelligence sono solo fantasie.»

L'uomo mosse il capo avanti e indietro, però non per annuire.

«Forse è vero, forse ha ragione lei. Ma parlo per esperienza personale e ogni tanto ricevo strane telefonate da prelati che sono stati autorizzati a parlare con me dai miei capi. E io ho l'ordine di fare quello che chiedono.»

«Per esempio?»

L'uomo sorrise appena.

«Comunque, non ci credo.»

«È libera di pensare quello che vuole. Le dico cosa potrebbe succedere qui. I Frati Minori hanno la gestione della Terra Santa da millenni...»

«Conosco bene la storia.»

L'uomo fece una smorfia e proseguì. «Il patriarca che c'è ora, ha fatto innumerevoli compromessi per arrivare dove è arrivato e non penso che si farà superare da altri. Lotterà e per quello che so, venderà cara la pelle.»

«Non la seguo.»

«Pare che ci sia un certo movimento da alcuni mesi a questa parte. Una parte della Chiesa di Roma vorrebbe modificare il ruolo dei Francescani qui in Terra Santa.»

«Cosa? E come fa a saperlo?»

L'uomo sbuffò. Quella donna non gli dava il tempo di spiegarsi.

«Cerchi di non interrompermi ogni secondo, va bene?» Ari non le consentì di aggiungere altro e continuò: «Lo Statu Quo ha radicato gli atteggiamenti di tutti i religiosi che gestiscono i luoghi qui in Terra Santa e i patriarchi ormai si riuniscono per definire il cambio degli orari di visita o i migliori percorsi visto l'incremento dei pellegrini in questi ultimi anni. Hanno raggiunto un accordo che tutti rispettano.»

«Il Trattato di Berlino del 1878.»

«Ratificato poi da un accordo tra la Chiesa di Roma e lo Stato d'Israele nel 1993 e con l'OLP nel 2000. Tutti si sentono tranquilli e nessuno mette in dubbio nulla.»

«Allora dov'è il problema?»

L'uomo sorrise e Anna si lasciò catturare dalla sua bellezza.

«In effetti, non c'è nessun problema... se non il fatto che monsignor Battista ha fatto un gran lavoro in questi anni ed è riuscito a portare un'amministrazione passiva a un forte attivo, tanto da ricevere il massimo dell'onorificenza dal papa stesso. Oggi i Francescani gestiscono scuole, case di riposo, addirittura un orfanotrofio. Oltre al grande lavoro che fanno nell'accogliere i pellegrini da mezzo mondo, hanno creato ramificazioni un po' ovunque nel tessuto sociale della regione e sono ben introdotti.»

«Ma sono diventati un problema.»

L'uomo annuì. «Dove c'è tanto denaro, c'è anche tanta attenzione.»

Era ovvio quanto palese, indiscutibile.

«Quindi la mia relazione potrebbe mettere in luce aspetti che Roma non conosce, e far vacillare la posizione dei Francescani come ordine riconosciuto da sempre come custode della Terra Santa.»

«Non è solo questo, Anna.» La chiamò per nome come a voler sottolineare quello che stava per dire. «Potrebbe far cambiare il delicato equilibrio che tiene in piedi lo Statu Quo.»

Stava camminando verso la Basilica del Santo Sepolcro con la testa piena di pensieri. Un semplice incarico avrebbe potuto portare una simile situazione? Far saltare un accordo che durava da secoli e che finalmente, dopo tante guerre e contese, funzionava bene? Aveva resistito addirittura a quell'assurda operazione dell'esercito israeliano, superato le distanze non solo religiose dei Paesi confinanti che riconoscevano la neutralità della religione, al di sopra degli scontri politici. Se quello che diceva Ari fosse stato vero, allora avrebbe fatto in modo che la sua relazione non conducesse a una crisi di tale portata.

A un tratto, si accorse che il cellulare stava squillando.

Era Camille.

«Ma dove sei finita?»

«Scusa, dovevo uscire. Avevo un appuntamento, ricordi?»

Camille sospirò.

«Ti raggiungo, aspettami dove sei.»

Anna le diede l'indirizzo e attese che la raggiungesse. Ne approfittò per guardarsi intorno. Il sole stava tramontando, era sera e stava rinfrescando, e fu contenta di aver preso una felpa. Non aveva fame, sia per quei falafel favolosi che aveva mangiato sia perché quello che aveva scoperto le aveva chiuso lo stomaco. Doveva chiamare monsignor Gimenez e riferirgli dell'incontro con Ari? Lo avrebbe fatto lui stesso? Era inutile tergiversare.

"Chi ha tempo, non aspetti tempo." Lo ripeteva sempre ai suoi figli, ora valeva per lei.

Prese il cellulare e premette i tasti giusti.

«Mia cara, sono prossimo al ritiro serale.»

«Mi dispiace disturbarla padre, ma ho alcune novità.»

«Resta in attesa.»

Sentì del trambusto, come se si stesse allontanando.

«Dimmi pure, Anna.»

«Ho incontrato Ari e mi ha detto che secondo lui i Francescani hanno oggi un'influenza notevole qui in Terra Santa.»

«L'hanno sempre avuta, non vedo nulla di nuovo.»

«Ma non rispetto agli altri patriarchi, intendo rispetto a Roma.»

Abbassò lo sguardo come se si sentisse in colpa. Di cosa poi?

«Non riesco a seguirti.»

Anna sentì salirle il panico. Non avrebbe mai pensato di usare quelle parole.

«Ecco, io credo che ci sia...»

«Anna, sono qui.» La voce di Camille la costrinse ad alzare il viso da terra.

«Ma c'è qualcuno con te?»

«No, sono sola. Almeno, lo ero fino a poco tempo fa. Io...»

Si ritrovò a parlare con una linea muta. Monsignor Gimenez aveva riagganciato e lei non era riuscita a dirgli quello che sapeva.

«Ehi, hai visto un fantasma o cosa? Sei pallida.»

Lei scosse la testa cercando di ricomporsi.

«Hai bisogno di qualcosa di forte. Non pensavo che Gerusalemme ti facesse questo effetto.» Sorrise e la prese sottobraccio. Anna cominciò a camminarle a fianco e a cercare di distendersi. Doveva darsi una calmata, aveva iniziato quel viaggio nel peggiore dei modi possibili.

«Ho trovato un ristorante qui dietro, si chiama Ben-Sira Hummus, speriamo ci sia posto. Ho una gran fame.»

I suoi passi seguirono la francese senza chiedersi dove stesse andando. Non riusciva a controllare i propri pensieri, c'era qualcosa che aveva sentito ma non le tornava in mente. Eppure, aveva una gran memoria.

«Uffa,» si lamentò ad alta voce.

«Lo so, siamo stanche, però non manca molto, resisti.»

Sorrise. Era un bene che Camille fosse lì con lei, l'avrebbe aiutata a pensare ad altro.

«Eccolo. Vedo un tavolo libero, lascia fare a me.»

Si staccò da lei e vide che puntava dritto all'interno. Anna ne approfittò per mettere in ordine le notizie che aveva ricevuto. C'era una nuova lotta interna al Vaticano per controllare la custodia della Terra Santa, ed era stata mandata lì per capire cosa stesse succedendo. Ma era tutto vero o una semplice supposizione di Ari che arrivava chissà da quale fonte? Non aveva avuto la conferma da monsignor Gimenez e forse non doveva preoccuparsi di nulla, tutta la questione si sarebbe rivelata una bolla che sarebbe scoppiata senza lasciare traccia.

Vide Camille che le fece segno di avvicinarsi mentre si sedeva a un tavolo subito dopo la vetrata.

«Dice che ha una prenotazione ma è ancora presto e se ci sbrighiamo, possiamo mangiare. Va bene, no?»

Anna annuì e prese posto.

«Trovi sempre la soluzione?»

La francese abbozzò un sorriso. «Magari. Diciamo che non mi lamento.»

«Qual è il segreto?»

Camille alzò le spalle. Sembrava abituata a tanti complimenti.

«Forse perché vado dritta al punto e non tanto per il sottile.»

«Poche paranoie, insomma.»

«Non so, poche perdite di tempo, quello sì. Credo che faccia parte dell'educazione che ho ricevuto.»

«È anche carattere.»

Arrivò il cameriere con il menu e Camille, per non smentirsi, non lo degnò di uno sguardo e ordinò subito tre tipi di hummus, un paio di omelette e riso con fagioli. Da bere, rigorosamente acqua e birra Shapiro.

«Ho deciso anche per te, scusami. Mi sono informata e qui l'hummus è favoloso, fidati.»

Anna scosse la testa.

«Hai fatto bene. Sono un po' frastornata. Troppe cose tutte insieme.»

«Non preoccuparti, domani è un altro giorno.»

"Filosofia spicciola ma sacrosanta," si ritrovò a pensare Anna, che poi aggiunse: «Secondo te cosa succederà domani?»

Camille fece una smorfia. «Non ho capito.»

«Il patriarca dei Latini ci dirà qualcosa di particolare oppure ci liquiderà in poco tempo? Sai, sono qui in quattro e non mi aspettavo una tale accoglienza.»

«Il tuo nome ti ha preceduto, mia cara. Sei una importante.»

«Non è così, ci deve essere altro.»

«Se lo pensi veramente, chiediglielo. Se hanno voglia di risponderti, cosa che non credo, lo faranno, altrimenti torneremo a casa con tanti inchini e salamelecchi.»

Anna allargò gli occhi.

«Cioè, pensi che siamo qui a fare poco o nulla?»

«Ti rispondo tra un attimo, prima un brindisi.»

Portarono alle labbra, dopo averle fatte tintinnare, le due bottiglie appena lasciate da un cameriere. Camille si lasciò andare a un lungo sorso.

«Credo che dovresti bere di più, così ti rilassi.»

«Non penso sia sufficiente.»

«Oh, mamma mia, Anna, cosa ti turba così tanto? Non ti senti all'altezza del tuo compito?»

La francese si vedeva già prospettare una serata veloce e noiosa, altro che la bella vita notturna della città.

«Non è questo. Ho saputo delle cose che mi hanno spaventata.»

«Addirittura.»

Il ragazzo si avvicinò con i diversi piatti di hummus, ai cavolfiori, ai funghi e alla carne. Le omelette al formaggio e il riso con fagioli seguirono subito dopo.

Dall'odore che emanavano, Anna si accorse di avere una fame da lupo, altro che stomaco chiuso.

Le due donne si divisero tutto con estrema velocità. Il cibo catturò la loro attenzione fino a quando i piatti non furono vuoti e i vassoi spazzati via. Nel frattempo, erano al secondo giro di Shapiro.

«Qui ci vuole la terza,» commentò Camille, toccandosi la pancia piena.

Anna annuì. Sapeva che la cena era stata solo un diversivo.

«Ora puoi dirmi cosa ti affligge, Anna.»

Le raccontò della telefonata del monsignor Gimenez e dell'incontro con Ari.

«Ecco perché sei fuggita in quel modo. Non mi è sembrata una cosa da te.»

«In che senso, non è una cosa da me?»

«Andar via mentre ero in bagno. L'ho trovato un po' scortese. Tu mi sembri una a posto.»

«Ma ti ho lasciato un biglietto.»

«Hai capito cosa intendo, no?»

Anna annuì, in effetti non le apparteneva tanta fretta, né tantomeno essere così sbrigativa.

«Non potevo accennarti nulla, o almeno prima dovevo capire.»
«Ma ora me lo hai detto, quindi ti fidi di me. Questo mi piace.» Camille le sorrise e le toccò un braccio, era il suo modo per ringraziarla. Finirono la birra, chiesero il conto e poi uscirono dal locale senza dirsi molto altro. Il caos del centro di Gerusalemme sembrò ridestarle da quell'intimità che avevano trovato durante la cena e decisero di fare due passi. Dopo pochi metri, furono catturate da un litigio a bordo strada. Una macchina intralciava la via e il conducente al volante non mostrava nessuna voglia di muoversi. Chi gli sfrecciava davanti in motorino o bicicletta gli faceva dei gran brutti segni, ma lui non si spostava.

Finché un tipo scese da un'auto e colpì più volte il finestrino. Il conducente recalcitrante lo guardò in malo modo, attese qualche secondo e poi alla fine si mosse. Un paio di ragazzini tentarono un timido applauso, inconsapevoli della rabbia che aveva creato. Beata innocenza.

Ripresero a camminare, una di fianco all'altra.

«Ma cosa pensi di quello che ha detto il tuo amico palestinese? Cioè, hai idea?»

Anna rallentò il passo come a cercare di mettere ordine nei suoi pensieri.

«Quando Ari, è così che si chiama e non è mio amico,» rispose Anna giustificando l'uso disinvolto di alcune parole della sua collega, «ha citato lo Statu Quo, mi sono venute in mente le parole di monsignor Abbate.»

«Ossia?»

«Mi ha chiesto di capire se fosse in pericolo, qual era la situazione qui in questo momento e quindi, deduco, se avesse potuto minacciarlo. È un accordo millenario e intoccabile, chi oserebbe tanto?»

La francese si fermò e lei fece altrettanto.

«Non riesco a seguirti.»

Anna espirò, come a togliersi un peso. «Se Ari mi dice una cosa che Abbate già sospettava, allora vuol dire che non è solo una remota possibilità ma una concreta opportunità. E se così fosse, allora la nostra missione non sarebbe una formalità.»

«E così si spiega perché tutti quei patriarchi sono giunti qui oggi.»

«Esatto.»

Ripresero a camminare, la basilica non era lontana e così il loro alloggio adiacente. Erano stanche e soprattutto sopraffatte da quel pensiero. Se ciò che si erano dette avesse corrisposto alla verità, cosa sarebbe successo il giorno dopo?

# 10

Londra, quanti ricordi la legavano alla *swinging city*. Si era sempre domandata come fosse tornare dopo quello che le era successo e il suo primo pensiero andò a Peter Makarov e a sua moglie, Sally. L'aveva salvati entrambi e rimaneva una delle poche cose eclatanti che avesse fatto nella vita. Ora si sentiva come la città in cui si trovava, oscillante per dirla con la parola di Diana Vreeland. Più guardava la campagna inglese dal taxi che le stava portando alla casa d'aste, più cercava di convincersi che quello che stava facendo era la cosa giusta.

«Ti sei pentita?»

Lara sembrò leggerle nella mente.

«Non saprei, perché me lo domandi?»

«Che io sia qui con te.»

Elisabeth la guardò sorridendo.

«Sei l'unica cosa certa della mia vita, di questo non ho dubbi. Se c'è una persona di cui possa fidarmi, quella sei tu. Oltre mio padre, ovvio.»

«Allora, a cosa pensavi? Sembri titubante...»

«Stavo pensando che sono *oscillante*, come questa città.»

«Giusto, i favolosi anni '60 con i Beatles e le minigonne. Ma il fermento era ben diverso da quello che stai provando tu.»

Elisabeth annuì. A Lara non poteva mentire, e ancora meno fingere.

«Mi manca, sai.»

«Cosa?»

«La spensieratezza. Quella inconsapevole incoscienza che alberga in ognuno di noi nella giovinezza da cui facciamo una terribile fatica a staccarci.»

«Paura di crescere?»

«No, assolutamente. Più la consapevolezza che la vita andando avanti diventa meno sorprendente e più povera.»

«Detto da una che ha trascorso un anno in Italia a non far niente, mi sembra che sia stato un periodo catastrofico.»

L'amica sorrise, Lara non aveva peli sulla lingua.

«È il contrario. Ho maturato una visione diversa delle cose che mi fa sentire ancora più grata e fortunata nel provare emozioni e amore verso gli altri. Sai, l'uomo è per natura fallace e per reazione delude.»

«Vedo che hai sviluppato un senso profondo di analisi, oserei dire filosofico.»

«È così. Quello che mi è successo mi ha segnato profondamente, e sono riuscita a elaborarlo grazie a uno studio interiore.»

«Ottimo, allora. Sei forte anche dentro e questo mi piace.»

Lara scosse la testa. L'amica l'aveva sorpresa di nuovo ed era questo il motivo per cui l'adorava. Elisabeth era sì una persona difficile ma anche determinata e perseverante, coraggiosa e piena di sentimento. Stare vicino a lei era come vivere sulle montagne russe, scendevi in picchiata con paura e angoscia e quando risalivi prima del nuovo giro, ti riempivi di emozioni senza prendere fiato e la vita si colorava prendendo significato. E così era suo padre. Lara non lo aveva conosciuto bene, però aveva capito dai racconti di Elisabeth che la sua vita era stata piena ma anche ingannevole.

«Vorrei rivedere quello che abbiamo letto ieri sull'Ars Longa, lo hai con te giusto?»

Lara aprì la borsa e tirò fuori l'iPad.

«Eccolo, preso dal loro sito.»

«Quello che vogliono che si sappia, il loro biglietto di presentazione.»

«Non essere sempre sospettosa.»

Elisabeth fece una smorfia. Le informazioni che aveva avuto su Spinazzola non promettevano nulla di buono.

La società, nata dodici anni prima, rendeva con il suo nome il senso d'immortalità che l'arte in genere reclamava; inoltre, leggendo dal sito, si capiva che era specializzata in opere d'arte antiche, per lo più rare e preziose. Spesso fungeva da vera e propria società ricercatrice, o ancora meglio investigativa, su alcune richieste di pezzi introvabili. Il team dirigenziale era composto dal proprietario Spinazzola, da una responsabile per l'acquisizione delle opere, Olivia Brossuard, un financial manager e un responsabile della comunicazione. Sembrava un'azienda a conduzione familiare o comunque una società non articolata né complessa da gestire.

Spinazzola si era laureato in Storia delle arti e conservazione dei beni artistici alla Ca' Foscari di Venezia nel 1999 con una tesi sui grandi pittori del 400. Aveva trovato lavoro presso le Gallerie dell'Accademia, dov'era rimasto per oltre quindici anni fino a ricoprire il ruolo di dirigente storico dell'arte per il MIBAC con alcune deleghe speciali per la Soprintendenza per il Patrimonio Storico Artistico e Demoetnoantropologico di Venezia, poi Soprintendenza Speciale per il Polo Museale della Città di Venezia e Comuni della Gronda lagunare. Una carriera importante alla quale aveva rinunciato per l'Ars Longa.

Passarono alla successiva figura di riferimento della casa d'aste, Olivia Brossuard. Lessero il suo curriculum e rimasero a bocca aperta. Fin dalla laurea in Lettere e specializzazione in Storia dell'arte medievale e moderna, vantava una serie infinita di pubblicazioni, mostre e collaborazioni varie tra cui spiccava un posto nel Consiglio direttivo del Comité International d'Histoire de l'Art. Non solo, aveva anche collaborato assiduamente e su più temi con il Louvre e la National Gallery, ed era membro della potente American Academy of Arts and Sciences con sede a Cambridge, nel Massachusetts. Insomma, di contatti ne aveva, eccome.

Il taxi si fermò davanti al civico 19 di Huntley Street a Bloomsbury, non lontano dal British Museum, di certo una scelta ponderata. L'ufficio dell'Ars Longa vantava anche un proprio spazio ricettivo di estrema eleganza e modernità.

Le due donne viaggiavano leggere, si erano date due settimane per capire bene il lavoro che Spinazzola chiedeva. Poi Lara sarebbe tornata a New York. Una leggera brezza le sorprese benevolmente.

L'entrata laterale era un piccolo portoncino in blu scuro, lucido e ben curato. Anche l'edificio di tre piani era stato da poco ritinteggiato e lasciava supporre quanto fosse importante l'estetica.

Dopo aver suonato, una ragazza le fece accomodare in una stanza arredata con gusto: due divani, una grande libreria con volumi antichi e un paio di quadri di Pierre Soulages che contrastavano i colori delle sculture avveniristiche di Joan Miró. Il colpo d'occhio, come il lusso, si sa, attirano una ricchezza equivalente e una casa d'aste non era certo per persone con disponibilità limitata di denaro. Anche il leggero profumo che aleggiava era frutto di un'attenzione meticolosa nel far sentire a proprio agio il possibile cliente.

«Avvocato Scorsese, piacere di conoscerla,» esclamò Olivia Brossuard entrando nella stanza e sorridendo apertamente. Si salutarono con naturalezza e Lara notò come la donna non fosse reticente a mostrare la propria contentezza.

«Non sa quanto mi ha fatto piacere sapere che sarebbe arrivata. La ringrazio veramente.»

«Grazie a lei. Le presento Lara Donovan, la mia più stretta collaboratrice. Ci potrà dare una mano, lavora con me da anni, è riservata oltre che molto capace.»

Lara sorrise e strinse la mano alla socia di Spinazzola.

«Pensavo che Andrea Spinazzola fosse qui ad accogliermi. Dobbiamo firmare un contratto di riservatezza.»

Olivia Brossuard fece una smorfia.

«È successo qualcosa?» Chiese Elisabeth.

La donna non rispose subito.

«Accomodiamoci.»

Si sedettero e lei parve corrucciarsi.

«Andrea non si fa vivo da quando siamo tornati da Venezia.»

Lara ed Elisabeth si scambiarono un'occhiata eloquente senza troppi scrupoli. Cos'era quella storia? Avevano attraversato l'Atlantico per nulla?

«Forse ha alzato il gomito e si è preso qualche giorno per recuperare oppure è partito in una delle sue ricerche di pezzi antichi,» cercò di sdrammatizzare Lara.

«Lo escludo, Andrea è astemio e se decide di partire, siamo noi a provvedere alle prenotazioni. Non vi nascondo che sono preoccupata.»

«Si spieghi meglio,» la esortò Elisabeth.

«Non è la prima volta che non si fa sentire, anzi. Ci sono periodi in cui non abbiamo contatti, anche per decine di giorni, magari è in viaggio in zone poco agevoli oppure è immerso in ricerche che lo coinvolgono completamente.»

«Perché questa volta dovrebbe essere diverso?»

«Per due motivi. Poche settimane fa, Andrea ha deciso di darmi ampi poteri anche in sua assenza e pensando con il senno del poi, sembra averci visto giusto. Ora posso gestire la società anche senza di lui. Ma non solo, tra cinque giorni abbiamo un evento annuale di beneficenza per il quale vengono clienti da tutto il mondo.»

La voce della donna stava salendo di un'ottava.

«Sì, me lo ha accennato. Questo cosa significherebbe?» Chiese Elisabeth.

«Deve sapere che Andrea fa la differenza. Durante l'evento di cui parlo, presentiamo sempre qualcosa d'importante e questa volta ha lasciato trapelare che il pezzo forte è antico e legato alla religione.»

«Non ho capito cosa c'entri con la sua sparizione.»

«Non si perderebbe questo evento per nulla al mondo, soprattutto dopo aver seminato tanta curiosità. Tra l'altro, sembrerebbe esserci un cliente già disposto a offrire a occhi chiusi una cifra importante.»

"Forse tanto chiusi non sono," pensò Elisabeth tenendolo per sé.

«Cosa vuole che facciamo?»

«Quello che vi ha chiesto Andrea, sperando che si faccia vivo presto.»

«Bene,» disse Lara. «Riguardo all'accordo tra l'avvocato Scorsese e Andrea Spinazzola, noi abbiamo diritto all'accesso a tutte le informazioni sensibili dell'Ars Longa e ho preparato dei documenti da firmare entrambe.»

La Brossuard annuì e non aggiunse altro.

A quel punto, Lara tirò fuori i fogli, raccolse le firme e poi archiviò il tutto con un gran sorriso.

«Ora mettiamoci al lavoro.»

«Seguitemi, vi ho fatto allestire una stanza. Alina, la nostra segretaria, è a vostra disposizione, è di origine russa ma conosce perfettamente il territorio. Chiedetele tutto ciò che vi serve.»

Si accomodarono nel loro studio, accesero i portatili e chiesero alla ragazza i documenti contabili per conoscere la situazione della società. Solitamente effettuavano un controllo sui conti per capire la salute di un'azienda. Fecero scorrere decine di documenti fino a quando la situazione non fu chiara a entrambe. Passarono più di tre ore, studiarono alcuni contratti e analizzarono a fondo i vari *house organ*.

«La società non ha avuto serie difficoltà durante la pandemia. In quel periodo Olivia Brossuard è entrata come socia e l'azienda ha fatturato una cifra importante.»

Com'era stato possibile? In quei lunghi mesi, le aste erano state sospese e quindi non si spiegava il motivo. Cosa nascondeva Spinazzola? Non era da escludere che avesse problemi finanziari ben più grandi di quelli che si potevano vedere dai numeri.

«Domani capiremo meglio.»

Il Waldorf Hilton era a due passi ed Elisabeth apprezzò la scelta di Lara. Non le andava di prendere un taxi o la metro e una camminata a quell'ora della sera le dava un senso di leggerezza che aveva già dimenticato di saper provare. Venezia era lontana da pochi giorni ma sembrava trascorsa una vita. Presero la Bloomsbury Street dopo aver lasciato il British Museum sulla destra seguendo il navigatore di Lara.

«Sai una cosa, avvocato Scorsese?»

«Dimmi, mia cara.»

«Un anno via da casa ma non hai perso il ritmo, brava.»
Elisabeth la guardò. C'era altro.
«E poi?»
«Poi cosa?»
L'amica sorrise.
«Ti conosco da anni e molto bene, non cominci mai con un complimento quindi parla pure.»
Lara ricambiò il sorriso.
«Sei appena tornata e sei già in un nuovo incarico un po'... diciamo al limite?»
«Lavoriamo per un tipo coinvolto in traffici poco puliti e che è giorni che non si fa vivo, neanche al nostro arrivo, forse è un po' di più che al limite, non trovi?»
Lara annuì.
«Esatto. Che idea ti sei fatta?»
Elisabeth controllò la strada, era la Drury Lane. Almeno a piedi andavano nella giusta direzione.
«Credo che Spinazzola rappresenti un bel problema per diverse persone, e che le probabilità che si faccia vivo siano poche. E c'è anche qualcosa che non mi spiego.»
«Ossia?»
«Mi ha mentito su una cosa banale.»
Lara rimase in silenzio ed Elisabeth aggiunse: «Ha promesso che avremmo festeggiato il nostro accordo con un bicchiere di champagne quando la Brossuard ci ha detto che invece è astemio.»
«Lo avrà fatto per educazione. Forse sapeva che ti piace molto.»
«No, la frase era intenzionale. Ha aggiunto che lui non ne poteva fare a meno, o qualcosa del genere.»
«Ne sei sicura?»
Elisabeth alzò gli occhi al cielo.
«Certo. Perché mai dovrebbe vantarsi di una cosa che non conosce o addirittura non gli appartiene? È come se io ti dicessi che so giocare a calcio.»
«Per fare colpo; avrà voluto metterti a tuo agio.»
«Non credo sia questo il motivo.»

Girarono per Aldwych e camminarono spedite fino a quando non videro in lontananza l'entrata illuminata del Waldorf Hilton, subito prima del Novello Theatre sulla destra. Un uomo incrociò il loro cammino e salutò Elisabeth intenzionalmente.

Lara corrugò la fronte.

«Lo conoscevi?»

«Mai visto in vita mia.»

«Ma ti ha salutato come fossi una sua grande amica.»

Elisabeth alzò le spalle.

«Tu hai risposto con un mezzo sorriso.»

«Non sono una maleducata, mia cara. A volte un po' scostante e mi inalbero facilmente, soprattutto quando mi dicono fesserie, ma se posso, sono gentile.»

Lara scosse la testa. Quello che aveva appena detto non aveva senso.

Entrarono in albergo e ne ammirarono la hall; era grande ma non maestosa, in stile antico con qualche tocco di modernità, un mix che manteneva la storia dell'albergo ma lo rendeva comunque al passo con i tempi. L'illuminazione era affidata a lampadari di cristallo costituiti da una struttura in metallo e cerchi, legati da catenelle e decorati da gocce, sfere e pendenti realizzati sempre in cristallo. Elisabeth ne ammirò il gusto e alzando gli occhi fino alla sua estremità notò che uno specchio ovale ricopriva il soffitto rimandando la luce e anche il suo volto.

Rimase senza fiato, non per quell'opera d'arte di cristalli di Boemia ma per l'uomo che riconobbe seduto in un angolo della hall.

«Lara, vieni qui per favore,» esclamò senza troppe cerimonie.

L'amica la guardò interrogandola con un gesto del capo.

«C'è Spinazzola, laggiù.»

Indicò una poltrona e quando Lara seguì il dito puntato, non vide nessuno. Era vuota.

«Ne sei sicura?»

Elisabeth non attese oltre e corse fuori. Ne era certa, era lui. Uscì in strada ma non vide nulla, era come se si fosse volatilizzato.

Sbuffò e tornò sui suoi passi. Si avvicinò alla reception per fare il check-in con Lara che le si accodava.

L'uomo le chiese un documento e completò la registrazione.
«C'è un messaggio per lei. Lo ha lasciato un uomo poco fa.»
Le diede un biglietto che lei aprì subito mentre Lara si registrava.
Lesse "*Gomeisa 1219*".
"E questo cosa vuol dire?"
«Stai bene?»
«Non riesco a capirci nulla. Era Spinazzola, ne sono certa.»
«Non ho visto nessuno.»
Elisabeth si spazientì, la guardò di traverso, tornò al banco e mostrò una foto di Andrea Spinazzola presa dal sito dell'Ars Longa all'addetto della reception.
«Sì, è lui.»
«Grazie.»
Lara a quel punto annuì.
«Fammi vedere.»
Lesse anche lei quello che c'era scritto.
«Cosa significa?»
«Non ne ho la più pallida idea.»
Si guardarono.
«Perché Spinazzola sarebbe passato di qui senza venire in ufficio? Perché non ci ha semplicemente aspettato invece di scappare via?» Chiese Lara.
«Non saprei, forse si sta nascondendo.»
«Da chi, da cosa?»
L'urgenza nelle parole di Lara impressionò Elisabeth: «C'è qualcosa che devi sapere.»
Si accomodarono in un angolo della hall, lontane da orecchie indiscrete. Elisabeth le raccontò ciò che le aveva confidato suo padre sul Vaticano, Israele, un certo Thomas Schluck, sulla teoria dell'FBI per la quale Spinazzola acquistava pezzi antichi dai palestinesi per finanziare il terrorismo e su alcuni movimenti bancari sospetti mandatigli da Schluck che solo lui poteva chiarire. Poi aggiunse un suo pensiero su Brimley e la pressione di Jeff Norton.
«Se questo Spinazzola è implicato in affari poco chiari, cosa ci facciamo qui? Dobbiamo andarcene.»
Elisabeth indugiò.

«Ho accettato di collaborare con mio padre. Lui era molto contento, ovvio, e abbiamo il loro appoggio. Potremmo dire che siamo in una missione per i servizi segreti degli Stati Uniti.»

«Roba seria.»

Elisabeth fece una smorfia.

«Sei convinta ad andare avanti, facciamo ancora in tempo a tirarci indietro,» la incalzò Lara.

«Mio padre non mi ha chiesto di aiutarlo, sono io che voglio farlo.»

Lara arricciò il naso.

«Allora ce l'hai fatta finalmente.»

La preoccupazione sul suo volto sembrava sparita.

«A fare cosa?»

«Ad accettare che con i genitori che ti ritrovi, non puoi fuggire da quello che ti offre la vita, mia cara. Neanche un anno all'estero è servito a qualcosa o sbaglio?»

«Ho preso la giusta distanza per capire ciò che voglio fare.»

«E sarebbe?»

Elisabeth alzò gli occhi al cielo e il cristallo di Boemia le rimandò il suo volto, disteso e convinto.

«Vivere fino in fondo.»

Lara annuì con un cenno del capo.

«Allora facciamolo, dolcezza, costi quel che costi.»

«Vuol dire che sei con me?»

Lara si alzò e lei fece altrettanto. Ora erano una di fronte all'altra.

«Ne hai mai dubitato?»

«Nemmeno per un nanosecondo.»

Si abbracciarono e si persero in quell'attimo che solo un'amicizia profonda può spiegare. Non si accorsero che due occhi non avevano mai smesso di fissarle da quando erano entrate. Erano scuri ed erano maligni.

# 11

Solennità. Era questo che aleggiava nella Basilica del Santo Sepolcro mentre ancora una volta Anna Pareto ne apprezzava ogni angolo. L'aveva visitata più volte ma l'edicola del Santo Sepolcro circondata dalla rotonda dell'Anastasi la colpiva particolarmente, con quell'oro a fare da cornice all'entrata e i finimenti che rappresentavano il tempo trascorso. La visita era stata breve perché i tre patriarchi le stavano aspettando con urgenza come se fosse stato un incontro dell'ultimo momento.

«È strano, sapevano da giorni che saremmo arrivate! Cos'è questa fretta?» Disse Camille sottovoce.

«Dovevamo incontrare solo il patriarca di Gerusalemme dei Latini, l'arcivescovo Pierluigi Battista.»

«Appunto.»

Anna gettò uno sguardo alla compagna di quel viaggio. «Non ti capisco, Camille.»

«A volte sembri ingenua. Il poco tempo concesso è una scelta ben precisa. Come dite voi... ponderata.»

«Termine esatto, rende perfettamente l'idea.»

Anna accennò un sorriso.

«Allora non facciamoli aspettare, è ora, no?»

Guardarono entrambe il novizio che le aveva accompagnate, era tutto meno che a suo agio. Chissà com'erano state presentate.

Gli fecero un cenno con la testa indicando l'uscita in modo che fosse chiaro che erano pronte; la visita turistica poteva considerarsi conclusa. Come furono nel cortile antecedente la facciata del transetto, il giovane si girò e parlò lentamente in italiano. «Sua eccellenza si scusa ma non ha molto tempo e non può accompagnarvi per la visita alla procattedrale del Santissimo Nome di Gesù. Dopo l'incontro siete libere di girare la città e gli altri luoghi sacri. Sarà tutto a nostre spese, ovviamente.» Sudava e non per il caldo, non così opprimente in quel periodo. Sembrava recitasse, male tra l'altro, come se la frase da riferire gli fosse stata detta poco prima. Camille lanciò uno sguardo ad Anna: la pensava allo stesso modo.

Perché tanta reticenza?

Passarono un paio di chiostri, quello già conosciuto delle celle e il successivo, da dove partiva l'ala più antica dedicata agli alloggi del patriarca e dei prelati a lui più vicini.

Si fermarono davanti a una porta chiusa. Il novizio bussò un paio di volte e dopo poco un altro Francescano fece cenno a loro due di entrare. Era la stanza dei grandi incontri. Le luci erano soffuse e un leggero odore d'incenso aleggiava tra un trono e l'altro. Alcuni piccoli sgabelli vicini ospitavano i prelati di rango inferiore. Solo quattro dei sette sogli erano occupati. Non era una seduta ufficiale del Consiglio dei patriarchi cattolici d'Oriente, però ci andava molto vicino. L'aria era piena e densa di significato. Anna fece caso al loro abbigliamento e pensò che in quel caso l'abito faceva davvero il monaco. Le venne da sorridere per la battuta fuori luogo ma si trattenne, il suo viso imperturbabile. Decise di stare al gioco e sembrare assorta. Come presero posto su due sedie poste al centro della sala e in modo che i quattro patriarchi le vedessero bene, quel salmodiare a bassa voce che avevano sentito entrando terminò. Ci fu silenzio, rotto solo dalla sedia di Camille che fece un leggero scricchiolio. La francese alzò una mano come per scusarsi.

«Benvenute nella nostra umile dimora,» le accolse l'arcivescovo Pierluigi Battista. Fece una pausa che permise ad Anna di pensare al concetto cattolico di "umiltà" in questo luogo dove lo sfarzo era ovunque. Era proprio vero, ogni giudizio era relativo e bisognava sempre guardare da un'altra prospettiva per capire bene le situazioni. Si costrinse a rimanere concentrata. «Non abbiamo molto tempo ma una richiesta di Roma è sempre al primo posto per noi,» aggiunse l'arcivescovo. Le parole suonavano come prese da un copione, una formula che rendeva il loro incontro una sorta di rito ripetuto da migliaia di anni. Lo rendeva unico, per certi versi. Anna comprese che non sarebbe stato uno scambio di opinioni quanto un semplice atto di mero ascolto da parte loro. Era la conferma che la visita era solo un modo per far giungere a Roma quanto deciso dai patriarchi, altro che relazione da preparare. Era una semplice messaggera.

«Per facilitarle il compito, le abbiamo preparato una nota. È il nostro operato, quello dei Frati Minori, sottoscritto questa mattina dai miei colleghi patriarchi,» concluse Pierluigi Battista. Fece un cenno con la mitra a un prete poco distante e questi si avvicinò alle due donne. Mise loro davanti un libro rilegato in rosso, del formato classico, che contava centinaia di fogli. Lo sfogliò lentamente fino ad arrivare alle pagine finali. Camille spalancò gli occhi senza nascondere la sorpresa: erano evidenti i timbri dei patriarchi lì presenti e le loro firme. Cercò con gli angoli degli occhi la compagna ma Anna era assorta. Allora guardò uno per uno gli uomini presenti. Ognuno di loro le stava fissando. Il primo a destra del patriarca dei Latini era il patriarca di Antiochia dei Maroniti, cardinale Béchara Boutros Raï, a sinistra sedeva quello dei Melchiti, Youssef Absi e subito dopo quello dei Siri, Ignace Joseph III Younan. I loro volti erano imperscrutabili e la francese avvertì un senso d'inquietudine. Quest'incontro rasentava l'insolenza.

«Sua eccellenza, grazie per il vostro contributo.»

Le parole di Anna la sorpresero così come il tono che stava usando; cerimonioso ma fermo. Vide gli uomini irrigidirsi. Forse in quel luogo non si era mai sentita una voce di donna. «Ma avrei alcune domande da farle,» aggiunse la professoressa.

«Sarò felice di risponderle, se vuole lasciarle scritte. Le farò recapitare il mio pensiero al suo rientro in Italia.»

Camille spalancò la bocca mentre Anna rimase impassibile.

«Monsignor Giulio Abbate dell'Archivio Apostolico Vaticano mi ha dato istruzioni precise e non posso certo affidare a delle parole scritte i suoi desideri. Sarebbe oltraggioso e non giustificabile da parte mia. Lei sa quanto può essere ritorsiva la reazione del Vaticano.»

L'arcivescovo Pierluigi Battista alzò leggermente i sopraccigli mentre gli altri tre lo guardarono senza nascondere un senso di disappunto.

Qualcuno disse qualcosa d'incomprensibile a bassa voce.

«Cosa intende?» Il tono del patriarca dei Latini era tra l'indignato e il sorpreso. Quella commedia era decisamente finita.

«Vi sono grata per avermi fornito la vostra posizione, la leggerò con molta attenzione e la riporterò a chi di dovere, ma devo farvi una domanda che mi preme da un po' di tempo. Almeno una.»

«Ci dica.»

Anna fece finta di schiarirsi la gola.

«Perché i Francescani hanno a cuore la custodia della Terra Santa così tanto da minare addirittura lo Statu Quo?»

In un istante in quella stanza scese il gelo. Nessuno si mosse. Anna aveva reso inutile tutto il lavoro che quei quattro avevano fatto ed era andata al punto che nessuno aveva intenzione di sollevare.

Pierluigi Battista alzò una mano e non certo per benedire o dispensare perdono.

«Professoressa Pareto, venga tra due ore nel mio ufficio, da sola. Ora potete lasciarci ai nostri obblighi. Grazie.»

Entrambe le donne si alzarono e fecero un cenno di commiato, guadagnando l'uscita e rimasero in religioso silenzio. Percorsero il tragitto al contrario fino a quando non rimasero sole nella loro stanza.

«Non posso crederci, incredibile!» Esclamò la francese, sorridendo e alzando le braccia al cielo. «Quei quattro tipi erano lì a prenderci in giro e tu li hai stesi con una sola domanda. Cavolo che scena. E posso dire che io c'ero.»

Anna sorrise a sua volta, sdraiandosi sul letto. «Non esaltarti troppo. Ora capirò cosa mi aspetta.»

«Certo, ma lo hai messo all'angolo, ora deve uscirne e non può far finta di nulla. Lo sai che ti farà delle domande?»

«Cosa può chiedermi di tanto interessante?»

«Principalmente di Abbate.»

«Non so nulla di lui, mia cara,» ammise Anna, e poi alzò le spalle, rassegnata.

«Non essere così ingenua, non ci crederà e a quel punto si chiuderà in sé stesso e addio informazioni. Devi essere più scaltra e anticiparlo. Devi dargli qualcosa in cambio.»

Camille aveva ragione, lei era la fonte giusta. Prese il portatile e poco dopo era in rete. Digitò "Monsignor Giulio Abbate" senza trovare poi molto.

«Non devi cercare sotto il nome ma dove lavora. Fammi spazio.»

La francese si mise seduta vicino a lei in modo da vedere lo schermo del computer.

«L'Archivio Apostolico Vaticano,» sussurrò Anna mentre lanciava la ricerca. «Ci sono le solite cose Camille, lo sanno tutti che si occupa di catalogare i documenti della Chiesa.»

«Ma non sanno che alcuni dicasteri passano per queste stanze.»

Gli occhi di Anna s'illuminarono.

«Il dicastero per la promozione dell'unità dei cristiani, certo.» Trattenne il respiro, mosse le dita velocemente fino a quando un nome non le apparve come una lucciola in piena notte.

«È il segretario del dicastero che tiene i rapporti con le diverse Chiese cristiane, ossia i vari patriarchi!»

Anna esultò.

«Alcuni di loro, mia cara. Ma non è tutto.» Il sorrisetto della francese era tanto sbarazzino quanto impertinente da essere apprezzato all'istante.

«Non tenermi sulle spine.»

«Quel dicastero controlla la Commissione della Santa Sede per i rapporti con l'ebraismo.»

Anna si raddrizzò e portò indietro le spalle.

«Abbate sarebbe il perfetto sostituto di Battista. Ha i legami internazionali giusti, l'esperienza e la vicinanza del papa. Ma gli manca la motivazione che va cercando.»

Camille annuì.

«Io non ti ho detto nulla.»

La francese si alzò lasciando Anna a rimuginare su quello che aveva appena intuito.

«Allora, ricapitoliamo. Abbate vuole il posto di Battista e mi manda qui per raccogliere informazioni che possano indebolirlo. Battista lo precede e prepara una relazione bella e pronta per evitare qualsiasi domanda, come se nascondesse qualcosa.»

«Già, ma cosa?»

«Ora ci arriviamo. Ma non mi torna Gimenez che mi fa incontrare Ari, perché?»

«Lo hai detto tu. Un cambio dei custodi di Terra Santa potrebbe portare alla ridefinizione dello Statu Quo.»

«In questo caso Abbate, che ha contatti anche con gli ebrei grazie al suo ruolo di segretario del dicastero, può rassicurare il papa che un accordo è possibile.»

«Magari lo ha già fatto? Ha già gli ebrei dalla sua parte con un accordo più vantaggioso per loro? Poniti delle domande.»

«Camille, sei una provocatrice.»

«Senti chi parla,» e le fece l'occhiolino.

«Non mi spiego perché il giardiniere del papa voleva che prendessi coscienza del pericolo della mia missione.»

Camille le si fece più vicina. «Come lo hai chiamato, scusa?»

«Chi, monsignor Gimenez? Il giardiniere del papa.»

«Perché?»

«Si occupa dei giardini del Vaticano, semplice.»

«Giusto, scusa.» La francese alzò le spalle. «Torniamo ad Abbate e Battista. Se il primo ha un accordo con gli ebrei, è quello che devi dare a Battista in cambio di altro.»

«Come fai a esserne sicura?»

«Non lo sono però devi farglielo credere. Sei tu quella del *coup de théâtre*, dolcezza.»

Le sorrise e si mise sdraiata sulla sua brandina.

Anna ne approfittò per concentrarsi, non aveva molto tempo. Entrò nel profilo del dicastero per la promozione dell'unità dei cristiani e lesse che l'intento per cui era stato costituito, il 19 febbraio 2022, era la cooperazione tra religioni, ma i custodi della Terra Santa erano Francescani da più di ottocento anni. Come poteva pensare Abbate, Domenicano, di scalzarli. Impossibile. A meno che...

Lesse l'elenco delle religioni che il dicastero includeva e come aveva detto Camille, alcune erano le stesse dei patriarchi. Le venne un'idea.

Chiuse il computer, si diede una sistemata, si mandò un bacio attirando uno sguardo divertito della compagna di viaggio, e poi la salutò. Era giunta l'ora del vero incontro con il grande capo di quel luogo pieno di storia e significati.

Vestito solo dell'abito così detto borghese, il clergyman, un completo composto da pantalone, giacca e camicia con colletto bianco rigido, l'arcivescovo Pierluigi Battista sembrava un'altra persona. Con il pizzetto bianco, gli occhi azzurri, gli occhiali dalla montatura leggera dorata, i capelli corti grigi, alto e magro rappresentava l'esatta idea di chi è perfettamente centrato. Trasmetteva calma e padronanza della situazione come di quel luogo. E dopo quello che gli aveva detto nella sala delle accoglienze, beh, tanto di cappello.

"Stai attenta," si disse Anna mentre prendeva posto di fronte alla scrivania del patriarca dei Latini nonché il Frate Minore più potente del mondo; alla fine lui era questo, dopotutto.

La fissò con intensità mantenendo una posizione ferma e naturale. Era in attesa, forse di un segnale, ma lei non ci fece caso.

«Perché è qui?»

"Ottimo, subito al sodo."

«Per capire.»

«Pensavo fosse qui per riportare una relazione al monsignor Abbate.»

Anna non colse la provocazione. Riportare? Neanche fosse un golden retriever. Rimase in silenzio.

«Cosa deve capire?»

Una nota stonata tradì la curiosità del prelato.

«Quello che le ho detto.»

L'uomo allargò le braccia.

«Lei sa cosa siamo noi Frati Minori in questo luogo? Glielo dico io: siamo la storia. Fin da quando il nostro fondatore Francesco d'Assisi è venuto qui nel 1219 abbiamo vissuto questo posto lottando e difendendolo, morendo e patendo sofferenze, cadendo e risollevandoci. Come dite voi ora in Italia? Resilienza. Ecco, noi siamo resilienti fin dal nostro primo giorno in questa terra.»

Fece una pausa, ma solo per prendere fiato e abbassare il tono di voce. La sontuosità, questo gli piaceva. Tipico di chi comanda con un forte senso di misticismo. «Come può solo pensare che io e l'ordine che rappresento agli occhi del Signore e del nostro vescovo di Roma possiamo minare lo Statu Quo? Non ha senso.»

«Perché no?»

L'arcivescovo Battista sbuffò.

«Non faccia la superficiale che non è, o la semplice provocatrice, non offenda la mia intelligenza e soprattutto la sua. La risposta la conosce bene; non avremmo vantaggi.»

Aveva ragione, l'approccio era un altro.

«Lei non è il solo patriarca a mantenere inalterato il trattato di Berlino.» Da brava storica, Anna sapeva che certe informazioni dovevano essere codificate prima di essere comprese nella loro portata.

L'uomo sembrò accigliarsi.

«Come sa bene, eccellenza, le comunità nel Santo Sepolcro che hanno rapporti con il dicastero per la promozione dell'unità dei cristiani sono gli ortodossi greci e i copti, le due più grandi Chiese dopo quella cattolica. Per non parlare dei rapporti privilegiati attraverso la commissione della Santa Sede per i rapporti religiosi che ha con gli ebrei d'Israele, i quali si impegnano tutti i giorni a far osservare il regime giuridico dello Statu Quo. Come vede, monsignor Abbate è in un'ottima posizione.»

L'arcivescovo arricciò le labbra. Si sentiva all'angolo. Tradito, lui? Giammai. Dopo tutto quello che aveva fatto per Roma, i debiti risanati, gli accordi vantaggiosi, no, non lo avrebbero sostituito. Tuttavia...

«Ma se ha mandato lei, vuol dire che non l'ha ancora trovata.»

"Oddio, e adesso?" Si chiese Anna. A cosa si riferiva Pierluigi Battista? Incurvò leggermente le spalle ma non abbassò lo sguardo.

Lui la fissò con un'intensità tale da oltrepassarla.

«A me non è dato sapere, eccellenza,» rispose Anna cercando di non tradire la sua più assoluta sorpresa. Dove aveva trovato la forza di parlare?

L'uomo abbozzò un sorriso. Non era pago.

«Io le ho detto quello che conosco, eccellenza, di più non riesco se non ho elementi.»

«Giusto. Facciamo un patto e le prometto che le sarò per sempre riconoscente, ben altro rispetto a quello che le ha promesso monsignor Abbate.»

«Mi dica, eccellenza.»

L'uomo prese un foglio e una penna, scrisse per pochi secondi, poi lo ripiegò e glielo porse.

«Contatti quest'uomo e le spiegherà ogni cosa. Troverà anche un altro numero. È il mio, quello privato, mi riferirà personalmente ciò che scoprirà. Va bene?»

Anna annuì e prese il foglio.

«Non abbiamo altro da dirci, almeno per il momento.»

«Non le interessa sapere cosa scriverò nella mia relazione?»

L'arcivescovo Pierluigi Battista si alzò.

«Lei ha siglato un patto con me, professoressa Pareto. Se riporterà delle notizie che possano danneggiarmi, sarà responsabile delle conseguenze, e non credo che sia il tipo che sottovaluti cosa vuol dire mettere in discussione lo Statu Quo che va avanti da centinaia d'anni, giusto?»

Sorrise e stavolta non benevolmente. L'aveva messa nel sacco e l'unica cosa che poteva fare era il suo gioco.

Si congedarono con un cenno del capo e come uscì, il giovane novizio le si avvicinò sussurrandole: «Immagino sia stato un onore. Il patriarca riceve in udienza privata solo pochissime persone. Lei deve essere una donna importante, oltre che fortunata.»

Anna lo guardò basita. Era proprio vero che il mondo girava sempre al contrario di come una persona si aspettava.

Come fu sola, davanti alla porta della stanza che divideva con Camille, aprì il foglietto e oltre il numero di telefono, lesse il nome: Alex Fortini.

# 12

Al 76 di Dean Street nel quartiere di Soho si trovava un classico club per soli soci, il Soho House, dove si poteva incontrare persone, gustare piatti rigorosamente british o internazionali, bere ottimi drink e sparlare sguaiatamente senza essere apostrofati come sessisti o razzisti. Il lusso sembrava essere la chiave per superare le nuove regole della modernità. Se poi aggiungevi una buona dose di alcol e la voglia di farsi vedere, i social come testimoni, allora ottenevi la garanzia del successo. Almeno quella fu la prima impressione che provarono Elisabeth e Lara come vi misero piede attirando sguardi che s'interrogavano senza mezzi termini: ospiti o socie?

Dopo essersi presentate all'ingresso, salirono fino all'ultimo piano dove il Library Bar offriva un mix di cultura e fashion.

«Il posto è bello ma la gente è malata,» sentenziò Lara che aveva preso quel viaggio come un'occasione per ribadire la propria indipendenza mentale.

«Sei troppo dura con gli altri, te l'ho mai detto?»

«Senti chi parla. Hai perdonato tuo padre solo dopo un anno senza mai scrivergli o telefonargli.»

Elisabeth abbozzò un sorriso.

«Sapevo che lo avresti tirato fuori alla prima occasione. Ho fatto una brutta figura?»

«Si dice "da stronza", mia cara, per essere chiari.»

Entrambe scoppiarono a ridere e ordinarono un Cosmopolitan, il loro aperitivo preferito.

«Come ai vecchi tempi, ragazza.»

Brindarono con i bicchieri, facendoli tintinnare, e si girarono all'unisono quando la voce di Brimley le raggiunse sopra la musica.

«Avete cominciato senza di me, devo recuperare,» sorrise mesto nella speranza che l'entrata in scena venisse presa di buon grado. Le due donne avevano raggiunto un accordo, trattarlo come un cliente qualsiasi, quindi con gentilezza e cortesia, sentire cos'aveva da dire e poi toglierselo dai piedi.

«Abbiamo appena iniziato, dottor Brimley,» disse Lara con un cenno del capo ed Elisabeth rimase in silenzio. L'ascia di guerra per il momento deposta. Aveva altri obiettivi e voleva essere estremamente affabile. D'altronde era figlia di spie, cresciuta da loro, e l'arte dell'improvvisazione e camuffamento era cosa di tutti i giorni.

«Ottimo,» aggiunse il nuovo arrivato. Ordinò lo stesso drink e le accompagnò a un tavolo.

«È un bel posto, complimenti per la scelta.»

«Esclusiva, direi. Puoi diventare socio solo se vieni presentato da una persona già iscritta. C'è una "Soho House" anche a New York e Los Angeles. Una volta socio, puoi scaricarti l'app e prenotare una stanza in diciannove città diverse, tra cui la sua città di origine Elisabeth, Roma, e così Parigi. Sono garantite eleganza e riservatezza e puoi dialogare con gli altri soci scambiandoti l'amicizia. A volte si fanno affari e s'incontrano personaggi importanti o stravaganti.»

«È qui che ha conosciuto Andrea Spinazzola?»

«No, è un socio anche lui, ma non frequenta questi luoghi, è più all'antica, un tipo da tazza di tè. Diciamo però che alcuni suoi collaboratori adorano questo club, un mix di novità e professionalità. Lo uso spesso come base per i miei affari a Londra.»

Elisabeth sorseggiò il drink guardando Brimley negli occhi. Sembrava rilassato e stranamente non provocatorio.

«E come stanno andando gli affari, se posso permettermi?»

L'uomo alzò le spalle.

«I miei investimenti sono un po' ovunque e, come sa bene, anche in tempi di guerra, i ricchi tendono ad arricchirsi sempre di più. La tecnologia avanza inesorabilmente e il lusso in genere non subisce crisi. Basta stare attenti e avere i giusti alleati.»

«Forse manca qualcosa...»

Elisabeth lasciò la frase a metà e lui s'incuriosì.

«Ossia?»

«Far guadagnare un po' tutti, non trova? Distribuire la ricchezza per tutelarla, è questa la regola di questi anni, o almeno quello che dovrebbe succedere nel mondo.»

L'uomo annuì mentre Lara si gustava quel siparietto; se le cose fossero rimaste così, la serata sarebbe volata.

«Posso chiederle cosa vuole esattamente dall'avvocato Scorsese?» Chiese prima che il suo capo rovinasse tutto con una battuta al vetriolo.

Lui si assestò la cravatta, un gesto che probabilmente lo faceva entrare in modalità "business" e abbassò un po' il tono della voce.

«A Venezia, Spinazzola mi ha confidato che durante la serata di beneficenza batterà all'asta un esemplare unico di cui nessuno è a conoscenza. Sarà il pezzo forte e possederlo avrà un valore ben oltre la proprietà. E sarà mio.»

«Può essere più specifico se è possibile?»

«Non ha aggiunto molto, era un po' guardingo come se avesse paura di essere ascoltato. Mi ha detto che è italiano, di fine 400.»

«Non le ha chiesto il nome dell'autore, se è un quadro oppure un manoscritto, un oggetto appartenuto a chissà chi?» Il tono di Elisabeth tradiva un certo nervosismo che cercò di coprire con un sorso abbondante del suo drink. Brimley scosse la testa e fece lo stesso per camuffare l'imbarazzo.

«Se non erro, quello è il periodo del Rinascimento che ha portato un rinnovamento filosofico, artistico, scientifico e letterario, soprattutto in Italia.»

«Esatto,» aggiunse Brimley, «ed è stato importante perché superava l'epoca medievale ritenuta un periodo di barbarie e mediocrità.»

«Ma non sa nulla di più,» sentenziò Elisabeth mentre portava alle labbra un'oliva. L'uomo la guardò incuriosito, quasi sfidandola.

«Perché ha accettato di valutare un lavoro all'Ars Longa? Voglio dire, ha uno studio associato che l'aspetta a New York, una fama che la precede. Perché qui?»

«Non se lo aspettava?»

«Assolutamente no.»

Elisabeth sorrise e Lara alzò gli occhi al cielo.

«Curiosità. Le è sufficiente?»

«Troppo poco, non è da lei.»

«E se le dico che m'intriga Spinazzola, che vuole trasferire l'Ars Longa a Milano e che ci vuole con sé?»

Lara s'irrigidì. Aveva tirato dentro anche lei.

«La cosa si fa interessante. Un altro giro?»

Le donne annuirono.

«Progetti italiani?»

«Mai mettere limiti.»

L'uomo sorrise deliberatamente.

«Ah, capisco. Un'ottima mossa. Con l'accordo che ha preso, capirà se ne vale la pena. Farebbe un'esperienza in un campo affine al suo in un Paese diverso con altre leggi e regole. La sua professionalità crescerebbe. Lei è scaltra, non v'è dubbio.»

"Per non parlare dei servizi segreti che ci sono di mezzo," voleva aggiungere Lara, ma non mosse un muscolo.

Arrivarono i drink e Brimley propose un brindisi.

«Al vostro nuovo incarico, allora.»

«Non è detto che accetteremo.»

Lui alzò le spalle. Per quello che lo riguardava, andava bene così.

Fecero tutti un sorso e poi Elisabeth gli chiese: «Non ci ha detto cosa vuole da noi, una volta che acquisterà il pezzo misterioso.»

«Giusto. Prima di tutto vorrei vi faceste dire da Spinazzola qualcosa di più, tipo la provenienza oppure la fragilità; poi che valore assicurare, oppure che imballo far preparare, quale documento legale sottoscrivere oltre a quello di proprietà. Dopo i fatti successivi ai saccheggi dei musei iracheni c'è molto più controllo in dogana e la mia collezione, come sa, avvocato, è a Long Island.»

«Scusi la domanda,» s'intromise Lara dopo diversi minuti di silenzio, «è così sicuro di riuscire a prenderlo? Se qualcuno la superasse all'asta?»

L'uomo la guardò come si guarda un fantasma, incredulità mista a sbigottimento. Poi fece per aprire bocca ma la richiuse. Quell'eventualità non valeva neanche il tempo di una risposta.

"Tipico degli Scriba. Sono già d'accordo. Quindi Brimley era a Venezia per definire le ultime cose. Allora perché Spinazzola non gli ha detto di più?" Pensò Elisabeth, poi le venne in mente un'idea.

«Se Spinazzola è stato così criptico perché non lo ha chiesto a Fortini? Mi risulta che sia il collaboratore più stretto di Spinazzola. Lui saprà senz'altro qualcosa.»

Christopher Brimley sbatté le palpebre una volta di troppo ed entrambe le donne se ne accorsero. «Anche lui è stato sulle sue, ha detto che, se non ne voleva parlare Spinazzola, lui non poteva certo farlo.»

Quindi Fortini era al corrente del pezzo forte della serata.

«Un'ultima domanda; qual è la cifra che offrirà e con la quale spera di chiudere?»

L'uomo sogghignò. Comprese che Elisabeth aveva capito.

«Spero siano sufficienti cinque milioni di euro,» rispose scolandosi il drink senza staccare gli occhi da quelli dell'avvocato Scorsese. Lei stessa bevve ancora.

«Ora devo salutarvi. Domani vi contatterà la mia segretaria per i dettagli della società cui intestare il pezzo all'asta, e vi fornirà l'assistenza che vi occorre. Vi prego solamente di aggiornarmi nel caso Spinazzola si lasci sfuggire qualcosa.»

Le due donne annuirono e lo salutarono. Come lo videro scomparire al piano di sotto, Lara fu la prima a parlare: «Sembra non sapere che il suo amico è sparito.»

«A quanto pare.»

«Non è un nostro sospettato.»

Elisabeth sorrise.

«Parli come una di loro.»

«Loro chi?»

«Quelli di mio padre.»

Bevvero un altro sorso.

«E comunque potrebbe aver fatto finta di non sapere nulla di Spinazzola per vedere se gli avremmo confidato quello che sapevamo.»

«È così furbo?»

«Molto di più, e ora che ci penso a quel party c'era anche Schluck e hanno confabulato. Tutti a fare affari.»

«Loschi.»

Altro che loschi, sembrava tutto illegale e criminoso. Poi le sovvenne un pensiero. Mancava un nome all'appello. Era ora di incontrare Alex Fortini, già, ma come?

## 13

Staccato. Per l'ennesima volta riprovò per poi rassegnarsi a quella vocina della Tim che le ricordava che il numero chiamato non era raggiungibile. Cominciò a pensare che l'arcivescovo Pierluigi Battista le avesse dato un numero "tarocco" come diceva suo figlio, anche se non voleva crederci. Ricordava bene lo sguardo del prelato e quello che si erano detti. Fu tentata di chiamarlo, d'altronde aveva il suo numero diretto, ma temeva di disturbare, e in più, avrebbe dovuto pronunciare quel nome ad alta voce magari mettendolo in difficoltà. E solo Dio sa cosa vuol dire subire l'ira dei religiosi. Sorrise al solo pensiero, loro avevano una via preferenziale, come l'autobus in città, tutto più diretto e veloce. No, grazie, aveva il suo lavoro all'Università di Torino e non lo avrebbe messo a rischio per una telefonata maldisposta in arrivo da Roma.

Aveva chiuso la relazione usando le informazioni contenute nel testo che il patriarca dei Latini le aveva dato, tenendo l'originale per sé ovviamente, e l'aveva mandata in Vaticano spedendo una mail all'indirizzo di monsignor Abbate. Era stata precisa, attenta e soprattutto chiara nell'esporre le qualità dei Frati Minori, omettendo le alleanze con gli altri patriarchi, l'ipotesi assurda di Ari di un cambio di "custodia" che però, appena ventilata, aveva smosso il capo in persona tanto da esporsi con un biglietto scritto di suo pugno. E l'ordine di riferirgli dell'incontro con Fortini. Sì, se lo avesse trovato.

Stava pensando a cosa cucinare per cena quando le venne un'idea. Selezionò un altro numero confidenziale che si trovava in Italia. O almeno molto vicino, diciamo nel suo cuore.

«Mia figliola prediletta, qual buon vento?»

«Monsignor Gimenez, mi perdoni l'ora, la disturbo?»

«Mai, ragazza, mai.»

Sorrise. Era tornato a essere il suo mentore, gentile e premuroso.

«Mi ha detto di chiamarla nel caso avessi novità dopo il mio viaggio a Gerusalemme.»

«So che è andato tutto bene. Ari mi ha fatto sapere che ti ha incontrata e la tua relazione è piaciuta. Da quanto sono riuscito a leggere, non c'è nessun accenno alle supposizioni del nostro amico.»

Il prelato si fermò e Anna si sentì in dovere di parlare.

«Ho forse sbagliato?»

«Affatto, mia cara. È stata la scelta più saggia. Mai agitare acque calme, possono farti vedere lontano.»

Anna cercò di ricordare se fosse una citazione ma non trovò riscontro.

«Eppure, se hai deciso di telefonarmi, c'è qualcosa che ti preoccupa.»

«Sì, è così.»

«E non sarà nella relazione, immagino.»

Anna non rispose, era inutile.

«Allora, dimmi pure.»

Il prelato rimase in ascolto mentre lei faceva un bel respiro.

«Ho arricchito l'ipotesi di Ari secondo cui lo Statu Quo possa essere addirittura in pericolo per un cambio di direzione dei custodi, con il fatto che monsignor Abbate miri a prendere il posto dell'arcivescovo Battista.»

«Un po' inverosimile ma non è da escludere. Ottima intuizione comunque.»

«Ecco, l'ho ventilata a Battista in persona.»

Silenzio. Il giardiniere del papa sembrava svenuto o volatilizzato tanto non si sentiva fiatare.

«Monsignore, è in linea?»

«Sì, certo, stavo pensando. Hai coraggio, Anna, complimenti. Lui come ha reagito?»

«Mi ha dato un nome da contattare, ma prima ha detto una cosa che suona strana.»

«In che senso?»

«Che monsignor Abbate avesse mandato me a Gerusalemme, perché non l'aveva ancora trovata. Non ho idea a cosa si riferisse.»

«Tu cos'hai risposto?»

«Che non era mio compito saperlo o meno.»

«Questo non esclude che non lo sapessi però.»

A pensarci bene, Gimenez aveva ragione e lei rimase in silenzio.

«Non preoccuparti più di tanto, chissà cosa sta cercando Battista. Piuttosto come si chiama questa persona che devi contattare?»

«Un certo Alex Fortini. Ho cercato in rete ma c'è poco o nulla. Ho il numero di telefono che però è sempre staccato. Vorrei incontrarlo per capire meglio. Lei potrebbe aiutarmi a rintracciarlo?»

Il prelato sospirò. Alla sua età qualsiasi cosa diventava ogni giorno un po' troppo pesante.

«Sono onorato che confidi in me, chi ti dice che sia nella posizione giusta per queste cose?»

«Ari, o meglio le parole che ha speso su di lei.»

L'uomo sospirò appena. La professoressa Pareto era una che faceva girare le rotelle del cervello.

«Mandami il numero, vedrò quello che riuscirò a fare e ti contatterò. Ora pensa ai tuoi figli.»

«E all'arcivescovo Battista cosa dico?»

«Per ora nulla, a quest'ora si starà godendo l'esito della tua relazione. *Periculum evasit.*»

Si salutarono e Anna ripensò al viaggio e alla nuova amica Camille. Da quando era tornata, non le aveva ancora scritto.

Le inviò un messaggio e lei le rispose con una foto. Era con uno Spritz al Campari in un bar che riconobbe come Le Terrazze a Castel Sant'Angelo. Non era sola. Una mano femminile s'intrecciava alla sua. La congedò con un "Stasera non fare danni" e la francese le inviò un'emoticon con l'occhio strizzato, per poi dirle che l'avrebbe chiamata il giorno dopo.

Sorrise e si preparò ad accogliere il motivo vivente per cui la vita le sembrava più sopportabile di quanto fosse, più luminosa del buio che a volte la circondava e più divertente del tempo passato in solitudine. I suoi figli e il raggio di luce da loro portato quando tornavano a casa. Fu in quel momento che desiderò che nulla cambiasse, che una magia dell'universo congedasse quegli attimi, che un dio assoluto potesse bloccare per sempre il tempo.

Non sapeva quanto si stava sbagliando.

La telefonata arrivò in piena notte. Controllò l'ora prima di rispondere.

«Pronto,» riuscì a dire con la voce ancora impastata dal sonno.

«Professoressa Pareto?» Era la voce di un uomo, non sembrava italiano anche se usava la sua lingua.

«Sono io.»

«La chiamo da parte di monsignor Gimenez. Deve prepararsi in una ventina di minuti, passo a prenderla per portarla dal signor Fortini in macchina.»

«Ma sono le quattro del mattino!»

Ora si sentiva del tutto sveglia e anche arrabbiata.

L'uomo trattenne un sorriso. Era abituato a certe reazioni, ogni volta la stessa storia. Per fortuna, aveva con sé un sonnifero istantaneo in grado di convincere anche i più reticenti.

«Lo so, mi spiace ma dobbiamo fare un viaggio lungo.»

«Non capisco.»

«Fortini è a Londra e non può muoversi, dobbiamo andare noi da lui.»

«Cosa?»

Questa volta il tono di Anna Pareto era decisamente alterato.

«Sono mortificato,» rispose l'uomo. «Non abbiamo altra scelta se vuole incontrarlo.»

Nel cervello di Anna passò il lampo di un pensiero: per quale ragione veniva svegliata in piena notte? Bastava attendere la mattina, perché tanta fretta?

«Mi scusi, prenderò un aereo più tardi per fare prima.»

«Non può.»

«Perché mai?»

Si accorse che stava quasi urlando con il rischio di svegliare i figli.

L'uomo sbuffò.

«Ha il passaporto vicino a lei? Può prenderlo?»

Sì, lo aveva nel cassetto del comodino. Almeno non doveva alzarsi. Fece come le aveva detto il tipo al telefono.

«Fatto. Ora?»

«Lo apra lentamente, e faccia scorrere pagina per pagina, non le prime o dove c'è la foto o il nome, ma da quelle successive. Lo tenga di taglio e le illumini con la torcia del cellulare. Io rimango in linea.»

Anna seguì le istruzioni e girò le varie pagine.

«Cosa dovrei trovare? Sono tutte bianche, qui non c'è nulla. Al massimo qualche timbro delle dogane.»

L'uomo sospirò. A quell'ora del mattino o della notte facevano tutti fatica.

«Riprovi, più lentamente.»

Anna sbuffò rumorosamente, si sistemò meglio sul letto e girò piano le pagine. Al settimo foglio vide tre linee sottili in protuberanza. Ci passò sopra il dito ed erano appena appena ruvide.

«Ci sono tre linee parallele come se fossero state applicate.»

«È così. Sono di un tracker gps, ossia indicano dove va quando porta con sé il passaporto. Quindi se prende un aereo per Londra, loro sapranno dove si trova. Oltre alle tracce che lascerebbe una sua prenotazione, ovvio.»

Anna era basita. Non era possibile. Cosa ci faceva un rilevatore gps nel suo passaporto? Chi lo aveva messo e perché? E poi chi erano questi loro?

Voleva dire tutto ad alta voce ma non riuscì a parlare. Sentì un brivido correrle giù per la schiena e si accorse che aveva paura. Per lei e i suoi figli.

«So come ci si sente la prima volta, l'ho visto negli occhi di tante persone, non fa piacere ma almeno adesso sa che qualcuno la sta tenendo d'occhio. Magari non è nulla d'importante, ma comunque non possiamo andare in giro con quel documento. Lo lasci in casa, ne ho io uno nuovo per lei ed è della Città del Vaticano. Ora è una nostra concittadina. Passo a prenderla tra quindici minuti.»

L'uomo chiuse la telefonata mentre Anna era ancora scioccata. Non sarebbe andata da nessuna parte. Chiuse gli occhi e fece un respiro profondo. Cavolo, lei era una semplice professoressa di Storia delle religioni, molto vicina al Vaticano d'accordo, ma rimaneva sempre una donna di studio, avulsa alla politica e men che meno alla carriera extrauniversitaria. Non avrebbe messo in pericolo sé stessa e i figli, non si sarebbe mossa da quel letto. Fece per stendersi di nuovo quando il telefono squillò.

«Monsignor Gimenez,» rispose sottovoce.

«Anna, non essere spaventata.»

La voce del prelato era gentile quanto rassicurante e a lei venne da piangere. Tirò su con il naso.

«Qualcuno mi ha seguito. Il mio viaggio a Gerusalemme era controllato.»

«Non credo, Ari me lo avrebbe detto. Sai, lui non è solo il responsabile della sicurezza di Betlemme.»

Anna immagazzinò quell'informazione ma non gliene fregò più di tanto, aveva altro cui pensare.

«Perché quel trasmettitore allora?»

«Per conoscere i tuoi movimenti. E se ti stai chiedendo chi, potrebbe essere chiunque. Il tuo viaggio ha interessato tanti attori in campo, dovresti averlo capito.»

Era così. Potevano essere i vari esponenti delle religioni coinvolte, anche i musulmani che da centinaia di anni tenevano le chiavi della Basilica del Santo Sepolcro, e un cambio di accordi avrebbe potuto sostituirli, cosa non accettabile.

«Chiunque ha interesse che lo Statu Quo non cambi.»

Il prelato sospirò. «E anche il contrario,» aggiunse perentorio.

Anna si chiese come a quell'ora del mattino fosse così vigile, insomma aveva una certa età.

«Aspetti,» esclamò riprendendo un po' di vita. «Quando mi

hanno inserito questo chip?» Lo chiamava così anche se forse non era corretto ma il monsignore capì lo stesso.

«Chi ha avuto accesso al tuo passaporto?»

«Le dogane, ovvio. Roma e Tel Aviv.»

«Oltre a loro, a chi lo hai dato per le varie procedure per il viaggio?»

Anna si sforzò di pensare e c'era sicuramente l'addetto all'accoglienza a Gerusalemme e prima ancora il giorno della visita in Vaticano.

«Il giorno che sono venuta da lei prima di andare da monsignor Abbate. L'ho lasciato in dogana.»

«Certo. Durante la permanenza a Gerusalemme?»

«Nella mia stanza.»

«Come vedi, potrebbe essere chiunque ed è per questo che devi vedere Alex Fortini, per capire in quale situazione sei finita.»

Anna non voleva cedere, non così, aveva troppa paura.

«Ma perché non posso incontrarlo in Italia? Perché non può venire lui?»

Monsignor Gimenez sospirò e attese qualche istante come se non volesse parlare, poi fece uno sforzo e rispose: «Per le tue stesse ragioni, mia cara.»

"Splendido," pensò Anna. "Siamo tutti e due nei casini e non sappiamo perché."

«Ah, ecco.»

«Ma c'è un particolare importante. Lui si sta nascondendo quindi affidati ai due uomini che saranno con te. Li conosco da molti anni, sono persone fidate e preparate. Ti porteranno da lui e poi ti riporteranno a casa. Potrai tornare dai tuoi figli in pochi giorni.»

Detto fatto, come se fosse così semplice. Cosa doveva fare? Cioè, quando lo avrebbe incontrato, cosa gli avrebbe chiesto? Valeva la pena affrontare tutto questo?

«Anna, ci sei?»

«Sì,» sussurrò con le lacrime che le salivano agli occhi.

«Non pensare più di tanto, ma agisci. Sei una donna che vuole la verità, sei capace e intelligente, non fuggire da ciò per cui sei portata.»

Quelle parole le risuonarono piene; era il suo momento, la sua decisione.

«D'accordo, vado.»

Si salutarono e lei decise di prepararsi. Londra non era certo vicinissima e Fortini avrebbe dovuto chiarirle diverse cose.

# 14

Si era girata nel letto tutta la notte, forse per colpa dei troppi Cosmopolitan bevuti la sera prima o per i pensieri che cominciavano a occuparle la mente. Non ne era certa, ma l'unica cosa che sapeva era che doveva alzarsi. Una doccia le avrebbe snebbiato la mente. Indugiò al pensiero di essersi svegliata di nuovo da sola nel letto, forse era il momento di trovare qualcuno.

Si alzò e, togliendosi la camicia da notte, entrò in bagno. Da quanto tempo non aveva un rapporto sessuale? Un fidanzato, un uomo, qualcosa che si avvicinasse a un'avventura? Si guardò allo specchio e il suo corpo le rimandò un desiderio da troppo tempo represso. I seni erano alti e sodi, la pancia piatta e l'incavo delle cosce levigato e invitante. Durante l'anno sabbatico in Italia aveva avuto un paio di storie, forse tre se si aggiungeva una notte con un americano, ma tutto di gran lunga lontano dal concetto minimo di "gran sesso bollente" o "mega rapporto di sesso e amore". Forse aveva ragione Lara, che declamava fino allo sfinimento che quando non hai con chi vuoi stare, il corpo va usato per raggiungere il piacere, alla faccia degli ipocriti o di chi fa finta. O peggio, di chi nega. Alla fine, una scopata fa bene a chiunque. Aprì la doccia e raggiunta la giusta temperatura, si lasciò cullare dal getto deciso. Cominciò a insaponarsi e il pensiero finì per scontrarsi con Palmer, il suo ultimo amore. Ripensò al suo sorriso, alla prima volta che si erano ubriacati insieme. Lo scontroso e tenebroso fido soldato di suo padre si era dimostrato un dolcissimo e attento amante, dotato di un fisico pazzesco. Pensò alle carezze e ai baci che le aveva riservato prima di capire che poteva osare in quella notte gelida nel Vermont, circondati da una tempesta di neve. Finì di insaponarsi, indugiando sui capezzoli, chiuse gli occhi e mise a fuoco nella mente la figura di Robert Palmer. Partì dal viso e lo immaginò tra le sue mani. I suoi occhi nocciola avevano delle piccole pagliuzze gialle che lo rendevano ancor più affascinante. Poi la bocca armoniosa, gli zigomi alti, il naso leggermente pronunciato. E i capelli scuri tagliati sempre cortissimi ma folti e ispidi. La sua mano scese all'interno della coscia mentre spostava il corpo fuori dal getto d'acqua. Divaricò leggermente le gambe e si appoggiò con una spalla al muro dietro di lei. Con tre dita si sfiorò i peli tenuti corti e con l'indice cominciò a toccarsi il clitoride. Gli occhi chiusi, fu come se avvertisse il desiderio animale di Robert e il movimento accelerò, disegnando dei piccoli cerchi. Immaginò i muscoli dei bicipiti gonfiarsi mentre la prendeva e la sbatteva sul letto, con il membro già duro e pronto a penetrarla. Immaginò le labbra che si schiudevano, la lingua che perlustrava con decisione e desiderio la sua bocca e lei che partecipava a quella danza vorace e incontrollata. Le labbra tra le sue cosce davanti alla punta del membro completamente svelato, pronto a darle piacere, si aprirono. Come se lo vedesse con la mente entrare, aumentò il movimento dell'indice cominciando a emettere dei rapidi mugolii. Era sopra di lei, completamente dentro, dandole delle spinte che anche se le facevano male, erano puro piacere. Quasi percependo il pene gonfiarsi ancora di più, fu travolta dal godimento, aumentò la velocità delle dita, contrasse i muscoli pelvici inarcando la schiena, urlò e si lasciò andare a un orgasmo così intenso da lasciarla stordita.

Stava per scendere a fare colazione quando il cellulare squillò. Era Olivia Brossuard.

«Dottoressa, buongiorno, saremo da lei tra un paio d'ore, ci sono problemi?» Rispose in modo professionale.

La donna sembrava agitata.

«Andrea si è fatto vivo.»

Elisabeth si fece più attenta.

«Non sembra contenta.»

«Ho bisogno di vederla subito, dove possiamo incontrarci?»

L'albergo poteva essere un posto troppo affollato.

«Che ne dice della Soho House? È al civico 76 di...»

«So dov'è, va benissimo.»

Si accordarono da lì a mezz'ora. Elisabeth mandò un messaggio a Lara per avvertirla della sua momentanea assenza e uscì dalla stanza. In poco tempo era davanti all'entrata e saliva su un taxi.

Mentre era diretta alla Soho House, cercò il sito e decise di iscriversi. Compilò la domanda di abbonamento annuale e indicò Christopher Brimley come socio presentatore. Scrisse a lui un messaggio per chiedergli di appoggiare la sua candidatura e presto fatto: in meno di quindici minuti, ricevette la notifica di conferma. Era socia e scaricò l'app. Quando le chiesero se volesse aderire alla lista dei soci e condividere in chat le loro esperienze, accettò. Lara non le aveva detto che doveva fare nuove amicizie e dimenticare Palmer? Certo, ripensando alla doccia di quella mattina, non era decisamente sulla buona strada ma com'era quel detto? "Chiodo scaccia chiodo." E i profili con tanto di foto dei soci promettevano divertimento e buone sorprese. Approfittò del tragitto per postare un paio di sue foto, riempire un questionario generico e rispondere a qualche particolare domanda. Quando arrivò alla sezione single o impegnata, non ebbe esitazioni e scelse "impegnata". Un po' di barriere, e che diamine. Ebbe solo un'esitazione quando fu davanti alla riga "lavoro": era ancora un avvocato o si stava trasformando in altro? Ripensò ai giorni del foro, a quando i colleghi la invidiavano o ostacolavano, a quando affrontava giudici e corti senza nessun imbarazzo, a quando il suo nome circolava per Foley Square portando con sé fama e successo. Quei tempi erano finiti, ormai sepolti, e tutto per via di sua madre. Da quando aveva scoperto che era viva, era stata risucchiata dalla sua vita e aveva perso la propria. Ecco perché la scelta di Venezia, era questo il vero motivo del suo anno sabbatico, non l'essersi sentita tradita da suo padre e Palmer. Il rapporto madre e figlia era qualcosa che andava oltre la natura, era un legame indissolubile, e scoprire che una delle due era un essere imperdonabilmente malvagio comportava gravi conseguenze anche per l'altra.

Elisabeth aveva compreso che questo era il suo demone e fuggire lontano non era valso a nulla.

Sospirò.

Il taxi si fermò davanti al 76 di Dean Street ed Elisabeth scese dopo aver pagato. Come entrò, mostrò alla reception la sua tessera digitale, le sorrisero e lei si accomodò al terzo piano lasciando detto di far salire Olivia Brossuard. Era in anticipo, odiava essere in ritardo e poi la curiosità era troppo assillante.

Ordinò un caffè e attese guardandosi intorno. Il Library Bar era vuoto a parte un uomo che scorreva l'iPad e sorseggiava un tè. Meglio così, poche orecchie curiose. Ricevette una notifica, e subito dopo un'altra e un'altra ancora. Controllò il cellulare e scoprì che erano tre richieste di amicizia dall'app di quel posto. Non solo, una mail le ricordava quali servizi offriva la Soho House. "Però, che tempismo," si disse mentre sentiva qualcuno salire le scale.

Il volto di Olivia Brossuard apparve subito dopo. Si guardò in giro, sembrava spaesata. Poi la vide, la salutò, ordinò un tè e si accomodò a sua volta. Aveva con sé una borsa di tela nera, insolita per l'abbigliamento colorato un po' bohémien. Era l'unico particolare professionale del suo outfit. Elisabeth, invece, aveva scelto un binomio pantaloni e giacca, eleganti ma non troppo, leggermente informali, e scarpe basse. Sopra, uno spolverino adatto alla stagione.

«Grazie per essere qui, avvocato. Sono ancora sconvolta.»

La Brossuard cercò di nascondere un brivido, con un risultato maldestro. Di nuovo, lanciò un paio di occhiate tutt'intorno ma continuava a esserci un solo ospite.

«Cos'è successo?»

La donna fece un respiro così rumoroso che Elisabeth si preoccupò all'istante.

«Io e Andrea abbiamo due indirizzi mail personali, non quelli aziendali per intenderci, e stamattina presto ho ricevuto questa mail da lui.»

Armeggiò con l'iPad fin quando la mail non fu aperta davanti a loro.

«Tenga. Legga per favore, è per lei.»

«Per me?»

La donna annuì.

Elisabeth non se lo fece ripetere due volte e cominciò a leggere in silenzio.

"Cara Olivia, ti scrivo a questo indirizzo perché forse le mail dell'ufficio sono sorvegliate. Prima di tutto sto bene. Però non posso farmi vedere, rischio la vita. Non preoccuparti, so come raggiungerti e cercherò di essere al nostro evento, ci tengo molto. Nel frattempo, ho bisogno di aiuto. Ho saputo che l'avvocato Scorsese è lì con voi e quindi immagino abbia accettato di lavorare con noi, ottimo. È una persona competente e ha i giusti contatti per risolvere questa terribile situazione. Falle leggere questa mail, per favore, è molto importante per entrambi. Alcune settimane fa, mi ha chiamato mio zio Sigismondo e riguardava un suo vecchio amico d'infanzia. Era stato contattato dal convento di San Vicino, nelle Marche, dove il suo amico, Carlo Repetti, ricopriva il ruolo di priore con il nome di Fra Bartolomeo. Aveva 93 anni ed era dell'ordine dei Francescani. Da giovane era stato un tipo scalmanato e quando prese i voti, nessuno ne capì il motivo. Era tutto meno che uno fulminato sulla via di Damasco. Pare che sia morto scivolando da un burrone in piena notte e in condizioni particolari; gli altri frati hanno ipotizzato il suicidio, e dato che nessuno voleva che si sapesse, hanno seppellito il corpo nel loro cimitero dopo una veloce funzione. Ha lasciato una lettera per mio zio. Racconta che il pomeriggio della sua morte ha ricevuto una visita da un canonico di San Pietro, come sai figure molto vicine al papa e molto influenti, un certo monsignor Giulio Abbate dell'Archivio Apostolico Vaticano. Gli avrebbe chiesto notizie di una confessione scritta e se fosse a conoscenza dell'ubicazione dell'originale. Il monsignore conosceva bene la sua vita precedente e l'esistenza di una sua cugina, una certa Suor Marta dell'ordine delle monache Clarisse, fondato da San Francesco e da Santa Chiara d'Assisi. Pare che Suor Marta gli avesse affidato un segreto contenuto in quella confessione, chiedendo che per preservarlo prendesse i voti. Una copia di questa lettera era allegata alla missiva di Fra Bartolomeo a mio zio, che ho avuto la fortuna di leggere e fotografare. Ve l'allego. La cugina di Carlo Repetti fa riferimento a una bolla papale di Innocenzo VIII dettata a Pico della Mirandola nel 1492 mentre il papa stava morendo. Una Clarissa era presente e ha tramandato questa memoria nel corso degli anni fino ai giorni nostri. Cosa stabilisce la bolla papale? Non ci crederete: indica che la custodia della Terra Santa poteva essere anche affidata ad altro ordine religioso, in particolare ai Domenicani, più vicini a Innocenzo VIII. Ma non è mai stata applicata né tantomeno resa pubblica. Che fine ha fatto? Perché Pico della Mirandola non ne ha dato conoscenza? Comunque sia, questa notizia ha scatenato la ricerca della bolla papale e io stesso mi sono messo in moto con l'aiuto di Alex. È evidente come il suo valore, oltre a essere legato alla sua antichità e unicità, sia anche intrinseco perché permetterebbe una revisione degli accordi in quella regione. Considerando il pericolo che si cela dietro questa scoperta, ho deciso di nascondermi fino a quando non verrà trovata, Pico della Mirandola permettendo. Ora vi saluto, mi farò vivo presto."

Elisabeth rimase basita. Prese il cellulare e fece una foto alla schermata.

Poi si rivolse alla Brossuard: «Mi giri tutto via mail, anche l'allegato.»

«Cosa mi dice del suo contenuto?»

«Torna tutto.»

«Tutto cosa?»

«Una mia congettura.»

La Brossuard non ci aveva capito molto e sembrava non interessata.

«Dobbiamo trovare la bolla papale, metterla all'asta, renderla pubblica e così Andrea potrà tornare alla vita di tutti i giorni.»

«Ciò che è pubblico, non può colpire,» concluse Elisabeth.

Olivia annuì.

«Va bene, ci sto. Ho però una richiesta per lei. Ho bisogno di parlare con Alex Fortini.»

La donna alzò le spalle. «È un collaboratore esterno di Andrea, uno che va e viene, non lo conosco molto bene. L'ultima volta che l'ho incontrato, era maggio inoltrato.»

«A me è sembrato che fosse in stretti rapporti con Spinazzola.»

Fece un gesto vago come a liquidare la faccenda.

Elisabeth si arricciò la punta dei capelli, qualcosa la innervosiva.

«Perché una professionista con la sua preparazione ha accettato di diventare socia dell'Ars Longa? Non mi sembra abbia fatto un affare, anzi.»

La donna trattenne il respiro per un attimo.

«Non riesco a capirla.»

«Semplice. Nell'anno della pandemia la casa d'aste ha fatturato solo le sue collaborazioni e lei ne ha incassato soltanto una parte per non svuotare la società di liquidità. Ha quindi rinunciato a una parte cospicua dei suoi guadagni per salvarla. Mi chiedo perché l'abbia fatto.»

«Per spirito di solidarietà, per aiutare un amico, perché credo in un progetto e perché, dopo anni di collaborazioni importanti per gli altri, volevo una cosa che fosse anche mia.»

«Tutto giusto, ma poteva aspettare che passasse il Covid; invece, sembra ci sia cascata proprio in mezzo.»

La donna alzò di nuovo le spalle.

Elisabeth si sentì in parte presa in giro ma pensò ai motivi per cui aveva accettato, a quello che doveva fare e all'impegno che aveva preso con suo padre, e per ultimo a Christopher Brimley. Ora aveva le idee molto più chiare.

«Ci vediamo in ufficio.»

La donna abbozzò un sorriso mentre l'avvocato Scorsese raggiungeva le scale e poco dopo l'uscita. Doveva aggiornare Lara e soprattutto suo padre.

# 15

Dart Fener era immobile. Ti avrebbe fatto morire di paura con la sua maschera nera, se ti fossi avvicinato a meno di tre metri. Se fosse stato reale, ma non lo era. Frutto della fantasia di George Lucas prima e dell'immaginario di milioni di ragazzi sparsi per il mondo poi, per fortuna era innocuo. E in fin dei conti era una statua umana quella che Andrea Spinazzola stava osservando da un angolo seminascosto di Westminster Bridge Road. A fare le spese della finta cattiveria del malvagio jedi fu tuttavia un ragazzino che ebbe la malaugurata idea di passargli troppo vicino quando, con un movimento fulmineo, il famoso cattivo della storia della fantascienza si mosse mimando un attacco. Il bambino saltò per aria e strappò un sorriso al proprietario dell'Ars Longa, che subito tornò a concentrarsi sull'entrata del Sea Life London Aquarium. Erano da poco passate le undici del mattino così come l'ora dell'appuntamento. Poi lo vide. Alto, magro, sempre con i capelli arruffati, con un vestito di una taglia più grande, gli immancabili occhiali da intellettuale che avevano conosciuto giorni migliori e la bicicletta un po' malandata, legata a un palo poco più avanti. "Così non me la rubano," avrebbe detto se qualcuno gli avesse chiesto perché si ostinava ad andarci ancora in giro. Era il mezzo che usava a Londra, dopotutto. Lo vide proseguire fino all'entrata riservata a chi aveva già il biglietto acquistato on line, lo sapeva perché glielo aveva inviato lui stesso, e come sparì all'interno, lo seguì. Passò le prime due stanze finché arrivò a quella dell'acquario vero e proprio. Alex Fortini era nell'angolo con uno squalo che sembrava scrutarlo.

«Dicono che sono i veri predatori del mare.»

«Sarà, ma avrei più paura di un'orca. Loro sì che attaccano l'uomo.»

Aveva ragione, come sempre.

«Come stai, Alessandro?» Non lo chiamava quasi mai per nome, solo nei momenti importanti e questo loro incontro ne era la dimostrazione.

«Diciamo che vorrei la smettessimo di nasconderci.»

«Sai che non possiamo, almeno non ancora. Ho scritto a Olivia e all'avvocato Scorsese,» disse Spinazzola. Entrambi tenevano un tono basso.

«Non gli ho detto tutto, ma una buona parte, il giusto per farle muovere,» aggiunse sussurrando. Poi le sue dita toccarono quelle di Fortini e lui le strinse.

«Mi manchi.»

«Anche tu, ma non possiamo stare insieme, lo sai bene.»

Spinazzola sbuffò e ritirò le dita.

«Dimmi piuttosto, cosa ti ha detto Battista?»

«Vedrò questa sera una donna che mi cerca, una professoressa di Storia delle religioni. Insegna a Torino.»

«Cosa cerca?»

«Una scusa, immagino... per il Vaticano.»

Spinazzola rimase in silenzio.

«Potrebbe crearci dei problemi?» Chiese infine.

Fortini fece una smorfia. Al punto in cui erano, tutto era possibile.

«Forse può giocare a nostro favore. Potrebbe far aumentare la posta.»

Spinazzola non si trattenne. «Lo sai che è già venduta a Brimley e non possiamo fare altro, il rischio è troppo grosso.»

«Sei il solito esagerato.»

«Tu non sai di cosa sono capaci e Brimley è uno di loro. Un tradimento non è contemplato.»

Fortini rimase impassibile; sentì nelle parole del suo amante una paura vera e si fece attento.

«Per ora dobbiamo rimanere nascosti.»

«Ma come hai detto tu, non sarà per molto.» Questa volta fu Alessandro a farsi avanti e posò velocemente le labbra sulle sue. Poi, staccandosi, gli sussurrò: «Mancano solo quattro giorni all'evento, qui ci vuole un miracolo.»

Andrea Spinazzola lo vide allontanarsi con il cuore che perdeva un colpo. Non sapeva se per il suo amante che se ne andava o per quello che l'ultima frase contemplava. Dove diavolo era finita la bolla papale di Innocenzo VIII?

# 16

Erano da poco passate le otto e come ogni sera, il professore Gunter Klein aveva preso le pillole per il cuore. "Ogni dodici ore per ogni giorno apparso sulla Terra," si era ripetuto per l'ennesima volta, soddisfatto della propria rigida disciplina. Non aveva mai dimenticato una medicina da quando, dieci anni prima, un infarto lo aveva colpito mentre andava in bicicletta. Era rovinato a terra e se non fosse stato per l'immediato massaggio cardiaco del suo amico di una vita come delle due ruote, non sarebbe sopravvissuto. "Grazie ancora Oliver. Te ne sarò grato per sempre, ovunque tu sia." Alzò lo sguardo verso il cielo. Fatalità della vita, Oliver lo aveva lasciato due anni prima, una leucemia fulminante. Stava per spegnere il computer ma una mail in arrivo catturò la sua attenzione.

Veniva dal laboratorio di spettrofotometria. Era insolito che qualcuno lavorasse ancora a quell'ora.

Il dipartimento dell'Evoluzione umana di Lipsia era frequentato da giovani chimici da tutto il mondo con incarichi e orari diversi ma quel giorno era il 9 ottobre, la Festa delle Luci, per ricordare la caduta del Muro di Berlino, e il dipartimento era pressoché vuoto. Poi notò la data di invio della mail; era del giorno prima. Come se qualcuno l'avesse scritta e poi avesse impostato l'invio solo in un secondo momento. Ma perché? Non trovò una risposta, alzò le spalle: non doveva per forza esserci una ragione. Sua moglie glielo ripeteva sempre, a volte le cose accadono senza motivo. Scorse l'elenco degli indirizzi in copia e vide che c'era il gruppo al completo, anche i colleghi italiani. Si rimise seduto, si fece più attento.

Lesse il testo che accompagnava un allegato. Non vi erano dubbi, era la relazione che lui aveva chiesto, coadiuvato dal professor Rizzi del dipartimento di Biologia dell'ateneo di Pisa. Un approfondimento perché non gli tornava la presenza di antimonio. Era un elemento chimico che stava a cavallo tra i metalloidi e non, usato molto nel Medioevo e nel Rinascimento, abbinato spesso allo zinco. Perché mai era nella loro ricerca? Come ci era finito nella tomba di Pico della Mirandola? Meritava uno studio più approfondito.

Klein inviò una mail al collega Rizzi chiedendogli di fissare una call per discutere questa nuova scoperta. Era stata sua l'intuizione dopo che, all'apertura della tomba, il carabiniere presente aveva lasciato il luogo troppo di fretta. "Come se volessero nascondere qualcosa che a noi è sfuggito," si disse mentre riceveva la conferma dell'avvenuta consegna dal server dell'Università di Pisa. Soddisfatto, chiuse il computer solo dopo aver trasferito quella nuova ricerca sul suo portatile. C'era ancora qualcosa che voleva approfondire. Lo avrebbe fatto a casa.

Spense le luci e uscì. Non incontrò nessuno, non c'era anima viva. Cinque gradini lo dividevano dal marciapiede dove poco lontano aveva legato la bicicletta. Potevano esserci diverse ragioni per cui Pico era stato seppellito con oggetti che contenevano antimonio. Forse oggetti magici. L'alchimia a quel tempo era praticata per liberare il fuoco interiore, così dicevano, ma non solo: c'erano molti libri di quell'epoca sull'argomento e si ripromise di consultare i migliori. Ricordò che anche Rizzi era un uomo curioso e sicuramente da buon chimico non disdegnava la dottrina occulta. "Ognuno di noi ha un lato nascosto, un lato oscuro," pensò mentre inforcava la bicicletta. Cominciò a pedalare, non abitava lontano e sua moglie gli aveva detto che erano arrivati dall'Italia i famosi tortellini inviati da sua sorella. A quel pensiero accelerò ma dopo poche pedalate sentì il cuore aumentare i battiti. Com'era possibile? Non stava affatto andando veloce. Rallentò l'andatura ma il cuore non ne voleva sapere di fare altrettanto. "Ma che succede?" Frenò di colpo, piedi a terra e mano al petto. Stava per chiamare aiuto ma il rumore del cuore impazzito lo sorprese al punto che non provò neanche ad aprire bocca. Era un uomo di scienza e quello che gli stava succedendo non aveva una spiegazione possibile: un cuore a riposo non batteva così all'impazzata.

Non riuscì a finire quel pensiero che un dolore lo stordì e cadde di lato. Provò a respirare: nulla. La strada era deserta. Nessuno corse in suo aiuto. Oliver lo aveva preceduto e questa volta non sarebbe stato presente. L'ultimo pensiero andò a sua moglie, anche se lei non lo avrebbe mai saputo.

L'immobilità catturò di nuovo la via. Un'ombra poco lontana si avvicinò velocemente, prese la borsa del professore e si dileguò passando per Deutscher Platz. Era un bel bottino e nessuno l'avrebbe fermata. D'altronde la città era vuota, erano tutti alla Festa delle Luci. Una data storica che da quel momento sarebbe stata ricordata anche per un'altra ragione.

# 17

«Manca un'ora alla call con tuo padre, vediamo cosa sappiamo. Secondo la mail di Spinazzola, esisterebbe una bolla papale dettata da Innocenzo VIII in punto di morte a Pico della Mirandola, dettatura alla quale avrebbe assistito una suora dell'ordine delle Clarisse che ha tramandato il segreto fino ai giorni nostri. Per ultimo è toccato a un prete che sarebbe morto dopo aver incontrato un pezzo grosso del Vaticano, monsignor Abbate, in circostanze misteriose.»

«Suicidio?»

Lara alzò le spalle. Non era il momento delle congetture ma dei fatti. Continuò: «Prima di morire, questo prete manda una lettera allo zio di Spinazzola, Sigismondo Altieri...»

«Un vero gentiluomo.»

«Elisabeth, piantala d'interrompermi!»

L'avvocato Scorsese sorrise e, per la prima volta da quando era tornata, Lara capì che era finalmente nel suo ambiente.

«La bolla papale sancirebbe il permesso per altri ordini ecclesiastici di occuparsi della custodia della Terra Santa, cosa che spiegherebbe l'interesse che ne scaturirebbe.»

«Soprattutto per i Domenicani, particolare che dà loro un vantaggio.»

«Giusto. Ma a quanto pare Pico della Mirandola non l'ha mai resa pubblica e l'ha nascosta chissà dove.»

Elisabeth si alzò in piedi e cominciò a camminare avanti e indietro.

«Prime considerazioni. Il segreto non era poi così segreto perché il frate che si è ucciso,» aprì entrambi i palmi delle mani per fermare un'osservazione di Lara, «ha ricevuto la visita di un tipo del Vaticano che gliene ha chiesto notizie. Anzi, addirittura dove fosse. Come lo sa questo monsignor Abbate, lo sapranno anche altri. In più, la presenza di Brimley e Schluck a Venezia e la fuga di Spinazzola fanno intendere che sulle tracce della bolla papale ci siano più interessi. Inoltre, lo stesso Brimley sembrerebbe essersela già aggiudicata con un accordo sottobanco. Quindi vuol dire che tutto questo "segreto" gira da un po'. La domanda è: perché esce fuori proprio ora?»

Lara annuì e poi aggiunse: «Non solo, ma Fortini, collaboratore stretto di Spinazzola, non è rintracciabile.»

«Poi c'è Thomas Schluck e quel documento che gli hanno trovato nel cellulare e che ha mandato proprio a Spinazzola. Perché?»

«Ultima cosa. Brimley ha detto che la bolla papale sarà messa all'asta all'evento di beneficenza e mancano solo quattro giorni. A quel punto sarà pubblica e si alzerà un bel vespaio.»

Fu il turno di Elisabeth di annuire.

«In teoria abbiamo poco tempo per trovarla e sinceramente non saprei da dove cominciare.»

«Alex Fortini. È lui l'elemento che non torna in tutto questo casino ed è lui che può aiutarci. Sarà anche un esperto d'arte visto il ruolo che occupa.»

«Così pare, anche se non possiamo dirlo con certezza.»

Elisabeth si rimise seduta, mancava poco al collegamento con Washington.

«Non dimentichiamoci quanto è stata evasiva e piccata Olivia Brossuard sul suo essere diventata socia.»

Lara fece un gesto con la testa e scrisse il nome della belga sotto gli appunti presi. Poi premette un paio di tasti e come fu in linea per la call con James Scorsese, chiese a Elisabeth di avvicinarsi.

Il general maggiore parlò per primo e fece in modo di condividere una foto di Alex Fortini: «Abbiamo fatto delle ricerche sul suo conto e non c'è molto. Ha 43 anni, single, insegna Storia e Filosofia a Milano in una scuola pubblica, non ha debiti né particolari ricchezze, non è uno che spende ma neanche accumula, come se il denaro non fosse così importante. Questo è il profilo ufficiale: Montero ha scandagliato i suoi profili social e ha scovato una foto fatta in un locale, il Company Club a Milano. È un locale definito perfetto per la comunità bear e LGBT+. Nulla di strano se non la data: ci è andato con un amico il giorno prima di raggiungere Spinazzola a Venezia e prima che ti venisse fatta la proposta di lavoro, Elisabeth.»

Le due donne si scambiarono uno sguardo d'intesa.

«Cosa c'è? Sono solo congetture.»

«Anche Spinazzola potrebbe far parte della comunità LGBT+. Abbiamo ricevuto una sua lettera questa mattina, non nomina Fortini ma potrebbero essere una coppia.»

«Perché questa supposizione?» Chiese ancora Scorsese.

«Perché ora capiamo che Fortini non è mai presente nei documenti dell'Ars Longa anche se lavora a fianco di Spinazzola,» rispose Lara.

«Per amore,» disse il generale rimarcando l'ultima parola.

«Esatto, un amore un po' disinvolto, diciamo.»

«Dobbiamo rintracciarlo,» aggiunse Elisabeth. Poi lo aggiornò sul contenuto della mail e gli inviò il loro resoconto mentre Lara gli girava la copia della mail e la lettera della suora Clarissa allegata.

«C'è un'altra questione da tener presente. In quella regione vige da anni un accordo per la custodia della Terra Santa, chiamato Statu Quo, che coinvolge diverse religioni cattoliche, i musulmani e gli ebrei. Diciamo che si sono divisi la fetta e hanno trovato un equilibrio dopo momenti molto difficili. Parlo dell'Operazione Scudo difensivo nel 2002 per esempio. Alcuni militanti palestinesi si erano rifugiati nella Basilica della Natività a Betlemme, ritenuto un luogo sacro, e i militari israeliani li avevano circondati. Dopo giorni di assedio, raggiunsero un accordo ma quella situazione tenne col fiato sospeso tutto il mondo.»

"Di bene in meglio," pensò Elisabeth, ora anche gli ebrei potevano essere della partita.

«Thomas Schluck è fuori dai vostri radar?» Chiese Lara precedendola.

«Al momento sì, non sappiamo dove sia.»

«Riassumendo,» aggiunse Lara con fare pratico. «Brimley vuole questo documento e pensa di ottenerlo all'asta, lo cerca il Vaticano, monsignor Abbate, e infine gli israeliani che mandano avanti Schluck. Ora che facciamo?»

«La Brossuard vuole aiutare Spinazzola a trovare la bolla papale.»

«Non siamo mica Indiana Jones, Elisabeth,» rispose Lara.

«No, ma potremmo nel frattempo localizzare Fortini. Nessun cellulare conosciuto?»

James Scorsese negò vistosamente.

«Faremo in questo modo. Ricostruirò i movimenti di Fortini degli ultimi sei mesi e li incrocerò con chi abbiamo appena detto, escludendo gli incontri con Spinazzola. Se viene fuori qualcosa, vi avviso. Ha una carta di credito e l'avrà usata. Poi farò risalire Montero al server da cui Spinazzola ha mandato la mail, magari troviamo dove si nasconde.»

Rimasero d'accordo in quel modo e si salutarono.

«Cosa ne pensi?» Chiese Lara dopo.

«Che abbiamo bisogno di un po' di fortuna.»

Mentre pronunciava quelle parole, le arrivò un'altra notifica, l'ennesima da quella mattina.

«Senti, mi dici in quale sito sei finita? Uno d'incontri? È tutto il giorno che ti arrivano messaggi! Non per essere indiscreta ma hai un nuovo spasimante?»

Elisabeth sospirò.

«Prima di vedermi con la Brossuard alla Soho House, ho fatto in modo d'iscrivermi come socia. Queste notifiche sono richieste d'amicizia. Tutto qui.»

«Hai compilato un profilo, caricato delle foto e pubblicato qualcosa?»

Elisabeth annuì.

«Benvenuta nel nuovo millennio, caro avvocato Scorsese.» Sorrise. «Sei rimasta rintanata per un anno e ora tutto questo. Ne hai fatta di strada, dolcezza.»

«Non è che ci vuole molto. Basta avere qualche informazione da scrivere e poi puoi chattare con chi vuoi.»

Si bloccò. Ma certo, l'app d'incontri. Cosa le aveva detto Brimley? La Soho House è un luogo dove "a volte si fanno affari e s'incontrano personaggi importanti o stravaganti" e aveva aggiunto che non era un posto per Spinazzola ma per i suoi collaboratori, giusto. E visto che stamattina la Brossuard non sembrava conoscerlo così bene, poteva riferirsi al suo ipotetico partner, Alessandro Fortini.

«Cosa stai pensando?»

«Un attimo, fammi controllare.»

Aprì l'app e cercò tra i soci il nome di Fortini. Non trovò nulla, sarebbe stato troppo facile. Poi le venne un'idea. Selezionò il nome di Palmer e avviò la chiamata.

Lui rispose al terzo squillo.

«Elisabeth, tutto bene?»

Si sforzò di rimanere calmo, ma il tono tradì la sua preoccupazione. O forse era altro.

«Sì, tranquillo. Scusa se ti chiamo solo ora, avrei bisogno di chiederti un favore.»

Lara aveva la bocca spalancata e non c'era verso di fargliela chiudere. Il gesto dell'amica l'aveva sbalordita. Elisabeth mise in vivavoce.

«Senti, prima vorrei dirti che mi dispiace molto per come sono andate le cose. Non ho potuto fare molto. Ho rispettato la tua decisione.»

«Robert, sei in vivavoce.»

«Oh, cazzo!»

Le due donne si sorrisero.

«Parleremo più avanti, non preoccuparti, ora sono a Londra e ci rimarrò un po'.» Ripensò alla doccia di quella mattina e a tutti quei mesi passati senza sentirlo. Doveva rimanere solo un semplice ricordo, conturbante all'occasione ma nulla di più.

«Forse ho trovato il modo di scovare un tipo che si nasconde sotto falso nome. Ti presenterò come socio potenziale di un club esclusivo, una volta accettato ti creerai un profilo, farò in modo che chatterai con lui, ammesso che sia iscritto e ci caschi. Gli piacciono gli uomini.»

«Devo fare da esca.»

Paradosso della vita, ora le parti si erano invertite.

«Esatto, e gli darai appuntamento per questa sera, dicendo che sei a Londra. Poi ci presenteremo noi.»

«Come fai a essere sicura che sia un socio?»

«Non lo sono ma ho buone ragioni per crederlo. Ti mando aggiornamenti più tardi.»

«Elisabeth?»

«Dimmi.»

«State attente. Qualunque cosa stiate facendo.»

Lei non disse nulla e chiuse la telefonata. Si ricordò di un particolare su Londra e Fortini che le aveva detto la Brossuard. Poi chiamò la Soho House.

«Buongiorno, sono una vostra nuova socia, Elisabeth Scorsese.»

«Buongiorno, mi dica.»

Le dita della ragazza alla reception volavano sulla tastiera per avere la conferma di quanto le stesse dicendo.

«Visto che ho deciso d'iscrivermi, volevo ringraziare un amico, un vostro socio che mi ha fatto conoscere il club, ma purtroppo non ricordo il nome.»

La ragazza indugiò.

«Sì, lo so, sono un avvocato e so che queste cose sono contro la privacy, però lui è stato così carino e volevo invitarlo a cena da voi questa sera. Ammesso ci sia posto.»

«Mi dispiace ma non posso aiutarla. La privacy dei nostri soci è fondamentale.»

Elisabeth lanciò un'occhiata a Lara.

«Capisco e sono d'accordo. L'ho detto a Christopher Brimley che non sarei riuscita a ottenere quest'informazione. Ho vinto una scommessa.»

«Lei conosce il signor Brimley?»

«È un mio cliente e amico da anni. È lui che mi ha presentato per avere l'iscrizione da voi. Trascorro molto tempo nella sua villa a Long Island dove ha una collezione di tutto rispetto.»

Lara alzò il pollice.

«Non mancherò di elogiare il vostro comportamento; lui è un tipo un po' fumino, se la prenderà ma poi gli passerà. Non si preoccupi,» aggiunse Elisabeth.

«Per favore rimanga in linea.»

La mise in attesa. Stava riferendo al proprio capo quello che stava succedendo e dovevano decidere se deludere Christopher Brimley oppure fare uno strappo alla regola.

«Un tavolo è libero questa sera, posso prenotarlo? Ovviamente, considerato lo scarso preavviso, la cancellazione non è gradita.»

Elisabeth fece una smorfia.

«Certo, per le 20:00. Saremo in tre.»

«Confermato. Ora mi dica qualcosa in più sul nostro socio e suo amico.»

«È italiano, ha 43 anni, capelli castani, con un paio di occhiali da intellettuale, e ci siamo visti da voi in maggio.»

«È sufficiente, attenda per favore.»

Passarono alcuni minuti dove le due amiche trattennero il respiro.

«Ho trovato due profili, glieli mando per mail?»

«C'è una foto, giusto?»

«Certo, avvocato Scorsese. Ci vediamo stasera.»

Si salutarono e Lara cacciò un urlo.

«Non cantare vittoria, non ancora.»

Attesero meno di un minuto e una mail dalla Soho House apparve sul cellulare di Elisabeth. Aprì i due allegati. Il primo era di un certo Carl Van Basten, olandese, mentre l'altro era di Marco Rondini, italiano. E non vi era alcun dubbio, era Fortini.

«Scovato!»

Lara stavolta esultò sul serio ma Elisabeth le disse di fare silenzio. Olivia Brossuard poteva entrare da un momento all'altro e qualcosa le diceva di non fidarsi.

«Vediamo se è on line.»

Fece scorrere la lista dei soci e trovò il suo nome. Era collegato.

Chiamò subito Palmer, il quale si era già iscritto, e gli diede il nome fasullo di Fortini. Appuntamento per le 20:00 al ristorante al primo piano.

«Come fai a essere sicura che abbocchi?» Chiese Lara.

Elisabeth sorrise, armeggiò con il telefono e poi selezionò una foto.

«Guarda tu stessa.»

Lara prese il cellulare e spalancò gli occhi. Un Palmer nudo dalla cintola in su mostrava una tartaruga e una muscolatura degna di The Rock.

«Urca, s'intuiva che era bello ma non così *bello*.»

«È un figo pazzesco e sai che non scherzo.»

«E io che ti dicevo di dimenticarlo.»

Elisabeth fece un gesto con la mano per cacciar via quell'ennesimo pensiero, anche se l'idea di ignorare quella foto era ben lontana da lei.

«Non ci resta che attendere,» mormorò riguadagnando un po' di contegno.

Lara annuì e si mise a pensare a cosa avesse da mettere per quella sera. Fortini o meno, avevano un tavolo in uno dei locali più trendy ed eleganti della capitale inglese. E a quanto sembrava le sorprese erano appena iniziate.

# 18

Quasi tredici ore di auto, solo due soste per rifornimento e comprare qualcosa da mangiare, due cambi di guida, un passaggio alla dogana con una macchina targata "Corpo diplomatico della Città del Vaticano" ed ecco che entravano a Londra mentre il sole stava tramontando e prometteva una serata fresca ma non fredda. Aveva portato una valigia per tre o quattro giorni, voleva cambiarsi e farsi una doccia.

«Quando incontriamo Alex Fortini? E come lo riconosco?»

L'uomo che non era alla guida, quello completamente calvo e fisico palestrato, le rispose: «Tra non molto. Lo dobbiamo chiamare quando siamo vicino a Buckingham Palace, ai giardini.»

Poi le mostrò il cellulare e lei vide la foto di un uomo. «Gliela giro.»

Annuì. Aveva scambiato con loro poche parole. Non erano italiani ma non avrebbe saputo dire da dove venissero. Soprannominò il calvo il "Pelato" mentre l'altro aveva i capelli tinti e fu facile chiamarlo il "Tinto". Quest'ultimo era un po' grassoccio e non amava particolarmente l'igiene. Anna non vedeva l'ora di toglierseli di torno.

«Dove dormiremo?»

«Abbiamo prenotato un hotel vicino a Leicester Square, così può fare un giro. È in pieno centro.»

Sapeva bene dove si trovava, era il luogo più famoso di Londra, vera meta turistica. Conoscendola, avrebbe preferito ben altro. Odiava il caos e gli assembramenti.

«Le mando l'indirizzo. Mi avvisi dopo l'incontro con Fortini e se vuole cenare, noi saremo a disposizione. Le faccio lasciare il bagaglio in camera,» aggiunse il Pelato con un sorriso a 32 denti.

"Una cena con voi neanche morta," pensò Anna che invece disse: «Lo farò senz'altro.»

Guardò fuori dal finestrino e si accorse seguendo il navigatore che erano vicini.

«C'è un pub, il Buckingham Arms, si trova in Petty France. Non manca molto,» disse il Pelato mentre prendeva il cellulare e mandava un messaggio. Subito dopo, ricevette una notifica.

«Fortini è già dentro.»

Anna si domandò chi fossero veramente quei tizi e che cosa ci faceva lì. Era stata costretta ad accettare dopo la telefonata di monsignor Gimenez e ora faceva fatica a ricordarne il motivo. Sospirò. Forse era solo stanca.

La macchina accostò al civico 62 dove l'insegna recitava il solo nome "Buckingham". Lo avrebbe visto anche un cieco. Non tergiversò oltre, fece un cenno ai due tipi e uscì dalla macchina.

Ebbe un brivido ma non di freddo.

"Calmati, non è niente di pericoloso," si disse mentre varcava la soglia del pub. Dentro, venne sorpresa da un rumore abbastanza alto e rallentò per abituarsi alla luce sfavillante che pervadeva il locale. Si guardò intorno e fece alcuni passi fino a quando si trovò davanti re Carlo III che spillava una Young's Special in una foto di almeno trent'anni prima. E subito dopo un altro quadro le disse che quel posto era lì dal 1870, alla faccia della storia che conta.

Si avvicinò al banco e ordinò una London Pride, pinta *of course*. Se Fortini era dentro come le avevano detto, avrebbe atteso un attimo prima di presentarsi. Voleva ambientarsi. Poi scosse la testa. Si trovava più a suo agio in mezzo alla polveriera del Medio Oriente che non in uno storico pub "regale" nel centro del mondo occidentale.

"Strana la vita," pensò pagando la birra e sorseggiando appena.

«Mi domandavo quando sarebbe arrivata.»

Quelle parole la fecero sobbalzare nel momento in cui mise giù il bicchiere.

«Mi ha spaventata.»

«Mi scusi, non era mia intenzione. Sono Alessandro Fortini.»

Le pose la mano, che lei strinse. Nell'altra teneva una pinta di lager.

«Si vede così tanto che sono italiana?»

L'uomo alzò le spalle.

«Non è solo quello, ho visto una sua foto in rete ed ero seduto con una visuale libera sull'ingresso.»

Lei annuì con un cenno del capo. Il tipo non le dispiaceva. Aveva una caratteristica che la colpì immediatamente: i suoi occhi sorridevano. Sembrava uno a posto.

«Vogliamo sederci?» Gli chiese.

Fu il suo turno di annuire e decise di farle strada come se conoscesse bene quel posto. Trovarono un paio di sedie libere e si accomodarono.

«Ne ha fatta di strada per vedermi, professoressa Pareto.»

Lei sorseggiò la London Pride gustandone il sapore. La conosceva da tempo e non perdeva occasione di berla. L'orgoglio di Londra, mai nome più indovinato.

«Cos'altro sa di me?»

Lui sorrise e lei ebbe conferma di ciò che aveva pensato. Poi, prima di rispondere, si sistemò gli occhiali.

«Che ha fatto un bel terremoto a Gerusalemme. Mi hanno addirittura chiamato in due, un arcivescovo e un monsignore.»

«Immagino non accada spesso.»

Fortini la imitò facendo una pausa per bere un sorso.

«Direi in rarissime occasioni e solo per questioni di grande importanza. Ne deduco che lei è una che conta.»

«È per questo che ha accettato di vedermi?»

«Non solo. Diciamo che sono stato invitato a farlo con una certa insistenza, e poi perché sono curioso di natura.»

«Di cosa si occupa esattamente?»

«Insegno Storia e Filosofia a Milano. E lei Storia delle religioni all'Università di Torino, lo so.»

La fissò con un'intensità diversa, stava cercando di capire.

«Come è finita a lavorare per il Vaticano?»

«È una storia lunga. Mi dica di lei, piuttosto, perché l'arcivescovo Battista mi ha detto di chiamarla? Come fa a conoscerlo?»

Lui alzò il bicchiere e prima di bere, rispose: «Una domanda alla volta.» Non c'era astio nelle sue parole quanto un sincero invito a rallentare.

«L'ho conosciuto anni fa, me lo presentò un amico comune, avevo bisogno di un aiuto e lui me lo diede con molta gentilezza. Non ricopriva ancora la carica di oggi ma era già un predestinato, si vedeva. Intelligente, disponibile, scaltro all'occorrenza e diretto. Pochi giri di parole insomma.»

Anna condivideva quella valutazione.

«Ma non mi ha detto perché voleva che la vedessi.»

«Ci arrivo.»

Si tolse il giaccone che indossava e lei fece lo stesso. Poi aggiunse: «Da quello che mi ha riferito, era lì per sincerarsi della gestione di Battista e poi relazionare a monsignor Abbate, giusto?»

«Lo conosce? È il segretario del dicastero per la promozione dell'unità dei cristiani, tra l'altro.»

L'uomo negò e poi continuò come se non lo avesse interrotto.

«Le ha fornito un dettagliato resoconto che lei non ha nemmeno sfogliato, ma, davanti agli altri patriarchi, lo ha praticamente accusato di difendere la custodia della Terra Santa a costo di minare lo Statu Quo.»

«Non avevo ragione?»

«No, lui sta facendo esattamente il contrario. Sta lavorando per mantenerlo. Chi lo vuole cambiare sarà il suo monsignor Abbate. È un Domenicano, scommetto.»

Lei annuì. E sì, le tornava. Rimase in silenzio alcuni istanti per poi dire: «Comunque l'ho difeso. La mia relazione ha messo in luce tutti gli aspetti positivi della sua gestione, com'era evidenziato nel resoconto.»

«Sarà felice di saperlo e ha fatto la cosa giusta.»

Fortini propose un brindisi e lei accettò.

«Mi ha anche detto che lei mi avrebbe spiegato tutto. Cosa intendeva?»

L'uomo sospirò. Era arrivato il momento della rivelazione.

«Lei è una storica e quindi può capire l'importanza di quello che sto per dirle.»

Annuì.

«Nel 1492 Papa Innocenzo VIII, in punto di morte, dettò a Pico della Mirandola il testo di una bolla papale che lui trascrisse e poi il papa firmò e mise il proprio sigillo. Questa bolla non è mai stata resa pubblica, e pare che sia nascosta da qualche parte. Il testo autorizza altri ordini religiosi oltre ai Frati Minori, soprattutto i Domenicani, a poter diventare i custodi della Terra Santa.»

Anna spalancò la bocca.

Questa poi.

«Accipicchia!» Esclamò dopo qualche secondo. Se avesse dato ascolto ad Abbate e screditato i Francescani, avrebbe alzato un bel polverone.

«Ecco a cosa si riferiva Battista quando mi ha detto che Abbate non l'aveva ancora.»

«Immagino di sì. Ma il punto è un altro. Chi la trova per primo ottiene un grande punto a favore.»

Anna si fece più attenta.

«Mi spieghi meglio.»

Fortini raddrizzò le spalle. Sembrava tornato in classe.

«Se Abbate se ne impossessasse, potrebbe andare dal papa, far presente di renderla pubblica, e il pontefice non potrebbe sottrarsi. A quel punto, farebbe pressioni per far sì che i Domenicani prendano una parte di controllo della custodia. Se invece la trovasse Battista, o noi per lui, allora potrebbe essere distrutta per mantenere l'equilibrio della regione e forse quello mondiale.»

Questa volta Anna non trovò le parole e si tracannò tutta la birra rimasta in un sorso solo. Fortini la imitò, più per nascondere una risata che per la voglia.

«Mi ha detto troppo cose tutte insieme.»

Lui fece un gesto come a dire di continuare.

«Primo. Cosa intendeva per noi?»

«Io e il mio compagno, Andrea Spinazzola, che ha una casa d'aste qui a Londra, l'Ars Longa.»

Anna non fece caso alla delusione di saperlo fidanzato che le passò per la testa.

«Secondo, come può solo pensare che un reperto del genere possa venire distrutto e per di più da un arcivescovo?»

«So cosa intende, ma chi siamo noi, io e lei per esempio o chiunque altro, a poter decidere cosa è giusto o sbagliato per la Terra Santa? Lasciamolo fare a chi la conosce bene e l'amministra ancora meglio. Battista è un uomo di fede oltre che di polso.»

Anna annuì anche se non era affatto convinta.

«Vuole un'altra birra?»

«No, grazie.» Aveva bisogno di restare sobria, perché doveva pensare. Non poteva essere tutto così semplice. Cercò di ricordare le parole di Camille su un probabile accordo tra Abbate e gli ebrei d'Israele.

«Anche loro lo sanno,» sussurrò quasi sovrappensiero.

«Come ha detto scusi?»

«Gli ebrei. Come segretario del dicastero, Abbate controlla la commissione della Santa Sede per i rapporti con l'ebraismo, quindi, può aver fatto un accordo preventivo con loro. Vuole prendere il posto di Battista. Senza considerare che due patriarchi potrebbero già essere dalla sua parte.»

L'uomo riprese il giaccone.

«Questo a noi non interessa. Le ho detto quello che dovevo, ora mi scusi ma devo scappare, ho un appuntamento e sono in ritardo.»

Lei si alzò di rimando e lo salutò, ancora turbata per quella notizia. Come lo vide uscire, si mise il cappotto e in pochi istanti fu in strada. Prese il primo taxi che passò e diede al conducente il nome e indirizzo dell'hotel in Leicester Square.

Il tassista le disse che non poteva entrare in piazza e lasciarla sotto il Londoner Hotel, l'avrebbe fatta scendere all'angolo con Charing Cross Road, quasi davanti all'Hippodrome Casino.

Si sentiva esausta, confusa, stanca. Ore e ore di viaggio in auto e poi la notizia che cambiava ogni cosa. Ma dov'era finita? Una lotta interna in Vaticano per gestire uno dei luoghi più remunerativi al mondo? Cosa le aveva detto a Gerusalemme quel novizio? I pellegrinaggi erano aumentati del 20% dopo la guerra tra Hamas e Israele, e che i Frati Minori gestivano tutto. Così come Ari le aveva confidato che avevano numerose proprietà. Non si trattava più di fede o lotte sanguinarie di centinaia d'anni per difendere i luoghi sacri, ora erano un pozzo per far soldi e l'esclusiva dei Francescani era a rischio.

"Ovvio che tutti vogliono questa bolla," pensò mentre pagava il taxi con una carta di credito e scendeva poco lontano dall'hotel. Doveva attraversare la piazza, avrebbe preso la stanza e si sarebbe preoccupata di mangiare qualcosa. Realizzò che era affamata, oltre che stravolta. Camminò a passo sostenuto tanto era il desiderio di riposarsi. Quella lunga giornata era finalmente finita; poteva sentire i suoi figli e sapere cos'avevano combinato. Magari Fabio se ne sarebbe uscito con qualche strafalcione, un classico di chi non studia.

Presa dai suoi pensieri, non si accorse che un uomo vestito di nero l'aveva affiancata.

«Professoressa Pareto?»

Anna trasalì. Aveva usato l'italiano ma non era certo madrelingua. L'istinto le disse di non rispondere e soprattutto non fermarsi. Anzi accelerò il passo.

«Dovrebbe venire con me, per favore. Senza fare storie.»

Lo guardò di sfuggita e le ricordò un uomo dell'Est Europa, mascella squadrata e occhio chiaro, forse grigio. Aveva i capelli tagliati corti, subodorava di militare.

Prima che potesse fare qualcosa, sentì dei passi alla sua sinistra. Un altro uomo, identico al primo, le era vicino.

Era in trappola.

Si fermò di colpo. Le mani sui fianchi. I due presi alla sprovvista continuarono a camminare per qualche passo, poi si bloccarono girandosi verso di lei. La loro preda aveva ceduto.

Anna guardò l'insegna dell'hotel, troppo lontana, e girò lo sguardo a destra e sinistra, poi distese le mani in avanti, un segno di pace. Loro si rilassarono.

E fu in quel momento che cominciò a urlare con tutto il fiato che aveva in gola.

L'uomo più vicino a lei scattò in avanti e l'afferrò per un braccio mentre l'altro tirava fuori qualcosa dalla giacca, forse una pistola.

«Ehi, che succede?» Esclamò un uomo sui cinquant'anni che si avvicinò guardingo. «Lasciatela stare,» continuò brandendo il cellulare. «Chiamo la polizia.»

Anna urlò di nuovo e un runner si fermò ansimando.

«Cosa state facendo?» Sbraitò in faccia ai due tizi, che fecero un passo indietro. Subito dopo, una ragazza esclamò poco distante: «Stanno arrivando due Bobby. Eccoli!»

Gli uomini si guardarono e dopo un cenno, si misero a correre.

«Ehi,» urlò il runner. Valutò se andargli dietro ma poi si accorse che Anna si era piegata sulle ginocchia e quindi lasciò perdere. Le si avvicinò.

«Tutto bene?»

Anna cercò di parlare ma non le uscì un suono. In compenso, la smorfia che fece chiarì ogni dubbio.

«Venga.» La scortò all'albergo sorreggendola per un braccio sotto lo sguardo attento della donna che aveva chiamato la polizia.

«Ci sono veramente i poliziotti?» Chiese Anna in un sussurro.

Negò con un cenno della testa. «Ma ha funzionato, no?» Aggiunse sorridendo.

Il runner le andò dietro. Entrambi si sincerarono che stesse bene, e la lasciarono all'entrata dell'albergo. Lei varcò subito il portone d'ingresso e finalmente riprese a respirare con normalità. La fame le era passata completamente e un pensiero la colse all'improvviso: la stavano aspettando. Ebbe un fremito di paura. Oltre a monsignor Gimenez e ai suoi scagnozzi, chi altri sapeva del suo arrivo a Londra?

# 19

Quando varcò la soglia della Soho House, Marco Rondini venne accolto con un gran sorriso e mandato al primo piano. Era atteso al ristorante. Aveva scoperto quel posto qualche anno prima grazie a un cliente dell'Ars Longa e dopo qualche esitazione, aveva ovviato per un'iscrizione con un nome preso in prestito da un amico di Milano. Andrea, invece, aveva usato il proprio. Lui non aveva nulla da nascondere, o almeno così credeva. Quello che ingannava chi ti stava cercando, era usare la verità di un altro, dal nome al lavoro, dagli hobby allo stato sociale in modo che una ricerca superficiale confermasse le notizie che si erano spacciate per proprie, e difficilmente ne sarebbe seguita una più approfondita.

Come mise piede nella grande sala, il maître gli si fece incontro e lo seguì al tavolo prenotato. Mentre si avvicinava, vide che era apparecchiato per tre persone e due di loro erano donne: una bionda di spalle e l'altra che gli sorrideva.

«Sarò da voi tra un attimo,» si congedò il maître lasciando i menu sul tavolo.

«Credo ci sia un errore, ho un appuntamento con un uomo.»

La bionda si girò e la mascella di Fortini cadde a terra. O quasi.

«Sorpresa! Ora, se non vuole fare brutte figure, la prego di accomodarsi. Sono Elisabeth Scorsese e lei è Lara Donovan, una mia collaboratrice.»

Fortini annuì e gli strinse la mano. Era impallidito.

«Devo dire che è difficile trovarla,» scherzò l'avvocato Scorsese. «Come ha fatto? E chi è l'uomo della fotografia?»

«Bello, vero? Un mio ex e anche un agente dei servizi segreti americani che ora le stanno addosso. Mi hanno incaricato di suggerirle di collaborare con noi e se occorre con loro.»

Fortini cercò di riprendersi mentre Lara richiamava l'attenzione del cameriere e ordinava del vino bianco.

«Le va bene un piatto di pasta italiana? Noi abbiamo già ordinato, anche per lei, e siamo affamate. L'appuntamento era un'ora fa.»

«Sì, sì, va bene.»

Il maître prese l'ordine e li lasciò soli.

«Allora Fortini, ci vuole aggiornare? Immagino che Spinazzola l'abbia informata sul mio ruolo.»

Lui deglutì, bevve un po' d'acqua e poi rispose: «Sì, certo, conosco il suo incarico. È che sono successe un po' di cose ultimamente.»

«Lo so bene, mio caro. Sa dove si trova Andrea? Lei ha una storia con lui, giusto?»

«Non posso dirle dove si trova ma posso confermarle che sta bene, e sì, siamo una coppia.»

«Aperta aggiungerei,» sentenziò Lara quasi divertita.

«Lui non sa che uso questo posto per fare nuove conoscenze e vorrei che rimanesse così.»

«Dipende...» Elisabeth liquidò la faccenda aggiungendo, «da cosa ci dice.»

L'uomo sospirò. «Cosa vuole sapere?»

«Da chi si nasconde Spinazzola?»

«Forse è più giusto dire da chi non si nasconde.»

Lara lo interrogò con gli occhi e lui rispose: «Dagli amici di Christopher Brimley.»

«Risposta sbagliata,» disse Elisabeth. «Che rapporto c'è con Thomas Schluck?»

Fortini impallidì ancora di più se mai fosse stato possibile.

«Come fate a sapere...»

«Abbiamo i nostri canali, caro Marco Rondini, quindi mi risponda, per favore.»

«È un amico di Brimley e lo ha aiutato a sistemare delle cose in passato.»

«Deve essere più preciso.»

«Non so molto.»

«La scoperta in Siberia dell'orso bruno di oltre 3400 anni e il furto di un dente, le dicono niente?» Lo interruppe Elisabeth buttando lì a caso.

Fortini quasi annaspò e lei continuò: «Schluck ha messo a tacere i russi che volevano fargliela pagare e a quel punto Spinazzola gli doveva un gran favore. Da quel momento è sotto ricatto, giusto?»

L'uomo annuì lentamente. C'era anche altro ma lo tenne per sé.

«Per non parlare dell'insabbiamento sul caso di furto delle opere trafugate nel 2003 in Iraq. Giusto?»

Fortini bevve ancora un po' d'acqua, la bocca totalmente asciutta. Sapevano quasi tutto.

Annuì di nuovo.

«Bene... anzi, male. Schluck ha promesso a Brimley la bolla papale di Innocenzo VIII ma Spinazzola non ha idea di dove sia e quindi si è nascosto. Gli serve per saldare il suo debito e sottrarsi dal ricatto. Se non salta fuori, è spacciato. È così?»

«È così.»

«E sa che Schluck può arrivare a fare male, molto male.»

Arrivò da bere e il cibo, un cameriere riempì i bicchieri dopo aver fatto assaggiare il vino a Fortini e un altro servì i primi che avevano ordinato. Cominciarono a mangiare e Lara disse: «Ecco perché si è rivolto a noi attraverso Olivia Brossuard. Ma la domanda è, perché? Non siamo mica dei ricercatori di tesori nascosti o roba del genere.»

«Posso risponderti io, Lara. Noi abbiamo dietro l'intelligence americana che vuole mettere le mani su Schluck, quindi troviamo la bolla papale e Spinazzola testimonia contro di lui in cambio dell'immunità. È per questo che mi ha cercato, giusto Alex? Il trasferimento a Milano o l'avvocato estroso erano tutte balle, voleva la collaborazione di mio padre. Ed è questo che aveva intenzione di dirmi Spinazzola una volta arrivata qui, ma non è riuscito perché si è dovuto nascondere. Schluck si è rifatto vivo tramite Brimley. Mi corregga se sbaglio.»

Fortini mandò giù un sorso abbondante di vino e annuì.

«Lei sa cosa c'era scritto sul biglietto che mi ha lasciato Spinazzola?»

«"Gomeisa 1219." È stata una sua idea se qualcosa fosse andato storto, per questo lo ricordo.»

Le due donne si guardarono sorprese.

«Cosa vuol dire?» Chiese Lara.

«Non ne ho la più pallida idea.»

Scese un silenzio improvviso, ognuno teneva gli occhi sul piatto pensando alla prossima mossa.

«Perché dovrei crederle? Non mi sembra un esempio di trasparenza.»

«È la verità. Sono un semplice supplente che insegna Storia e Filosofia al liceo, che ha una relazione con un uomo di cultura coinvolto in giri importanti...»

«E pericolosi,» aggiunse Lara.

«Esatto, perché dovrei mentirvi?»

«L'esperienza mi dice che chi vive di espedienti, sa mentire.» E poi aggiunse: «Chi vuole la bolla papale oltre a Schluck?»

«Non credo sia difficile capirlo, il Vaticano.»

«Per favore, non ci faccia perdere tempo, sia più preciso.»

«C'è una lotta interna, da una parte i Domenicani e dall'altra i Francescani, ossia gli attuali custodi della Terra Santa.»

«Chi ha più da perdere?» Chiese Lara.

«Gli ultimi ovviamente.»

«Come fa a saperlo? Spinazzola non è andato a Gerusalemme di recente e neanche lei.» Elisabeth non lo sapeva per certo ma decise di bluffare.

«Sono in contatto con il patriarca dei Latini, l'arcivescovo Pierluigi Battista.»

"Chi diamine è questo tipo?" Pensò Lara. Cercò con gli occhi la sua amica che manteneva invece lo sguardo fisso su Fortini.

«Vada avanti,» lo esortò Elisabeth, impassibile.

«Mi ha contattato circa un mese fa. Lo avevo conosciuto tramite un amico comune e sapeva della mia relazione con Andrea. Mi ha chiesto di aiutarlo a cercare la bolla papale. Ha pensato che, come proprietario di una casa d'aste, avesse i contatti giusti.»

«Non si sbagliava anche se sono di altra natura.»

«Ci ha offerto dei soldi, però Andrea è in parola con Brimley.»

«Ma lei accetterebbe l'offerta dei Francescani, giusto?»

L'uomo alzò le spalle.

«È stata la mia prima idea; un'asta con più partecipanti. Tuttavia, al punto in cui siamo, troppi cani intorno a un osso non porterebbero nulla di buono, figuriamoci farci sopra dei soldi. È già tanto uscirne indenni.»

«Ma ci sono i soldi di Brimley promessi il giorno dell'asta di beneficenza, direi una bella cifra.»

Fortini annuì e la conversazione sembrò scemare.

«Cosa sa lei di Pico della Mirandola?»

«Quello che insegno ai ragazzi e che ho studiato anni fa. Non sono io quello che può aiutarvi, mi dispiace.»

Il tentativo era di tenerlo sulle spine e farlo parlare senza pensare troppo.

Poi a Elisabeth venne un'idea e giocò d'azzardo.

«Andrea non voleva assumere Olivia ma è stato costretto, da chi?»

L'uomo sbiancò di nuovo.

«Le ricordo che, se non mi dice quello che sa, Andrea domani riceverà le sue foto al Company Club e se non saranno sufficienti, ne seguiranno altre. Non sarà difficile per i servizi segreti trovarle.»

Lui non si mosse per qualche secondo, poi afferrò il bicchiere e si scolò tutto il vino. Ci stava dando dentro.

«Voglio protezione, quella che date ai testimoni chiave di un processo o indagine.»

«Non sia ridicolo, la si concede per casi di alto profilo. In più, non spetta a noi deciderlo, non sono io la persona cui chiederlo.»

«Ma suo padre sì.»

Ecco, il punto di partenza. Prima si mettevano in guai seri e poi chiedevano la via d'uscita più semplice.

«Non funziona in questo modo. C'è una commissione che valuta tutti gli aspetti, e nel suo caso non sappiamo neanche se c'è un crimine e se riguarda gli Stati Uniti. Considerando quello che sappiamo finora, non mi sembra di forte interesse per gli americani.»

«Allora perché siete qui, avvocato Scorsese?»

L'uomo reagì d'istinto e uscì dall'angolo. Elisabeth non si mosse e mantenne lo sguardo alto.

«Sono stata incaricata dalla Brossuard per ragioni che ora ci conducono alla bolla papale e ho intenzione di onorare l'impegno preso, ma devo parlare con Spinazzola prima.»

Fortini ignorò l'ultima frase e dopo un istante di silenzio, disse: «Quindi cercherà questo documento storico così importante?»

«È quello che ho intenzione di fare.»

Lara spalancò la bocca mentre lui sorrise e per la prima volta un senso di trionfo pervase i suoi occhi. Ce l'aveva fatta, il primo obiettivo di Spinazzola era stato raggiunto.

«Se ci riuscirà, Andrea le darà le prove per arrestare Thomas Schluck. Ovviamente se questo rientra negli interessi degli Stati Uniti. E ora, se permettete, vorrei offrirvi la cena...»

Il suo telefono vibrò e lo prese con aria infastidita. Non riconobbe il numero di un telefono fisso di Londra che lo chiamava e rispose cauto: «Chi parla?»

«Alessandro, sono Anna Pareto. Grazie a Dio hai risposto. Ho paura.»

«Cosa è successo?»

Mentre parlava, osservò le due donne sedute di fronte a lui.

«Due uomini hanno cercato di portarmi via, qui a Leicester Square, davanti al mio albergo.»

«Quando?»

«Circa tre ore fa. Ero troppo spaventata, mi sono fatta una doccia, ho mangiato qualcosa cercando di riprendermi, poi ho realizzato che solo un monsignore sapeva del mio viaggio a Londra e quindi ti ho telefonato.»

«Mi dispiace Anna ma non so come aiutarti.»

«Devi farlo. Io non posso rimanere qui un minuto in più. Potrebbero tornare, ho troppa paura.»

Poi a Fortini venne un'idea.
«Forse ho la soluzione. Devo richiamarti però, riesci ad aspettare dieci minuti?»
La donna assentì e chiusero la telefonata.
«È il suo giorno fortunato, avvocato Scorsese.»
Elisabeth arricciò il naso.
«Sentiamo.»
«Si dà il caso che prima di venire qui abbia incontrato la professoressa Anna Pareto, ordinaria dell'Università di Torino, insegna Storia delle religioni, reduce da un recentissimo viaggio a Gerusalemme dove ha incontrato l'arcivescovo Battista. Una grande esperta di Terra Santa. È per questo motivo che sono arrivato in ritardo al "nostro" appuntamento.»
«Quindi?»
«Quel viaggio ha avuto a che fare con la bolla papale e le eventuali conseguenze, e la Pareto si sente in pericolo. Lei le offrirà un nascondiglio e vedrà che le sarà d'aiuto per la vostra ricerca. È una che ne sa di storia e quindi di Pico della Mirandola, cosa ne dice?»
Le due donne si guardarono. Cos'avevano da perdere?
«Va bene, ma dove la sistemiamo?»
Fortini sorrise per la seconda volta in pochi minuti e a Lara venne quasi da vomitare. Quel tipo le stava decisamente antipatico.
«Non sa che ai soci è riservato l'uso di una delle stanze di questo posto? Basta pagare, s'intende. E a questo punto mi offrirà anche la cena, avvocato.»
Elisabeth annuì. Nella vita bisognava saper perdere o come in quel caso, pazientare. Qualcosa le diceva che avrebbe ottenuto la rivincita.
«D'accordo. La faccia venire qui. Ci penseremo noi.»
L'uomo si alzò.
«La ringrazio. Qualsiasi cosa le serva, mi chiami pure. Senza sotterfugi, magari.» Le dettò un numero di cellulare e lasciò la sala.
Lara giurò che sembrava camminasse a un palmo da terra. "Stronzo," pensò, "ma ti abbiamo fregato." Prese il cellulare che aveva tenuto per tutto il tempo sotto un tovagliolo e fece terminare la registrazione.

«Mandalo a mio padre,» le disse Elisabeth mentre si alzava. «Io mi occupo della stanza per la nuova arrivata.»

Lara riascoltò parte della registrazione dell'incontro con Fortini e lo inviò come d'accordo. Poi si prese un attimo per pensare prima di dedicarsi a questa nuova incombenza. Chi era Anna Pareto veramente? Come mai sbucava fuori proprio ora? La partita era ancora aperta e c'era un nuovo giocatore: l'arcivescovo Pierluigi Battista.

# 20

Roma. Erano appena passate le otto di sera quando il tenente dei carabinieri del nucleo operativo per la Tutela del Patrimonio Artistico, Piero Gavina, uscì dalla sede in via Anicia al civico 24. Era su uno scooter e prese a sinistra per piazza San Francesco d'Assisi, poi svoltò su via Tavolacci, fermandosi al semaforo su viale di Trastevere. Notò una ragazza con il caschetto che si lamentava, la sua bicicletta aveva una gomma a terra. "Una straniera in panne," pensò mentre si avvicinava lentamente con la moto.

«Parla italiano?» Le chiese cercando di essere il più tranquillo possibile. Voleva fare un'ottima impressione così, quando sarebbe tornata nel suo Paese, avrebbe parlato bene degli italiani. "Visto come si lamentano dei tassisti romani almeno potrà dire che i carabinieri sono gentili."

Lei fece un cenno indicando la gomma a terra e lui lo prese come una richiesta d'aiuto. Si avvicinò, spense lo scooter e scese allargando le braccia.

«Vedo se riesco a darle una mano.»

«Grazie,» disse in un italiano stentato.

Gravina controllò la gomma e nel farla girare si accorse che un chiodo l'aveva bucata. Lo tirò fuori con una certa difficoltà, sembrava entrato a forza.

«Ecco il colpevole.» Lo mostrò alla ragazza sorridendo. Era bionda e aveva un viso quasi angelico, proprio come piacevano a lui.

Lei fece una smorfia. «Mi chiamo Jane.»
«Sei americana?»
Annuì.
«Sono qui con un'amica in vacanza.»
Gavina controllò l'ora, aveva una partita di tennis in meno di un'ora con un collega.
«Possiamo legarla a un palo e domani con la luce del giorno vieni a prenderla. Vuoi che chiami qualcuno?»
«Sì, grazie.»
Piero si convinse che aveva capito. Chiamò l'ufficio e si fece passare l'appuntato di turno. Diede istruzioni precise, l'avrebbero riparata loro stessi, un gesto di cortesia per un'ospite straniera.
«Va bene domani alle 12:00 qui? Così puoi slegarla.»
«Grazie, tu ci sarai?»
«Io?»
Gli sorrise
«Certo,» la rassicurò. Confermò tutto al collega e poi chiuse la comunicazione. «Sono un tenente dei carabinieri, puoi stare tranquilla, verrà uno dei miei domani.»
«Sei gentile, posso offrirti un drink? Per... come dite voi, un debito?»
Lui accennò un sorriso. «Sdebitarti, si dice così.» Poi guardò l'ora. Se avesse voluto giocare a tennis, avrebbe dovuto sbrigarsi. Oppure poteva cancellare, Matteo per una tipa del genere avrebbe capito. E così fece.
«Va bene,» disse ma non troppo convinto.
«Oh, scusa, se hai un altro impegno, ci vediamo domani. Qui alle 12:00?»
Il tenente scosse la testa. Gli occhi nocciola della ragazza avevano qualcosa di magnetico e lui non aveva un'avventura da tempo. Era giunto il momento di recuperare.
«No, ok, non preoccuparti. Stavo andando a casa.»
"Bugiardo, hai la borsa da tennis con te," pensò mentre lei ci puntava gli occhi e sorrideva. "Colpito e affondato, cretino," aggiunse nella sua testa.
«Conosco un pub qui vicino, Mr. Brown, ti piace?»

«Non ci sono mai stato ma va benissimo.»

Si allontanò di qualche passo, parcheggiò lo scooter e la raggiunse di nuovo.

«Vieni,» disse lei.

Allungò una mano e lui la prese. Attraversarono la strada senza dire nulla, sembrava si conoscessero da tempo.

Gavina pensò ancora a Matteo, diceva sempre che se una ci sta è perché le piaci, che erano le donne a decidere. In cuor suo sperava avesse ragione, non era un grande esperto.

«Da dove vieni, Jane?»

«New York.»

"Splendido, sei fortunato, caramba," pensò mentre Jane gli lasciava andare la mano.

«Ho fatto qualcosa che non va?» Le chiese mimando il gesto della mano che si staccava. Fu il turno di Jane di sorridere e lui quasi si sbriciolò. Era il più bel sorriso del mondo. "Cazzo, sei messo proprio male, tenente."

«Conosci la mia città?»

«Non ci sono mai stato,» rispose Gavina affiancandola e cercando di essere il più leggero possibile. Non voleva farle capire che aveva accusato il colpo.

«È molto bella, devi venire. Posso ospitarti.»

Camminarono in direzione del pub e lui si meravigliò di come fosse rilassata.

«Che lavoro fai?»

«Te l'ho detto, sono un tenente dei carabinieri.»

«Cosa sono?»

«Una specie di polizia.»

«Ah, ecco perché sei così buono.»

Lui accennò un sorriso. «Si dice gentile.»

«Giusto, non lo sapevo. Com'è essere un poliziotto?»

«Ripetitivo per la maggior parte del tempo, ma poi quando hai un'indagine e devi scoprire chi ha commesso il reato, beh, allora diventa appassionante.»

Un nuovo luccichio animò i suoi occhi.

«Ti sei emozionato,» disse Jane mentre gli sorrideva ancora.

«Come mai in vacanza in questo periodo?» Riuscì a dire senza perdersi nel suo sorriso.

«Cosa vuol dire?»

Giusto, non doveva dimenticare che era americana anche se parlava più o meno italiano.

«Di solito le vacanze si fanno nei mesi estivi, non a ottobre. Almeno per noi italiani...»

«Noi no, noi andiamo in vacanza quando vogliamo.»

«Sì anche noi ma ci sono delle convenzioni... oh, lascia perdere.»

Lei sembrò rallentare. «Vieni, siamo arrivati.»

Entrarono nel pub e cercarono un angolo libero. Lo trovarono in fondo, sulla destra.

«Carino questo posto.»

«È giovane e ha i prezzi giusti,» esclamò Jane che poi aggiunse, «io prendo una Guinness, tu cosa vuoi?»

"Roba tosta, più da irlandese che americana."

Per non fare la figura dell'indeciso, le andò dietro.

«Offro io.»

«No, tu mi hai aiutato con la bicicletta. Aspetta qui che arrivo.»

Lasciò la borsa, fece un sorriso e andò a ordinare al bancone.

Gavina ne approfittò per prendere il cellulare. Fece una foto a Jane che si vedeva quasi di schiena con un braccio disteso in avanti, e la mandò a Matteo con il commento: "Non si vede molto ma ti assicuro che è molto carina e sono il suo tipo!"

Poi la vide tornare con le birre e si stampò un sorriso in faccia.

«Sono assetata, tu?»

Lui annuì anche se non era vero.

«Facciamo sempre un gioco, io e la mia amica; il primo sorso deve essere almeno della metà, così ci ricordiamo di quando la beviamo da sole.»

Gavina non aveva capito molto, forse per via dell'italiano approssimativo, ma le rispose che avrebbe fatto lo stesso.

«Ok, allora al mio via. Uno, due, tre, via!»

Entrambi bevvero metà della loro birra senza respirare e misero giù i bicchieri quasi contemporaneamente.

«Buona,» disse Gavina, «ma non abbiamo fatto il brindisi.»

«Giusto.»

Toccarono i bicchieri.

«Alla fortuna che ci ha fatto incontrare,» disse lui.

Jane sorrise mentre beveva ancora un lungo sorso. Piero la imitò, e come posò il bicchiere sul tavolo, strabuzzò gli occhi. La vista si annebbiò, lo stomaco cominciò a fargli male, il sudore sulla fronte divenne improvviso.

"Oh no, cosa cazzo c'era dentro."

Cercò nella borsa il suo auto-iniettore di adrenalina ma le mani stavano perdendo sensibilità. Incrociò lo sguardo di Jane.

«Aiutami,» riuscì a dire.

«Che ti succede?» L'americana si protese verso di lui e aprì la borsa.

«L'iniettore, mi serve... subito.»

Lei cercò qualcosa che somigliasse a un tubo, non aveva capito bene. Lo trovò e lo tirò fuori.

«Questo?»

Gavina annuì con un cenno del capo, non riusciva più a parlare.

«Sai Piero, ti ho mentito, non sono qui in vacanza ma in missione. E direi che è anche compiuta. Questo aggeggio lo porto via come souvenir.»

Poi si alzò velocemente e guadagnò l'uscita l'attimo prima che Gavina cadesse a terra e delle urla echeggiassero fin all'esterno.

"Gli uomini sono così prevedibili e deludenti," pensò Jane mentre scuoteva la testa rassegnata; l'illusione del sesso facile funzionava sempre.

# 21

Erano in attesa dell'incontro con la professoressa Anna Pareto dopo che la sera prima, alla Soho House, si erano sincerate che fosse tutto in ordine con la stanza che le avevano assegnato a nome di Elisabeth e che soprattutto si sentisse al sicuro.

Non c'era stato modo di parlare ma forse era stato meglio così. Farlo a mente riposata sarebbe stato più utile.

Lara controllò l'ora.

«Le hai detto per le dieci, sono passati otto minuti e non si vede. Le telefono?»

«Porta pazienza.»

Si trovavano nell'ufficio dell'Ars Longa ed esattamente nella stanza che gli avevano assegnato. Si era già trasformata in una sala operativa. Oltre ai loro due portatili, c'erano due computer per ogni evenienza. Facevano un bell'effetto ed era quello che volevano ottenere con la nuova venuta. Più si fosse sentita al sicuro, più avrebbe tirato fuori notizie di possibile interesse.

Sentirono suonare il campanello. Era arrivata.

Dopo pochi istanti, Anna Pareto era davanti a entrambe e la sua faccia era tutt'altro che rilassata.

«È riuscita a dormire?» Le chiese Elisabeth in italiano.

«Non molto. Sono ancora terrorizzata.»

«Come le ho detto ieri sera, cercheremo di proteggerla e soprattutto di capire dove porta questa storia.»

«Ieri sera mi sarei fatta i tarocchi se avessi potuto. Forse mi avrebbero detto come andrà a finire. Era una mia vecchia passione.»

Elisabeth si scambiò uno sguardo con Lara e poi disse: «Pensavo fosse credente? Insomma, non si studia la storia delle religioni se non si ha un approccio da credente.»

Anna la studiò per alcuni secondi.

«Uno non esclude l'altro. Anche i tarocchi che illuminano la parte di noi non conosciuta hanno una base di fede. E poi solo la religione musulmana li ha da sempre banditi. Le altre li tollerano, li consultavano anche i religiosi, soprattutto quelli vicini al papa.»

«Che è anche un Arcano maggiore.»

«Esatto, come il suo contraltare, la Papessa. Ma il discorso è più profondo e non siamo qui per questo, giusto?»

Elisabeth fece un cenno e poi aggiunse: «Vuole un caffè?»

Lara si fece avanti e le fece segno di accomodarsi. Anche Elisabeth si sedette, attese che Anna bevesse e poi disse: «Parleremo in inglese se per lei va bene.» E senza attendere risposta, continuò cambiando lingua: «Sa di cosa ci occupiamo?»

«Sì, ho visto chi è lei in rete ieri sera, dopo che ve ne siete andate.»

Elisabeth si rilassò. La professoressa aveva fatto i compiti, ottimo.

«Allora le aggiungo che lavoriamo con i servizi segreti americani, di cui mio padre è uno dei direttori.»

Anna spalancò la bocca, questa non se l'aspettava.

«Come?»

Fu Lara a rispondere. «Fa sempre questo effetto sentirlo ma le assicuro che è meglio averli dalla nostra parte.»

La donna fece una smorfia che non riuscirono a decifrare. "Speriamo non sia refrattaria alle divise o a ciò che rappresentano," pensò Elisabeth mentre riprendeva a parlare.

«Conosce Andrea Spinazzola?»

«No, ma ne ho sentito parlare da Fortini.»

«È l'amministratore di questa casa d'aste nonché il suo fidanzato; fra tre giorni ci sarà l'annuale asta di beneficenza e Spinazzola ha promesso che come fiore all'occhiello ci sarà un oggetto di grande valore. Fortini ci ha confermato che sarà la bolla papale di Innocenzo VIII.»

«Quindi ce l'ha questo Spinazzola?»

Elisabeth accennò un sorriso.

«Non è così facile, purtroppo.» Si alzò per riempire un bicchiere d'acqua per ognuna di loro.

«Spinazzola ha fatto in modo di coinvolgerci nella ricerca della bolla papale perché è in possesso d'informazioni molto sensibili, direi prove schiaccianti, tali da mandare in galera un tipo losco che i servizi segreti americani stanno cercando di sbattere dentro da un po'. Mi segue fin qui?»

«Cioè vi ha ricattato?»

Fu il turno di Lara di increspare le labbra. «Una cosa del genere. Lei è a conoscenza del fatto che questa bolla papale la vogliono un po' tutti, soprattutto il Vaticano?»

«Su questa parte sono preparata e vi spiego.»

L'avvocato Scorsese fece un cenno e lei continuò: «Sono stata mandata a Gerusalemme da monsignor Giulio Abbate dell'Archivio Apostolico Vaticano. Ho conferito con il patriarca dei Latini, l'arcivescovo Pierluigi Battista, che mi ha suggerito di parlare con Fortini. Ieri pomeriggio, dopo un giorno di viaggio in auto con due tipi del Vaticano, l'ho incontrato e mi ha detto della bolla papale.»

Lara guardò Elisabeth e poi chiese: «Questi due tipi... chi li ha mandati, Abbate o Battista?»

«Nessuno dei due, un altro monsignore.»

«Splendido,» aggiunse Elisabeth. «Ci spieghi meglio per favore.»

«Ho un rapporto particolare con monsignor Gimenez, è stato il mio mentore durante gli anni dei miei studi a Roma alla Sapienza, e ora vive in Vaticano. Arrivati a questo punto, posso dire di non sapere bene di cosa si occupi, è lui che mi ha combinato l'incontro con Fortini. Immagino sia in contatto con Battista e a quanto ho capito non dovrebbe esserci buon sangue con Abbate. Ma lui non è coinvolto, da me ha avuto la relazione che desiderava.»

Elisabeth alzò i sopraccigli.

«Perché non è convinta?»

«I due uomini che mi hanno ordinato di seguirli ieri sera per esempio. Come facevano a sapere che alloggiavo in quell'albergo? O addirittura che fossi a Londra? Lo sapevano solo gli uomini di Gimenez.»

«Ma lui che interesse avrebbe a spaventarla, o peggio a farla rapire? Vi fidate l'uno dell'altra, giusto? Collaborate già da anni. No, lui non c'entra nulla, lo avrà scoperto qualcun altro, si tratta di capire come e chi.»

Anna si sentì rincuorata.

«Allora devo aggiornare Gimenez del fatto che sono qui?»

«Valuteremo cosa fare, ma prima cerchiamo di capire cos'abbiamo. Qualche altra deduzione?»

«Secondo me Abbate vuole prendere il posto di Battista e gli serve la bolla papale per fare le giuste pressioni sul pontefice. Gimenez e Battista vorrebbero che tutto rimanesse com'è.»

«La distruggerebbero?»

Anna alzò le spalle.

«Non è da escludere.»

Elisabeth si fermò un attimo, considerò se esporsi o meno e poi decise che la strategia migliore era la semplice verità.

«Le riassumo cosa sappiamo, e la prego di considerare quello che le sto dicendo come strettamente riservato e degno della massima fiducia; mi fido di lei e così i servizi segreti degli Stati Uniti. Mi aspetto lo stesso trattamento, posso contarci? Ci dirà sempre quello che sa?»

Anna spalancò gli occhi.

«Ci mancherebbe. Perché mai non dovrei farlo? Mi sono fidata di lei già ieri sera! E le dirò di più: giuro che se lei dovesse farmi del male o tradire la mia fiducia, se ne pentirà amaramente.»

Lara ed Elisabeth incrociarono lo sguardo e scoppiarono a ridere.

«Mi sta minacciando?»

«Può scommetterci, avvocato Scorsese. Se non risolveremo insieme questa faccenda, rimpiangerà di avermi conosciuto.»

Elisabeth alzò le mani in segno di resa e si scoprì perdutamente sedotta da questa donna.

«Se mi piacessero le donne, la bacerei. Lei è una forza della natura,» le disse prima di ricomporsi.

«Lo prendo come un complimento ma non perdiamo tempo, non trova?»

«Giusto. Allora, oltre ai due preti del Vaticano e Gimenez che potrebbe voler fare il gioco di Battista, sono interessati alla bolla papale gli ebrei, un uomo facoltoso vicino al Mossad che ho visto a Venezia.»

«Cosa c'entra Venezia?» Chiese Anna.

«È dove ho conosciuto Spinazzola, e con lui c'era anche un ricco americano, Christopher Brimley. Lo conosce o lo ha mai sentito?»

Anna negò con un cenno del capo.

«È a lui che Spinazzola ha promesso la bolla papale e rappresenta una categoria di persone chiamati gli Scriba.»

«Anche questi mai sentiti.»

«Lo immagino. Sono una stretta cerchia di uomini molto ricchi e potenti che si credono capaci di comandare il mondo usando spesso e volentieri mezzi illegali e criminalità organizzata.»

«Bella gente, non c'è che dire.»

Elisabeth annuì.

«Come le ho detto, i servizi segreti cercano d'incastrare un personaggio di nome Thomas Schluck, il quale vanta un credito nei confronti di Spinazzola. Crediamo che il risarcimento sia far arrivare a Brimley la bolla papale. Così gli Scriba avrebbero un vantaggio enorme per i loro affari in Medio Oriente. E noi dobbiamo impedirlo, assolutamente. Ora le è tutto chiaro?»

«Quindi anche suo padre vuole la bolla papale,» rispose secca Anna.

Lara sorrise e annuì. Nessuno l'aveva messa giù così ma era la verità.

«Ho capito, dobbiamo trovarla prima che lo facciano gli altri, poteva essere più sintetica. Voi avvocati siete sempre così logorroici, pensavo fosse per giustificare le parcelle ma, visto che da me non guadagna nulla, credo sia un difetto di fabbrica.»

Elisabeth spalancò la bocca. Nessuno l'aveva mai trattata in quel modo.

«Credo che rettificherò la mia dichiarazione d'amore nei suoi confronti, professoressa Pareto.» Fu il turno di Anna di scoppiare a ridere.

«È tutto?» Chiese un istante dopo. Si accorse che la paura della notte prima era stata sostituita da una nuova forza e dalla speranza di tornare presto a casa. Tutto grazie alle donne che aveva di fronte.

«Devo chiamare i miei figli, non li sento da due giorni,» aggiunse con tono serio.

«Non usi il suo cellulare, potrebbe essere sorvegliato. Prenda il mio.»

Anna riuscì a esaudire il suo primo desiderio. Erano entrambi a scuola ma gli lasciò un messaggio in segreteria con la promessa di richiamarli entro sera.

«C'è una cosa che non mi torna,» disse subito dopo, «Fortini da che parte sta?»

Elisabeth chiese a Lara di far partire la conversazione della sera prima e, quando arrivò al punto di Schluck, fermò la registrazione.

«Ecco, qui ha avuto una prima esitazione. Ci conferma che Spinazzola ha un debito da saldare e lui ha quasi paura. Ma non è tutto.» Premette di nuovo il tasto Play e le loro voci riempirono la stanza. Anna era particolarmente concentrata; aveva conosciuto quell'uomo solo poche ore prima ma qui sembrava molto meno sicuro di sé.

Quando arrivarono alla domanda sulla Brossuard e alle risposte che seguirono, Elisabeth fermò di nuovo.

«Qui c'è la seconda dimostrazione di paura. Non vuole svelare chi ha imposto l'assunzione di Olivia Brossuard all'Ars Longa e addirittura chiede protezione e immunità. Come il suo compagno Spinazzola, d'altronde.»

«Chi è Olivia Brossuard?»

Fu Lara a rispondere. «Un'esperta di Storia diventata socia di Spinazzola durante il Covid con poco o nessun vantaggio. Crediamo sia coinvolta in qualcosa. Per ora, ci sta offrendo collaborazione e sostegno, ma la reazione di Fortini ci dice altro. Le mostro il suo curriculum, ha un profilo troppo importante per questo tipo di società.»

Anna prese il foglio, lo analizzò per qualche secondo e quasi fischiò. La donna aveva un curriculum coi fiocchi.

«Lei e Fortini sembrano andare d'accordo e Spinazzola la tiene in alta considerazione.»

«Lo credo bene, ha una preparazione importante, potrebbe aspirare a una gran carriera che peraltro ha già fatto, in parte. È membro dell'American Academy of Arts and Sciences e non entri a Cambridge se non sei qualcuno.»

Ecco, Anna aveva confermato i loro sospetti.

«Posso farle una domanda, avvocato?»

Elisabeth fece un cenno con la testa.

«Nella registrazione, ha parlato di un biglietto con scritto sopra "Gomeisa 1219", a cosa si riferiva?»

«Speravo me lo dicesse lei, professoressa.»

La donna ebbe un attimo di esitazione.

«Posso usare un computer?»

«Prenda il mio,» le rispose Lara prontamente.

Anna iniziò le sue ricerche mentre scendeva un silenzio rotto solo dal rumore del traffico lontano. Mentre lavorava, Elisabeth chiese a Lara di sincerarsi che Olivia fosse in ufficio, doveva parlarle. Poi confermò la call con il padre da lì a meno di venti minuti.

«Gomeisa è il nome di una stella che in arabo significa "dagli occhi offuscati", vale a dire che non vede la verità. È anche considerata uno degli avambracci, o almeno una parte, di una più ampia costellazione chiamata Al-asad, "il leone", nell'astronomia preislamica.»

«Non ci aiuta molto.»

«Potrebbe essere un indizio del tipo: "Cerca altrove, l'altra costellazione, perché qui hai gli occhi offuscati."»

«Troppo complicato, Spinazzola sa che deve essere criptico, ma anche efficace e utile. No, ha un significato preciso, non è un'interpretazione. E il numero?»

«Una data? Qualcosa legato a Gomeisa? Cercando entrambi non viene fuori nulla. Se il 1219 indicasse un anno, mi viene in mente che come unico significato legato alla Terra Santa che è la data in cui San Francesco fece il suo terzo tentativo, riuscito, di raggiungere la Terra Santa. Venne ricevuto dal sultano al-Malik al-Kamil a Damietta in Egitto. Fu un incontro storico e nelle Fonti Francescane ce ne sono tre di testimonianze: Tommaso da Celano, Bonaventura ed Ernoul.»

Tutte e tre le donne si guardarono.

Un'ottima lezione di storia ma ne sapevano meno di prima.

«La British Library è al civico 96 di Euston Road, è a poco più di venti minuti a piedi da qui. Potrei andare e vedere cosa trovo. È da molto che volevo visitarla e magari scopro qualcosa.»

«Ottima idea, ma prima deve conoscere una persona.»

Il computer di Lara emise un suono particolare. Mai tempismo migliore.

«Mio padre.»

Si collegarono con Washington e dopo aver presentato Anna Pareto, Elisabeth riassunse ciò che era successo e si erano dette.

«Ora dobbiamo capire cosa possa significare questo messaggio e ti faremo sapere. Potresti prendere informazioni sul monsignor Xavier Gimenez? È lui che ha mandato qui la professoressa Pareto per incontrare Fortini e così risalire a chi ha mandato i due uomini che volevano rapirla.»

Prima che qualcuno potesse rispondere, fu proprio Anna a intervenire.

«A questo proposito vorrei aggiungere che Abbate lo ha chiamato "il giardiniere del papa", non so a cosa si riferisca, e che Gimenez mi ha fatto incontrare il responsabile palestinese della sicurezza a Betlemme, un certo Ari, il quale ha fatto un riferimento assurdo.»

«Cosa esattamente?» Chiese James Scorsese.

«Mi ha detto che potrebbe essere coinvolta l'Entità, i servizi segreti del Vaticano, ma sappiamo che non esistono.»

Nessuno parlò o si guardò, come se tutti fossero costretti in una bolla di silenzio in mondi diversi. Anna se ne rese conto ed esclamò: «Ho detto qualcosa di sbagliato?»

Fu sempre James a rispondere: «Sì,» e non aggiunse altro.

Elisabeth eliminò l'imbarazzo: «Novità sui movimenti di Fortini?»

«Il 23 giugno è stato a Roma, abbiamo agganciato la sua cellula vicino al quartiere Testaccio e il giorno dopo a Venezia nel sestiere Castello. Impossibile sapere dove si è recato esattamente e chi ha visto. E poi a Londra a maggio e luglio, immagino per stare con Spinazzola.»

«Tutto troppo generico.»

«Mi dispiace ma non c'è altro. Abbiamo poi verificato il nome di Olivia Brossuard ma anche qui niente, un vicolo cieco. Ma non ci arrendiamo, Montero qui è scatenato, è un ragazzo che si appassiona.»

«Anche alle rosse.»

James ridacchiò. Era vero, il ragazzo sembrava molto preso anche dalla nuova conquista.

Un'aria di scoramento avvolse ognuno di loro. Decisero di aggiornarsi più avanti, c'era ancora una pista da seguire.

«Anna, vorrei che leggesse questa mail che abbiamo ricevuto da Spinazzola. Così è aggiornata su tutto. C'è anche l'allegato, è una lettera tramandata dalle Clarisse.»

La professoressa Pareto prese i fogli che Elisabeth le porgeva e lesse con estrema attenzione.

«È pieno d'informazioni,» esclamò alla fine.

«Pico della Mirandola. Cosa ne sai, Anna?»

Elisabeth mostrò maggiore confidenza. Lei sorrise e diede una luce nuova al momento.

«Pare sia stato ucciso per avvelenamento da arsenico. Nel 2018 hanno aperto la tomba per fare degli esami approfonditi sui resti dello scheletro e sulla sepoltura. Hanno sottoposto ossa, unghie, tessuti molli mummificati, vestiti, lo stesso legno della cassa, a una serie di analisi di carattere biologico e chimico-fisico. È servito a confermare che fosse proprio lui e a rilevare la presenza di tracce di arsenico. Ma non si sono limitati a questo: hanno messo insieme analisi antropologiche e documentali, la datazione al radiocarbonio e le analisi del dna antico accanto a sofisticate tecniche di microscopia ottica ed elettronica.»

«Cavolo Anna, sei veramente informata.»

«Mi piace studiare, tutto qui. E come si dice, gli esami non finiscono mai.»

Lara annuì. Non solo per lei, per chiunque la vita era un romanzo pieno di sorprese, bastava viverla.

«Scusa ma chi sono loro?»

«Un team di ricercatori delle università di Pisa, Bologna, del Salento, di Valencia, di York e del dipartimento dell'Evoluzione umana di Lipsia, nonché dagli esperti del Reparto Investigazioni Scientifiche dei carabinieri di Parma, il Ris.»

«Un bel po' di gente importante.»

«Pico è morto a soli 32 anni ma era un personaggio molto intelligente e colto, ricco e provocatorio. Bello esteticamente, alto e biondissimo, seduceva entrambi i sessi convinto anche dell'ideale dell'amore socratico fra uomini.»

«Come può esserci utile questa considerazione?»

«Se cercate un legame tra la morte di Pico, la lettera di Fra Bartolomeo e quindi la bolla papale dovete sapere che in quel periodo l'omosessualità era molto diffusa a Firenze e Pico stesso aveva due amici gay, Ficino e Poliziano. Marsilio Ficino, grande umanista e filosofo del tempo, abbracciò le tesi di Platone sul concetto dell'amore come sintesi della parte dell'anima e di quella dell'intelletto, rivolgendosi però anche a Dio e non solo agli uomini. Questa tesi, al limite dell'eresia, gli attirò l'ira di Fra Girolamo Savonarola, un Domenicano poi impiccato e bruciato perché eretico, un paradosso storico lo so, che si scagliò contro di lui. Pico era amico di entrambi, credo più di Ficino, e se il motivo per cui è stato ucciso è da riferirsi alla bolla papale di Innocenzo VIII, Savonarola è da escludersi perché i Domenicani sono indicati come i primi beneficiari della custodia della Terra Santa al posto dei Francescani. Questo a detta di Fortini.»

«Ma noi non dobbiamo scoprire chi ha ucciso Pico e perché,» le ricordò Lara.

«Dobbiamo capire dove potrebbe aver nascosto l'originale dell'editto papale, ho capito, ma scoprire cosa è successo a Pico in quei giorni ci permette di fare più congetture. Per esempio, c'è qualcosa che non mi torna.»

«Ossia?»

«Savonarola aveva un carattere irascibile, puntava ad avere e aveva ottenuto la gestione indipendente dalla Chiesa di Roma di alcuni conventi, tra cui quello di San Marco a Firenze, dove tra l'altro è stato sepolto Pico, e poi altri sempre in Toscana. Dunque, non era ben visto dal papa. È vero che fu Innocenzo VIII a firmare la bolla papale e non il suo successore, Alessandro VI, nemico poi di Savonarola, ma comunque la situazione non era a suo favore. Quindi, perché indicare i Domenicani come ordine alternativo ai Francescani?»

Elisabeth fece un gesto con la mano per liquidare quell'obiezione, aveva paura ci si perdesse in elucubrazioni sterili.

«C'è anche altro.» Anna non mollava la presa. La risposta era nella storia e doveva essere scandagliata. «Pico ha pubblicato le sue *Novecento Tesi*, definite al limite dell'eresia e per le quali fu accusato e, scappato in Francia, arrestato vicino a Lione proprio su volere di Innocenzo VIII. Grazie all'intervento di Lorenzo de' Medici, tornò a Firenze e solo Alessandro VI gli diede l'assoluzione. Non mi spiego quindi perché un papa come Innocenzo VIII avrebbe affidato un documento così importante a un uomo di "poca fede", giusto per essere gentile. Pico era molto di più, oltre che eretico nell'anima.»

Scese il silenzio. Non solo aveva messo in dubbio l'esistenza della bolla papale ma ne aveva anche smontato la credibilità.

«Un falso?»

«Ancora peggio. E la religione è piena di queste "invenzioni". Penso alla Lettera del Prete Gianni, tra l'altro scoperta nel XII secolo, scritta dall'affabile Prete Gianni, che diceva di essere discendente di uno dei Tre Magi, addirittura. Fu creata ad arte per l'imperatore bizantino Manuele I Comneno, e dato che raccontava di un mondo di cristiani pieno di ricchezze in Asia Minore, raccolse così tanto successo da vantare numerose traduzioni, tra cui in ebraico. Pensate che era così credibile che persino un papa, se non sbaglio Alessandro III, inviò una lettera all'autore. Ovviamente non ebbe mai risposta.»

«Ma c'è la lettera allegata alla mail di Spinazzola, quella della zia di Fra Bartolomeo, la suora Clarissa. Conferma la storia della bolla papale consegnata a Pico.» Le parole furono di Lara.

«Una memoria tramandata per seicento anni? Sapete come funzionano queste cose, ogni storia che passa di bocca in bocca si arricchisce di particolari e un ruscello diventa il Rio Grande.»

Di nuovo silenzio.

Se Anna avesse avuto ragione, stava succedendo tutto per niente.

«Dobbiamo approfondire e capire a questo punto se la bolla papale sia mai esistita. Valutiamo le due possibilità, che senso avrebbe mettere in giro una voce del genere, chi ci guadagnerebbe e cosa?» La domanda era di Elisabeth ma nessuna delle due donne rispose. «Abbiamo una morte sospetta, quella del prete amico dello zio di Spinazzola, colui che avrebbe mantenuto un segreto infondato. Le stesse suore Clarisse lo hanno custodito per centinaia di anni come fosse una verità assoluta. Dobbiamo provarci.»

«Posso parlare con monsignor Gimenez e sentire se lui sa qualcosa circa la veridicità della bolla papale. Magari è venuto fuori qualche dettaglio in passato, qualche riferimento, anche perché mancherebbe il nome della bolla, particolare che si riporta sempre quando viene citata,» puntualizzò Anna.

«Ma qui non è mai venuto fuori, non lo abbiamo letto da nessuna parte,» concluse Lara per entrambe.

«Anna, cerca di capire se Pico della Mirandola fosse veramente in condizione di ricevere questa testimonianza e perché lui. Noi ci preoccuperemo di capire chi può aver costruito questo falso e il motivo. Usa pure il mio computer.»

«Vado alla British Library, userò il loro.»

«Fermati ad acquistare un nuovo telefono e una scheda prepagata. Dai il numero solo a noi e a nessun altro. Devi spegnere il tuo, mi dispiace.»

«Mi spaventi, Elisabeth.»

«Non solo. Passerai prima in un negozio con Lara, comprerai degli abiti, tutto nuovo mi raccomando, e i tuoi li lascerai a Lara per farli analizzare. Anche il giaccone, intesi?»

«Sei impazzita, perché mai dovrei farlo?»

«Ieri sera qualcuno conosceva i tuoi movimenti, avrai addosso un gps o sarà da qualche altra parte. Del borsone me ne occupo io.»

Avrebbe chiesto aiuto a suo padre per vedere se fossero "puliti".

«Non preoccuparti, ci penseremo noi a seminare chi ti vuole spaventare.»

Come disse quella frase, le venne un'altra idea.

Come uscirono, Elisabeth rimase sola e cominciò a pensare mentre apriva un nuovo documento di Word sul suo portatile.

Dalla mail di Spinazzola tirò fuori i nomi:

- Carlo Repetti nonché Fra Bartolomeo, Francescano, custode del segreto della bolla papale.
- Sigismondo Altieri, zio di Spinazzola, amico di Repetti.
- Monsignor Giulio Abbate dell'Archivio Apostolico Vaticano, uomo vicino al papa.
- Suor Marta delle Clarisse, depositaria del segreto.
- Innocenzo VIII.
- Pico della Mirandola.
- Alex Fortini.
- E per ultima Olivia Brossuard.

Di tutti quei nomi, a parte Spinazzola che era introvabile, erano ancora in vita Fortini, che aveva già interrogato, Altieri e Olivia Brossuard. Eliminando, ovviamente, l'irraggiungibile monsignor Abbate.

Decise di partire dal maestro, così lo chiamavano a Venezia.

Selezionò il numero e dopo un istante fu in linea.

«Sono Elisabeth Scorsese.»

«Caro avvocato, ho saputo che ha trovato un accordo con mio nipote, ne sono felice. Come sta prima di tutto?»

«Siamo presi dalla sua mail, come immaginerà. Lei come sta?»

«Da povero vecchio.» Il tono sembrava remissivo, quasi studiato. Non era quello dell'aitante professore in pensione ancora in possesso delle chiavi della Biblioteca Marciana.

«La sento preoccupato.»

«È per mio nipote, non riesco a parlargli.»

«Ma Alex Fortini dice che sta bene.»

«Certo, per fortuna, ma quanto durerà?»

«Me lo dica lei.»

L'uomo sospirò.

«Io non posso fare nulla. Ma voi vi siete già mossi, giusto?»

Elisabeth trattenne il respiro.

«Altrimenti non mi avrebbe chiamato, immagino.»

"E immagina bene, maestro," si disse cercando di celare la sorpresa.

«Sì, è esatto, alla fine ho accettato di dare una mano a Olivia Brossuard a cercare la bolla papale.»

L'uomo rimase in silenzio. "Ha sbagliato tempismo," pensò Elisabeth.

«Ora può dirmi qualcosa di più su Carlo Repetti? Vorrei capire meglio perché abbiamo dei dubbi sul fatto che la bolla papale esista veramente. Potrebbe essere un falso messo in giro per chissà quale motivo.»

«Questa è buona.»

Elisabeth si fece ancora più attenta. La teoria del falso non piaceva proprio al maestro.

«Perché ne è così certo?»

Seguì un breve silenzio; sembrava che il vecchio veneziano volesse trovare le parole giuste.

«Carlo non mi avrebbe mai mentito, ha sacrificato la vita per quel documento.»

«Sì, ma non lo ha mai visto. È stata solo tramandata una testimonianza, non le sembra poco come prova per uno studioso del suo rango?»

«Le Clarisse sono un ordine ligio al dovere, fedele e non menzognero.»

«Non lo metto in dubbio, però sono passati seicento anni e forse qualcuna di loro può aver ingigantito la cosa.»

«Avvocato, ma come si permette? Noi cattolici non siamo inclini a tali avventatezze, se una di noi, per di più una suora Clarissa, afferma di aver udito un tale editto di Innocenzo VIII, allora è vero e nessuno può metterlo in dubbio.»

«Nemmeno la storia?»

La domanda di Elisabeth era pura retorica o provocazione ma si era resa conto che d'altra parte aveva un cattolico esagitato. Ripensò all'impressione che aveva avuto e si maledisse per essere stata così ingenua.

«In che senso, avvocato?»

«Nel senso che Pico della Mirandola non era ben visto da Innocenzo VIII e dubito che il papa in persona avrebbe affidato una tale decisione di portata storica a un uomo arrestato perché eretico.»

«Sa cosa le dico?» Altieri non attese che rispondesse. «Si occupi di ciò che sa e lasci la storia a chi la conosce. E con questo la saluto.»

La linea divenne muta.

"Fantastico. Sto facendo questo anche per suo nipote e lui mi chiude il telefono in faccia." Ma comunque sorrise. Aveva qualcosa, anzi più di una cosa.

Tornò alla lista. Aveva sentito che la Brossuard sarebbe arrivata solo nel tardo pomeriggio e così si preoccupò di Pico della Mirandola. Prese l'appunto di Anna scritto da Lara. L'esame che aveva dimostrato la morte per avvelenamento lo aveva condotto un team.

Cercò in rete e scoprì che il professore coinvolto del dipartimento dell'Evoluzione umana di Lipsia era un certo Gunter Klein, che purtroppo era deceduto solo due giorni prima. La notizia aveva suscitato scalpore perché la morte era avvenuta in una strada deserta per la Festa delle Luci, la commemorazione annuale per la caduta del Muro di Berlino. Se avesse avuto l'infarto in un altro giorno qualsiasi, forse sarebbe ancora vivo.

"Una vera sfortuna," pensò Elisabeth mentre passava al nome successivo, il professor Rizzi del dipartimento di Biologia dell'ateneo di Pisa. C'era una sua foto perché aveva rilasciato a Repubblica un'intervista rimbalzata addirittura sul *New York Times*. Non solo ma molti siti che si occupavano di complotti e storia, l'avevano presa come una nuova rivelazione su cui speculare. D'altronde c'erano molte supposizioni sulla morte di Pico e ognuno sembrava avere la verità a portata di mano. "Forse è proprio così ed è una di queste teorie il vero movente, altro che la bolla papale di Innocenzo VIII."

Anche perché le sfuggiva la ragione per cui Pico l'avesse nascosta e se fosse stato vero, a esserne a conoscenza sarebbe stata solo una suora Clarissa e...

Ma certo! Perché non ci aveva pensato prima. Riprese il foglio stampato.

Cosa aveva scritto Spinazzola nella mail? Che le Clarisse furono fondate da San Francesco e da Santa Chiara d'Assisi. Digitò "Chiara d'Assisi" e scoprì che Francesco stesso le aveva tagliato i capelli corti quando si era presentata da lui. Tanta la devozione, tanto l'impegno. Il maestro cattolico Altieri aveva aggiunto che le Clarisse erano anche fedeli ("a San Francesco," pensò lei), ligie al dovere ("di difendere il loro fondatore e quindi l'ordine da lui fondato, i Francescani") e non bugiarde ("la bolla papale poteva esistere veramente, parola di una Clarissa").

Ecco come potevano essere andate le cose: la suora aveva ascoltato il testo della bolla papale dettato da Innocenzo VIII a Pico della Mirandola, testo che metteva a repentaglio la custodia dei Francescani della Terra Santa; così, aveva fatto in modo che Pico non la divulgasse subito e lo aveva ucciso con il veleno. Movente e assassino in un colpo solo, degna di Hercule Poirot. E i mandanti dell'avvelenamento di Pico della Mirandola erano i Francescani oppure il delitto era stato commesso su iniziativa delle Clarisse stesse.

Sorrise.

La sua teoria sembrava assurda e aveva ancora delle lacune, ma era un inizio. Doveva informare Anna Pareto. Le mandò un messaggio e poi la chiamò al numero del nuovo cellulare che le aveva inviato Lara qualche ora prima.

Come rispose dalla British Library, le spiegò ogni cosa e lei le confermò che si sarebbe preoccupata di approfondire quello che aveva intuito.

Tornò all'intervista del professor Rizzi, il quale dichiarava che la stessa analisi era stata fatta anche sui resti di Angelo Poliziano, morto due mesi prima di Pico, e che le tracce di arsenico non erano sufficienti a sostenere la tesi dell'omicidio. Pico sì, Poliziano no. Cos'aveva detto Anna su Poliziano? Che era un amico di Pico? Decise di affidarsi ancora una volta alla storia. Lesse che il sodalizio con lui fu molto profondo e che Angelo conobbe, in età universitaria, anche Marsilio Ficino, tutti raccolti sotto la protezione di Lorenzo de' Medici. Fu proprio il Magnifico a far incontrare nel 1483, presso lo Studio Fiorentino, Pico e Angelo Poliziano.

La morte di entrambi fu nel 1494, due anni dopo quella di Innocenzo VIII. Se Pico avesse saputo o fatto qualcosa, entrambi ne sarebbero stati a conoscenza. Forse Rizzi si sbagliava e anche Poliziano era stato ucciso e per lo stesso motivo di Pico.

Doveva parlare con Rizzi. Cercò il numero dell'ateneo di Pisa e chiamò la segreteria del dipartimento di Biologia. Non c'era ma presero il messaggio: l'avrebbe richiamata appena possibile.

Continuò la sua ricerca passando per York e Valencia, ma trovando in rete poco o nulla e alla fine arrivò al Ris, il reparto specializzato in investigazioni scientifiche dei carabinieri.

Scrisse una mail al padre. Aveva bisogno di un contatto nell'Arma dei Carabinieri, qualcuno che contava veramente.

In quel momento, vide Lara entrare in ufficio.

«La nostra amica sembra un'altra. Ci mancava che le rifacessi trucco e parrucco.»

Elisabeth sorrise.

«Forse ho una traccia.»

Le raccontò della sua tesi e che poteva essere effettivamente un movente possibile.

«Ora lasciamo che la Pareto si scateni, nel frattempo sentiamo se la nostra cliente può riceverci.»

Lara le fece l'occhiolino e dopo pochi minuti, tornò con il via libera.

Raggiunsero Olivia Brossuard nel suo ufficio e presero posto nelle due poltrone di fronte alla sua scrivania.

«Chi è quella donna che è venuta questa mattina?»

«Cosa ne sa?»

«È il mio ufficio, la meraviglia?»

La belga non nascondeva una certa diffidenza.

«Spinazzola sta bene se vuole saperlo,» rispose Elisabeth. Poi aggiunse: «Ieri sera abbiamo incontrato Fortini, e quella donna, Anna Pareto, una studiosa di Storia delle religioni, è un suo contatto. Collaborerà con noi per cercare di trovare la bolla papale.»

«Come sta Alex?»

La domanda le colse entrambe alla sprovvista; sembrava interessata più al milanese che al socio.

«Sostiene che lei sa qualcosa che non vuole dirci.»

Un modo elegante per dire che ometteva informazioni importanti, diciamo così, e Lara trattenne una smorfia. Raramente Elisabeth era così diretta.

«Non ci credo.»

«Lara, puoi far sentire alla dottoressa la parte che la riguarda?»

L'amica fece come le aveva chiesto e alzando il volume in modo che potessero ascoltare tutti, si sentì:

"Andrea non voleva assumere Olivia ma è stato costretto, da chi?"

"Le ricordo che se non mi dice quello che sa, Andrea domani riceverà le sue foto al Company Club e se non saranno sufficienti, ne seguiranno altre. Non sarà difficile per i servizi segreti trovarle."

"Voglio protezione, quella che date ai testimoni chiave di un processo o indagine."

"Non sia ridicolo, la si concede per casi di alto profilo. In più, non spetta a noi deciderlo, non sono io la persona cui chiederlo."

"Ma suo padre sì."

"Non funziona in questo modo. C'è una commissione che valuta tutti gli aspetti e nel suo caso non sappiamo neanche se c'è un crimine e se riguarda gli Stati Uniti. Considerando quello che sappiamo finora, non mi sembra di forte interesse per gli americani."

Lara bloccò la registrazione.

«Non mi sembra abbia detto nulla che mi riguardi.»

«Ne è sicura? Vuole risentirla?»

«Non ce n'è bisogno.»

La donna sembrava aver perso la pazienza e pensare che solo due giorni prima la pregava di cercare Spinazzola. Poi a Elisabeth scattò qualcosa in testa.

«Dottoressa Brossuard, vuole che ce ne andiamo? Ci rimborserà quello che abbiamo speso e toglieremo il disturbo. Il lavoro che mi aveva proposto Spinazzola era quello di seguire l'Ars Longa ma a quanto pare lui si nasconde e noi possiamo fare ben poco.»

«In effetti.»

«Ottimo, ce ne andiamo.»

Elisabeth si alzò in piedi seguita da Lara. Come quest'ultima mise mano sulla maniglia, Olivia Brossuard esclamò: «Aspettate!»

Entrambe le donne si girarono.

«Quante possibilità ci sono che la bolla papale venga ritrovata?»

«Meno di zero, a essere sinceri. Ma se c'è qualcuno che può farlo, siamo noi e la professoressa Pareto. Non penso che abbia una soluzione migliore a portata di mano.»

Sapeva perfettamente che i servizi segreti americani erano della partita, ragione in più per crederle.

«Va bene, potete rimanere.»

«No, dottoressa Brossuard, se vuole che ci occupiamo di questo ritrovamento che non era nel nostro accordo, deve anche coprire le spese di Anna Pareto, la quale ha avuto bisogno di un cellulare come prima cosa e abiti nuovi. La sua permanenza a Londra non era prevista.»

La donna corrugò la fronte ma poi acconsentì con un cenno del capo.

«Non è tutto. Deve dirmi chi ha voluto che accettasse il lavoro qui all'Ars Longa e le ha fatto acquistare le quote societarie.»

«Non posso.»

«Allora si cerchi da sola la bolla di Innocenzo VIII. Sono stufa dei suoi giochetti.»

Fece per girarsi di nuovo.

«L'American Academy of Arts and Sciences.»

Elisabeth stava per replicare ma poi vinse la sorpresa e rimase a bocca aperta. Cosa c'entrava un'accademia così prestigiosa e selettiva con una modesta casa d'aste al limite della legalità?

«Non le dirò altro. Lasciatemi lavorare, tra tre giorni si terrà la serata di beneficenza e Andrea chissà se ci sarà.»

Le due americane uscirono e in quel momento arrivò una notifica sul cellulare di Elisabeth. Era una mail. Recitava: "Gentile Elisabeth, suo padre mi ha detto che ha bisogno di aiuto. Sono Claudia De Nardi, colonnello dei carabinieri e comandante in capo dell'Europol, in fondo alla mail trova il numero. Mi chiami quando vuole."

"Fico papà, grazie."

# 22

Un formicolio era la prima cosa che sentiva, poi usava l'intuito misto a un processo logico di analisi, e alla fine trovava quello che cercava. Detta così, sembrava una formula alla Harry Potter ma in realtà era un metodo che aveva collaudato in tanti anni e in diversi luoghi del mondo. Dalla Public Library di New York alla Biblioteca Marciana di Venezia, dalla Biblioteca Nazionale d'Israele a Gerusalemme alla Biblioteca Apostolica Vaticana, tanto per rimanere nei luoghi che oggi ritrovava. Il risultato era lo stesso. Prima identificava il periodo storico e il modo in cui avevano catalogato i libri di riferimento, poi li selezionava in base all'argomento specifico e infine la scrematura avveniva per autore. E così fece anche alla British Library. Non era certo paragonabile ai luoghi che aveva in mente, ma si disse che per iniziare la nuova indagine su Pico della Mirandola e dintorni andava più che bene. Ogni ricerca partiva da una domanda e quella che più le martellava il cervello era, perché mai Papa Innocenzo VIII avrebbe affidato un testo così delicato a un "quasi" eretico? Uno che poi aveva fatto arrestare?

Elisabeth Scorsese le aveva chiesto di trovare qualsiasi cosa che legasse Innocenzo VIII e Pico oltre a quello che si conosceva. Con l'incognita delle Clarisse, custodi di un segreto centenario.

Con le credenziali dell'università, entrò nella classificazione dei libri consultabili e digitò ciò che le interessava.

Le apparvero una cinquantina di titoli in diverse lingue, dallo spagnolo al tedesco, alcuni in latino, altri sul Rinascimento in generale e tre di studiosi di quel periodo e di Innocenzo VIII.

Decise di partire da questi. Completò la richiesta di lettura e con il ticket arrivato per mail, riuscì ad avervi accesso. Erano scansionati e preferì consultarli a video. Meno si toccano i libri d'epoca, meglio si mantengono.

Era il momento che preferiva del suo lavoro, non certo i viaggi come quello appena fatto a Gerusalemme. Trovare connessioni, scavare nella storia, ricostruire momenti o relazioni a volte immaginandosi le persone come fossero protagonisti di un film, con tanto di abiti dell'epoca e circondati dai luoghi che conosceva.

Il trucco era cercare nelle pieghe delle parole, le note a piè di pagina o in quelle scritte dall'autore a matita sui margini.

Aprì il primo file, *Catalogue des documents de la collection Podocataro à la Biblioteca Marciana à Venice* di Pélissier. Trattava di alcune lettere e documenti della "collezione Podocataro", l'allora cardinale e segretario di Innocenzo VIII e Alessandro VI. Era diviso in due tronconi, uno tra i manoscritti latini presso la Biblioteca Marciana e l'altro presso l'Archivio di Stato di Venezia.

Il cardinale Ludovico Podocataro era un prelato di rilievo nella Curia papale di fine 400 e aveva tenuto per sé, da collezionista oltre che galvanizzato dal suo ruolo, tutta una serie di documenti e lettere di interesse pubblico invece di inviarle all'allora Archivio Segreto Vaticano oggi Archivio Apostolico Vaticano. Qui erano invece confluiti i registri di Innocenzo VIII e un collegamento nonché un confronto nasceva spontaneo. Cosa conteneva la collezione Podocataro che riguardasse Pico e il papa dell'Inquisizione? Venne fuori un altro spunto di interesse dalla consultazione di un libro di Charles-Martial de Witte, il quale sosteneva nel suo *Notes sur les plus anciens registres des brefs* che alcune minute di Innocenzo VIII e Alessandro VI erano conservate presso l'Archivio Vaticano creando così un legame tra la biblioteca veneziana e la sede dei papi a Roma. Non solo, Nicolai Rubinstein sosteneva senza alcun dubbio che dodici lettere di Lorenzo de' Medici, il protettore di

Pico, indirizzate a Innocenzo VIII dovevano trovarsi sempre nella "collezione Podocataro".

Spulciò e tradusse riga per riga delle parti che la interessavano ed ebbe la conferma che forse c'era una strada. Il rapporto tra l'eretico e il papa dell'Inquisizione non si era limitato all'accusa e all'arresto ma era andato oltre la via ufficiale attraverso il Magnifico. D'altronde poche figure di quel periodo potevano vantare una ricchezza e una rete di rapporti come il conte di Mirandola e soprattutto un'intelligenza così spiccata e una memoria invidiabile. La sua cultura superava di gran lunga quella di chi frequentava e la sua visione non si fermava solamente ai concetti terreni. Ecco che il voler comprendere sempre di più Dio e il mondo ultraterreno lo avevano di fatto portato a considerazioni eretiche e quindi inaccettabili ma anche elevato a interlocutore degno di un confronto. Confronto che Innocenzo VIII su pressione di Lorenzo avrebbe potuto anche concedergli in privato.

Anna sorrise tra sé. Aveva una pista, o per meglio dire una semplice supposizione, e per capire se corrispondesse a un minimo di verità, doveva andare a Roma e consultare le minute brevi lasciate da Innocenzo VIII. Poi subito a Venezia: doveva esaminare quei documenti scritti dal papa in persona e vedere cosa contenessero le lettere di Lorenzo de' Medici.

Durante la ricerca, ci fu un nome che la incuriosì: Girolamo Balbani, il segretario domestico di Innocenzo VIII. A detta degli storici era stata una figura sempre vicina al pontefice, da lui considerato uomo di fiducia estrema, e le pareva strano che non fosse presente negli ultimi giorni del papa.

Anzi era impossibile.

Digitò il suo nome e scoprì che era stato vescovo di Perugia nel 1491 e che era morto improvvisamente nel 1492.

Lo stesso anno di Innocenzo VIII!

Una strana coincidenza. Presa la nuova carica solo da un anno, trova subito la morte?

Sorrise. Il formicolio era passato e adesso aveva un brivido di piacere. Chiuse gli occhi e provò a ragionare secondo la teoria del "se", ossia dimostrare una teoria impossibile che una volta dimostrata, diventava possibile.

Se Pico avesse ricevuto veramente una bolla papale da Innocenzo VIII, dove l'avrebbe nascosta?

Per prima cosa se la immaginò. Un foglio di pergamena, di formato 25x17 circa, quello più usato dai papi nello stesso periodo. Sarebbe stata piegata oppure lasciata aperta con il sigillo papale, quindi sottile e facilmente occultabile. In un cassetto, armadio, dispensa? No, troppo alla mercé della servitù. Qual era il luogo che Pico custodiva con gelosia maniacale? La sua collezione di libri e incunaboli. A pensarci bene, era un nascondiglio perfetto. Come fa a trovare un foglio di carta in mezzo a milioni di pagine chi sta cercando una pergamena?

Tornò sul computer sapendo perfettamente cosa cercare: che fine aveva fatto la biblioteca di Pico della Mirandola dopo la sua morte nel 1494?

L'aveva acquistata nel 1498 il cardinale Domenico Grimani, patriarca di Aquileia, e Pearl Kibre nel suo *The library of Pico della Mirandola* pubblicato dalla Columbia University Press di New York nel 1936, sosteneva a pagina 21 che i libri acquistati erano per l'esattezza 1190. Non solo, la stessa Kibre puntualizzava che il primo acquisto era stato poi diviso nel tempo con la biblioteca di Bessarione che ne conservava 900, quella di Lorenzo Valla 800 e quella di Federico di Urbino 792.

I conti non tornavano.

La studiosa faceva però notare che a quel tempo, per la carenza di carta, si stampavano più trattati su un foglio singolo, gli incunaboli, per l'appunto, e che quindi le opere possedute da Pico potevano essere molte di più, dato che il suo patrimonio librario era composto per il 52% da libri a pagina singola.

C'era anche da considerare che il trasporto a quell'epoca non sempre era garantito, ossia erano assidui i furti degli stessi addetti. Infatti, la biblioteca di Grimani fu trasferita prima a Roma e poi a Venezia congiungendosi con la collezione già esistente. Alla morte del cardinale, venne fatto un secondo inventario delle opere, perché furono ritrovati oltre 900 libri in una soffitta della sua abitazione a Venezia, alcuni riconducibili a Pico. Insomma, i numeri non coincidevano. E pensare che una parte di quella stessa biblioteca era finita in una chiesa dove il parroco accatastò i fuochi d'artificio per una festa da celebrare il giorno dopo e nella notte prese fuoco. Mentre altri ancora furono rubati. Divenne impossibile stare dietro alla sorte della biblioteca.

Sbuffò.

Era in un vicolo cieco.

Eppure, si ricordò che il famoso Breviario Grimani, uno dei pezzi più preziosi della collezione Grimani dell'epoca, codice miniato unico nella miniatura per numero e qualità delle immagini, si trovava nella Biblioteca Marciana di Venezia. E con lui c'erano molti libri appartenuti a Pico della Mirandola.

Era il caso di dire che tutte le strade portavano a Roma, ma anche a Venezia, e che era ora di muoversi. Guardò l'ora. Mancavano pochi minuti alle cinque e si accorse che era rimasta quasi sola. Una signora stava facendo il giro dei pochi studiosi presenti, forse per sollecitarli ad andare via prima dell'imminente chiusura.

Chiuse le maschere che aveva aperto durante le lunghe ore passate davanti al computer e poi mandò un messaggio a Elisabeth. Si sarebbero viste da lì a poco alla Soho House, doveva aggiornarla sulle sue ricerche o sulle sue intuizioni.

Fece un respiro profondo. Si sentiva bene; aveva finalmente uno scopo ed era eccitata. Era come se fosse a caccia, e la preda in questione sarebbe stata di sicuro un oggetto prezioso quanto sconvolgente e tanto da rischiare di mettere il mondo sottosopra. La Terra Santa sarebbe di nuovo diventata teatro di scontri, come purtroppo era il suo destino da secoli. Si chiese se alla fine era giusto che andasse avanti con la sua ricerca, ma poi si rispose che la Storia veniva studiata proprio per comprendere il passato, per evitare di fare gli stessi errori. E lei era una semplice messaggera. Già, peccato che a volte i messaggeri erano i primi a rimetterci la pelle. Quasi sempre, a dir la verità.

# 23

«Castello di la Mothe-Chandeniers,» rispose la voce di una donna.

Elisabeth ebbe un attimo di esitazione.

«Ho sbagliato numero, mi spiace.»

Stava per chiudere la comunicazione ma la voce dall'altro lato del telefono esclamò: «Aspetti!»

Fu il turno della donna di far passare qualche secondo, il tempo che il computer centrale le rimandasse il volto e il nome di chi stava parlando.

«Avvocato Scorsese, come sta?»

Gentilezza ed efficienza erano il biglietto da visita di quel luogo. La prima regola che aveva imposto la De Nardi ormai dieci anni prima.

La donna non attese risposta e aggiunse: «Attenda un attimo che le passo il comandante.»

«Grazie.»

Subito dopo, una voce suadente le chiese: «Avvocato Scorsese, sono Fay, vuole una musica in particolare nell'attesa? Il comandante è al momento occupato e la prega di attendere.»

Elisabeth fece una smorfia. Con chi stava parlando? Non si era neanche presentata e loro sapevano già chi fosse, non aveva neanche chiesto del comandante e loro già sapevano perché stesse telefonando. Poi il dubbio.

«Fay, lei è una voce artificiale.»
«Di solito mi chiamano IA, non sono solo una voce.»
«Allora posso chiederle chi ho chiamato?»
«È una delle sedi dell'Europol, vicino a Les Trois Moutiers nella circoscrizione di Vienne, nella regione di Nuova Aquitania in Francia.»
Elisabeth sorrise. Era stata ben educata l'amabile Fay.
«Il comandante si è liberata. Buona conversazione.»
"Che immagino registrerai, mia cara IA."
«Avvocato Scorsese, sono Claudia De Nardi, buonasera,» disse presentandosi in italiano. «Suo padre mi ha detto che ha bisogno d'aiuto,» aggiunse senza esitazione.
«Sì, esatto.»
«Mi dica.»
«Stiamo indagando...»
«Chi, mi scusi?»
"Giusto, la precisione dei militari."
«Sto indagando con alcuni collaboratori su un presunto furto di una bolla papale di Innocenzo VIII che coinvolge un sospettato per riciclaggio di denaro già conosciuto dai servizi americani.»
Non era proprio così ma non andava lontano dalla verità. E poi doveva pur stuzzicare la curiosità di quella donna.
«Continui.»
«L'indagine ci ha portato a Pico della Mirandola, il famoso...»
«So chi è, grazie.»
Elisabeth fece una smorfia. "Mi sa che è una tipa poco malleabile."
«Bene. Nel 2018 alcuni studiosi hanno aperto la tomba di Pico per accertarne la causa della morte. Con loro c'erano alcuni carabinieri, forse uno o due. Dopo un'analisi molto approfondita da parte di un team di biologi e chimici di diverse università d'Europa si è arrivati alla conclusione che Pico è stato avvelenato e noi crediamo che questo possa essere legato al furto della bolla papale.»
Elisabeth si fermò.
Silenzio.

«Avvocato, vada avanti, non ho tutta la serata.»

«Sì, scusi. Ecco mi chiedevo se lei riuscisse a farmi mettere in contatto con chi era presente. Dovremmo sapere cos'hanno trovato d'insolito nella tomba. Ci serve una pista, ecco.»

La donna fece un sospiro, valutando la situazione.

«Quando dice "presunto furto" è perché non ha in mano niente, giusto?»

E voilà, sorpresa al primo colpo!

«Sì, giusto.»

«Brancolate nel buio?»

Elisabeth arricciò il naso prima di rispondere. Chissà com'era lavorare con una così.

«Direi di sì ma non demordiamo.»

«Demordere non fa parte del nostro vocabolario, avvocato. Va bene, l'aiuto e lei o suo padre mi dovrete un favore, d'accordo?»

Lei acconsentì e si salutarono.

E così non solo era schedata dall'Europol, cosa che non le cambiava la vita di una virgola essendo figlia di due spie americane, ma era anche in debito con il loro capo, una tosta e poco flessibile. Almeno sembrava perspicace.

Chiuse il portatile, aggiornò suo padre sulla telefonata e sentì Lara. Si sarebbero viste con Anna Pareto per un drink alla Soho House, il loro nuovo punto di svago del dopo lavoro.

"Oggi un aperitivo ci vuole tutto, è stata una giornata lunga."

Indossò il cappotto e lasciò l'ufficio.

Aveva voglia di aria fresca e decise di camminare per un tratto e poi prendere la metro. Cercò di fare il punto della situazione.

Il giorno dopo ci sarebbe stata la famosa asta di beneficenza, portata avanti dalla Brossuard e da Fortini senza Spinazzola, Brimley si sarebbe arrabbiato perché non c'era il suo pezzo né chi glielo aveva promesso. Avrebbe rivisto Thomas Schluck e osservandolo magari avrebbe capito qualcos'altro. Alla fine, sarebbe stata una cerimonia senza gli sposi, un mezzo fiasco, e una spallata all'immagine di una casa d'aste già in parte compromessa per via della dubbia fama del titolare. Ma perché promettere il pezzo forte agli Scriba se neanche si sapeva della sua esistenza? Perché attirare tanta attenzione per poi subirne il ritorno negativo? Spinazzola era impazzito o cosa? E ancora, perché un'istituzione di serietà e professionalità come l'American Academy of Arts and Sciences aveva sponsorizzato con una certa pressione la Brossuard come socia dell'Ars Longa?

C'erano troppe domande senza risposte, era come un puzzle a cui mancavano del tutto i pezzi, altro che farli combaciare.

Le squillò il telefono, era vicino alla fermata della metro di Holborn.

«Avvocato Scorsese.»

Non riconobbe subito la voce.

«Sono Claudia De Nardi dell'Europol, ci siamo sentite poco fa.»

"Caspita, ha fatto presto."

«Sì, mi dica pure.»

Frugò nella borsa per vedere se avesse qualcosa su cui scrivere. Le servivano quei nomi e come contattarli, non voleva dimenticare niente.

«Abbiamo un problema, e non piccolo.»

«Cosa succede?»

«No, cos'è successo. Ieri sera il tenente dei carabinieri del nucleo operativo per la Tutela del Patrimonio Artistico, Piero Gavina, l'unico presente dei nostri quel giorno del 2018 a Firenze presso la Basilica di San Marco, è stato trovato senza vita in un pub di Roma. Era giovane e non soffriva di malattie particolari, godeva di buona salute tranne che per un'allergia.»

Elisabeth rimase in silenzio, era basita.

Il comandante in capo dell'Europol continuò: «Poco prima di morire ha mandato la foto di una ragazza che era con lui a un collega. È poco riconoscibile e pensiamo l'abbia incontrata per caso ma sospettiamo di lei e dubitiamo che sia morto per cause naturali.»

Ecco, l'aveva detto.

«Perché?» Riuscì a chiedere.

«La ragazza è uscita l'attimo prima che lui cadesse a terra; Gavina avrebbe ingerito parecchio lattosio a cui sapeva di essere allergico fin da bambino, e lo avrebbe fatto bevendo solo una birra. E infine, non c'era traccia del suo salvavita, un auto-iniettore di adrenalina che si usa proprio in questi casi. Anche se qualcuno avesse avuto il tempo di salvarlo, non avrebbe potuto.»

«Quindi è un omicidio.»

«Ancora non lo sappiamo con certezza, stanno procedendo con l'autopsia per capire bene come sia stato assunto il lattosio, ma ripercorrendo i fatti l'unica teoria possibile è che quella donna lo abbia messo nella birra, e come si è convinta di aver raggiunto il suo scopo, se ne sia andata prendendo il salvavita.»

Elisabeth era senza parole.

«Sono un colonnello dei carabinieri, questo probabile omicidio mi colpisce da vicino. Devo capire se ha a che fare con il suo presunto furto. Non spetta a noi dell'Europol investigare ma ho ottenuto in via ufficiosa il permesso a procedere, ovviamente senza intralciare l'Arma. Ha capito?»

Il tono era duro, la domanda secca e retorica. La donna non era solo sgomenta, era arrabbiata.

«Questo Gavina potrebbe essere stato coinvolto in altri casi che lo abbiano fatto diventare un bersaglio.»

«Ha lavorato alla dogana di Fiumicino come esperto d'arte antica fino al 2017, prima del Covid è stato trasferito su sua richiesta a Roma nel nucleo per la TPA. Nessun caso particolarmente eclatante da allora, come anche l'apertura della tomba di Pico della Mirandola a dire il vero. Se lei non me ne avesse parlato, non avrei mai investigato in questa direzione.»

«Capisco. Nulla è da escludere.»

«Esatto, domattina verrà a Londra un mio agente, nome in codice Nirvana. È italiano, uno degli uomini di cui mi fido di più. Vi farà qualche domanda per capire se questo caso è riconducibile al vostro. Mi aspetto totale collaborazione anche da chi lavora con lei.»

«Certamente colonnello.»

«Mi chiami Claudia, Elisabeth, e saluti suo padre. Lo ricordo sempre con grande affetto e stima.»

Poi chiuse la chiamata e lei rimase interdetta.

Un morto ammazzato, e per di più un carabiniere. Sperava in

cuor suo che non c'entrasse nulla con la presunta bolla papale. "Deve essere da qualche parte. Chi uccide per una cosa che potrebbe non essere mai esistita?" Si disse mentre affrettava il passo. Ora più che mai aveva bisogno di quel drink.

# 24

Fervevano i preparativi per l'asta di beneficenza. Mancavano poche ore, meno di nove, quando Lara entrò negli uffici dell'Ars Longa. La sala che avevano allestito era quella dedicata alle aste, e mai come quella sera sembrava la stanza di un museo con così tante opere e quadri di grande valore pronti per essere svelati. Olivia Brossuard, ignara dell'accordo tra il socio e Christopher Brimley, si era comunque lungamente adoperata per fare in modo che il grande assente, il pezzo promesso da Spinazzola, non attirasse più di tanto l'attenzione dei partecipanti. Si era sparsa voce che oltre a un folto gruppo di facoltosi inglesi, olandesi e danesi, avrebbero partecipato anche alcuni attori e attrici d'oltreoceano. E chissà chi altri. Per questo motivo i primi furgoncini dotati di antenna stavano cominciando a parcheggiare davanti alla sede della piccola casa d'aste. I giornalisti accreditati avevano pensato bene di presentarsi già di primo mattino per ottenere i posti migliori, senza pensare che l'accesso alla sala allestita per l'occasione era consentito solo un'ora prima dell'orario stabilito.

«Avevo detto a tutti che sarebbe stato inutile presentarsi prima,» sbraitava Olivia Brossuard a una rassegnata Alina che cercava di starle dietro con scarsi risultati. Quella poveretta non sarebbe arrivata a sera.

Quando Lara aprì la porta della stanza che le avevano assegnato, non riuscì a passare. Un armadio ingombrava l'ingresso, o almeno era quello che sembrava, e Lara si sorprese anche ad ascoltare la sua voce: era italiano.

«Mi scusi,» disse lei allungando il collo e cercando di farsi vedere.

«Oh no, mi scusi lei. Sono appena arrivato e mi stavo presentando all'avvocato Scorsese.»

Il tono era basso e controllato.

«Sono l'agente dell'Europol che stavate aspettando.»

Lara strinse quella che sembrava essere una palanca e rispose presentandosi.

«Come ha detto di chiamarsi?» Chiese Elisabeth in inglese mentre Lara raggiungeva la sua scrivania. Non riusciva a smettere di guardarlo e poi capì: aveva gli occhi chiari, quasi trasparenti. Cercò di capire se fossero azzurri o verdi ma era troppo lontana.

«Non l'ho detto. Il mio nome operativo è Nirvana. Le mando i saluti del comandante De Nardi, avvocato. Mi ha detto di offrirle la massima collaborazione.»

«E noi faremo altrettanto, giusto Lara?»

La donna lo stava ancora guardando. Com'era possibile che un uomo potesse essere così enorme e sfacciatamente intrigante? Alla fine, accennò un sorriso e annuì.

Aveva di fronte a sé due persone che, per un motivo o un altro, non sarebbero mai passate inosservate. A quel punto le venne un'idea.

«Potreste partecipare insieme all'evento di questa sera, cosa ne dite?»

Non si sarebbe persa Nirvana vestito in smoking per niente al mondo. Entrambi la guardarono con sorpresa.

«Lara, ma cosa stai dicendo? Siamo qui per lavorare e non abbiamo tempo per appuntamenti mondani. E poi non ci conosciamo nemmeno.»

Notò che anche Nirvana voleva aggiungere qualcosa ma non trovando nulla da dire, preferì fare solo un cenno con la testa.

«Vorrei ricordare a entrambi che saranno presenti alcuni personaggi coinvolti nella nostra ricerca, come Brimley o Schluck.

Aggiungo che darete meno nell'occhio se vi presenterete insieme. Tu Elisabeth sembri un'attrice e lui... beh, non è da meno, ecco.»

L'imbarazzo di Lara era evidente, stava palesemente nascondendo qualche pensiero piccante. "Chissà se un uomo così imponente è anche capace a letto?" Si disse. Poi guardò di sfuggita il suo capo e sorrise appena. Stavano pensando la stessa cosa, la tradivano gli occhi.

«Poi ci pensiamo,» esclamò invece Elisabeth ad alta voce, «giusto Nirvana?»

Lui annuì come se la cosa non lo riguardasse.

«Ora l'aggiorno su quello che abbiamo.»

«Ottimo.»

Si fece avanti e ridusse lo spazio che lo divideva dall'avvocato Scorsese. Con la vicinanza, si accorse di qualcosa nell'aria che li tratteneva.

«Dove posso sedermi?»

In effetti non c'era una sedia in grado di farlo stare comodo se non quella di Elisabeth o Lara.

«Prenda la mia,» gli venne in soccorso quest'ultima e come furono tutti sistemati, Nirvana accese il suo iPad e si collegò alla rete.

«Non le spiace se mentre mi aggiorna, Hans, un mio collega al castello, controlla qualche informazione?»

Lei fece un cenno con il capo e attaccò a parlare. Gli raccontò brevemente di Christopher Brimley, di Spinazzola e del motivo per cui erano venute a Londra, di Schluck e del possibile ricatto a Spinazzola, del suo compagno Fortini, di Anna Pareto e degli uomini che avevano cercato di rapirla, delle prime ricerche che sia lei che Anna avevano fatto su Pico della Mirandola e una possibile spiegazione.

«Quindi quando ha detto alla De Nardi che stavate indagando su un presunto furto di una bolla papale non era esatto?»

Elisabeth impallidì.

«Non si allarmi, è giusto per chiarire. State cercando di provare l'esistenza di questa famigerata bolla papale?»

«È così.»

«C'è un po' di differenza tra un furto e un'esistenza da provare. Si ruba una cosa che esiste, e presunto significa che forse il fatto non sussiste.»

L'avvocato Scorsese non staccò gli occhi da lui, che sostenne il suo sguardo. Poi lei annuì lentamente.

«Mi è giunto un messaggio in chat da Hans. Il colonnello vuole che sappia che se le dice un'altra cazzata, o la dice a me, mi richiama al castello immediatamente. E le assicura che avrebbe molto da perdere.»

Lara trattenne il fiato mentre il suo capo annuiva per la terza volta consecutiva, sempre in silenzio. Elisabeth non si era mai sentita così inerme davanti a un agente di polizia.

«Proseguiamo, grazie.»

Elisabeth riprese a parlare e stava per dirgli di Olivia Brossuard e del suo lavoro in quel luogo, quando Lara la interruppe.

«C'è il professore Rizzi del dipartimento di Biologia dell'ateneo di Pisa in linea.»

«Lo prendo.»

Si assicurò che fosse collegato e gli disse, ringraziandolo, che era in vivavoce.

«Con me c'è un agente dell'Europol, la polizia europea. Sta indagando sulla morte del carabiniere Piero Gavina, lo ricorda?»

«Non mi dice nulla.»

«Era con lei all'apertura della tomba di Pico della Mirandola nel 2018.»

«Non ero presente in quel momento ma ho capito di chi parla,» disse il professore. «È passato molto tempo e il nome mi è sfuggito. Mi dispiace che sia morto, lo ricordo giovane. Parlammo della sua allergia, mi pare al lattosio. Gli consigliai di cercare in rete, tramite i social, un gruppo nella sua città così da condividerne lo stress che questa malattia comporta.»

"Ecco i pericoli della rete, fornisce informazioni sensibili che possono trasformarsi in pericoli," si disse Elisabeth.

«Vorrei farle una domanda su quel giorno e sulle successive analisi.»

«Mi dica.»

«Nella tomba, non avete trovato nulla di inconsueto o insolito sepolto insieme al corpo di Pico della Mirandola?»

«C'è stata una catalogazione che dovrebbe avere il professor Klein dell'Università di Lipsia, era lui formalmente il responsabile del progetto, il capo cordata per intenderci. Tra l'altro, ora che ci penso, ha mandato alcuni giorni fa delle nuove analisi molto interessanti, proprio su questo progetto. Gli ho risposto con un paio di quesiti ma non ho avuto più riscontro.»

Elisabeth attirò l'attenzione di Nirvana, lo avrebbe aggiornato più tardi.

Nirvana segnò il nome di Klein e la richiesta di quell'elenco.

«Cosa le ha scritto esattamente?»

«Avvocato, la questione è un po' tecnica.»

«Lo capisco ma cerchi di essere semplice e sintetico.»

L'uomo emise un gridolino, tipico di chi sente il dovere e la contentezza di poter spiegare qualcosa di difficile a comuni mortali.

«Il professor Klein ha riscontrato la presenza di antimonio nella polvere vicino alle ossa di Pico. È un elemento chimico che a quei tempi poteva essere presente sui metalli; quindi, ciò vuol dire che c'era qualcosa di metallo sepolto con Pico e Klein sosteneva potesse riguardare l'alchimia.»

«In che senso, mi scusi?»

«Qui bisogna conoscere bene la mente di Pico, geniale e mai doma, capace di lasciarsi andare anche in territori al limite della comprensione umana di quel tempo. Pico potrebbe aver fatto ricorso alla magia utilizzando utensili in metallo poi seppelliti con lui.»

«Ci saranno nell'elenco.»

«Immagino di sì. A ciò aggiungerei che sempre Klein mi fece notare come l'unico carabiniere presente, Gavina per l'appunto, sia andato via prima della fine della catalogazione. Forse perché annoiato, non so ma sicuramente fu un fatto anomalo.»

Elisabeth fissò Nirvana che rimase impassibile. Ne dedusse che non voleva chiedere nulla al professore.

«La ringrazio, è stato di grande aiuto. Avrei solo un'ultima domanda: come mai Klein ha ricevuto queste nuove analisi dopo sette anni dalla vostra ricerca? Mi sembra un periodo molto lungo, non trova?»

«Sì, ha ragione, tuttavia non era possibile averle prima perché il macchinario disponibile così come le tecniche di analisi erano differenti sette anni fa. Ne parlammo in quell'occasione ma anche successivamente, molte ricerche oggi potrebbero dare risultati diversi.»

«È una situazione similare a quella per cui avete escluso che la morte di Angelo Ambrogini, detto Poliziano, morto cinquanta giorni prima di Pico, fosse avvenuta sempre per avvelenamento quando invece, solo un anno prima, l'Università di Bologna era giunta a quella conclusione? Avevano riscontrato elevati livelli di arsenico nei campioni di tessuti e ossa prelevati dalle spoglie del poeta.»

«Vede, dipende da cosa si analizza, da come si procede e con quali macchinari ed elementi chimici si agisce. È un po' complicato.»

«Capisco. Ma oggi si sentirebbe di escludere la tesi dell'omicidio per Poliziano?»

«La risposta è nelle conclusioni che abbiamo depositato.»

Di più, non avrebbe ottenuto, "tra cani non si mordono" diceva il detto, e così fu anche in quell'occasione.

Lo ringraziò e salutò con la sensazione che la prossima volta, se ci fosse stata, si sarebbe fatto negare.

«Cosa ne pensa?»

«Hans verificherà quello che può. L'antimonio è un elemento chimico semimetallico che può esistere in due forme: metallica oppure in polvere grigia. Escludiamo che la polvere abbia resistito così a lungo lasciando traccia, di conseguenza c'erano uno o più elementi di metallo sepolti con Pico. Hans sta contattando il professor Klein per avere copia dell'elenco e sentirà la sezione Tutela del Patrimonio Artistico di Roma nel caso l'avessero anche loro.»

«Non serve, volevo dirle questo. Il professor Klein è morto d'infarto alcuni giorni fa. Lo ricordo perché mi ha colpito un particolare. Era la Festa delle Luci e le strade erano deserte, possibilità di soccorso uguali a zero.»

«Chi è Hans esattamente?» Chiese Lara che fino a quel momento era rimasta in silenzio.

«Il capo analista della base operativa presso il castello. È lui l'uomo che coordina gli analisti di tutto il mondo che lavorano con noi. Sono anche degli abili hacker. Con i recenti accordi tra gli Stati europei e non, a causa della guerra in Ucraina, l'Europol è l'unica polizia ad avere accesso a tutte le informazioni delle intelligence di mezzo mondo.»

«Com'è stato possibile?»

«La De Nardi sa essere molto convincente quando vuole. Ha creato una macchina da guerra.»

«E lei ne fa parte,» disse Elisabeth guardandolo negli occhi.

«Sono un semplice agente.»

«Il suo capo dice altro.»

Lui accennò un sorriso ed Elisabeth realizzò che non avrebbe ottenuto altro neanche da lui. Almeno in quel momento.

Sentirono bussare e poi la porta si aprì. Fece la sua apparizione la professoressa Anna Pareto: appena ebbe varcata la soglia, Nirvana si alzò e le si piazzò davanti. Sembrava di vedere due generazioni a distanza di cento anni o forse più, li dividevano quasi cinquanta centimetri.

«Mio Dio, e lei chi è?» Chiese Anna quasi spaventata.

Poi, come le altre due, si perse nel colore dei suoi occhi.

«Porta le lenti a contatto?» Esclamò in italiano convinta che lui non capisse.

«No, signora, sono naturali. Lo so, faccio un po' impressione.»

«Ma non per gli occhi glielo assicuro. Lei è... posso dirlo?»

Nirvana allargò le braccia.

«Una montagna,» concluse Anna Pareto. «E parla anche molto bene italiano.»

«È italiano,» la corresse Elisabeth, «ma credo che questo c'entri poco con quello che dobbiamo fare qui, giusto agente dell'Europol?»

Come sentì quel nome, Anna tornò seria. Cosa ci faceva lì la polizia europea? Cos'era successo mentre era alla British Library? Si mise in ascolto.

«Cosa voleva dirmi sulla dottoressa Brossuard?» Le chiese Nirvana.

«Ci ha confessato a denti stretti che l'American Academy of Arts and Sciences di cui è membro ha fortemente voluto che entrasse nell'Ars Longa. Il motivo non lo sappiamo ma è una decisione insolita per un ente accademico di quel tipo.»

Nirvana annuì e diede il tempo ad Hans di elaborare quella notizia. In quel momento, non gli sembrava così pertinente.

«C'è altro?» Chiese alle donne nella stanza.

Anna attirò timidamente l'attenzione e il gigante si girò di tre quarti.

«Mi dica.»

«Devo andare a Roma e poi a Venezia per visitare la Biblioteca Vaticana e quella Marciana.»

L'uomo sorrise e il cuore di Anna perse un colpo. Sembrava uscito da una pubblicità, altro che storie!

«Posso chiederle il motivo?» Aggiunse quando vide che lei non parlava.

Quasi balbettando, lo aggiornò sulla possibilità di trovare un collegamento tra Papa Innocenzo VIII e Pico della Mirandola contenuto in alcuni documenti che si trovavano presso la Biblioteca Marciana e l'Archivio Apostolico Vaticano a Roma. Quei documenti avrebbero potuto spiegare perché era stata affidata a un eretico come Pico la stesura di una bolla papale così importante, altrimenti la storia non stava in piedi.

«E se fosse un falso? Non avete prove che dicano il contrario, solo la morte dubbia di Fra Bartolomeo e quello che ha tramandato una suora per secoli. Mi sembra un po' poco.»

«Lei ha ragione,» intervenne Elisabeth, «ma c'è la sparizione di Spinazzola, la sua promessa a Christopher Brimley, l'intervento del patriarca dei Latini su Fortini.»

Nirvana alzò una mano e lei si bloccò.

«È tutto vero, ma ogni cosa che ha detto si basa su un assunto che è quello che invece non abbiamo ancora provato. Quindi, per logica non avete in mano niente.»

«Allora perché è qui?»

«Perché hanno ucciso un carabiniere che ha avuto a che fare con l'apertura della tomba di Pico, quindi avevo bisogno di sapere qualche elemento in più. Ma non ne avete, le vostre sono solo supposizioni. Mi spiace, la vedo difficile andare avanti senza uno stralcio di prove.»

Scese un silenzio inatteso, la conversazione aveva preso una piega inaspettata. L'agente aveva smontato le loro teorie in meno di dieci minuti.

Nirvana stava per spazientirsi quando il suo cellulare vibrò.

Era il castello.

Rispose e fece un cenno alle donne di attendere, poi dopo una manciata di secondi esclamò: «Posso metterla in vivavoce, colonnello?»

La voce di Claudia De Nardi riempì l'ufficio.

«Buongiorno a tutti. Come vi ha già informati Elisabeth, il professor Klein è morto per infarto il 9 ottobre, giorno della Festa delle Luci a Lipsia. Ma non è tutto ed è per questo che qualcosa non ci torna. Infatti, ne aveva già avuto uno qualche anno prima. Aveva un defibrillatore che elimina questo tipo di problema, è un salvavita. Inoltre, l'infarto è avvenuto in strada mentre pedalava, e nessuno è potuto intervenire per aiutarlo perché, a causa della festa, non c'era in giro anima viva. Stesso motivo per il quale anche il campus era vuoto. Ancor più rilevante il fatto che è successo dopo aver mandato la mail con il risultato della presenza di antimonio a Rizzi. Aggiungo che il suo portatile non è stato ritrovato e siamo sicuri che contenesse una cartella con una copia dell'elenco degli oggetti ritrovati nella tomba.»

«E non è finita qui, immagino.» A Nirvana piaceva interromperla soprattutto perché sapeva che a lei dava fastidio.

«No,» disse il colonnello a denti stretti. «L'invio della mail con il risultato ricevuta da Klein è stato di certo ritardato, qualcuno è intervenuto nel server dell'università perché la ricezione e quella specifica data coincidessero. La mattina dopo, il file originale con dentro la ricerca sull'antimonio e l'elenco degli oggetti è stato cancellato. Stiamo cercando di capire chi possa aver fatto quest'incursione ma dubitiamo di trovare qualcosa.»

«Sembra calcolato,» disse Elisabeth.

«Esatto, avvocato. Non è stata fatta l'autopsia perché hanno pensato a una ricaduta ma la casa produttrice del defibrillatore ci ha garantito la totale collaborazione. In cambio chiede massimo riserbo. Gliel'ho concesso anche perché a questo punto abbiamo due incidenti legati a malattie, Gavina a Roma e Klein a Lipsia, in cui i salvavita non funzionano o addirittura spariscono.»

«Qualcuno li voleva morti.»

«Chi ha parlato?»

«Sono Anna Pareto, colonnello. Lavoro con l'avvocato Scorsese.»

«L'esperta di Storia delle religioni di Torino. Piacere. A questo va poi aggiunto l'hackeraggio che cancella un file originale dell'università e il portatile rubato del professore. La domanda ora è, cosa nascondeva quella tomba di così importante? È legato alla vostra ricerca?»

Elisabeth vide in quelle domande la possibilità di far proseguire la sua indagine.

«C'è solo un modo per scoprirlo, continuare a cercare.»

«Cosa intende esattamente, avvocato?»

«La tomba è stata aperta nella Basilica di San Marco davanti a due frati Francescani. Potremmo parlare con loro, dato che sono gli unici testimoni rimasti in vita. Nel frattempo, la professoressa Anna Pareto potrebbe seguire la sua intuizione, perché di quello si tratta, del legame tra Innocenzo VIII e Pico. Dovrebbe andare a Roma e poi a Venezia.»

Ci fu un attimo di silenzio.

«Nirvana, cosa ne pensi?»

L'uomo corrugò la fronte.

«Abbiamo novità sulla donna che ha incontrato Gavina? Lei potrebbe darci la conferma che aspettiamo.»

«Ossia?»

«Che si è trattato di omicidio.»

«Non ho molti dubbi in merito.»

Nirvana accennò un sorriso anche se la De Nardi non poteva vederlo. Si era risposta da sola.

«Ho capito, grazie. Allora facciamo in questo modo, voi continuate a cercare la presunta bolla papale mentre noi indaghiamo ufficiosamente sulle due morti. Il nome di Andrea Spinazzola non ci è nuovo, essendo venuto fuori perché collegato ad alcuni traffici di reperti sospetti in Palestina e Israele dopo un'indagine dell'FBI International con cui abbiamo collaborato. Potrebbe esserci un nesso.»

Elisabeth interrogò con lo sguardo il gigante, il quale le fece un cenno di rimando. Più tardi le avrebbe spiegato ogni cosa.

A un certo punto si accorsero che il vocio nelle stanze vicino stava aumentando. Il party si stava avvicinando.

«C'è un altro punto,» disse Elisabeth. «I due uomini che hanno avvicinato Anna Pareto a Leicester Square l'altra sera.»

«Me lo ha detto James, ma non posso fare molto per quello. Dopo la Brexit, Londra non è più sotto il mio controllo e ho troppo poco per chiedere un favore. Nirvana rimarrà con voi. Aggiornerò suo padre.»

Concisa e chiara, il colonnello non perdeva tempo.

«Grazie Claudia,» rispose per tutte Elisabeth.

Si salutarono e di nuovo il silenzio s'impossessò della stanza ma durò poco.

La porta si aprì improvvisamente e una Alina frastornata fece irruzione. I suoi occhi cercarono quelli di Lara.

«Aiutami, per favore, non riesco a gestire i giornalisti.»

Lara si alzò di scatto, la seguì fuori e prima di uscire, esclamò: «Mi raccomando voi due, il party inizia alle venti, abito lungo e smoking.»

Detto questo, sparì.

# 25

Come una scena riprovata più volte, mentre Olivia Brossuard batteva l'ultimo pezzo da collezione gentilmente regalato da un ricco milionario arabo e per il quale un australiano aveva speso poco meno di due milioni di sterline, la sala d'aste si trasformò in una sala di ricevimento. Elisabeth lo aveva visto fare solo una volta, in un locale che si chiamava Victor a Copenaghen. A una certa ora, il ristorante lasciava il posto alla discoteca con i camerieri in veste di perfetti allestitori.

La cena fu servita in piedi e al centro una pista da ballo avrebbe poi accolto i primi ospiti che, sufficientemente brilli, avrebbero preso coraggio e aperto le danze. Un dj, sornione ma pronto a scatenarsi, intratteneva gli ospiti con una musica chill out e pop.

Appena conclusa la riunione e dopo essersi confrontata con suo padre sugli ultimi sviluppi, Elisabeth si era allontanata per seguire il consiglio di Lara e trovare un abito lungo, così come aveva fatto Nirvana che era stato costretto ad affittare uno smoking di una taglia più piccola. Indossarlo con disinvoltura sarebbe stato più complicato che passare una notte sveglio in appostamento.

«Però le sta bene,» gli sussurrò in un orecchio Elisabeth mentre con gli occhi seguiva Christopher Brimley. Lo aveva salutato con un cenno della testa e lui, mentre si soffermava sulle sue forme, aveva risposto con uno sguardo lascivo e con un gesto che diceva:

"A più tardi." Era rimasto a mani vuote e si vedeva che oltre a essere deluso, era anche incazzato. Alcuni uomini sfogavano i loro istinti senza inibizione e controllo, ed erano i peggiori.

«Se lo dice lei, avvocato. Mi sento ingessato.»

Lei sorrise appena e gli consigliò un paio di mosse per prendere confidenza. Braccia avanti distese e movimento rotatorio del collo. Lui la seguì e il risultato fece sorridere Elisabeth.

«Non mi dica che non ha mai indossato uno smoking in una missione.»

«Mai.»

«C'è sempre una prima volta, allora.»

Lui annuì e si guardò intorno.

«Non c'è Thomas Schluck, mi pare.»

«Purtroppo no. Sapeva che Spinazzola e il pezzo forte della serata non ci sarebbero stati e ha evitato di venire. Almeno credo.»

«Oppure sa che gli state addosso. Lei e suo padre, intendo.»

«Potrebbe essere così ma al momento non cambia nulla. Senza la testimonianza di Spinazzola lui è al sicuro.»

«Ma Spinazzola no, ed è per quello che si nasconde.»

Era così, semplice e cristallino. Ed era la verità.

«Mi dica di Brimley.»

«È una pedina.»

«Chi la muove?»

Elisabeth lo fissò per un istante. Sapeva qualcosa di quello che le era successo ormai un anno fa?

«Un po' tutti,» rispose parlando lentamente e lui le fece cenno di continuare. «Lo muove Schluck perché è quello che deve riscuotere il favore per lui; lo manovra Spinazzola perché lo tiene sulle spine, e anche qualcun altro, gli Scriba.»

«Quella è una casta.»

«Con un capo.»

Lui si fece più attento. «Non lo avete smascherato più di un anno fa?»

Lei non rispose subito ma rimase a fissarlo ancora. Mantenne alto lo sguardo e proprio quando stava per replicare, Lara Donovan s'infilò tra i due. Re e regina, e lei sembrava la torre.

«Eccovi qui. Avete seguito il mio consiglio, ottimo. Ora vi serve dello champagne, giusto per rilassarvi un attimo. Visti da lontano sembrate due liceali al ballo di fine anno.»

Imbranati, avrebbe aggiunto se avesse avuto più confidenza con quel gigante.

«Sei molto elegante, Lara. Era tempo che non ti vedevo così radiosa.»

Quel complimento le uscì naturalmente e l'amica rimase senza parole. Non le sembrava di sentirsi così in forma però, pensandoci bene, si accorse che era nel suo habitat naturale. Il lavoro in un ufficio di avvocati, seppur di responsabilità e ben retribuito, non era qualcosa per cui sentirsi realizzata. Prese atto che la donna che aveva di fronte, era la ragione per cui il suo sorriso non se ne voleva proprio andare a giornata lavorativa conclusa.

«Lo devo a te,» disse in un sussurro che però Nirvana colse senza problemi.

«Io non c'entro nulla, è tutto merito tuo.»

«Non sottovalutarti, mia cara e a dirla come va detto, tu c'entri sempre.»

Elisabeth non si trattenne e l'abbracciò. Lara era come una sorella per lei.

Un leggero colpo di tosse, palesemente falso, attirò la loro attenzione.

«Vi prego di ricomporvi,» disse Nirvana con gentilezza, divertito e colpito da quella dimostrazione d'affetto. Poi aggiunse: «Ora che siete entrambe qui vorrei farvi presente che non si è ancora visto Alessandro Fortini e così la vostra professoressa Anna Pareto.»

Entrambe le donne lo guardarono mentre pensavano la stessa cosa. Per fortuna la statura non era inversamente proporzionale alla sensibilità.

«Giusto,» disse Lara, «io chiamo Anna mentre voi vi occupate di Olivia.» E scappò via.

«Venga con me.»

Attraversarono la sala fin quando non la localizzarono. In assenza di Spinazzola, era lei che faceva gli onori di casa.

«Avvocato, si è divertita all'asta?»

L'accolse la dottoressa Brossuard in un abito Chanel che mostrava un décolleté generoso. Era il suo momento e, attirando l'attenzione, avrebbe fatto in modo che si notasse meno l'assenza del socio.

«Oh,» esclamò quando anche Nirvana si palesò vicino a Elisabeth. In un attimo, intorno a loro si creò il vuoto. Elisabeth sorrise dentro di sé; quell'uomo era decisamente "respingente", soprattutto in un ambiente così chic e snob.

«Sono un amico dell'avvocato Scorsese, mi permetta.»

Nirvana scese di almeno trenta centimetri chinandosi in avanti e prendendo la mano di Olivia, mimò un baciamano così perfetto da far calare il silenzio per una frazione di secondo.

«Sono incantata. Lei è una donna fortunata, Elisabeth.»

Lei sorrise di rimando e le si avvicinò.

«Non ho visto Alex, dov'è finito?» Le sussurrò in un tono che era più un rimprovero che altro. Non erano in confidenza e non lo sarebbero mai state.

«Non ne ho idea. Ho provato a chiamarlo ma ha il cellulare staccato, gli ho lasciato almeno dieci messaggi e anche Alina. Non ha richiamato e non si è fatto vedere. È uno stronzo.»

Ottimo, ora anche il fronte compatto dell'Ars Longa era andato a farsi benedire.

Si allontanò seguita da Nirvana e Olivia non li degnò più di uno sguardo. Era tutta per i ricconi presenti in sala.

«Ho bisogno di bere,» disse Elisabeth che si precipitò al banco con lo champagne mentre squillava il cellulare di Nirvana. Lui la seguì controllando chi lo avesse cercato. Era il castello. Si appartò e confabulò al telefono cercando di rimanere impassibile. Con gli occhi osservava Elisabeth e poi Lara, appena materializzata.

Da lontano, le due donne capirono che c'era qualcosa che non andava. Attesero che lui finisse e poi si avvicinarono.

«La casa di produzione del defibrillatore ha confermato che è stato manomesso da remoto. Ha accelerato i battiti fino a far scoppiare il cuore del professor Klein.»

Elisabeth si portò una mano alla bocca.

«Un altro omicidio.»

«Anche premeditato. La mail fatta arrivare durante la Festa delle Luci ha fatto sì che quel giorno lui fosse solo in facoltà e non potesse condividerla con nessuno. Il fatto che l'abbia mandata a Rizzi è come la fotografia fatta da Gavina alla donna, pura fortuna.»

«Ora cosa facciamo?» Chiese Lara.

«In questo momento, entrambi i casi sono stati affidati all'Europol. Domani faremo una prima riunione operativa.»

«Caro agente, lei sarà anche bravo ma è uno che svicola, non mi ha risposto.»

Nirvana sorrise a Lara.

«Ci vediamo nell'ufficio dell'Ars Longa. La riunione è alle 09:30.»

Elisabeth non fece in tempo a replicare che Christopher Brimley le fece un gesto con la mano. Doveva seguirlo.

«Scusatemi, torno tra poco.»

Si mosse velocemente cercando di non perderlo di vista mentre lui scompariva nell'ufficio della Brossuard.

Poco dopo, Elisabeth gli fu di fronte.

«Chiuda la porta, per favore.»

Fece come le aveva detto.

«Cosa vuole?»

«Sono un suo cliente, potrebbe essere più gentile.» Era brusco, al limite della maleducazione. Tecnicamente, era un cliente dello studio di cui lei era associata. Non era la stessa cosa. «Non è riuscita a fare quello che le avevo chiesto.»

«Come sa, ratificare un acquisto che non è avvenuto è praticamente impossibile.»

«Come se non lo avesse sempre saputo.»

«Mi scusi?»

Elisabeth era colpita da tanta arroganza. Tipica degli Scriba. Erano convinti che con il denaro si poteva tutto.

«Non faccia la finta tonta con me. Spinazzola sparisce dopo che l'ha incontrata a Venezia, lei è stata l'ultima a vederlo, e mi vuol far credere che era lì per caso, che non è minimamente coinvolta?»

Rimase interdetta. Dove voleva arrivare? Si chiese perché mai avesse accettato quell'incarico ma poi ripensò ai due omicidi, all'urgenza di trovare Spinazzola e la bolla papale.

Decise di stare al gioco.

«Se fosse come dice, che interesse avrei a tenere nascosto Spinazzola?»

«Non ne ho idea, sono i giochetti di quelli come voi, vi piace fare le spie e state sempre lì a complottare.»

Lei sorrise, ma non per gusto o divertimento.

«Non mi aspettavo tanta insensatezza proprio da lei.»

L'uomo rimase immobile e poi chiese: «Chi è il tipo che l'accompagna stasera?»

Elisabeth fu ancora una volta presa alla sprovvista.

«Non sono cose che la riguardano, è la mia vita privata.»

Un ghigno apparve sul volto di Brimley. Era geloso quanto perfido.

Si avvicinò e come le fu di fronte, a pochi centimetri, le sussurrò: «Lei sa bene che può puntare molto più in alto. È intelligente, scaltra, coraggiosa e molto bella.»

Elisabeth non si mosse e non disse nulla, trattenne il respiro. Lui si posizionò dietro di lei e abbassò il capo. Poi le soffiò sul collo provocandole un brivido.

«Sa che posso darle tutto ciò che desidera, Elisabeth,» sussurrò di nuovo. «Il milione che le ha dato anni fa mio padre, è solo una goccia in mezzo al mare. Non solo...»

Allungò una mano e cominciò a sfiorarle un braccio con la punta delle dita. Saliva lentamente mentre le diceva: «Otterrebbe quel potere e ruolo che le spettano per successione. Saremmo una coppia invincibile e so quanto a lei piacciano le sfide.»

A Elisabeth si gelò il sangue nelle vene e, non sapendo come, trovò la forza di girarsi. Lo aveva di nuovo di fronte.

«Sa cosa le dico, signor Brimley?»

Lui annuì appena; non riusciva a trattenersi, voleva baciarla, subito, immediatamente. L'aveva desiderata fin da quel primo giorno a Long Island, anni prima.

Lei aprì la bocca per aggiungere: «Credo che lei sia quel tipo d'uomo che...»

«Elisabeth, sei qui?»

La voce di Nirvana seguì il rumore della porta che si apriva e Brimley si girò di scatto.

«Cosa vuole?» Tuonò.

«Riportare in albergo la mia fidanzata.» Serafico, sorridente, superiore.

Fu il turno di Brimley di rimanere a bocca aperta. Non riuscì a parlare. Non poteva credere che un essere di quel genere potesse stare accanto a una donna di tale eleganza.

«Sa, siamo una coppia da tempo.»

Brimley era confuso, continuava a tenere la bocca aperta come un pesce preso all'amo o un idiota patentato.

«Ci stavamo giusto salutando,» aggiunse Elisabeth.

«Ottimo, allora possiamo andare.»

Nirvana le offrì il braccio, che lei prese e lasciarono la stanza.

Come furono sufficientemente lontani, Elisabeth scoppiò a ridere. L'ilarità sostituiva la tensione.

«Doveva vedere la sua faccia. Grazie.»

«Di nulla.»

«Devo chiamarti davvero Nirvana?» Riuscì a chiedergli mentre riprendeva fiato e passava al "tu".

«Lo preferiresti a quello vero, fidati.»

Si sorrisero.

«E ora che si fa?»

«Dipende,» rispose lui. «Hai fame?»

«Sto morendo. Ma a quest'ora della sera dubito che troveremo aperto qualcosa di passabile.»

Lui annuì pensieroso.

«Cosa vuoi mangiare?»

«Quello che vuoi, basta che sia buono.»

«Vieni.»

Mentre si dirigeva verso l'uscita, Elisabeth intravide Lara e le fece un segno. Si sarebbero viste il giorno dopo. Di rimando l'amica le mandò un messaggio: "Ma dov'è Fortini?"

Giusto, dov'era finito?

Si avvicinò a quel gigante che aveva mostrato un tempismo

perfetto e lo sentì dire: «Hien, va bene tra quindici minuti.» Poi chiuse la comunicazione.

Scesero in strada e fermarono il primo taxi libero.

«Senti freddo?»

«Un po', ma non preoccuparti.»

Nirvana parlava un inglese british, un accento quasi perfetto. Diede l'indirizzo al tassista e si accomodarono dietro.

«Dove hai studiato inglese?»

«A Oxford.»

«Non prendermi in giro.»

Lui fece una smorfia.

«Succede sempre così, non ci crede nessuno.»

Elisabeth non si scompose più di tanto.

«Allora?»

«Ho seguito un addestramento piuttosto duro, che però ha avuto delle sorprese inaspettate, tra cui Oxford. Una missione prevedeva che, per arrestare un criminale inglese, impersonassi un ricco ereditiere sudafricano formatosi a Londra e mi è toccato studiare la loro pronuncia.»

«Ed è servito?»

«Purtroppo no, ho dovuto ucciderlo prima che aprissi bocca e potessi fargli vedere cos'avevo imparato.»

Mosse la testa sconsolato. Lei si fece tesa.

«È uno scherzo.»

«No, affatto.»

«E lo dici così, come se nulla fosse?»

Nirvana cercò di sistemarsi anche se la testa, a ogni cunetta, colpiva il tettuccio. Sembrava uno sketch televisivo.

«Ieri ho letto quello che sappiamo di te e cosa hai passato negli ultimi anni. Non voglio fingere di non sapere nulla e credo che tu possa capire certe cose senza rimanere esterrefatta.»

Elisabeth ci pensò su; in effetti non aveva tutti i torti.

«Dove stiamo andando?» Chiese smorzando la tensione e spostando lo sguardo altrove. I suoi occhi continuavano a meravigliarla. Erano così chiari.

«Soho, un posto oltre.»

«Sarà strapieno.»

«No, è chiuso.»

Fece per aprire bocca ma poi realizzò che la stava prendendo in giro. E continuava a fissarla.

«Fai sempre così quando conosci una persona?»

«Tu non sei una semplice persona, la tua fama ti precede.»

"Oddio, come ne esco ora?"

«Ripeto, fai sempre così?»

«Solo quando ne vale la pena.»

Un sottinteso dietro l'altro. Sembrava stessero giocando una partita di scacchi solo che la mossa era sempre la sua. Lei sbuffò e aggiunse: «Ci rinuncio.»

«Non è da te, non sei credibile.»

Fu lei a piantare gli occhi blu nei suoi.

«Cosa te lo fa pensare? A parte il mio curriculum che a quanto pare è molto dettagliato.»

«Sei la figlia di cotanto padre, non puoi pensare che non sia schedato anche cosa mangi.»

«Rispondi per favore.»

«A cosa, esattamente? Alla tua perseveranza o al fatto che ne vale la pena?»

«La seconda.»

Nirvana ci pensò su e poi rispose in un soffio: «Perché ti muovi da dio.»

«Ma non ho mica ballato?»

«Hai capito cosa intendo.»

Lei scosse la testa ma intuì quello che voleva dire: "Lo stato supremo della bellezza, è la grazia." Altra citazione ma non ricordava esattamente di chi.

«Non mi basta.» Lo stuzzicò, si accorse che le piaceva.

In quel momento, il taxi si fermò davanti alla vetrina di un ristorante vietnamita, il Viet Food. Era chiuso sul serio.

«Siamo arrivati.»

Scesero dal taxi, Nirvana pagò e poi le disse sottovoce: «Aspetta qui, solo un minuto.» Si allontanò di alcuni passi e suonò al citofono di un portone a una decina di metri. Dopo un po', uscì un uomo basso e calvo, con un sorriso perenne sul volto.

«Elisabeth, ti presento Hien, il proprietario del ristorante.»
Lui le fece un inchino e poi li invitò a seguirlo. Aprì la porta d'ingresso, accese le luci, chiuse di nuovo e gli disse di accomodarsi dove volevano.
«È tutto per voi,» aggiunse per poi sparire dietro il bancone, diretto in cucina.
«Come è possibile?»
«Hien è un mio amico ed è un uomo gentile. Oltre che un cuoco eccezionale.»
Elisabeth era sorpresa quanto colpita da tanta attenzione.
«Non meritavo tutto questo.»
Nirvana alzò le spalle.
«Avevi fame e volevi qualcosa di buono. Beh, qui il cibo è straordinario. Hien non è solo uno chef, è anche un cultore della materia, uno che se ne intende. Per lui il cibo è la terra da cui proviene, l'energia che ti trasmette. "Noi siamo quello che mangiamo" ripete sempre.»
«È vero. Ma a volte non abbiamo scelta e mangiamo quello che possiamo permetterci o troviamo.»
Lui annuì corrucciando le labbra.
«I concetti sono dei gran bei giochi mentali ma poi la realtà è un'altra cosa,» aggiunse lei.
«Sono un lusso.» Nirvana lo disse guardando altrove come se un'immagine, un pensiero, una visione lo avesse rapito per un solo istante.
Lei se ne accorse ma poi vide Hien arrivare con due piatti e non disse nulla.
«Sono foglie grigliate di noce di areca con dentro carne e gamberi,» esclamò Hien come gli mise i piatti davanti. «L'areca è una pianta che aiuta l'uomo. Assorbe sostanze cattive e pericolose come lui.» Sorrise e mise una mano sulla spalla di Nirvana che, da seduto, quasi lo superava in altezza.
«Ti ringrazio, maestro.»
Gli sorrise. Poi il piccolo uomo portò una bottiglia d'acqua e un altro liquido dal colore rosato. Elisabeth, come vide la bottiglia, si bloccò all'istante.

«Cos'è?»

«È uno snake wine. Un vino ottenuto dal riso e in cui immergono un serpente. Fermentando perde il veleno e arricchisce il liquido di proprietà curative. È buono, un po' dolce, però pare faccia molto bene all'organismo.»

«Non ho dubbi, ma si offende se lo metto via?»

In effetti, faceva decisamente impressione. Altro che prelibatezza.

Nirvana spiegò la questione a Hien che annuì e sparì di nuovo in cucina.

«Ci porterà dell'altro,» la rassicurò il gigante.

«Quanto sei alto?»

«Due metri e un po'.»

«Come si sta da quelle parti?»

Lui sorrise e lei notò che gli si creavano due fossette ai lati.

«Fa più freddo d'inverno e più caldo d'estate.»

«Come a Firenze.»

Poi assaggiò il primo piatto e scoprì che era come le aveva detto. Divino.

«Delizioso, buonissimo.»

Le versò dell'acqua.

«Cosa voleva Brimley oltre a darti fastidio?»

"Giusto, il caso; anzi il doppio caso di omicidio."

«Crede che sia coinvolta nella sparizione di Spinazzola. Sapeva che sono l'ultima ad averlo visto, almeno penso.»

C'era dell'altro e allora aggiunse: «Mi ha lasciato un biglietto in albergo invece di farsi vedere.»

«Cosa c'era scritto?»

Elisabeth finì di masticare, bevve un sorso d'acqua e rispose: «Gomeisa 1219.»

«Lo avete decifrato?»

Sorrise. Solo una spia poteva fare una domanda del genere.

«Cosa ho detto di strano?»

«Nulla. No, non sappiamo cosa possa significare. Gomeisa è il nome di una stella che in arabo significa "dagli occhi offuscati". Il 1219 potrebbe indicare l'anno in cui San Francesco raggiunse la

Terra Santa a Damietta in Egitto. Ma perché Spinazzola me lo ha scritto?»

«Potrebbe essere una password.»

Ma certo! Non ci aveva pensato. C'era voluto quel gigante per capirlo.

«E quando arriverà il momento, capirai come usarla.»

«Ammesso che arrivi.»

«Siamo qui per andare da qualche parte.»

«Sembra Bukowski.»

Lui sorrise e a lei piacque, ancora di più.

«Lo leggo spesso, era un genio folle e amava le donne. Come esseri umani, certo, ma anche come mondo da rispettare e vivere.»

«Sei un uomo gentile.»

A quel punto, Nirvana decise di rimanere in silenzio. Voleva godersi quelle parole. Per tanto tempo la gentilezza era stato un tratto completamente sconosciuto a lui e a chi frequentava. L'aveva coperta con la durezza d'animo, la resilienza, la vendetta, la cattiveria e la violenza.

A un certo punto della vita aveva compreso che la gentilezza apparteneva a chi era maturo al punto di usarla senza sentirsi esposto e minacciato dagli altri. Era diventata un segno di forza, una corazza contro le urla, le offese, le percosse e infine la stupidità.

Elisabeth si chiese se, per la seconda volta in poco tempo, avesse detto qualcosa che non andava. Poi se ne infischiò e sussurrò come a non voler rompere il silenzio di un ristorante chiuso: «Perché sei qui con me?»

«Potrei chiederti la stessa cosa.»

«Mi hai dimostrato di essere una persona attenta e sensibile. Mi hai seguita con lo sguardo quando ho lasciato la sala e sicuramente hai notato che andavo dietro a Brimley. Non solo, forse avrai anche visto lo scambio di segni che abbiamo avuto.»

«Ho osservato il modo in cui camminavi, era... diciamo, riluttante.»

«Mi piace come parola, ma non mi hai risposto.»

Lui bevve un sorso d'acqua mentre Hien portava il secondo

giro. Entrambi attesero che posasse i piatti sul tavolo, una zuppa spicy al pollo, e si allontanasse di nuovo.

«La De Nardi mi ha detto che devo proteggerti, credo sia stata una richiesta di tuo padre.»

"Splendido, e io che credevo di aver sentito qualcosa."

«Potevi semplicemente accompagnarmi in albergo, anche se avrei saputo arrivarci da sola.»

Lui non disse nulla.

«Poi perché solo io? C'era anche Lara, per non dimenticare Anna Pareto.»

«Nessuno ci ha detto quante eravate e il nostro capo sapeva solo di te. Comunque, Lara Donovan sta dormendo nel suo letto da una ventina di minuti. Teniamo d'occhio il suo cellulare e la professoressa Pareto non si è mossa da questo pomeriggio. È nella camera a tuo nome presso la Soho House. Si è fatta portare una pizza in camera.»

Colpita e affondata.

«Alla faccia della privacy. Ma va bene così.» Poi cambiò discorso: «Non vi ho detto tutto.»

Lui sgranò gli occhi e lei, per la prima volta, notò che avevano una nota di fondo quasi gialla. Erano come la sabbia del deserto che al punto più alto del sole, prendeva il suo colore.

«Quando ho incontrato Spinazzola mi ha offerto dello champagne e mi ha detto che non avrebbe mai potuto farne a meno.»

«Qual è il punto?»

«La Brossuard mi ha detto che è astemio e Fortini lo ha confermato. Non so che senso abbia dire una bugia così grossa. Perché mentire?»

Nirvana la fissò intensamente e lei rimase immobile.

"Ma che sta facendo?" Si chiese senza aprire bocca.

Dopo un'eternità, rispose con tranquillità: «Non ne ho idea.»

«Questo pomeriggio mi hai fatto un cenno, del tipo: "Ti spiegherò dopo", cosa intendevi?»

«È un po' complesso, forse non ne vale la pena.»

«Provaci.»

Nirvana si pulì le labbra ed Elisabeth notò che aveva delle belle mani.

«Quando la De Nardi ha citato l'FBI International, poi la Palestina e Israele, ha sottinteso uno scenario impossibile da decifrare. Quando ci sono così tanti Stati coinvolti o forze di polizia, diventa praticamente impossibile disegnare il perimetro di un'indagine.»

«E quindi trovare il colpevole.»

«Esatto.»

«Allora, cosa dovremmo fare? Rinunciare?»

«Giammai. Ma sapere che potremmo incontrare ostacoli oltre la nostra portata, è un vantaggio non da poco. Questo è uno dei significati della creazione della task force dell'Europol voluta dalla De Nardi.»

Elisabeth bevve un sorso d'acqua. Le agenzie investigative non l'avevano mai interessata particolarmente, forse per l'influenza del lavoro dei genitori, ma qui sembrava ci fosse un disegno diverso.

«Come a dire che se gioco su più tavoli contemporaneamente, ho una visione più ampia delle cose.»

«Non solo, capisci il peso di ogni giocatore e la posta in gioco. Sai, a volte è meglio che la verità rimanga nascosta o un caso irrisolto, perché le conseguenze di una rivelazione o una soluzione porterebbero a situazioni peggiori.»

Era sempre e solo una questione conosciuta: il male minore, alla fine di tutto. Questo gestiva la De Nardi e avrebbe fatto bene a non dimenticarlo.

Anche lui bevve un sorso d'acqua.

«Vorresti dire che potremmo lavorare per nulla?»

«Non ho detto questo. Ti ho solo fatto notare che alcune volte c'è un disegno superiore, difficilmente accessibile e comprensibile, dove i confini tra ciò che è giusto o sbagliato sono molto labili.»

«Della serie hanno tutti ragione.»

«Una cosa del genere.»

Corrugò la fronte e non disse altro, c'era poco da aggiungere. La natura umana, oltre a essere fallibile, era anche opportunista e capace di chiudere gli occhi e abbassare la testa.

Finirono la zuppa ed Elisabeth gustò la delizia anche di quel piatto appena preparato. Poi fu la volta di carne di maiale croccante su un letto di riso, funghi e verdure al vapore.

«Hai ragione, è tutto molto buono.»

Nirvana sorrise compiaciuto.

«Come conosci questo posto?»

«È una lunga storia.»

«Raccontamela.»

Lui scosse la testa. «Non amo parlare di me.»

«Nessun problema. Prima hai insinuato che sono una che non molla, giusto?»

«Cosa vuoi fare?»

«Aspetta e vedrai.»

Elisabeth si alzò e andò in cucina. Nirvana fece un tentativo maldestro di fermarla e rovesciò a terra la bottiglia d'acqua.

«Stai attento, gigante, potresti farti male,» gli urlò mentre si allontanava.

Poco dopo, tornò con due dolci al caramello ancora fumanti e Hein dietro di lei.

«È gelato ricoperto di mela al caramello. Giusto per finire e farmi dire come ti ha incontrato,» esclamò Elisabeth.

Lui alzò le spalle, lei spostò la sedia e sedendosi accavallò le gambe che si scoprirono. Colse lo sguardo di lui che ci si soffermava un po' troppo a lungo.

«Sai cosa diceva Bukowski?» Gli chiese lei.

«Sentiamo.»

«"Una delle più grandi opere d'arte del mondo: una donna con delle belle gambe che esce da una macchina."»

Lui scosse la testa e abbozzò un sorriso; la partita non era finita.

"Colpito e affondato, mio bel soldatino. Ora siamo pari."

«Signor Hien, si sieda con noi e mi racconti come ha conosciuto Nirvana.»

L'uomo non aspettava altro. Era raro vedere Nirvana e ancora più raro vederlo con una donna.

«Non è il suo nome ma nessuno lo conosce.»

Fece una pausa per versarsi il vino fermentato con il serpente mentre Elisabeth chiudeva gli occhi all'improvviso.

A entrambi gli uomini scappò un sorriso che lei non colse.

«Mio figlio era un po' matto, sa. Frequentava gente sbagliata, fumava, beveva, si drogava. Era sempre qui a chiedermi soldi. Poi un giorno tornò in Vietnam, voleva rivedere mia madre che n'era felice. Invece, non arrivò mai a casa e si perse in Thailandia. Di lui non ho avuto più notizie finché un giorno entrò qui quest'uomo così alto che mia moglie rimase in silenzio, ferma, bloccata. Uscii dalla cucina e lo vidi. Metteva paura e la sua faccia anche di più.»

Hien si perse negli occhi del gigante e vi trovò un segno di assenso. Poteva continuare.

«Lui era la morte, disse mia moglie nella nostra lingua appena lo vide. Io presi un coltello anche se il ristorante era pieno e i miei dipendenti, tutti vietnamiti, cominciarono a fuggire. Gli dissi di andarsene ma lui mi rispose che era un poliziotto. Non ci credevo, gli urlai che se non fosse uscito, lo avrei pugnalato. Allora, fece il nome di mio figlio e diventai bianco come un fantasma. La morte era venuta e aveva fatto il suo nome. Mia moglie cacciò un urlo e stava per crollare a terra ma questo gigante l'afferrò e la tenne stretta fino a quando non liberarono un tavolo per distenderla.»

Una mano del vietnamita si mosse verso il braccio di Nirvana e gli strinse il polso.

«"*Xin loi, Ban ten la gi*?" cioè: "Mi spiace, come ti chiami?" Aveva usato la mia lingua e allora gli chiesi perché fosse lì. Mi disse che mio figlio Dan era stato arrestato sei mesi prima in Thailandia e aveva con sé molta droga, non sarebbe mai uscito. Aveva tentato di uccidersi e lo avevano isolato, dicevano che passava il tempo legato perché aveva provato a colpire il muro con la testa, per togliersi la vita. Vuoi che vada avanti, mia signora?»

Elisabeth annuì. Non osava immaginare quanto dolore e disperazione erano passati per quelle mura.

«Lui mi disse che poteva liberarlo. In cambio mio figlio avrebbe dovuto denunciare per chi lavorava e chiudere tutti i rapporti anche con noi, cambiare faccia e nome, e lavorare per il suo corpo di polizia, in Europa. Era l'unico modo per farlo vivere. Dovevo registrare un video per lui in cui gli dicevo di accettare. Dovevo decidere subito e da solo, mia moglie era svenuta. E così feci, rinunciai per sempre al mio unico figlio per la sua stessa vita.»

L'uomo si alzò e abbracciò le spalle di Nirvana il quale lo tenne stretto.

«Lui ha salvato mio figlio e ogni tanto mi porta le sue foto. Non potrebbe e rischia molto nel farlo. Però io le vedo dal suo telefono e poi lui le cancella. Mio figlio si è sposato, sa, ha due figli e fa qualcosa di buono nella vita. Quest'anno sono quindici anni che non lo vediamo.»

Nirvana si alzò in piedi e si chinò fino ad arrivare alla sua altezza.

«Ho una sorpresa per te, maestro.»

Elisabeth trattenne il respiro.

Nirvana prese il cellulare e gli mostrò un documento con una serie di timbri.

«Con questa decisione, la Corte europea ha revocato lo stato di protezione testimoni di tuo figlio. Non è più in pericolo. Ora è libero di viaggiare e mi ha detto di farti vedere questo.»

Premette un paio di tasti e partì un video da cui proveniva una voce in vietnamita. Hien afferrò il cellulare e cominciò a piangere.

«Chiamalo,» gli suggerì Nirvana. Lui annuì con un cenno della testa.

«Ecco, appena risponde puoi parlare, riesci?»

Il piccolo chef spalancò gli occhi umidi mentre Elisabeth si portava una mano alla bocca: stava per assistere a un momento che cambia la vita, e in meglio.

Hien prese il cellulare dalla mano di Nirvana e scappò via. Lui sorrise e si rimise seduto.

«Sei un... fottuto bastardo!» Gli urlò lei.

«Ma come, gli ho dato la più bella notizia della sua vita.»

«Ma lo hai fatto dopo due ore che siamo arrivati.»

«Se lo avessi fatto prima, non avrebbe mai cucinato e tu avevi una gran fame,» ribatté sorridendo.

«Allora adesso è colpa mia?» Bofonchiò Elisabeth, fingendosi offesa.

«Non ti conosco così bene, ma a guardarti temo che spesso e volentieri sia colpa tua.»

Lei sbuffò.

«Vedo che non perdi il vizio di stuzzicarmi. Cosa vuoi ottenere, gigante?»

«Nulla di quello che immagini.»

"Oh no, e se fosse gay?"

Le sue labbra s'incurvarono.

Si tuffò sul dolce caramellato e spazzò via tutto in pochi minuti. Lui fece altrettanto alternando qualche occhiata a lei e alla cucina. Di Hien nemmeno l'ombra.

Come finirono, lei disse: «Vorrei andare a dormire, è stata una giornata lunga.»

«Sì, certo. Recupero il telefono.»

Si alzò e sparì in cucina.

Lei ne approfittò per prendere il suo e vide un messaggio di Lara.

"Mi ha chiamato Jeff, devo tornare a New York."

«Non posso crederci,» disse sconsolata scuotendo la testa.

«Cosa succede, Elisabeth?»

Il modo in cui pronunciò il suo nome la colpì piacevolmente. C'era calore e un pizzico di contentezza. Ma non fu sufficiente a cacciar via l'improvviso malumore.

«Lara è stata richiamata a New York. Immagino partirà domani.»

«Come mai? Non sei una socia dello studio?»

Elisabeth si alzò e gli si avvicinò. Era davvero alto e anche bello largo. Chissà com'era farsi avvolgere da un suo abbraccio. L'avrebbe ricoperta tutta. "Ecco", si disse, "posso nascondermi dentro di lui."

Fece una smorfia.

«Cosa succede?» Le chiese di nuovo mentre lasciavano il locale. Di Hien non c'era ombra, si era rintanato in cucina a parlare con il figlio, questa volta con il suo telefono. Le sue parole erano forti, chiare ed emozionate.

«È una mossa di Brimley, vuole indebolirmi quel bastardo.»

«Non capisco.»

Lei fece alcuni passi e vide un taxi in arrivo. Nirvana lo fermò e poco dopo ripartirono.

«Il mio socio mi ha chiesto di assecondare Brimley in questo incarico e prima non l'ho fatto.»

Nirvana rimase fermo ma gli occhi parlavano per lui. Sembrava che illuminassero l'abitacolo tanto erano chiari.

"Chi è questo tipo, un alieno?"

«Credo che abbia raccontato al mio socio del nostro scontro e, facendo tornare Lara a casa, mi hanno mandato un messaggio. Ora sono sola.»

Lui abbozzò un sorriso.

«Direi proprio di no.»

Allungò una mano e prese la sua. Elisabeth era confusa, girò leggermente la testa, i capelli le caddero in avanti e riuscì a scrutarlo solo con un occhio. Sentì che il suo corpo si stava irrigidendo mentre lei cominciava a respirare un po' troppo velocemente.

"No, non ora. Elisabeth non fare cazzate," pensò e in un istante ritirò la mano. Il silenzio fu l'unica cosa che li accompagnò fino a destinazione.

# 26

La cupola della Basilica di San Marco, decorata dagli affreschi di Alessandro Gherardini nel 1717, ne aveva viste di cose. Testimone silenziosa di segreti, misteri, accordi, e perché no, anche qualche condanna a morte, aveva da secoli rappresentato i Domenicani, così ligi al dovere e alle regole da essere considerati come uno degli ordini più inflessibili.

Lo sapeva bene Alessandro Fortini che il giorno prima aveva preso un aereo per Firenze dopo aver ottenuto un appuntamento con l'unico frate sopravvissuto all'apertura della tomba di Pico della Mirandola. L'altro, il parroco Frate Giacomo, era passato a miglior vita per sopraggiunta vecchiaia ma il suo giovane assistente di allora, Frate Alberto, era ancora di servizio presso la basilica. Avevano deciso di vedersi la mattina successiva e il prete non gli aveva nascosto la rilevanza della telefonata che aveva ricevuto per concedergli udienza.

"Lei deve essere un uomo importante," aveva confidato a Fortini per telefono. "Non capita mai che si scomodino da Roma per un appuntamento che coinvolge un prete del mio rango."

"Forse lei si sottovaluta. Il suo impegno e la sua dedizione sono stati apprezzati in Vaticano."

Frate Alberto aveva ridacchiato sentendosi lusingato e non avrebbe certamente negato un incontro a quell'uomo così gentile e sensibile.

"La ringrazio e sarà mia cura riportare a chi di dovere la sua disponibilità. Sa, una promozione a volte è molto più vicina di quanto si possa immaginare."

"Come ha detto di chiamarsi?"

"Marco Rondini." E dopo un breve congedo, avevano chiuso la chiamata.

L'ora scelta per il loro appuntamento era quella precedente alle preghiere del mattino. Frate Alberto non poteva ancora sottrarsi ai quotidiani impegni tradizionali e quindi non aveva molto tempo; Fortini sapeva bene anche quello e si era preparato un'apertura coi fiocchi.

Erano da poco passate le sette, l'orario in cui veniva aperta la basilica per permettere ai fedeli che andavano al lavoro la prima preghiera della giornata.

Alex individuò il frate come entrò dalla porta centrale, era seduto in seconda fila e stava pregando in ginocchio. Era l'unico presente a parte un'anziana che sembrava dormisse seduta dal lato opposto in terza o quarta fila. Sbadigliò cercando di mandar via il sonno che aveva perso a causa delle urla di Andrea. Non capiva quell'urgenza, partire per Firenze il giorno dell'asta, lui che avrebbe dovuto sostituirlo, riferirgli di Brimley e Schluck, degli altri suoi clienti, per non parlare dell'avvocato Scorsese o della socia Olivia. Aveva cercato di spiegargli che ormai il gioco gli era sfuggito di mano, che finora il loro piano non aveva portato a nulla e che la pista di Firenze era l'opzione migliore. Aveva soprasseduto su come avesse ricevuto quell'informazione, sarebbe stato troppo complicato e poi, che diamine, era lui quello in pericolo di vita e stava solo cercando di aiutarlo; lo ringraziasse Santo Iddio, era il caso di dire in quel momento. Non era un'imprecazione ma un'esortazione in un luogo sacro.

«Frate Alberto?» Chiese usando un tono che non lasciava dubbi alla gentilezza già mostrata al telefono.

«Sono io, il signor Rondini?»

«Mi chiami Marco, va bene lo stesso.»

Si strinsero le mani e Frate Alberto notò una stretta vigorosa e convinta. Apprezzò l'attenzione che quell'uomo metteva anche nelle piccole cose.

«Si accomodi.»

Ricevere qualcuno nella basilica era come invitarlo a casa propria ma senza fare pressioni, lasciare che si abituasse agli spazi ampi e capisse di trovarsi nella casa del Signore.

«Volevo ancora ringraziarla. Non è cosa da poco trovare il tempo per una visita con lo scarso preavviso che le ho dato.»

«Per Roma e per il Santo Padre, questo e altro. È la nostra vita, d'altronde.»

Fortini annuì e aggiunse: «Mai dare nulla per scontato però. Si smarriscono anche i più integerrimi.»

Era vero. Lui stesso non riusciva a trattenere le pulsioni che provava per altri uomini pur essendo fidanzato con Andrea da anni.

«Non ha voluto accennarmi al telefono il motivo della sua visita, cosa può dirmi ora?»

«Pico della Mirandola.»

Il prete mantenne uno sguardo impassibile ma sbatté le palpebre due volte.

«Cosa vuole sapere? La sua tomba è qui.»

«È vero che negli ultimi anni di vita aveva deciso di abbandonare gli studi e le sue idee, diciamo, eretiche per abbracciare i voti di voi Domenicani?»

«Esatto.»

«È altrettanto vero che ha bruciato una buona parte dei suoi libri esoterici davanti al Savonarola?»

«Vedo che è ben informato. È come dice.»

«Ma allora perché il Savonarola durante la commemorazione pubblica di Pico, avvenuta sei giorni dopo la sua morte, disse: "Vi voglio rivelare un segreto, l'anima di Pico non può ancora essere accolta nel grembo di Dio perché è assoggettata per un certo tempo al fuoco del Purgatorio per scontare pene temporanee"?»

Frate Alberto si mosse sulla panca come se scottasse. In effetti, si sentiva come su una graticola e immaginava che il calore sarebbe aumentato e diventato insopportabile.

«Ci sono varie teorie.»

«Ma lei conosce il vero motivo.»

«Cosa glielo fa credere? Coma fa a esserne così certo? Parliamo di una morte avvenuta più di cinquecento anni fa.»

«Ma mai così attuale, giusto?»

Frate Alberto guardò l'orologio. Erano passati appena cinque minuti e doveva resistere ancora a lungo. Cercò di escogitare una via d'uscita.

Fortini lo anticipò.

«Sa cos'è l'Entità?»

A quella parola, l'uomo impallidì.

«Anche loro attendono un mio resoconto da questa visita, e sanno essere comprensivi ma non troppo tolleranti con chi non aiuta la causa di Gesù nostro Signore.»

Fortini si sentiva blasfemo e un po' stronzo a mentire così, ma doveva avere quell'informazione.

«Poliziano fu ucciso perché Pico non voleva diffondere il segreto di cui era a conoscenza. Quando assistette alla morte dell'amico tra mille sofferenze, fu tentato di denunciare chi lo aveva avvelenato ma non gli avrebbero creduto, un eretico che infama la Chiesa, nulla di nuovo. Anzi, avrebbe peggiorato la situazione. Allora pensò di far credere, al Savonarola e a voi Domenicani, di un'improvvisa conversione. Da qui il rogo dei libri, le donazioni, le lettere agli amici e tutto il resto; tuttavia, qualcosa andò storto; fu avvelenato e quel segreto venne sepolto con lui. Quando voi Domenicani avete poi scoperto di cosa si trattava, era morto da un pezzo, però a quel punto, gli si poteva dare una degna sepoltura e una tomba in questo luogo. È così? Lo avete redento, diciamo.»

Frate Alberto cominciò a sudare.

«Sono un semplice frate, non ho nessuna nozione in materia.»

«Stia attento a non dire bugie nella casa del Signore o marcirà all'Inferno.»

Il tono di Fortini era come il sibilo di un serpente.

«Ho fatto le mie ricerche, lei è il più grande studioso di Pico in Italia e questo è il motivo per cui l'hanno voluta all'apertura della tomba. Padre Giacomo era un suo superiore ma in realtà doveva esserci lei. Cosa c'era nello scrigno ritrovato nella tomba?»

Questa volta, Frate Alberto trasalì apertamente.

«Come fa a saperlo?»

Fortini lo costrinse a girarsi di tre quarti, così da averlo di fronte.

«Si ricordi che ciò di cui sono a conoscenza io, è noto anche all'Entità e loro non sono così pazienti o gentili. Mi risponda.»

Frate Alberto sospirò. Sapeva che prima o poi quel giorno sarebbe arrivato.

«Era vuota. Abbiamo pensato che contenesse materiale che nel tempo si è deteriorato, ridotto in polvere insomma.»

«Ma non viene il RIS se non c'è qualcosa di rilevante. Non si faccia pregare, le punizioni vengono date per molto meno.»

A Fortini sembrò che gli occhi del prete diventassero lucidi.

«C'era altro, lo sappiamo, ne abbiamo le prove. Me lo vuole dire?»

Frate Alberto fece un grande respiro.

«Non posso,» riuscì a sussurrare nascondendo il viso tra le mani.

«Perché?» Questa volta il tono del finto Rondini era tornato gentile.

«L'ho giurato a Frate Giacomo su nostro Signore. Lo spergiuro è un peccato e l'anima finisce all'Inferno.»

Fortini voleva dirgli che se mai fosse esistito, ci sarebbe finito lo stesso. Perché l'Entità sapeva tutto, anche i segreti più reconditi.

«Non mi lascia molta scelta. L'Entità rilascerà una serie di testimonianze e fotografie che la riguardano. Dovrà affrontare la gogna pubblica e un processo non solo mediatico.»

L'uomo s'immobilizzò all'istante. Poi girò la testa e sibilò: «Ma lei chi è? Si crede migliore di me?»

«No,» rispose seraficamente Fortini. «Ma non sono un prete, questa è la differenza. E non sono mai sceso così in basso.»

Attese qualche secondo perché Frate Alberto assimilasse uno scenario devastante ma decisamente possibile.

«Cosa c'era nella tomba?» Sibilò di nuovo Fortini.

«Un anello, di quelli che si aprono con uno scatto. Era al dito di Pico.»

Alex aveva capito.

«E dentro l'anello?»

«Un foglietto ripiegato. Lo abbiamo distrutto.»

Il viso di Fortini si trasformò in un ghigno.

«La smetta di bluffare, sto perdendo la pazienza.»

In quel momento, due uomini vestiti di scuro entrarono nella basilica. Frate Alberto fu il primo a girarsi e un moto di paura lo colse all'improvviso. Erano venuti per lui, il gioco era finito. Tirò fuori dalla veste una penna e scrisse su un angolo di una copia della Bibbia il testo contenuto nell'anello di Pico della Mirandola.

Poi consegnò la Bibbia a Fortini che nel frattempo si era accorto dei due uomini che venivano verso di loro.

«Ora, se vuole scusarmi, ho un impegno che non posso più rimandare, signor Rondini.»

Si alzò, diretto verso la canonica. E così fece l'anziana donna che stava pregando, avvicinandosi ai nuovi arrivati con una mano protesa verso di loro. Li fermò e nell'assoluta solennità della basilica furono costretti ad ascoltarla. Fortini ne approfittò per scrivere un messaggio a Spinazzola, la Bibbia al sicuro nella sua borsa. Aveva ottenuto quello che cercavano tutti e lo condivise subito con il suo fidanzato. Poi si alzò a sua volta e fece per superare i due uomini convinto che fossero lì per Frate Alberto.

L'anziana signora si mise di nuovo in ginocchio a pregare e lui la ignorò.

«Un attimo, mi scusi.»

Il più grosso dei due gli bloccò la strada.

«Dottor Fortini, deve venire con noi.»

«Vi manda monsignor Abbate?»

Gli uomini si guardarono e il più vicino parlò a bassa voce: «Non è importante da parte di chi siamo qui, è il motivo che conta.»

«E sarebbe?» Alex cercò di capire se avesse una via di fuga o meno; provò a fare un piccolo passo indietro ma l'uomo con cui stava parlando ridusse ancora la distanza che li separava.

«Non faccia il furbo, non le conviene.»

«Sto seguendo alla lettera ciò che mi avete chiesto, dov'è il problema?»

Allargò le braccia. Gli avevano sempre consigliato di mostrarsi arrendevole davanti a una minaccia.

Gli uomini persero qualche secondo, sembravano meno determinati.

«Potremmo fare in questo modo, se non vi fidate. Devo andare a Venezia, perché non mi accompagnate?»

«Perché lì?» Parlò per la prima volta l'altro uomo.

Non era italiano.

«Devo andare all'Archivio di Stato per verificare un documento rilasciato da Papa Innocenzo VIII. Il prete che ho incontrato poco fa mi ha confessato che c'è un testo in latino che potrebbe rivelarci la posizione della bolla papale.»

Dallo sguardo dei due, capì che non sapevano un bel niente. Allora, perché erano lì?

«Cosa ne dite?»

Non si mossero, li aveva presi alla sprovvista. Si sentì audace.

«Vi decidete? Non abbiamo tutto il giorno e vorrei arrivare prima che chiuda per la pausa pranzo.» Non aveva idea degli orari anche perché non era certo quella la sua meta.

«Muoviamoci,» disse il più grosso dei due sentendo il portone aprirsi. Si girarono appena in tempo per vedere un uomo vestito di nero entrare a passo svelto. Era calvo e sorrideva. Come fu davanti a loro, esplose due colpi dalla pistola che teneva nella mano destra. I due uomini caddero a terra.

Poi afferrò Fortini per un braccio. Lui era paralizzato, non riusciva a muoversi.

«Li ha...»

«Eliminati, sì, volevano farla fuori e io dovevo proteggerla. Mi spiace, sono arrivato appena in tempo.»

«Io...»

«Non dica nulla, andiamo via prima che entri qualcuno. Il silenziatore funziona ma è sempre una chiesa.»

L'uomo in nero lanciò uno sguardo all'anziana che si era girata rimanendo impassibile davanti ai due cadaveri. Alzò le spalle e trascinò fuori Fortini. Oltre la piazza una Mercedes con il motore acceso li stava aspettando. Era frastornato. Non doveva morire nessuno, glielo avevano assicurato, era solo il recupero di un pezzo unico dal valore inestimabile. Andrea lo aveva pregato di aiutarlo, aveva accettato, lo avrebbero pagato molto di più di quello che guadagnava in un anno, ma no, nessuno doveva morire.

«Devo andare a Venezia.»

«Certamente, ma ora togliamoci dalle palle.»

Salì dietro mentre il killer si sedeva nel sedile anteriore del passeggero. Ordinò al compare di partire in una lingua che Fortini non riconobbe.

«Vi manda monsignor Abbate, giusto?»

L'uomo si girò, gli sorrise e annuì. «Chi altri, se no?»

«Sta meglio, nel senso che ha recuperato dal suo incidente? Quella gamba non lo ha fatto camminare per mesi.»

«Si è ripreso, sta molto meglio, grazie.»

Fortini guardò lo specchietto retrovisore da cui poteva vedere gli occhi dell'autista. Pregò di non essersi tradito. Abbate non aveva avuto nessun incidente.

Chi erano questi tipi?

«Mi ha detto di chiederle cosa ha trovato.»

«Ancora nulla. A Venezia devo consultare un documento di Paolo VI e poi avrò la conferma che ciò che cerchiamo non esiste.»

I due guardarono avanti. Uno guidava e l'altro sembrava non aver capito. Neanche una balla come quella lo aveva smosso.

«Chi siete?»

«Quelli che ti hanno salvato, ragazzo, e adesso sta' zitto. E non usare il cellulare se no sparo anche a te.»

Fortini strabuzzò gli occhi.

«Cosa? Non capisco.»

Prese il cellulare.

«Che palle che sei.»

L'uomo si girò e gli sparò in mezzo agli occhi.

# 27

«Te lo ripeto per l'ennesima volta, non sapevo che ti avrebbe richiamato così presto.»

Lara era infuriata. La sua amica, la sua capa, colei che professava l'eterno amore nei suoi confronti la stava scaricando.

«Senti, bella mia. Siete soci, vi conoscete da anni, non è possibile che non abbia condiviso con te questa decisione.»

Elisabeth voleva ribattere per la milionesima volta che non era al corrente di quella decisione ma poi si fermò.

«Sai cosa ti dico.»

«Cosa?»

«Aspetta e vedrai.»

Prese il cellulare e chiamò Jeff Norton.

Come rispose, lo salutò velocemente e mise in vivavoce facendo segno all'amica di rimanere in silenzio.

«Senti socio, Lara ha prenotato un aereo per questo pomeriggio e domani è da voi.»

«Ottimo.»

Elisabeth fece una pausa, stava cercando di controllare la propria furia.

«Puoi dirmi cosa c'è di così urgente da farla rientrare prima del previsto?»

Sapeva bene che Norton si aspettava una domanda del genere, voleva sentire quale scusa si era inventato.

«Come sai, Lara segue i tuoi clienti storici, tra cui Philip Delany, e ora è venuto fuori un lavoro e lei deve essere presente.»

«Di cosa si tratta esattamente?»

Jeff fece una pausa. Avrebbe dovuto spararla grossa per essersi preso quel tempo.

«Vuole vendere la società e ha bisogno che negoziamo per lui.»

Fu il turno di Elisabeth di prendere fiato.

«Chi gli ha fatto l'offerta?»

«Non me lo ha detto. Vuole spiegare tutto una volta sola e ha chiesto che ci fosse qui anche Lara. In realtà avrebbe chiesto di te, ma ho pensato che sei attualmente impegnata con l'Ars Longa e quindi Lara è la soluzione migliore. Dopo di te, ovviamente.»

Ruffiano.

«Di che cifra parliamo?»

«Cento milioni.»

«Cosa?»

Le due donne strabuzzarono gli occhi all'unisono.

«Il ragazzo vale tanto, ha un contratto con la NASA per il prossimo viaggio sulla luna. Ci stanno già lavorando da un po' e pare che useranno nuove attrezzature, anche per gli astronauti. Roba grossa! Lui ha l'esclusiva con la NASA quindi puoi arrivarci da sola.»

Elisabeth guardò Lara che la stava fissando a sua volta. C'erano cose più grandi di loro, imprevedibili e insindacabili. Non avrebbero potuto fare diversamente.

«Ho capito. Grazie Jeff, ci sentiamo.»

Si salutarono e le due donne rimasero in silenzio. Poi fu Lara a muoversi per prima. Le andò incontro e l'abbracciò.

«Perdonami se ho dubitato di te.»

«Tranquilla, l'ho presa per una prova d'affetto, niente più.»

Si staccarono con un'ultima stretta.

«Mi mancherai. E poi ho bisogno di aiuto.» Non aggiunse del suo dubbio sul coinvolgimento di Brimley, sembrava che la motivazione fosse un'altra. Anche bella grossa, ma non così convincente.

«A quanto pare anche loro, mia cara.»

Alla fine, la priorità era sempre il denaro, e più la cifra era alta, più si manifestava l'invadenza.

In quell'istante a Elisabeth arrivò una notifica. Era Nirvana.

«Il gigante mi vuole.»

Lara abbozzò un sorriso. «In quale senso, scusa?»

«Non fare la sciocca. Penso sia gay.»

«Non dire cazzate. È solo una scusa perché hai paura di viverti una storia con un altro agente.»

Alzò le spalle e Lara aggiunse: «Ha il testosterone che esce da ogni cellula del suo corpo. Se non stai attenta, prima o poi ti travolge.»

«È un consiglio o un avvertimento?»

«Entrambe, mia cara. Io ci farei un pensierino, non capita tutti i giorni d'incontrare un tipo del genere. E poi chissà quanto è dotato.»

«Lara!»

La sua amica alzò le mani in segno di resa.

«Va bene, raggiungilo che altrimenti qui non ci muoviamo più. Preparo le valigie e vado in aeroporto. Continuo a seguirti a distanza, va bene?»

«Certo.»

«Allora mandami gli aggiornamenti sul caso.»

«Sarai la mia ombra.»

Si abbracciarono di nuovo e prima di lasciarsi Lara le chiese: «Quanto ti fermerai?»

«Non faccio programmi. Comunque tornerò presto. Mi manca anche mio padre.»

Lara annuì e le sorrise.

Elisabeth lasciò la stanza velocemente. Quel messaggio voleva dire solo una cosa: c'erano delle novità importanti.

"Forse ha passato la notte girandosi nel letto a pensarmi," si disse l'avvocato Scorsese mentre copriva gli ultimi metri che la dividevano da quel gigante.

Bussò alla suite 605 e Nirvana la fece accomodare.

Non era solo.

«È un piacere conoscerla di persona, suo padre mi ha parlato molto di lei.»

Claudia De Nardi strinse la mano di Elisabeth che in quel momento stava cercando di concentrarsi e lasciare fuori dalla porta un'evidente delusione. Si prese un attimo per osservarla. Era una donna piccola, capelli corti castani, un naso lungo e due labbra piene. Magra, ma con i giusti muscoli. Gli occhi erano vispi e non smettevano di muoversi. S'intuiva che dietro c'era un cervello che lavorava.

«Il piacere è mio, colonnello.»

La donna sorrise e lei fece vagare lo sguardo per la stanza. Anna, Nirvana e un televisore acceso al centro della sala.

«Collegato con noi c'è Hans, il nostro capo analista. La sua collega, Lara Donovan?»

«Deve rientrare oggi a New York, c'è altro lavoro che preme.»

La De Nardi lanciò un'occhiata a Nirvana che lasciò la stanza immediatamente.

«Cosa succede?» Chiese Elisabeth allarmata.

«Un passo alla volta. Ora la chiami e le dica che l'accompagneremo noi in aeroporto, di non lasciare la stanza per nessun motivo, e le dia il numero di Nirvana. Che lo contatti se si trovasse in difficoltà.»

Elisabeth si mosse immediatamente e fece come le aveva ordinato il colonnello.

«Mi scusi ma ci può spiegare?» S'intromise Anna Pareto senza nascondere il senso d'inquietudine che provava.

La De Nardi annuì, armeggiò con i comandi del televisore, il suo cellulare e poco dopo un tizio magro e allampanato apparve in video.

«Hans, puoi aggiornarci?»

L'uomo si schiarì la voce. «Questa mattina, meno di due ore fa, la squadra omicidi di Firenze ha trovato un cadavere abbandonato sul ciglio di una strada che porta verso l'autostrada. È stato identificato come Alessandro Fortini.»

«Oh, mio Dio!» Esclamò Elisabeth e subito le fece eco Anna che si portò una mano alla bocca.

«Mi spiace,» disse sottovoce la De Nardi. Poi fece un cenno ad Hans di continuare. «Il modo in cui è stato ucciso ci porta a pensare che sia stata un'esecuzione in piena regola, un colpo in mezzo agli occhi. Poco prima, il killer aveva eliminato due uomini. Il calibro della pallottola coincide.»

Le due erano sgomente.

«A questo punto abbiamo cinque omicidi, i primi due sono un caso dell'Europol perché il modus operandi è lo stesso. Per quello che riguarda la nostra indagine, qui abbiamo solo il coinvolgimento di Fortini, nient'altro,» aggiunse la De Nardi.

«Non ho capito,» disse Anna.

«Mi scusi, sarò più precisa. Crediamo che ci sia la stessa mano per gli omicidi del tenente Gavina e del professor Klein, che ci sia lo stesso mandante per intenderci. Con l'intento di mettere a tacere ciò che hanno scoperto durante o dopo l'apertura della tomba di Pico della Mirandola o per l'aiuto che avrebbero potuto darci. Supponiamo, invece, che qualcun altro abbia ucciso Fortini e gli altri due, come se il viaggio a Firenze avesse provocato una reazione improvvisa.»

«Vuol dire che Fortini aveva scoperto qualcosa o era sul punto di farlo?» Chiese Anna Pareto.

«Esattamente. E l'estremo rimedio è stato quello di toglierlo di mezzo senza avere il tempo di pianificare altro.»

«Ma questo non esclude che sia lo stesso mandante. Lo ha appena detto, potrebbe aver trovato qualcosa e chi lo ha ucciso è stato costretto a improvvisare,» intervenne Elisabeth.

«È possibile, ma altamente improbabile. Le spiego perché,» esclamò Hans precedendo di un attimo il suo capo.

«Oltre alla brutalità dell'esecuzione, in pieno giorno, in una città popolosa e in un'ora in cui il traffico è molto elevato e che dimostra lo sprezzo dell'assassino per il pericolo di essere visto, non c'è stata nessuna preparazione. D'altro canto, gli omicidi di Gavina e Klein sono frutto di una pianificazione. Nel caso del primo sapevano della sua allergia, del fatto che era single e che gli piacessero le donne, soprattutto bionde come ha dichiarato un suo amico. Nel caso del secondo, hanno fatto in modo che ricevesse i risultati il giorno di una festa nazionale in modo che nessuno potesse essere testimone del suo malore e, nel caso, intervenire per aiutarlo.

Presumiamo che abbiano rubato il suo portatile. E anche qui, sapevano del suo pacemaker.»

«Come hanno avuto queste informazioni?» Chiese Anna.

«C'è dietro una struttura organizzata che lavora nell'ombra e che non si esporrebbe con un'esecuzione stile mafioso altamente spettacolare.»

«Assodato che abbiamo due mandanti, cominciamo a porci delle domande. Hans continua,» intervenne la De Nardi.

L'agente dell'Europol parlò con una voce più bassa del solito.

«Fortini ha disertato un evento molto atteso, l'asta; questo vuol dire che riteneva di avere qualcosa di più importante da fare a Firenze. Siamo risaliti ai suoi spostamenti tramite il cellulare. Ieri ha preso un volo da Londra in modo da arrivare fresco e puntuale all'incontro nella chiesa dove è sepolto Pico della Mirandola.»

«La Basilica di San Marco. Con chi?» Chiese Anna.

«Ora ci arriviamo,» rispose con tono impaziente la De Nardi.

«Dalle poche registrazioni delle telecamere vicine alla basilica, pare che sia salito di sua volontà nella macchina dei killer come se li conoscesse o sapesse chi fossero.»

«Perché parli al plurale?» Chiese Elisabeth.

La De Nardi notò la confidenza del "tu", ma fece finta di nulla.

«Dal foro d'entrata abbiamo ricostruito la traiettoria e il colpo è stato sparato dal sedile a fianco del guidatore. Erano in due, almeno.»

«Ci sono testimoni?»

«Nessuno. Abbiamo solo alcune inquadrature di una donna anziana che lascia la chiesa dopo di loro. Sembra stesse scappando e come darle torto, ha assistito a un doppio omicidio.»

«È possibile rintracciarla?»

«Al momento non abbiamo elementi.»

«E i due tizi uccisi prima di Fortini?»

«Il killer li ha colpiti in chiesa e poi ha portato fuori Fortini. Abbiamo fatto tutti i controlli, sembra che non siano mai esistiti. Vicolo cieco e temo non troveremo nulla.»

«I due uomini erano lì per Fortini, è ovvio, e il killer li ha eliminati senza pensarci due volte, come se fossero stati d'intralcio,» concluse la De Nardi.

«Sappiamo cos'è andato a fare Fortini a Firenze?» Chiese di nuovo Anna.

«Ha incontrato un certo Frate Alberto.»

«Come fate a esserne sicuri?»

«Si è impiccato nella sacrestia subito dopo.»

«No!» Anna sbarrò gli occhi. «Ma è un disastro. Ora capisco perché lei è qui,» disse indicando la De Nardi la quale sospirò e aggiunse: «C'è un punto che non mi è chiaro. Se Fortini voleva fare un accordo con il padre di Elisabeth per la sua protezione e quella di Spinazzola in cambio della testimonianza contro Thomas Schluck, perché non consegnarsi subito? Che bisogno c'era della bolla papale? Ammesso che esista.»

«Per soldi.»

La voce era quella di Nirvana. Era appena rientrato e con un gesto del capo rassicurò il suo superiore. Lara era al sicuro. Elisabeth lo interrogò con uno sguardo: come aveva fatto a rimanere così aggiornato? Poi notò l'auricolare nell'orecchio destro.

«Se devo vendere la mia libertà e crearmi un alias, ho bisogno di realizzare il più possibile.»

«Quindi cercava più compratori e il mandante potrebbe avere più facce o più alleati,» concluse il colonnello.

«Come avete fatto a sapere tutto questo in così poche ore?» Chiese ancora Anna, sostituendo lo sgomento con la curiosità che da sempre la spronava ad andare avanti.

«Abbiamo strumenti all'avanguardia oltre che accesso diretto a tutti i dati delle diverse polizie degli Stati europei. Quando un file viene generato su un computer qualsiasi di uno Stato dell'Unione Europea, noi lo riceviamo in copia. Per la verità, è più corretto dire che ce lo prendiamo con il loro consenso.»

La De Nardi fece una smorfia. Quanto tempo e quanti compromessi le erano serviti per arrivare a quel risultato e i benefici erano evidenti oltre che impareggiabili.

«Non solo. Ma il coinvolgimento di Elisabeth ci ha permesso di chiudere un accordo con il generale Scorsese e quindi ottenere anche la loro collaborazione. Di conseguenza anche quella degli inglesi. Insomma, è il caso di dire che sopra a questo caso c'è l'intelligence di mezzo mondo,» concluse Hans.

«Nirvana ci ha aggiornato su quello che gli avete detto ieri, credete ci sia un collegamento tra la sparizione di Spinazzola, la sua promessa a Christopher Brimley e lo Statu Quo della Terra Santa?» Chiese la De Nardi.

Elisabeth spostò lo sguardo su Anna così come Hans e ogni altra persona nella stanza.

«Sono stata a Gerusalemme e ho stretto un accordo con il patriarca dei Latini. Lo avrei tenuto informato degli sviluppi dopo il mio incontro con Fortini. È lui che mi ha fornito il suo nome.»

«Lo ha già sentito?»

«Ho provato a chiamarlo ma non mi ha risposto.»

La De Nardi corrugò la fronte. Le suonava strano. Nel frattempo, una foto dell'arcivescovo Battista appariva sullo schermo.

«Il patriarca dei Latini aveva un legame con Fortini, dobbiamo capire quale,» disse alla fine.

«Come faccio a farlo parlare? Insomma, non posso mica essere diretta, non mi dirà nulla.»

«Troveremo un modo. Deve dirci altro, immagino.»

Anna fece una smorfia. Come aveva fatto a capirlo?

«Sono stata mandata in Terra Santa per redigere una relazione sulla gestione dei luoghi da parte dei Francescani. Mi ha mandato un Domenicano, monsignor Giulio Abbate, che è anche il segretario della commissione della Santa Sede per i rapporti religiosi; capite da soli che è in un'ottima posizione per prendere il posto del patriarca dei Latini.»

La foto di monsignor Abbate sostituì quella di Battista.

«Se la bolla papale venisse fuori, gli aprirebbe le porte della Terra Santa, o comunque avrebbe una buona carta da giocare per fare pressione per un cambiamento a suo favore,» commentò Nirvana.

Anna annuì e continuò: «Anche lui mi ha chiesto di riferirgli quello che sapevo ma il mio impegno si è risolto con la consegna della relazione.»

«La quale diceva?»

«Che la gestione dei Frati Minori è equilibrata e oculata. Come lo è, d'altronde.»

«Ma...?»

«Scusi colonnello, come fa a pensare che ci sia sempre dell'altro?» Anna era indispettita e non fece nulla per nasconderlo; al contrario, la De Nardi mantenne una calma apparente.

«Per due ragioni. La prima perché è il linguaggio del suo corpo, c'è qualcosa che la tormenta, le causa ansia e fino a quando non ci dirà tutto, le rimarrà. E la seconda è perché si trova al centro delle cose. Provi a pensare: la mandano a Gerusalemme per cercare di capire se possono destabilizzare il potere dei Frati Minori, impresa oserei dire quasi impossibile, poi la mettono sulle tracce della famigerata bolla papale, ammesso che esista, dandole il nome di Fortini. Quest'ultimo viene ucciso poche ore fa, mentre altri due omicidi sembrerebbero connessi in un modo che non sappiamo a Pico della Mirandola, collegato a sua volta a Innocenzo VIII autore della bolla papale. Se metto il suo nome al centro, chiudo il cerchio, non trova?»

Anna spalancò la bocca. «Vuole dire che io c'entro qualcosa con queste... morti?»

«Non lo so, ma lo scopriremo.»

«Come si permette...»

«Professoressa Pareto,» l'ammonì la De Nardi alzando la voce. La sua calma era andata a farsi fottere. «Ho cinque omicidi, di cui almeno uno è riconducibile al suo nome, è stata minacciata da due uomini dopo aver viaggiato con un passaporto del Vaticano ed essere entrata in Inghilterra su un'auto del corpo diplomatico. Cosa devo pensare?»

«Io...»

«Chi erano gli uomini con cui è arrivata a Londra?»

«Non lo so. Non ho chiesto i loro nomi.»

«Possibile che sia così sprovveduta o ingenua?» La rimbeccò ulteriormente il colonnello pensando anche ad altri aggettivi che tenne per sé.

Non era una domanda ma Anna la prese per tale.

«Li ha mandati monsignor Gimenez, lo conosco da anni, è stato il mio mentore quando studiavo a Roma.»

«Un altro monsignore, e quando pensava di dircelo? Da dove salta fuori?»

Elisabeth fece un passo verso Anna che stava cominciando a tremare. Le prese entrambe le mani e si chinò di fronte a lei.

«Anna, qui sei al sicuro, non devi avere paura, puoi dirci quello che sai.»

Anna chiuse gli occhi prima che le salissero le lacrime e scosse la testa come a voler mandar via quel cedimento. Poi, si staccò da Elisabeth, fece un respiro e contò mentalmente fino a dieci. Alla fine, disse: «Monsignor Xavier Gimenez è presso la sede di Roma, non ha un incarico ufficiale, si occupa dei giardini ma in realtà è molto vicino al pontefice. Lo chiamano il giardiniere del papa.»

La De Nardi lanciò uno sguardo ad Hans che si mise a battere su una tastiera.

In un istante, il volto di monsignor Gimenez prendeva il posto di quello di monsignor Abbate.

Anna fece un altro respiro e continuò: «Non riuscivo a contattare Fortini e allora gli ho chiesto aiuto. Il giorno dopo mi hanno svegliato in piena notte dicendomi che potevo incontrarlo a Londra e dovevo andare in macchina con loro.»

«Non ha avuto dubbi?» Domandò ancora la De Nardi.

«Sì, ma mi hanno fatto controllare il passaporto e ho scoperto che dentro c'era un gps, di quelli trasparenti e sottilissimi.» Si fermò, in attesa delle urla del colonnello, la quale si limitò ad alzare gli occhi al cielo. Le fece cenno di continuare. «Subito dopo, mi ha chiamato Gimenez e mi ha detto di fidarmi, che erano suoi collaboratori e che Fortini non poteva venire in Italia.»

«Perché?»

«Mi ha fatto intendere che era in pericolo.»

Come lei d'altronde.

La De Nardi sospirò. «Cos'altro è successo?»

«Nulla di particolare. Abbiamo viaggiato tutto il giorno.»

«Che fine hanno fatto questi uomini?»

«Non lo so, dopo che hanno cercato di rapirmi a Leicester Square, ho chiamato Fortini, che era con Elisabeth e Lara, l'ho raggiunte alla Soho House e non ho sentito più nessuno da allora.»

«Lei è qui come cittadina del Vaticano. Ciò implica che, per via della Brexit, nessuno può verificare la sua presenza qui, e se anche ci provasse, essendo entrata in Inghilterra come parte di un corpo diplomatico non vi sarebbe comunque traccia.»

«Cosa vorrebbe dire?» Chiese timidamente Anna.

Fu Nirvana a rispondere: «Che se fosse sparita, nessuno avrebbe potuto trovarla. Sarebbe semplicemente svanita.»

Anna si portò una mano alla bocca che subito richiuse. Com'era successo a Emanuela Orlandi, anche lei cittadina del Vaticano. Scosse la testa, aveva rischiato la vita senza rendersene conto.

«Un'ultima domanda,» disse la De Nardi. «Ha idea di chi ha avuto il suo passaporto? Anche per poco tempo.»

Anna ripensò alla telefonata avuta con Gimenez. Era stata lei a chiederlo al monsignore.

«L'ho mostrato alla dogana del Vaticano, a quella di Fiumicino e a Gerusalemme.»

«Non lo ha mai lasciato incustodito?»

«Nella mia stanza a Gerusalemme.»

Scese un silenzio che durò qualche secondo.

«Direi di fermarsi qui,» concluse la De Nardi con un tono secco. I suoi uomini la conoscevano bene, aveva bisogno di tempo per pensare.

«Claudia, ho una domanda. Aggiornerà lei mio padre?»

«Ci penseremo noi. Elisabeth e Anna voi proseguite come se nulla fosse, nessuno sa della morte di Fortini e forse la Brossuard vi dirà qualcosa come riceverà la notizia.»

Detto questo, in pochi minuti la stanza rimase semi vuota. Claudia De Nardi sospirò. Aveva un problema non da poco: c'era di mezzo il Vaticano, era assodato, e l'unica cosa che temeva davvero era che questa volta si svelasse il mito dell'Entità. In cuor suo, sperava di sbagliarsi.

# 28

Alla fine, Anna era rimasta nella nuova stanza al Waldorf Hilton. Era in un Paese straniero con persone che non conosceva, poliziotti o simili, e con il passaporto del Vaticano. I due tizi di Gimenez lo avevano lasciato alla reception dell'albergo a Leicester Square. Lo aprì e controllò la foto. Era recente, voleva dire che qualcuno l'aveva scattata mentre era in visita a Roma solo poche settimane prima. Controllò meglio e riconobbe quello che indossava nel suo primo viaggio per incontrare monsignor Abbate. La dogana o forse il gendarme tanto educato e colto. Alla faccia della gentilezza, era tutto un nascondere qualcosa. Non andava affatto bene. Ripensò alla situazione in cui si trovava e la sensazione che aveva, era tutto meno che sostenibile. Non poteva permettersi di crollare anche volendo. La De Nardi poi l'aveva scossa ulteriormente. "Se metto il suo nome al centro, chiudo il cerchio," aveva detto con un fare che suonava vagamente accusatorio ma lei era lì per caso, quello era sacrosanto. Prelevata quasi di forza a Torino, costretta a viaggiare per dodici ore in una macchina con sconosciuti, abbandonata a Londra dove due tizi la volevano portare via. Per non parlare dell'incontro con Fortini, mai visto e sentito prima, e ora ucciso a Firenze con un colpo di pistola. Tremò. A sentire i ragionamenti di quel tedesco in video, il Vaticano c'entrava sicuramente. Abbate o Gimenez? O entrambi?

Sospirò appena. In cosa si era cacciata? E soprattutto, come ne sarebbe uscita? Non poteva neanche tirarsi indietro, era l'unica ad avere la competenza sul Rinascimento e sulla Storia delle religioni, era stata a Gerusalemme e come diceva quel colonnello in gonnella, era al centro delle cose. Non sarebbe andata da nessuna parte, a meno che...

Cercò in rete un numero di telefono, lo trovò e pregò che fosse quello giusto. Era piena mattina, forse avrebbe risposto qualcuno. Prese il telefono fisso sul comodino, compose il numero e attese incrociando le dita in segno di fortuna come le aveva sempre detto di fare Fabio quando desiderava che avvenisse qualcosa.

«Pronto?» L'italiano era quello che sperava di sentire e si ritrovò a sorridere come una bambina che scopre la Nutella.

«Camille?» Chiese come se stesse entrando in una stanza in punta di piedi.

«Chi parla?»

«Anna Pareto.»

La ragazza scoppiò in una risata. «Anna, che bello sentirti! Perché mi chiami qui?»

Una voce amica, familiare, qualcuno che finalmente poteva ascoltare tutta la storia. Passarono diversi minuti e alla fine Camille Flammarion esclamò: «Cavolo che storia, un bel casino.»

«Esatto e forse tu puoi aiutarmi.»

«Volentieri, ma come?»

«Fortini mi ha detto che lo avevano chiamato sia un arcivescovo, Battista, che un monsignore, immagino Gimenez. Ma se non fosse lui?»

«Spiegati meglio.»

«Quella sera al pub, l'unica volta che ci ho parlato, mi ha confidato che era lì perché due prelati erano intervenuti per me. So per certo che uno è Battista ma l'altro potrebbe essere anche Abbate. Ha poi aggiunto che se la bolla papale fosse caduta nelle mani del primo, avrebbe potuto distruggerla mentre il secondo l'avrebbe potuta usare per far leva sul pontefice per il controllo della Terra Santa.»

Camille non rispose, tutte quelle informazioni la stavano confondendo.

«Vai avanti,» si sentì dire.

«Non è stato Gimenez che ha gli stessi obiettivi di Battista a sollecitare Fortini a un mio incontro, ma Abbate! Ciò vuol dire che quest'ultimo fa il doppio gioco. Si finge disponibile con tutti per entrare in possesso della bolla papale e giocare al rialzo.»

«Scusami, ma per fare questo gioco devi avere in mano l'oggetto del contendere.»

«Non è detto. È come quando giochi a poker e stai bluffando.»

«Una mano pesante, gli è costata la vita.»

Anna si morse un labbro.

«Chi arriva a uccidere in questo modo? In pieno giorno in una città come Firenze?»

«Chi è disperato e non ha nulla da perdere.»

«Quindi Fortini sapeva di più di quello che ci ha fatto credere.»

«Mi hai detto che lo hai incontrato da sola alcune sere fa a Londra.»

«Ora sta investigando con me l'Europol, insieme all'avvocato Scorsese.»

Camille ebbe un attimo di esitazione e poi chiese: «Cosa non ti torna?»

Anna sospirò. Era il momento di sviscerare qualsiasi dubbio, un punto di vista neutro era ciò che le serviva.

«Insomma, Fortini era un professore del liceo, non aveva tutta questa conoscenza delle cose che cercava e più volte ha parlato al plurale riferendosi al suo fidanzato, Andrea Spinazzola, il tipo che possiede l'Ars Longa.»

«La casa d'aste, giusto?»

Anna lo confermò.

«È lui che manovra.»

«Ma è sparito e il suo uomo ci ha lasciato la vita.»

«È stato informato?»

«Non che io sappia. Perché me lo chiedi?»

«Potrebbe uscire allo scoperto. Si sente ferito e...»

«Ma certo! Camille, sei un genio. Ecco perché lo hanno ucciso in modo così plateale, ora Spinazzola dovrà farsi vivo e quando se non al suo funerale?»

«Sai quando ci sarà?»

«Non ne ho idea ma l'Europol lo saprà sicuramente.»

«Stai attenta, Anna.»

A quelle parole, Anna espirò lentamente.

«Grazie Camille, mi sei stata di grande aiuto.»

La francese sospirò. «È quello che faccio per vivere, non ringraziarmi. Anzi, dimmi se posso fare altro.»

«Fortini è stato a Roma il 23 giugno, nel quartiere Testaccio e il giorno dopo a Venezia nel sestiere Castello. Non sappiamo chi ha incontrato ma magari puoi scoprire se in quei giorni ci sono state visite anche in Vaticano.»

«È un po' complicato, però posso provare. Dove ti chiamo se scopro qualcosa?»

Le diede il nuovo numero del cellulare adducendo una scusa per quello precedente, non se la sentiva di caricare ancora di più la sua storia anche con un ipotetico controllo a distanza dei suoi movimenti, e si promisero di rimanere in contatto.

Era contenta, aveva fatto un passo avanti; doveva avvisare la squadra e il pensiero che un agente come Nirvana fosse lì a proteggerle, la rassicurò. Certo che ne avrebbe voluto uno tutto per sé.

"A caval donato, non si guarda in bocca vecchia mia e non è certo il momento di fare la preziosa." Abbozzò un sorriso, ora sapeva cosa fare.

# 29

No, non era possibile, non lui.

No, non era giusto, tanta violenza, tanta cattiveria. Un'esecuzione, ecco cos'era stata. E un messaggio per lui, ovvio.

«Bastardi, figli di puttana!» Urlò Andrea Spinazzola, il dolore che gli contorceva lo stomaco, la rabbia che lo faceva imbestialire, le lacrime che non la smettevano di rigargli il viso.

«Perché? Perché?» Ripeté senza freni e si accasciò a terra.

Era nel suo luogo segreto, conosciuto solo da Alex, una stanza presa a nome di Marco Rondini; Alex lo usava spesso, era lui che glielo aveva suggerito.

"Trovati un altro nome, nel commercio di opere d'arte a volte è meglio lasciare meno tracce possibili."

E così, grazie alla Soho House che garantiva per lui anche l'anonimato – per la privacy, certo, ma soprattutto per un bonifico sostanzioso versato al club – era in centro a Londra dove nessuno lo avrebbe cercato.

Ma era solo e piegato in due per la pena che stava provando.

Sapeva che Alex aveva qualche *affair* in giro, tuttavia il loro amore, la loro storia, andava avanti per un sentimento vero e forte che li aveva uniti fin dal principio.

Cosa gli aveva confessato quando lo aveva visto la prima volta?

"D'arte non ci capisco niente, te lo assicuro."

"Se starai con me, ti trasformerò in un intenditore, verrai amato e coccolato, rispettato e chiamato da chi non sospetterà nulla. Te lo prometto."

"Come fai a dirlo?"

"Sono un grande maestro."

Lui aveva sorriso e prima di baciarlo, gli aveva sussurrato: "No, sei un gran truffatore."

E così fu.

In principio con grandi difficoltà e con anche tanto divertimento, come quando un bambino vuole correre ma sa a malapena camminare, poi con sempre più convinzione fino alla prova del fuoco, a quel battesimo in Siberia con i russi. Raggirarli in casa loro era stato un colpo da veri professionisti. Lui si era finto un chimico del dipartimento dell'Evoluzione umana di Lipsia mentre Alex un facoltoso italiano che voleva sincerarsi della reale provenienza del dente di un orso bruno di oltre 3400 anni, appena rinvenuto tra i ghiacciai a sud degli Urali, non distante dal carcere di massima sicurezza Aquila Nera.

"Se non stiamo attenti, ci sbattono là dentro," aveva scherzato Alex senza sapere cosa fosse veramente quella prigione. Andrea si ricordò che lo aveva messo a tacere con uno sguardo.

Si erano recati sul luogo del ritrovamento e grazie alla sua amicizia con il professor Klein, oltre al denaro portato da Alex, erano riusciti a convincerli. Ed era stato proprio quel professore a dargli la dritta sulla tomba di Pico della Mirandola. Da quel momento in poi, i suoi studi e un po' di sana e disinvolta gestione delle cose li avevano coinvolti in un lavoro che poteva tirar su milioni di euro. Si sarebbero sistemati per sempre, altro che la casa d'aste londinese. C'era cascata anche Olivia, convinta di fare un affare a prendersi il 30% grazie ai soldi degli americani.

"Ricchi e ingenui."

Anche in quello Alex era stato un ottimo attore.

Poi era arrivato Thomas Schluck che pretendeva un pezzo della torta o gli avrebbe fatto saltare l'operazione. A dimostrazione della sua forza, gli aveva mostrato un foglio di movimenti bancari riconducibili, a sentir lui, a Israele e al Vaticano. Vero o falso, era stato costretto a credergli perché i suoi "amici" non andavano tanto per il sottile.

"Cosa ti hanno fatto, Alex," pensò mentre tornava in sé.

Doveva fare qualcosa.

La stanza dove aveva passato gli ultimi interminabili giorni dopo la fuga da Venezia cominciava a stargli stretta. Già, ma di chi poteva fidarsi?

Il suo pensiero andò all'unica persona che lo aveva sempre sostenuto e protetto come un figlio.

«Zio?» Chiese appena sentì rispondere all'altro capo del telefono.

«Andrea, mio Dio, dove sei? Come stai?»

Andrea non riuscì a trattenere le lacrime e scoppiò in un pianto liberatorio. Tutto quello che aveva progettato con Alex per liberarsi del ricatto di Schluck, dai soldi che avrebbero guadagnato grazie alla bolla papale fino alla loro fuga, era svanito, disintegrato da un colpo di pistola.

«Lo hanno ammazzato come un cane,» riuscì a dire mentre Sigismondo Altieri rimaneva in silenzio. Dall'esperienza dei suoi novant'anni sapeva bene che in certe situazioni, non c'erano parole che potessero alleviare il dolore.

«Perché lo hanno fatto, zio?»

«Non lo so, Andrea. Mi dispiace molto. So quanto eravate legati.»

È vero, lo conosceva bene. Alex aveva instaurato con lui un rapporto molto aperto e complice, il massimo che si potesse ottenere da un anziano snob e scontroso come l'ex direttore della Biblioteca Marciana.

Il silenzio riempì i minuti successivi e quando sembrò che le parole fossero finite, Altieri chiese: «Quando ci sarà il funerale?»

«Devo parlare con la Brossuard e chiederle di occuparsi di tutto.»

«Aveva parenti?»

«Che io sappia, no.»

«La salma è qui in Italia e come faranno...»

«Zio, non so un cazzo, va bene? Sono rinchiuso in una stanza di merda qui a Londra e chissà se potrò mai uscire!»

«Scusami,» disse Altieri sinceramente colpito dalla reazione del nipote. Cercava di dargli sollievo.

Andrea Spinazzola sospirò, esausto.

«No, perdonami tu. Non dovevo urlare, sei l'unica persona di cui possa fidarmi.»

L'anziano professore fu in parte sollevato, suo nipote non si era ancora perso del tutto, e forse lo avrebbe convinto.

«In quale pasticcio ti sei cacciato?»

Spinazzola abbozzò un sorriso, era veramente di un altro secolo, forse due.

«Nulla che non possa risolvere.»

Mentire a volte è più semplice.

«E allora cosa ti trattiene dal muoverti?»

Stava per rispondere ma poi si bloccò. Perché mai non era ancora uscito? Avevano preso il suo compagno, cos'altro potevano togliergli? La vita? Al punto in cui era, se ne fregava.

«Parlami, Andrea.»

«Non so più cosa devo fare.»

«Chiedi consiglio.» E prima che potesse replicare, Altieri aggiunse: «Quella donna, quell'avvocato che ti ho presentato qui a Venezia, l'hai più sentita? Mi sembra una in gamba.»

«L'avvocato Scorsese. Dopo l'accordo a Venezia, non sono riuscito a vederla, ma le ho fatto arrivare un messaggio. Andrea l'ha incontrata.»

«Potrebbe aiutarti.»

«È qui a Londra.»

«Ottimo. Parlale, magari trova una soluzione.»

"Fosse così semplice, caro zio," si disse Spinazzola mentre lo rassicurava. Forse poteva avere ragione. Lui l'aveva tirata dentro con quella mail, poteva chiamarla e farsi dire a che punto erano le indagini.

Chiuse la telefonata e chiamò la Brossuard.

«Dove sei finito?» Urlò disperata. «Tutti ti cercano, per la casa d'aste, per la festa cui sei mancato, per favore dimmi cosa sta succedendo.»

«Ogni cosa a suo tempo. Aggiornami sull'altra sera.»

«Cosa vuoi sapere?»

Andrea si meravigliò che non avesse fatto cenno all'omicidio del suo compagno. Forse non ne era a conoscenza, poteva non aver visto o letto un notiziario italiano.

«Brimley, di che umore era?»

«Arrabbiato, nervoso, era sicuro di concludere l'acquisto della bolla papale.»

«Sa quindi di cosa si tratta?»

«No, assolutamente. Me lo dici sempre tu, mai dichiarare qualcosa se non lo si ha in mano.»

Andrea annuì. Una parte del disastro era salva.

«Comunque, ha trovato su chi scaricare la sua rabbia.»

«In che senso?»

«C'era l'avvocato Scorsese con un tipo che sembra sia il fidanzato. So che c'è stata una specie di discussione.»

Spinazzola alzò le spalle. Roba da gossip, di nessuna importanza.

«Devo parlarci.»

«Con Brimley?»

«No, con la Scorsese, mandami il suo cellulare a questo numero, ok?»

La Brossuard mugugnò qualcosa come conferma e lui non le diede il tempo di ribattere.

«Schluck era presente?»

«No.»

Era stato informato, ma da chi?

«E Alex?»

Olivia attese qualche secondo prima di rispondere e quell'esitazione le fu fatale. Sapeva, eccome.

«Non si è visto, pensavo fosse con te.»

Andrea farfugliò un saluto veloce e chiuse la telefonata.

Un idiota, ecco cos'era. Ora doveva cambiare di nuovo il numero del cellulare ma non prima della telefonata alla Scorsese.

Cominciò a sudare e pensare. Com'era collegata la Brossuard con quello che stava succedendo? Si era sempre comportata con correttezza ed eleganza. Aveva instaurato un rapporto cordiale con

Alex, non aveva mai invaso la loro privacy pur intuendo che avevano una storia e che lui era lì perché erano fidanzati, non certo per le sue conoscenze dell'arte o della storia. Era rimasta in disparte, non era mai entrata nelle trattative anche se possedeva un'alta percentuale delle quote della società. Lo aveva sempre lasciato amministrare come se lui fosse il solo responsabile, anzi nel periodo del Covid aveva permesso alla società d'incassare le sue parcelle di consulenza, e così facendo aveva salvato un anno finanziario altrimenti disastroso. Agiva in modo chiaro, non faceva nulla contro la società e condivideva ogni suo passo, ma allora perché non aveva accennato alla morte di Alex? Per paura di tradirsi, ovvio. Cosa sapeva d'importante? E soprattutto, chi le aveva suggerito di comportarsi in quel modo?

Gli arrivò il messaggio; trascrisse il numero della Scorsese e poi spense il telefono. Distrusse la scheda sperando non fosse tardi.

Si sentiva a pezzi ma non poteva più rimanere nell'ombra o in quella stanza. Ora che non c'era più Alex, toccava a lui trovare una soluzione.

E poi aveva il suo messaggio arrivatogli poco prima che lo uccidessero. Aveva un pezzo mancante, il più importante.

Sospirò. Sarebbe andato avanti per tentativi nella speranza che non si trasformasse nella prossima vittima.

# 30

Anna aveva chiamato trafelata e Nirvana aveva chiesto per lei una riunione urgente. La De Nardi aveva acconsentito e tutti erano di nuovo presenti nella stessa stanza di poche ore prima.

«Ho capito perché hanno ucciso Fortini in quel modo.»

Quasi urlò dall'eccitazione di poter riferire l'intuizione di Camille, omettendo ovviamente la fonte.

«Sentiamo.»

«Colonnello, vogliono che Spinazzola venga allo scoperto e l'unico modo per stanarlo è il funerale del fidanzato. Un omicidio così efferato in una città nota come Firenze ha fatto notizia, è su tutti i giornali e TG italiani, e lo ha ripreso anche la stampa estera quindi Spinazzola non può non averlo saputo. Sarà disperato e commetterà un errore.»

«Potrebbe effettivamente essere come dice, complimenti.»

«Non ci sono tante altre spiegazioni, capo.»

La voce era quella di Hans, collegato dal castello. «Abbiamo analizzato le informazioni raccolte dai carabinieri fiorentini, sembra un'esecuzione in piena regola. Ci siamo anche chiesti se invece Fortini non nascondesse un'altra vita ma non abbiamo trovato nulla che confermi questa teoria. Tranne il viaggio che ha fatto in Italia qualche mese fa, Roma e poi Venezia, la posizione indicata dai ripetitori del suo cellulare ci dà due zone, Testaccio e il sestiere Castello, come già detto. Se colleghiamo i viaggi compiuti alla ricerca della bolla papale, otteniamo un unico referente del mondo cattolico presente in entrambi i luoghi.»

Il tedesco si fermò e guardò l'obiettivo della telecamera neanche fosse George Clooney prima della battuta del secolo.

«Hans?» Lo apostrofò la De Nardi, stufa di quel teatrino che metteva in piedi ogni volta che si presentava l'occasione.

«Il Sovrano Ordine di Malta, ossia una possibile copertura per l'Entità.»

«Oh no!» Esclamò Anna.

Gli agenti presenti si scambiarono un'occhiata ma non aggiunsero altro.

«Perché queste facce?» Elisabeth non riuscì a trattenersi. «È la seconda volta che mi imbatto in questo nome, prima con mio padre, ora con voi e avete avuto la stessa reazione. Mi volete spiegare?»

Claudia De Nardi fece un respiro profondo dopo aver sbattuto ripetutamente gli occhi, forse per riprendere una lucidità che i brutti pensieri avevano intaccato.

«Non c'è prova alcuna che esista l'Entità o Santa Alleanza, come sono chiamati i servizi segreti del Vaticano. Il motivo è talmente ovvio che non ve lo spiego. Vi dico, però, che non escludiamo, noi come i servizi di tutto il mondo, che in realtà esistano per via di come sono sparite alcune prove e si sono chiusi alcuni casi riguardanti il Vaticano. Forse ricorderete la strana morte di Roberto Calvi nel 1982 per il crac del Banco Ambrosiano legato allo IOR, o il caso Orlandi di cui ancora tanto si parla pur a distanza di quarant'anni. Sono persone in grado di insabbiare informazioni, deviare un'indagine, depistare o ottenere accordi che sarebbe impossibile raggiungere senza un adeguato supporto d'intelligence.»

«Non li immaginiamo come dei veri agenti,» aggiunse Nirvana, «ma uomini o donne con un'alta specializzazione in affari internazionali, accesso alle banche dati, a stretto contatto con il papa oppure prelati a lui vicini. Insomma, persone in grado di prendere decisioni e muoversi liberamente con un passaporto e la ricchezza dello Stato pontificio a coprirgli le spalle.»

«Potrebbero aver ucciso Fortini?» La domanda innocente era di Anna.

«Non credo, tuttavia potrebbero essere collegati. Visitando le sedi di Roma e Venezia dell'Ordine di Malta, Fortini potrebbe aver incontrato qualcuno di loro e aver ricevuto ordini o indicazioni ben precise.»

«Non vi seguo,» disse Elisabeth e Anna annuì per solidarietà.

«Vi spiego io,» esclamò il tedesco cui piaceva salire in cattedra. «L'ordine nasce nel 1048 in Terra Santa con il nome di Ospitalieri di San Giovanni con lo scopo di assistere e difendere militarmente i pellegrini e i malati, proteggere i propri centri medici e le strade di collegamento nella zona di Gerusalemme. Hanno combattuto sempre e solo per la fede e in alcuni momenti storici sono stati davvero preziosi se non risolutori. Quando si stabilirono a Malta, da dove prendono il nome con cui sono conosciuti oggi, vinsero una battaglia navale rimasta famosa per aver fermato l'espansione degli ottomani, quella di Lepanto del 1571. Nel corso degli anni, hanno dovuto spostare la loro sede perché mandati via o sconfitti, accumulando comunque ricchezze enormi e influenza in tutta Europa. Hanno tessuto contatti e stretto alleanze in ogni dove, addirittura con i russi. Insomma, oggi sono ovunque.»

«Una vera potenza. E uno Stato indipendente. Oggi operano in ben 120 Paesi e la sede di governo dell'Ordine di Malta è a Roma, dove gode dell'extraterritorialità,» concluse per lui Nirvana.

«Come il Vaticano.»

Le parole le uscirono quasi in un sussurro e fu la De Nardi ad accorgersene per prima.

«Anna, vuole dirci qualcosa?»

La professoressa Pareto si mise seduta. Sembrava scossa.

«Terra Santa, pellegrini, il mio viaggio a Gerusalemme e l'incontro con il patriarca dei Latini, i monsignori Abbate e Gimenez e adesso l'Ordine di Malta che vide i propri inizi in quella regione e con lo scopo di proteggere i pellegrini. È tutto collegato con la morte di Fortini, ovvio.»

«Sì ma non è direttamente collegato a lei, non ha ucciso lei Fortini e non è neanche lontanamente responsabile. Così come per gli altri omicidi,» fece notare Nirvana.

Scese un attimo di silenzio e poi Hans prese di nuovo la scena.

«Ci sono due novità importanti.»

Rimase in attesa di attirare gli sguardi dei presenti.

«Hans, non farci perdere tempo.»

La De Nardi, risoluta e pragmatica.

«Abbiamo la conferma che Frate Alberto, suicida dopo aver visto Fortini, era uno dei due prelati presenti all'apertura della tomba di Pico. L'altro è morto di vecchiaia. Controllando il cellulare di Fortini quando è stato ritrovato, abbiamo scoperto che ha inviato un messaggio prima di lasciare la chiesa. Il testo è illuminante.»

Nirvana accennò un sorriso e scambiò uno sguardo con Elisabeth che rimase in silenzio.

«Hans!»

«"Amore mio",» fece una pausa e, prima che la De Nardi schiumasse di rabbia, aggiunse «"l'ho trovato, era nell'anello, avevi ragione. Ha scritto AADEX."»

«Hans, non dire cazzate.»

«Glielo giuro, capo.» Il tedesco sembrò trattenere una risata ma in realtà era maledettamente serio.

«È ovvio che era diretto a Spinazzola ma è incomprensibile,» aggiunse Nirvana.

«Non per Fortini e per il suo fidanzato. Troviamo Spinazzola e avremo la chiave,» disse Elisabeth.

«Non c'è solo questo da capire,» s'intromise Anna. «Fortini è andato a Firenze dall'unico prelato rimasto in vita che era presente all'apertura della tomba di Pico per sapere cosa ci fosse dentro. Ha scoperto un anello legato al filosofo e poi qualcosa che gli ha fatto scrivere quel messaggio criptato, diciamo così, a Spinazzola. Da chi ha avuto la notizia della presenza di un indizio in quella chiesa? Perché è andato dall'Ordine di Malta prima a Roma e poi a Venezia? Risposto a questi quesiti, dobbiamo scoprire il significato dell'appunto di Pico.»

«Non ho capito nulla, Anna,» sbottò Elisabeth esasperata.

«Semplice. Il professor Klein trova l'antimonio nella polvere presente vicino alle ossa di Pico. Come già detto, è un elemento chimico che a quei tempi poteva essere presente sui metalli; quindi, l'anello cui fa riferimento Fortini nel messaggio. In quegli anni, negli anelli si nascondevano anche appunti ed è quello che scoprono i due preti presenti il giorno dell'apertura della tomba, così come il carabiniere ucciso a Roma.»

«Il tenente Piero Gavina,» specificò Nirvana.

«Klein e Gavina vengono uccisi perché potevano arrivare all'appunto di Pico.»

«È così. Il nostro mandante non vuole che venga a galla il segreto con cui è morto il filosofo,» concordò Nirvana.

«Si spieghi meglio,» chiese la De Nardi ad Anna con il suo tono da capo.

«Sei giorni dopo la morte di Pico, il Domenicano Girolamo Savonarola, uno che predicava contro la Chiesa corrotta e la casata de' Medici, tanto da essere additato come eretico, impiccato e poi bruciato su ordine di Alessandro VI, tenne una messa di commemorazione durante la quale disse che Pico non poteva salire in Paradiso ma doveva scontare del tempo in Purgatorio a causa di pene temporanee che potrebbero essere collegate a un segreto che non aveva voluto svelare.»

«Perché ci interessa?» Domandò ancora il colonnello.

«Ora ci arrivo. Savonarola è stato un personaggio scomodo, molto amato e odiato al tempo stesso, ne ha combinate di grosse che non sto qui a raccontare ma aveva una sorta di adorazione per Pico. Lui stesso fu arrestato per eresia, poi liberato grazie all'intervento di Lorenzo de' Medici che più volte redarguì Savonarola per le sue parole pesanti. Lorenzo offrì a Savonarola anche una nomina a cardinale a patto che ritrattasse certe affermazioni offensive ed eretiche ma lui rifiutò. Insomma, le vite di Pico e Savonarola sono strettamente intrecciata e hanno un amico in comune, il prete Matteo Bosso. Lui sta a Fiesole, loro a Firenze ma il dibattito che si crea sull'attacco alla Chiesa da parte del Savonarola li coinvolge entrambi. E così anche il Poliziano.»

«Morto due mesi prima di Pico e anche lui avvelenato,» intervenne Elisabeth e Anna annuì, sorridendole.

«La storia ci piace, professoressa Pareto, ma arrivi al dunque.»

«Per decifrare l'appunto che era nell'anello di Pico, devo andare all'Archivio del Vaticano, dove sono conservate le minute brevi lasciate da Innocenzo VIII, e poi a Venezia alla Biblioteca Marciana per consultare i documenti scritti dal papa e leggere le lettere di Lorenzo de' Medici.»

Scese un silenzio che non piacque a nessuno.

«Non mi sembra una scelta sensata, andare nella tana del lupo,» sentenziò la De Nardi che diede voce al pensiero di tutti.

«È così,» aggiunse Hans. «Ma la professoressa ha ragione.»

Non volò una mosca, ma non durò a lungo.

«Mi perdoni Anna, cosa vuole dimostrare esattamente?» Chiese Hans facendo del sarcasmo anche se la domanda rimaneva lecita.

«Cercherò il collegamento che mi permetta di decifrare l'appunto di Pico. Ora sappiamo che c'è e che potrebbe essere il motivo della sua morte, e forse di quella di Poliziano, anche se ne dubito, non c'è nessun riferimento storico che sia collegato alla bolla papale.»

«Perché questo dubbio?»

«Lo dice la storia. Innocenzo VIII odiava Pico della Mirandola, è scritto ovunque, ed è stato proprio lui a farlo arrestare e se non fosse stato per il Magnifico, Pico sarebbe marcito in prigione e poi messo al rogo. No, ci deve essere qualcosa nel breviario di Innocenzo VIII, tra le lettere e gli appunti, che possano indicare una sorta di avvicinamento tra i due, altrimenti perché lasciare un'eredità così importante a chi detesti?»

«Va bene. Andrà a Roma, ma prima si dovrà dotare di qualche microspia.»

«Cosa?»

La domanda di Anna si perse nello sguardo attonito di Nirvana. «Capo, ne è sicura?»

La De Nardi alzò le spalle.

«Spiare un covo di spie? Non è la prima volta che lo facciamo.»

«Ma questi sono preti!» Quasi urlò Anna, completamente allibita.

Elisabeth trattenne un sorriso; la professoressa aveva perso il controllo e non si capacitava di quello che le stava succedendo. Si rivide nel suo primo caso, quello della famiglia Corvino, dove per poco non moriva per mano di un suo ex.

«Allora, non avrà nulla da temere. Ma se esiste l'Entità, la contatteranno. È una cittadina che torna nel proprio Paese, non credo che passerà inosservata. Ha con sé il passaporto, giusto?» Domandò il colonnello.

Anna annuì. Era esterrefatta.

«Hans, sei risalito alla posizione del cellulare di Spinazzola?»

«Vicolo cieco. La scheda sarà stata distrutta.»

Ora che Fortini era morto, Spinazzola era decisamente in pericolo e voleva rimanere ancora più nell'ombra.

«Cos'abbiamo che possa collegare l'Ordine di Malta al nostro caso?»

Il tedesco non rispose ma mandò sullo schermo il simbolo dell'Ordine di Malta, la bianca croce ottagona.

«Aspettate!» Strillò Elisabeth guadagnandosi un'occhiataccia dalla De Nardi.

«Lo zio di Spinazzola aveva una croce simile sulla giacca quando l'ho incontrato la prima volta.»

«Hans cerca nel suo curriculum, Altieri Sigismondo, se c'è qualcosa che lo leghi all'Ordine di Malta.»

Mentre il capo analista dell'Europol passava al setaccio la vita del vecchio maestro, Nirvana ne approfittò per chiedere ad Anna.

«Professoressa Pareto, ha capito come sarà equipaggiata durante la visita in Vaticano?»

La donna fece una smorfia. «Microfono?»

«Qualcosa di più sofisticato,» rispose sibillina la De Nardi. «Ma non le toglieremo la sorpresa. Comunque non rischia nulla, stia tranquilla.»

«Perché ne è così sicura?» Anna non sopportava la fermezza di questa donna. Non si poteva essere così, ogni essere umano aveva almeno una debolezza, l'uomo è un essere fallibile, dopotutto.

«Non lo sono, Anna, ma credo che dubitare dei nostri mezzi, dopo anni di esperienza e conoscenza, non sia l'approccio giusto. Vede, se lei è qui è perché qualcuno le ha riconosciuto un sapere che ci porterà a capire perché sta succedendo tutto questo. Allora le chiedo: se c'è chi arriva a uccidere pur di ottenere ciò che solo lei può trovare e quindi crede nel suo operato, perché lei dubita di sé stessa?»

Anna era senza parole. Aveva ragione. Doveva smetterla di mortificarsi. Era inutile, quell'atteggiamento negativo non portava da nessuna parte.

«Ascolta Anna,» la richiamò Elisabeth, «ripensando alla storia, ci può essere un legame tra il Sovrano Ordine di Malta e i Frati Minori?»

La professoressa Pareto strinse gli occhi ringraziandola. Quello era il suo terreno, lì si trovava a suo agio, altro che giochi di spie.

«Entrambi hanno a che fare con la Terra Santa, fin dalla nascita il primo e dall'arrivo di San Francesco gli altri. Li accomuna anche la missione che si sono prefissati, la cura dei poveri e dei pellegrini.»

La De Nardi comprese ciò che voleva dimostrare Elisabeth.

«C'è un fatto scatenante, qualcosa d'importante, che li avvicina? Un evento che potrebbe aver sigillato un accordo?»

Anna ci pensò su ma non le venne in mente nulla.

«Quando nacque a Gerusalemme nel 1048, il Sovrano Ordine di Malta venne fondato sul culto di San Giovanni Battista le cui orme sono state seguite da San Francesco durante il suo viaggio in Terra Santa.»

«Vada avanti.»

«San Francesco arrivò in Terra Santa passando per Dalmetta, su una nave che portava i crociati a combattere i musulmani. L'assedio durò dal maggio del 1218 fino a novembre del 1219, e a settembre di quell'anno Francesco incontrò il sultano al-Malik al-Kamil, il nipote di Saladino. C'è qualche possibilità che la flotta dell'Ordine di Malta abbia favorito questo incontro.»

«C'è un senso di riconoscenza,» disse Elisabeth, «ma è troppo poco per un patto di aiuto reciproco.»

«San Francesco fece voto di povertà e di aiuto ai più bisognosi come San Giovanni Battista ed entrambi dimostrarono umiltà. Francesco chiamò i suoi frati "minori" come a ribadire che occupavano l'ultimo dei posti, e San Giovanni Battista ha sempre predicato il suo piccolo ruolo di fronte all'immensità di Dio.»

«Quindi Francesco si è ispirato a San Giovanni Battista?»

Anna annuì. «C'è sempre stato un richiamo tra i due, nell'arte ma anche nei fatti successivi. Francesco nel ritorno dalla Terra

Santa si fermò ad Acri, sulle coste di Israele. Lì, nel 1737, i Francescani fecero costruire la Chiesa di San Giovanni Battista che oggi ospita una piccola comunità cattolica latina, una sorta di avamposto visto che i cattolici sono una piccola percentuale della popolazione della cittadina.»

«Hans, sei in linea?»

«Come sempre, capo.»

«Cercami un collegamento tra Acri e Francesco d'Assisi.»

«Certamente.»

Il tedesco tornò silenzioso e in quel momento arrivò una notifica sul telefono di Elisabeth. Lo lesse velocemente mentre la De Nardi la guardava con aria interrogativa. Lei si scusò con un mezzo sorriso.

«Colonnello.» Hans riconquistò l'attenzione dei presenti. «Durante la visita ad Acri di San Francesco, la cittadina era sotto il governo del Sovrano Ordine di Malta così come Rodi, Cipro e la stessa Malta. E indovinate un po' come si chiamava la nave che ha riportato a casa Francesco d'Assisi?»

«Hans, piantala e parla! Tu e il tuo maledetto colpo di teatro.»

«Come desidera, capo. Si chiamava Gomeisa.»

«Sì,» fu l'urlo di Elisabeth. «Ecco la password.» E guardò trionfante Nirvana che stava sorridendo.

«Avvocato, può essere così gentile da illuminarci? Sa com'è.»

«Sì, certo Claudia, mi perdoni. Spinazzola mi ha lasciato un biglietto con le parole "Gomeisa 1219", Fortini durante il nostro unico incontro mi ha confermato di averlo scritto di suo pugno sotto dettatura. Con Anna avevamo intuito che l'anno potesse essere quello del viaggio di San Francesco in Terra Santa ma ora ne abbiamo la conferma, e dimostra anche il coinvolgimento dell'Ordine di Malta nel nostro caso. Una password per accedere a un gran segreto, per l'appunto.»

Fece l'occhiolino a Nirvana.

«Quindi Spinazzola ha voluto fin dal principio metterci sulle tracce dell'Ordine di Malta,» disse Hans.

«E all'insaputa dello zio,» aggiunse la De Nardi.

«Il quale è uno dei cinquantasei cavalieri che hanno il diritto a esprimere il nome del gran maestro prima delle elezioni. Un diritto molto esclusivo di altissimo valore,» rivelò Hans.

«Spiegati meglio.»

«Le elezioni del gran maestro sono un momento molto delicato per tante ragioni, tra cui l'equilibrio nei rapporti con il Vaticano. Il gran maestro diventa di fatto cardinale, senza diritto di voto in conclave ma occupando comunque un'alta carica ecclesiastica. A ciò si aggiunge che governa su circa tremila cavalieri e centomila volontari, su un complesso di quasi mille tra ospedali, ambulatori e missioni d'assistenza nel mondo, su diversi possedimenti, e che gestisce un bilancio che sfiora i due miliardi di euro. Ancora: il gran maestro guida un corpo diplomatico che ha relazioni con 107 Paesi, dispone di un seggio da osservatore alle Nazioni Unite, comanda su priorati nazionali e varie associazioni collegate. È allo stesso tempo la guida di una poderosa ONG in grado di rivaleggiare con la Croce Rossa Internazionale e un capo di Stato, che non ha più una terra eppure emette targhe automobilistiche, francobolli, monete numismatiche, passaporti. Insomma, una vera potenza. Negli ultimi tempi, il papa è stato molto dubbioso sulla piega che aveva preso l'Ordine, diceva che non rispecchiava più il voto di castità, povertà e devozione fatto in principio e che potesse considerarsi una deriva del tradizionalismo cattolico fine a sé stesso. Ci sono state delle tensioni, qualcuno si è dimesso, e il gran maestro si è personalmente impegnato davanti al pontefice per rinsaldare questa frattura e garantire maggiore coesione con il Vaticano.»

Seguì ancora una volta un silenzio più assordante di una musica sparata a tutto volume.

«Se sgarra, si gioca il posto,» disse laconicamente Anna.

«C'è anche altro. Il gran maestro ha eletto il professore Altieri come presidente di una commissione interna atta a dimostrare l'inesistenza di commistioni con la massoneria come aveva ventilato il Vaticano in una lettera aperta. Questa recitava in modo esplicito: "Si inviteranno i cavalieri che fossero membri di tali associazioni a ritirare la loro adesione essendo incompatibile con la fede cattolica e l'appartenenza all'Ordine." Insomma, è uno che conta.»

«E che farebbe qualsiasi cosa pur di preservare il buon rapporto con il Santo Padre,» disse Anna.

«Come impossessarsi di una bolla papale e consegnargliela. Sarebbe un gesto risolutore, l'Ordine come difensore della sede di Roma oltre che organizzazione di grande aiuto e umanità,» rifletté Elisabeth.

Non c'era molto altro da aggiungere.

«Posso fare una domanda ad Hans?» La titubanza di Anna fece sorridere il colonnello.

«Non la mangia mica, anche se è un po' burbero. Prego.»

«Il giorno che Fortini è andato a Venezia era il 24 giugno, giusto? Al sestiere Castello dove c'è la sede del Sovrano Ordine dei Cavalieri di Malta?»

«Corrette entrambe le domande. Perché è così importante?»

«Il 24 giugno è la data di nascita sia di San Giovanni Battista che della massoneria, avvenuta nel 1717 e non è un caso. Per i massoni, Giovanni Battista rappresenta il fuoco che illumina il lavoro degli uomini, l'inizio del tutto, il profeta dei profeti. È considerato il protettore delle corporazioni medievali da cui la massoneria ebbe origine. Quaranta anni dopo, i Francescani costruiscono una chiesa in onore del Santo che aveva ispirato il fondatore del loro Ordine. Fortini è a Testaccio il giorno prima, sempre dai cavalieri di Malta e allora perché va a Venezia il giorno dopo? E una volta arrivato lì, incontra il professor Altieri?»

La De Nardi la guardò e sorrise. Questa era la professoressa Pareto che voleva, cazzuta e propositiva.

«Probabilmente Fortini non era soddisfatto dell'accordo con Roma e aveva bisogno del lato massone dell'Ordine, quindi va a Venezia.»

Quasi tutti annuirono e lei continuò: «Sulla sua seconda domanda, la risposta è semplice, lo chiederemo direttamente ad Altieri. Elisabeth, provi a chiamarlo.»

Fece come le aveva ordinato ma il cellulare squillò a vuoto.

«Ci riprovo più tardi.»

Non era sufficiente, dovevano muoversi, trovare una strada.

«Io però ho trovato qualcosa.»

La De Nardi alzò gli occhi al cielo, aveva perso ogni speranza con Hans. Riusciva a sopportarlo solo perché nel suo lavoro faceva la differenza.

«Sentiamo.»

«Sono partito dalla mail di Spinazzola a Olivia Brossuard, o meglio dal suo allegato. Lo condivido con voi, come avrete già visto, si tratta di una foto ma si capisce perfettamente.»

In un istante, apparve la lettera scritta a mano da Suor Marta.

«Questo è il testo completo, non ci sono altre pagine. Vi lascio alcuni minuti per rileggerla integralmente.»

Anna si avvicinò e Hans ingrandì il corpo.

La lettera recitava: "*Roma, 14 dicembre 1965. Caro Carlo, sei il mio cugino prediletto, l'unico di cui mi fido, e sento che solo a te posso confidare ciò che mi è stato tramandato dalla nostra badessa prima di giungere in Paradiso. Suor Alba portava con sé un segreto e ha scelto me, come umile serva, per custodirlo, ma il peso è troppo per la mia giovane età. Una nostra sorella che visse alla fine del 400 a Roma aveva come compito di accudire Papa Innocenzo VIII e fu nel giorno della sua morte che assistette a un evento raro quanto inaspettato: la dettatura di una bolla papale. La sua importanza sta nell'argomento trattato, ossia la destinazione della custodia della Terra Santa non solo ai Frati Minori, a noi Clarisse legate dalla stessa nascita, ma a tutti gli ordini che ne avrebbero fatto richiesta, in principal modo ai Domenicani. Ma il vero sconcerto fu la scelta del confidente, l'eretico Pico della Mirandola. Fu consegnato a lui l'originale della bolla papale e quando Girolamo Balbani chiese umilmente spiegazioni di tale scelta al pontefice, lui disse che di altri non poteva fidarsi e solo la mente di Pico avrebbe potuto capire la portata di quella scelta. Ma quella bolla non fu mai pubblicata. Non spettava a me sapere altro, mi fu chiesto dall'amata badessa Suor Alba di tenere tutto ciò custodito nel silenzio della nostra vita e di tramandarlo a mia volta solo quando il Signore mi avrebbe chiamata al suo cospetto. Ma non riesco. Ora lo affido a te, con questa lettera, e io mi ritirerò nel punto più alto vicino a Dio, il luogo dove giace il poeta antico che osò sfidare con la sua musica gli Inferi. Quel coraggio che a me, umile servitrice, manca del tutto. Ne terrò una copia per me in modo che tu possa sentire sempre saldo il nostro patto. Ti prego di non cercarmi mai più e solo di conservare questo segreto sposando mio Signore;*

*così facendo garantirai il controllo su ogni cosa perché la sua rivelazione potrebbe portare conseguenze indicibili. Con l'amore di sempre, tua Suor Marta."*

Fu Anna a parlare per prima. «Continuo a nutrire forti dubbi sul rapporto tra Pico della Mirandola e Papa Innocenzo VIII. Perché abbiamo riletto questa lettera? Che utilità ha?»

«Prima di tutto, ci fornisce una data e una città. Poi ci conferma che Suor Marta era una Clarissa, che in quell'anno era molto giovane e che, quindi, forse era nata vent'anni prima» disse Hans.

«E oggi potrebbe essere ancora viva,» concluse per lui la De Nardi.

«E quindi interrogabile,» chiarì Nirvana per la professoressa.

«Anche fosse, i monasteri di clausura sono in tutto il mondo e la parola stessa vieta l'ingresso ai laici.»

«Giusto, professoressa, ma qui abbiamo un paio di indizi molto importanti, quasi due coordinate geografiche per localizzarla.» Hans citò testualmente: «"Mi ritirerò nel punto più alto vicino a Dio, il luogo dove giace il poeta antico che osò sfidare con la sua musica gli Inferi."»

«Hans non farci fare notte, l'hai trovata o no?»

Nirvana accennò un sorriso che Elisabeth contraccambiò. Anna rimase invece impassibile.

«Per la mitologia greca, il punto più alto vicino a Dio è il monte Olimpo e ai piedi di quel monte sono seppellite le membra di Orfeo, poeta e musicista. Suonava la lira, se non ricordo male, donatagli da Apollo stesso.»

«Ricorda bene, professoressa Pareto, lavorare con lei è un vero piacere.»

«Hans, non fare il ruffiano.»

«Mi scusi, capo. C'è un particolare in più che ci conferma che Suor Marta può trovarsi nel Santo Monastero della Vergine Maria Kanalon vicino alla località di Leivithra, a poco più di un'ora di macchina da Salonicco. Ai piedi del monte Olimpo, per l'appunto.»

«Quale sarebbe?»

«La leggenda di Orfeo,» rispose Anna per Hans, e il colonnello le fece un gesto di continuare.

«È semplice. Secondo tale leggenda, Orfeo scese nel Tartaro, una sorta di sezione dell'oltretomba, per riportare in vita Euridice, sua sposa e grande amore, morta per un morso di un serpente. Per farlo, dovette convincere Ade, il dio del regno dei morti. Lo incantò suonando la sua musica e il suo desiderio venne esaudito ma a un patto, che non si voltasse mai indietro e non parlasse mai fino a quando Euridice non fosse arrivata alla luce del sole. Per tutto il viaggio di ritorno, la ragazza seguì il suono della lira di Orfeo. Ma lui, appena intravide la luce, si girò per controllare se Euridice fosse ancora vicina, perdendola così per sempre.»

«Ottimo, professoressa. È una metafora che spiega perfettamente l'impegno preso da Suor Marta, e quindi da Fra Bartolomeo. La fiducia cieca fino alla fine del nostro cammino che vuol dire la morte terrena.»

«Giusto, Hans. È così.»

«Anna, sei bravissima.»

La professoressa ringraziò Elisabeth con un mezzo sorriso. Non apprezzava i complimenti ma le faceva piacere avere il suo momento di gloria.

«Possiamo sapere se in quel monastero c'è una suora di nome Marta?» Il pragmatismo della De Nardi regnava sovrano.

«No, capo. Ci vorrebbero mesi per trovare il nome. Le Clarisse praticamente non esistono in rete, dovremmo inviare una richiesta ufficiale alla Santa Sede...»

«Che desterebbe sospetti e svelerebbe una pista su cui stiamo lavorando.»

Fece una breve pausa per poi aggiungere: «Nirvana partirai domani, devi capire se la lettera è vera e scoprire le fonti di Suor Marta, se sono attendibili.»

L'uomo annuì.

«Vado io al posto suo,» disse Elisabeth senza pensarci due volte.

«Per quale motivo, se mi permette avvocato?»

Elisabeth sfoderò il suo proverbiale sorriso anche se sapeva non avrebbe fatto alcun effetto sulla De Nardi. Riuscì però a prendere tempo.

«Semplice,» rispose facendo il verso ad Anna. «Lo ha visto? Ha presente le suore?»

«Mi illumini.»

«Nirvana è oggettivamente ben oltre la media e le suore sono statisticamente parlando il suo contrario. Come avere uno sgabello per bambini vicino a un trono. Senza offesa per nessuno e io sono dalla parte dei bambini, sempre.»

Anna non si trattenne e scoppiò a ridere. Mai verità era più vera di quella e la smorfia di Nirvana contribuì a addolcire la De Nardi.

«Come ha intenzione di aiutarci, Elisabeth?»

«Mi potrei presentare per quello che sono, parlare con loro con tono calmo e spiegare i motivi della mia visita, ossia che Fra Bartolomeo ha voluto che portassi a Suor Marta un messaggio, di cui non conosco il contenuto non per una frase: "Il segreto muore con me." Una roba del genere.»

«Cioè ha intenzione di mentire?»

«No, di dire solo una parziale verità. Fra Bartolomeo è morto senza confidare a nessuno il segreto della bolla papale.»

«Peccato che ha mandato una lettera a Sigismondo Altieri con tanto di prova allegata, se vogliamo credere alla loro storia.»

Elisabeth alzò le spalle e trattenne il fiato. La De Nardi la fissò per alcuni secondi rimanendo in silenzio.

«Va bene ma Nirvana verrà con lei.»

Elisabeth annuì e portò a casa il risultato.

«Un'ultima cosa,» aggiunse il colonnello. «Mentre Nirvana prepara il viaggio per domani a Salonicco, scoviamo questa bolla papale, per favore. Ammesso sempre che esista.»

Suonava come una supplica ma non era certo quello che intendeva il capo dell'Europol.

«Io e Anna andremo all'Ars Longa e proseguiremo le ricerche,» concluse Elisabeth.

E da lì a poco, furono tutti congedati.

# 31

Sembrava una scelta scontata ma non gli era venuto in mente altro: la Soho House. Lasciò il nome alla reception e salì al secondo piano, dove c'era il bar. Ordinò un caffè. Era in anticipo di quaranta minuti ma non aveva trovato altro da fare se non girovagare per il centro di Londra cercando di non pensare alla morte di Alessandro.

Suo zio non sembrava sapere nulla; era stato sì un massone, però, da come aveva reagito, certe cose gli erano interdette. Non aveva poi quel potere che gli avevano fatto credere. Era troppo anziano per poter essere considerato ancora affidabile e influente, un anziano che aveva servito con dedizione e fedeltà e che ora rincorreva solo un passato nostalgico.

«Sapevo di trovarti qui.»

Sentendo quelle parole, gli si gelò il sangue nelle vene. Lei? Come lo aveva scoperto? Aveva distrutto subito la scheda, non aveva avuto il tempo materiale di localizzarlo.

Si girò con calma e si accorse che stava sorridendo, quel sorriso che in tante occasioni lo aveva rassicurato, fatto sentire protetto e riscaldato nelle giornate piene di angoscia e paura.

«Olivia, che bello vederti,» disse cercando di simulare ciò che provava.

«Andrea, non sei mai stato un bravo attore. Solo quegli avidi dei russi potevano cadere nelle vostre messinscene. Sai, a volte troppa ingordigia porta a terribili conseguenze.»

Si riferiva ad Alessandro; aveva voluto giocare al rialzo con l'Ordine di Malta e aveva trovato la morte. Ma era andata così o l'aveva ammazzato qualcun altro?

«Allora è vero, lo sapevi. Chi te lo ha detto? O come lo hai scoperto?»

«Ci sono persone coinvolte che sanno tutto di tutti. E sono molto potenti.»

Si sedette vicino a lui. Ordinò un caffè a sua volta e poi parlò a bassa voce.

«Mi è dispiaciuto molto. Lo avevo avvisato, doveva seguire la strada che tu stesso gli avevi indicato. Cinque milioni di euro da Brimley, quando mai avresti ottenuto una cifra più alta.»

Olivia aveva ragione, ma il suo fidanzato era un testone e convinto che l'ala massona dell'Ordine di Malta avrebbe pagato anche di più. Poi c'era il Vaticano, con monsignor Abbate e il patriarca dei Latini che però erano comparse le quali avevano permesso solo di alzare la posta. Come predestinati a essere spettatori in una partita di poker in cui c'è solo un vincitore.

«Ascoltami, al punto in cui siamo possiamo procedere solo in un modo.»

Andrea scosse la testa, non voleva sentire quello che stava per dire. Lei gli mise una mano sul braccio e quel tocco lo fece rabbrividire. Era paura, una semplice e fottuta paura. Il coraggio e l'incoscienza che lo avevano accompagnato nelle operazioni più spericolate erano svaniti a quel breve contatto.

Olivia Brossuard lo fissò per un lungo istante.

«Quante volte ti ho aiutato?» Non attese risposta e continuò: «Quanti soldi ti ho fatto guadagnare per tenere in piedi la tua creatura, l'Ars Longa? Perché pensi che l'abbia fatto?»

Andrea si raddrizzò. «Non lo so, dimmelo tu.»

«Perché credo che il tuo lavoro e la tua casa d'aste abbiano un senso che va oltre il denaro. Una missione, ecco.»

«E quale sarebbe?» C'era disprezzo nelle sue parole ma lei era troppo determinata per farsi coinvolgere. Aveva altri obiettivi.

«Lasciare alla storia il significato delle cose. Alla tua storia, non a quella che insegui da sempre.»

*Touché.*

Bevve il caffè mentre gli occhi di Andrea Spinazzola si riempivano di lacrime. Era quello che aveva sempre voluto e lo aveva anche confessato una sera, stretto tra le braccia di Alessandro.

*"Sai cosa mi spinge ad andare avanti anche nei momenti più bui?"*

*"Il mio pisello."*

*"Non fare il cretino."*

*"Allora sentiamo."*

*"Il successo come testimonianza del valore di una vita singola, la mia vita. E ogni pezzo antico che rappresento è un passo che determina questa testimonianza."*

*"Complicato ma eccitante."*

Poi il pensiero svanì sulle labbra che lo avevano baciato, e incontrò lo sguardo della Brossuard che trasmetteva comprensione. Come sempre, d'altronde.

«Sei abile, Olivia, cazzo se lo sei.»

«Non essere volgare, non ti appartiene.»

«Giusto, è vero, tu sai sempre tutto.»

La donna non si mosse, non stava funzionando.

«Vediamola in altro modo. La cosa vi è sfuggita di mano, Alessandro è morto e tu sarai il prossimo.»

«Ecco, così va già meglio. E tu sarai quella che mi salverà?»

«Potrei farlo ma non so se mi conviene. Ho il 30% della società e sono l'unica a saperla portare avanti, non hai eredi se non quel vecchio che ha già un piede nella fossa. Sai com'è, a volte basta una spintarella.»

Spinazzola scattò verso di lei.

«Come ti permetti, brutta stronza!»

«È un'eventualità, Andrea, smettila di essere così maleducato.»

Finì il caffè e chiese una bottiglia d'acqua. Attese che le servissero una San Pellegrino, adorava le bolle così energiche, ne bevve un lungo sorso e poi si alzò avvicinando le labbra all'orecchio di Spinazzola.

«Facciamo così,» sussurrò, «tuo zio vive ma solo se dai la bolla papale a Brimley come hai garantito. Farò in modo che ti dia i cinque milioni che ti ha promesso così avrai un po' di soldi per sparire. Altrimenti, dopo tuo zio toccherà a te come è stato per Alessandro. Pensaci bene mio caro, e nel frattempo togliti dalle palle perché non posso proteggerti da tutti.»

Andrea rimase fermo per assimilare quella minaccia. Chiuse gli occhi per controllare la rabbia che lo stava assalendo.

Quando li riaprì, mormorò a denti stretti: «Chi cazzo sei?»

Ma le sue parole si persero nel vuoto. Olivia Brossuard era svanita.

Soho House, un posto che era diventato la sua seconda casa. Sorrise mentre entrava e si dirigeva alla reception, doveva mostrare leggerezza e solarità.

«Sono l'avvocato Scorsese.»

«Ben arrivata.»

Chiese di Andrea Spinazzola.

«È andato via da venti minuti circa ma le ha lasciato un biglietto.»

"Oddio, un altro? Ma cos'è, un vizio?"

La ragazza le porse una busta, lei si appartò in un angolo e l'aprì.

"La Brossuard sa tutto, c'è di mezzo lei. Mi faccio vivo io."

Almeno questa volta non c'erano nomi di navi in arabo o date storiche. Comunque, era sparito di nuovo.

Poi le venne un'idea.

«Andrea mi ha scritto che è dovuto andar via e a me piacerebbe fargli una sorpresa quando si ripresenta. Potreste avvertirmi se si fa vivo? Se non è troppo chiedervi questo favore.»

«Nessun problema. Collego i due profili e come farà ingresso qui da noi o anche una semplice prenotazione, lei riceverà una notifica.»

Elisabeth non poteva crederci.

«Aderiscono in molti?»

«Quasi tutte le coppie.»

"Certo, così se uno viene con l'amante, scatta il divorzio milionario."

«Vale anche al contrario?»

Pensò a lei e Alex Fortini.

«Sì, certo.» Poi si ricordò che il cellulare di Marco Rondini giaceva in una stazione dei carabinieri a Firenze. Morto come il suo proprietario, purtroppo.

Ringraziò e prese un taxi diretta all'Ars Longa.

Doveva fare due chiacchiere con Olivia Brossuard.

Come entrò nell'ufficio a loro dedicato, Anna le rivolse un cenno di saluto e poi le chiese: «Dove sei stata?» Si morse un labbro tradendo un nervosismo trattenuto a stento.

«Mentre eravamo in riunione, mi è arrivato un messaggio. Era il nostro caro capo dell'Ars Longa, mi chiedeva di raggiungerlo alla Soho House.»

«Come scusa, sei andata da sola? Se fosse stata una trappola?»

Anna non credeva alle proprie orecchie. Non era un avvocato temerario, era un'incosciente. E forse un po' stronza da non condividere certe informazioni.

«Perché non lo hai detto al tuo agente?»

Elisabeth non fece caso all'implicita provocazione. Non era il momento e anche lei aveva sentito qualcosa per quel gigante.

«Anna, non fare l'ingenua. Pensi che se Spinazzola avesse voluto farsi trovare o entrare in contatto con l'Europol, non lo avrebbe già fatto? Prova a pensare. Ha in mano un documento che può incastrare un tipo come Schluck e otterrebbe anche la loro collaborazione.»

«Allora perché non lo ha fatto?»

«Perché lo avrebbero rinchiuso dentro una stanza con la scusa di proteggerlo, che è anche vero, d'altronde, perché non ha in mano la bolla papale che vale cinque milioni di dollari e non ha ottenuto la nuova identità che solo mio padre può dargli.»

Anna annuì.

«Resta il fatto che era pericoloso.»

«Ho rischiato, forse, però mi ha detto che dovevo essere sola o sarebbe sparito di nuovo. E comunque non c'era ma mi ha lasciato questo.»

Le fece vedere il biglietto scritto a mano.

«Dobbiamo essere sicuri che fosse lui e che questa sia la sua scrittura.»

«Sul primo punto non ho molti dubbi, ha usato il suo nome. Un errore banale, si vede che è fuori di testa.»

«Gli hanno ammazzato il fidanzato, come biasimarlo. Oltre a quello che sta rischiando,» disse Anna.

«E sul secondo, te lo dico tra un attimo.»

Elisabeth si avvicinò a una pila di carte e scartabellò fino a quando non trovò un appunto a mano di Spinazzola.

«Ecco, guarda un po'.»

La grafia coincideva.

«Non ci resta che parlare con la famigerata Brossuard,» aggiunse Elisabeth. «Ma prima ci serve una piccola diavoleria dell'Europol.»

Selezionò una app e poco dopo Hans era in linea. Ora i suoi occhi erano il cellulare di Elisabeth, le sue orecchie gli auricolari che lei indossava.

«Come hai fatto?» Anna non credeva ai suoi occhi.

«L'ho visto fare una volta a mio padre e ho chiesto a Nirvana se lo usavano anche loro. Mi ha fatto scaricare una app collegata al castello e ora eccoci qui.»

Alzò una mano quando Hans parlò: «Sei bellissima, Elisabeth.»

Lei abbozzò un sorriso e poi fece il dito medio davanti al cellulare.

«E anche una gran maleducata.»

«*C'est la vie*, tedesco. Rassegnati.»

E gli mandò un bacio volante.

Pochi istanti dopo si ritrovarono davanti all'ufficio della Brossuard con Alina che cercava di fermarle.

«Cosa succede?» Chiese Olivia ad alta voce senza nascondere la rabbia.

Anna ed Elisabeth entrarono e si piazzarono davanti alla direttrice dell'Ars Longa.

«Lei ha qualcosa da dirci,» esordì Elisabeth.

«Non credo proprio.»

L'avvocato Scorsese sospirò.

«Le elenco una serie di cose che potrebbero accaderle se non collabora con noi.» Con la mano destra cominciò a contare le dita della sinistra. «Punto primo, se troviamo un collegamento tra l'omicidio di Fortini e la bolla che stiamo cercando, la incriminiamo per intralcio alla giustizia.»

La donna alzò le spalle.

«Punto secondo, se avviamo un controllo fiscale sui conti dell'Ars Longa, probabilmente troveremo movimenti sospetti sufficienti a renderle la vita difficile e garantirle una multa salata che metterà la casa d'aste in difficoltà.»

La donna non si mosse ma raddrizzò leggermente le spalle.

«Punto terzo, se facciamo arrivare la notizia che lei ha la bolla papale a Thomas Schluck, d'altronde lei ci ha dato l'incarico, lui verrà a chiederne la consegna. Spettava a lui, giusto?»

«Non lo farete mai.»

Elisabeth sorrise lentamente senza smettere di fissarla e Olivia Brossuard trattenne il respiro. L'avrebbero fatto eccome.

«Punto quarto, se facciamo sapere al presidente dell'American Academy of Arts and Sciences del suo coinvolgimento in una serie di omicidi, del trafugamento di un pezzo antico con metodi dubbi e per ultimo di una minaccia al suo socio Andrea Spinazzola, immagino che quantomeno la cacceranno a calci.»

La donna sbiancò. Il bluff di Elisabeth aveva funzionato.

«Io non ho mai minacciato nessuno,» sussurrò appena la Brossuard.

"Ecco, lo ha fatto," pensò Anna mentre accennava un sorriso.

«Dicono tutti così. Siete patetici, lo sa?» Elisabeth fece una pausa e poi aggiunse: «Comunque, o ci dice cos'ha a che fare con tutto questo oppure le prometto che farò più di una telefonata.»

La Brossuard sembrò riprendersi e scosse la testa più volte. Stava prendendo tempo, valutava il male minore. In situazioni come quelle c'era sempre da perdere.

Passarono alcuni secondi e poi alla fine Elisabeth sbuffò.

Prese il cellulare, selezionò un nome e mise in viva voce.

Dopo tre squilli, si sentì una voce.

«Sì?»

«Papà, ti devo parlare.»

«Dimmi.»

«Hai presente la dottoressa Olivia Brossuard?»

«Assolutamente.»

«Bene. Abbiamo elementi sufficienti per dimostrare che è coinvolta nei casi di omicidio che stiamo seguendo, che ha tramato per organizzare il furto di un pezzo antico e che ha minacciato un suo socio. Le abbiamo chiesto di collaborare per chiarire la sua posizione ma si rifiuta di farlo.»

Scese un attimo di silenzio. La Brossuard era attonita, non credeva alle sue orecchie. Quella donna lo stava facendo veramente!

«Qual è la richiesta?»

«Dobbiamo iscriverla alla lista delle persone non gradite al nostro governo, alle istituzioni accademiche e professionali e agli uffici pubblici. Almeno fino a quando non sarà chiarito tutto.»

«Lo faremo. La dottoressa è al corrente che se anche sarà dimostrata estranea ai fatti, questa iscrizione sarà sempre tracciabile. Insomma, in un curriculum ha un peso rilevante, chiude molte strade... se non tutte.»

«La dottoressa Brossuard è stata informata delle conseguenze del suo silenzio davanti a una testimone che è pronta a rilasciare una dichiarazione di autenticità su quello che ti sto dicendo, possiamo procedere.»

«Basta così!» Tuonò la Brossuard, ormai sconfitta. Elisabeth aveva deciso per lei il prezzo da pagare.

"Furba la tipa," pensò Anna con una punta di ammirazione.

«Papà, hai sentito?»

«Mi sembra di aver capito che vuole collaborare.»

«Così pare. Possiamo soprassedere a qualsiasi iniziativa nei suoi confronti?»

«Certo ma non attenderò molto.»

«Ti tengo aggiornato.»

Chiuse la telefonata, non c'era bisogno di aggiungere altro.

«Allora?»

Hans mandò un grugnito all'orecchio di Elisabeth un po' per complimentarsi della mossa e un po' per far sapere che era pronto a registrare. Lei sistemò il cellulare in modo che inquadrasse bene la Brossuard senza che lei se ne accorgesse. Hans zumò sul suo volto. Sembrava una confessione in un talk show.

«Sono stata contattata alcuni anni fa da una donna.»

«Il suo nome?»

«Non me lo ha mai detto.»

«Falso.»

«Ma è vero!»

La Brossuard non era abituata a essere interrogata e soprattutto non in quel modo. Elisabeth fece una smorfia ma non distolse lo sguardo. «Vada avanti.»

«Mi ha chiesto se volevo diventare socia di minoranza dell'Ars Longa. Avevo il giusto curriculum secondo lei.»

«Perché?»

La Brossuard sgranò gli occhi.

«Ci arrivo, mi dia il tempo.»

Elisabeth scosse la testa, era lei che comandava.

«Quindi?»

«Voleva che controllassi Spinazzola. Mi disse che era coinvolto in alcune indagini dell'FBI per dei manufatti acquistati dai palestinesi in circostanze poco chiare e questo metteva a rischio la loro posizione.»

«Loro chi?»

«Non me lo ha detto e non ho chiesto.»

«Perché si è fidata?»

«Mi ha dato un milione di euro, credo sia un motivo sufficiente, non trova?»

Elisabeth rimase in silenzio; il dio denaro aveva colpito ancora come un eterno Cupido.

«Poi cosa è successo?»

«Per rendere tutto credibile, dovevo passare le collaborazioni annuali nella società, giusto per tenerla in piedi durante il Covid.»

«C'era altro nell'accordo?»

La donna alzò le spalle.

«Rimanere a disposizione e così ho fatto. Fino a quando non mi ha chiesto un favore solo pochi mesi fa.»

«Che genere di favore?»

Olivia Brossuard si passò una mano tra i capelli. Forse non era del tutto cosciente di quello che le stava succedendo.

«Sincerarsi che Brimley acquistasse la bolla papale per poi darla a Thomas Schluck.»

Elisabeth non disse nulla. Era tutto chiaro. A quel punto, chiese: «Questa donna... Come si metteva in contatto con lei?»

«In nessun modo. Le ho parlato solo la prima volta che l'ho incontrata.»

«Dove?»

«A Parigi. Ero lì per un convegno.»

«Saprebbe descriverla?»

La domanda era superflua, chiunque poteva mascherarsi come voleva. La donna alzò di nuovo le spalle. «Sui settant'anni, truccata in modo leggero, elegante, di classe. Insomma, un tipo normale.»

«Ricorda qualcosa in particolare?»

«Mi ha invitata a bere un drink e ha ordinato una bottiglia di champagne.»

Elisabeth si protese in avanti.

«E perché lo ha notato?»

«Lo ha bevuto come se non ci fosse un domani e mi ha detto che avrebbe rinunciato a tutto nella vita, "anche al sesso ma non allo champagne".»

Elisabeth perse un attimo la concentrazione ma si ricompose velocemente.

«Chi altri sa di quest'incontro?»

Sentì Hans muoversi, non aveva capito il senso della domanda.

«L'ho raccontato solo ad Andrea, il giorno in cui mi disse che era astemio. Erano due facce opposte della stessa medaglia.»

Eccolo, il secondo indizio. Spinazzola sapeva che qualcosa non tornava, ma non sapeva bene cosa e si era affidato a lei, come per la ricerca della bolla papale. Ma perché proprio lei, un avvocato americano?

La risposta cominciava a prendere forma nella sua testa.

«Come l'ha contattata per chiederle il favore?»

«Ha lasciato un biglietto, la sua firma era Madam Milione.»

"MM, giusto. Tutto torna," pensò Elisabeth.

«Il biglietto?»

«L'ho buttato via come mi ha chiesto di fare dopo averlo letto.»

«Come nei film o nei libri.» Sbuffò. «Ma ha il bonifico, ci deve dare le sue credenziali per vedere da dove arriva.»

La donna annuì, armeggiò con il cellulare finché non trovò ciò che cercava e poi scrisse alcune cifre e lettere su un pezzo di carta. Elisabeth lo prese e lo tenne alcuni secondi davanti al cellulare, poi lo ripiegò e lo mise in tasca.

«Non ha mai ricevuto una mail o una telefonata?»

La Brossuard scosse la testa.

«Come facevano a controllarla?» La domanda fu di Anna. Sembrava irrilevante ma nessuno accredita un milione di euro se non può verificare che il lavoro venga svolto.

«Non capisco cosa intende.»

Anna le spiegò il suo pensiero e anche Elisabeth annuì.

«Ha ragione. Dobbiamo setacciare il suo ufficio, il cellulare, il computer e un tablet se lo ha.» Poi si bloccò come se Hans le avesse suggerito qualcosa.

«Prima una domanda però. Dopo che ha ricevuto i soldi ed è entrata qui all'Ars Longa, è successo qualcosa di nuovo?»

«In che senso?»

La donna aveva perso il solito brio combattivo, sembrava smarrita oltre che rassegnata. Aveva capitolato e la spaventava quello che ora l'attendeva. Per fare carriera, aveva messo in pericolo la sua stessa vita. Ormai aveva capito con chi aveva a che fare, la morte di Alex le aveva aperto gli occhi.

«Non so, nuovi computer, una nuova azienda d'assistenza per le procedure informatiche, nuovi programmi installati, nuovi fornitori.»

«Non lo so, devo chiedere ad Alina. Lei è...» Si bloccò. «L'ho assunta su una calda raccomandazione di Brimley come sono diventata socia.»

«Quanto calda?»

La Brossuard fece un segno inequivocabile. «Un'ottima donazione in denaro.»

Elisabeth scattò subito fuori dall'ufficio seguita a ruota da Anna. Percorse velocemente la distanza tra le varie stanze, fece irruzione nei diversi uffici ma di Alina non c'era traccia.

«La chiami sul cellulare, svelta!»

La Brossuard fece come le aveva ordinato e un attimo dopo, un telefono squillò. Ne seguì la suoneria che imperterrita andava avanti fino a quando lo trovarono sulla scrivania della ormai ex segretaria di origine russa.

Era poggiato su un foglietto. Elisabeth lo prese munendosi di un fazzoletto.

«Sì, lo so, penso anche io che non troveremo impronte ma essere scrupolosi a volte aiuta,» disse rispondendo ad Hans. Poi lesse ad alta voce a beneficio delle donne che erano con lei: «"Grazie per tutto dottoressa Brossuard, si è dimostrata fedele e leale, all'altezza della causa. Alina."»

Elisabeth scosse la testa. Ce l'avevano avuta sotto il naso ed erano stati beffati. Avevano controllato la Brossuard ma lì si erano fermati.

«Non ho capito bene,» disse Anna.

«Ci ha giocati e alla grande. Te lo rileggo.»

Elisabeth lesse lentamente le parole che incastravano la Brossuard e rimandavano a un disegno più grande, una causa addirittura. Come un movimento, come un patto, come un esercito rivoluzionario. Quelle parole le aveva sentite proprio a Parigi per la prima volta. Poi un disegno in un angolo del foglio attirò la sua attenzione. Era stilizzato ma era sicuramente lui.

Uno scorpione.

Prese il cellulare e digitò un messaggio per Lara: "La donna che ha ingaggiato la Brossuard è Margot Massu. Mia madre è coinvolta."

Poi rimase ferma perché il mondo le si era congelato e non era la prima volta.

# 32

Per l'ennesima volta guardò l'orologio come se volesse spingere il tempo; giusto ma per fare cosa? Per andare dove?

Lo rigirò tra le dita e gli venne in mente che glielo aveva regalato un paio di mesi prima la Brossuard per il suo compleanno, e un giorno che non lo aveva indossato, ci era rimasta così male da farglielo pesare per settimane.

"Ma mettilo, no? Cosa ti costa." Erano state le parole definitive di Alex, lui che riusciva a risolvere tutto con una semplice frase.

Dio, come gli mancava.

Erano ore che camminava, quasi senza accorgersene. Ogni tanto alcune lacrime facevano capolino e il suo cuore si riempiva di dolore. Un paio di volte si era dovuto fermare, tanto era sfinito e ora una panchina lo confortava neanche fossero le braccia accoglienti del suo amante.

Perché era successo tutto quello? Perché il loro piano era miseramente fallito? Dove avevano sbagliato? E, soprattutto, chi lo aveva ucciso in quel modo così plateale? E perché?

Alzò lo sguardo. Era scesa la sera, le persone correvano già a casa dalle loro famiglie per godersi un po' di quiete e quel riposo che gli permetteva di andare avanti. Avevano un luogo in cui rifugiarsi, affetti o amori pronti a sostenerli, mentre lui era solo, tradito da tutti e senza l'uomo che amava. Non gli restava che suo zio ma doveva muoversi in fretta e sperare che la Scorsese trovasse quella bolla.

“Reagisci, cazzo, Andrea,” si disse e tirò fuori il cellulare. Protezione, ecco cosa cercava, e se avessero ucciso lui o suo zio, avrebbe dovuto fare in modo che venissero scoperti. Non sapeva chi tirava effettivamente i fili di quel gioco criminale, ma immaginava che quel bastardo di Schluck, non vedendo la bolla papale promessa a Brimley il giorno dell'asta di beneficenza, avesse deciso di vendicarsi. O meglio, mandargli un segnale. Forte, punitivo, inequivocabile. Era tempo che lo teneva per le palle e prima o poi gliela avrebbe fatta pagare.

Se così fosse stato, avrebbe fatto altrettanto.

Aprì l'app delle foto e ritrovò il foglio che aveva ricevuto da Schluck sui movimenti bancari che mostravano un legame tra lo IOR e la gestione poco chiara della Terra Santa. Era l'unica che aveva salvato nel suo nuovo telefono. Gliel'aveva mandata quando erano ancora alleati, quando gli aveva detto del possibile affare del dente dell'orso siberiano, del suo piano sulla bolla papale e dei soldi che ci avrebbero fatto. Schluck aveva voluto dimostrargli la sua forza e quel foglio ne era la prova. Ma poi il vento aveva cambiato direzione, il suo complice lo aveva ricattato e alla fine gli aveva ucciso il compagno. Era stato lui, non vi era dubbio, più ci pensava e più tutto tornava.

Cercò il numero della Scorsese e le mandò la foto con una sola riga di testo: “Più tardi la chiamo e le spiego.”

Quella donna era diventata la sua ultima speranza per rimanere vivo. Fece per alzarsi ma una ragazza gli si piazzò davanti. Spinazzola fece un piccolo salto all'indietro.

«Mi scusi, non volevo spaventarla.»

La osservò per un istante, il viso un po' paffuto, un foulard a coprire i capelli, un soprabito lungo chiuso completamente, entrambe le mani in tasca. Forse sentiva freddo.

«Non si preoccupi. Ho avuta una brutta giornata ed ero sovrappensiero.»

Accennò un sorriso che lei ricambiò.

«Succede anche a me, si figuri. Ora come si sente?»

Spinazzola si specchiò in una vetrina proprio di fronte e non gli piacque quello che vide. Si sentiva stanco.

«Sono stato meglio.»

«Mi siedo un attimo.»

«Non voglio disturbarla.»

«Si figuri. Mi occupo sempre di tanta gente, lavoro come infermiera.»

Spinazzola sorrise, un po' di calore umano era quello che ci voleva. Rimase in silenzio, fissando il nulla davanti a sé.

«Lavora molto?»

«Più di quanto possa immaginare. Ci sono tante persone che hanno bisogno del mio aiuto.»

«Lo credo.»

La donna armeggiò con la tasca e poi tirò velocemente fuori una siringa. Colpì il braccio di Spinazzola e spinse lo stantuffo fino in fondo.

«Ma cosa...»

«Ora è il tuo turno, Andrea.»

Lo sostenne con il braccio libero, lui fece per aprire bocca ma si accasciò in avanti. Lei lo sorresse e gli batté una mano sulle spalle.

Un uomo rallentò e gettò un'occhiata preoccupata.

«Mio marito ha solo alzato un po' il gomito ma sta bene,» lo rassicurò la donna.

Quello fece un cenno con la testa e riprese a camminare speditamente. D'altronde, aveva fretta di tornare a casa, in un luogo sicuro.

La donna prese il cellulare e inviò un messaggio. Dopo pochi minuti, un furgone scuro le si fermò davanti. Dal portellone uscirono due uomini, presero sottobraccio Spinazzola e lo portarono dentro.

Il prelevamento era riuscito perfettamente.

«Andrea, svegliati.»

Sentì due braccia che lo scuotevano, senza fargli male ma in modo brusco. Aprì gli occhi e mise a fuoco la figura china davanti a lui.

«Thomas...» Riuscì a dire, la bocca impastata. «Ma che cazzo...» Cercò di alzare le braccia ma delle corde lo tenevano bloccato.

«Vuoi un po' d'acqua?»

Lo guardava in modo gentile, ma Andrea sapeva che sotto nascondeva una certa rabbia, la mascella squadrata tesa a confermarne il sospetto. I finti buoni. Erano i peggiori, i più cattivi.

«Dove sono?»

Non che gli cambiasse qualcosa saperlo ma gli permetteva di pensare a come cercare di uscire da lì.

«In un posto isolato. Non ci sente nessuno.»

Girando la testa, vide due uomini poco distanti e poi una figura femminile.

«Alina?»

Era incredulo. Cosa ci faceva lì?

La donna reclinò il capo e mimò il lancio di un bacio. Oltre al danno, la beffa.

Cercò di muoversi e si accorse che anche le caviglie erano legate alle gambe della sedia. Non poteva andare da nessuna parte, anche volendo.

«Rilassati, Andrea.»

Thomas Schluck si avvicinò.

«Come mi hai trovato? Cosa vuoi? Perché mi hai legato?»

«Una domanda alla volta.»

Si chinò e una zaffata di alcol e fumo fece storcere il naso a Spinazzola.

«L'orologio che ti ha regalato la Brossuard e che ami tanto. Roba da finocchi. Ho sempre saputo dove ti nascondevi ma volevo capire dove saresti arrivato. Ha dentro un gps.»

Andrea scosse la testa, lo aveva avuto sempre in pugno.

«Non fare il cafone, non ti si addice. Tra noi due, sei sempre stato tu quello raffinato.»

«Era quello che volevo farti credere, in realtà la mia indole è un'altra.»

Spinazzola prese fiato.

«Non mi hai risposto.»

«Hai ragione e provvedo subito.»

Schluck fece un paio di passi indietro.

«Sei qui perché hai un debito con me, ricordi?»

Andrea annuì.

«Ottimo. E mi hai fatto una promessa, ricordi anche questo?»

«Devo dare la bolla papale a Brimley.»

Schluck lanciò un'occhiata ad Alina che fece un cenno di assenso.

«Perché non lo hai ancora fatto? Il termine che avevamo concordato era l'asta di beneficenza e non ti sei neanche degnato di presentarti.»

«Non l'ho ancora con me.»

«O forse non l'hai ancora trovata, a detta della Brossuard.»

«Ma la stiamo cercando.»

«Tu e i tuoi amici poliziotti,» lo interruppe Schluck. «Non dovevi coinvolgerli, lo sai vero?»

«Era l'unico modo per trovarla. Con di mezzo il Vaticano, avevo bisogno di un partner altrettanto potente.»

«Cazzate. Speravi di fottermi, di' la verità.»

Spinazzola negò vistosamente ma sulle labbra di Schluck apparve un sorriso.

«Attento a quello che dici oppure farai la fine del tuo amante.»

A quel punto, Spinazzola scattò in avanti.

«Brutto bastardo, allora sei stato tu, figlio di puttana!»

Alina fece un paio di passi veloci e lo colpì al viso, due schiaffi che lo lasciarono senza fiato.

«La prossima volta che gli parli in questo modo, ti ammazzo. Sappilo.»

Spinazzola chiuse gli occhi. "Pensa, cazzo, fa' qualcosa," si disse mentre respirava per riprendere fiato.

«Se mi uccidi, non otterrai la bolla. Solo io posso farmela consegnare una volta che la Scorsese l'avrà trovata.»

«Ammesso che esista.»

Spinazzola si fece muto. Nessuno aveva preso in considerazione quell'eventualità. Era un classico caso di mitomania, ossia quando tutte le persone coinvolte si convincono di qualcosa che non esiste per giustificare le proprie azioni.

«Però hai ragione. Non ho intenzione di ucciderti, anzi.»

Gli si avvicinò di nuovo, questa volta con in mano il cellulare. Lo accostò al suo dito e con l'impronta dell'indice lo sbloccò.

«Cosa stai facendo?»

«Aspetta e vedrai.»

Aprì l'iconcina dei messaggi e trovò quello che cercava.

«Come pensavo. Mi hai venduto agli americani. Hai inviato a Elisabeth Scorsese il tabulato dei vari bonifici che riguardano lo IOR. Bravo, Andrea. Cosa speravi di ottenere?»

La calma di Schluck lo spaventò più del pensiero della morte ormai prossima. Era un sadico e avrebbe potuto fargli molto male.

«Non è come pensi.»

«No? Sentiamo come dovrebbe essere allora.»

«Mi hanno chiesto qualcosa in cambio della ricerca della bolla papale e gli ho mandato l'unica cosa di loro interesse che avevo.»

Schluck annuì un paio di volte e poi fece un cenno ad Alina, la quale raggiunse di nuovo Spinazzola che urlò: «Ferma, cosa vuoi fare?»

Si preparò a un nuovo schiaffo e chiuse gli occhi ma tempo un paio di secondi sentì un dolore lancinante partire dalla coscia. Rimase senza fiato e chinò il viso fino a vedere il manico di un coltello che usciva dalla sua gamba.

Fece per urlare ma un pezzo di stoffa gli coprì la bocca. Venne tirato indietro e stretto intorno alla nuca. Ora non poteva più parlare e respirava a fatica dal naso. Cercò di rimanere fermo mentre la testa cominciava a sudare e il dolore alla gamba si prendeva tutto il corpo.

«Non morirai, non preoccuparti. Non ci crederai ma la tua Elisabeth Scorsese ti ha salvato.»

Spinazzola sbatté gli occhi più volte.

«Come?»

Schluck fece una pausa teatrale godendosi nel frattempo il dolore che Spinazzola stava provando.

«Adesso lo vedrai.»

Di nuovo, fece un segno ad Alina che tirò fuori un cellulare e pigiò un paio di tasti. Come una voce rispose, glielo porse.

«Margot, mia cara. Abbiamo un problema.»

Mise in vivavoce in modo che Spinazzola sentisse. Lui stava per svenire dal dolore ma si costrinse ad ascoltare.

«Dimmi.»
La pronuncia tradiva la sua origine francese.
«Il nostro amico della casa d'aste ha mandato il tabulato a Elisabeth Scorsese, e lui è anche l'unico che può condurci alla bolla papale, quindi non posso ucciderlo. Al tempo stesso però devo eliminare chi sa del tabulato. Come ne usciamo?»
«Dammi qualche minuto.»
La linea tornò muta.
«Prega che trovi la soluzione, amico mio, oppure un altro innocente morirà per colpa tua. Sai, non volevo ammazzare Alex, ai miei uomini è scappata la mano. Ma non la smetteva di parlare, era peggio di te. Un finocchio chiacchierone.»
Andrea cercò di reagire, ma privo di forze riuscì solo a lasciarsi andare a un misero lamento. Era finita. La sua vita precedente svanita del tutto.
«Dovevamo rapirlo, sempre in pieno giorno e in mezzo alla gente, così ti saresti degnato di farti vedere e avresti capito che stavo facendo sul serio. Ma è andata diversamente. Mi dispiace anche se forse è meglio così. Ora hai capito che ho sempre fatto sul serio.»
Lo sapeva bene, era per quello che aveva cercato un accordo con gli americani, per toglierselo dai piedi una volta per tutte. Ma lui e Alex non potevano rifugiarsi in America senza un soldo e quindi aveva inscenato la farsa della bolla papale legata alla tomba di Pico della Mirandola. Ad aiutarlo, gli stessi compari dello scherzo ai russi del dente dell'orso siberiano di 3400 anni.
Lo squillo del telefono di Alina interruppe i suoi pensieri. Lei rispose e lo consegnò a Schluck.
«Margot.»
La donna era di nuovo in vivavoce.
«Può occuparsi di Elisabeth Scorsese come del tabulato in suo possesso. In cambio, chiede di avere Spinazzola e quindi la bolla papale. Il debito che lui ha con te è da considerarsi estinto.»
«Lo sarà quando cancellerà quel tabulato e qualsiasi copia che la Scorsese può aver inviato in giro. Ne avranno una anche i servizi segreti americani.»

«Ha detto che non devi preoccuparti. Sa come fare e non ha mai disatteso le sue promesse.»

Schluck parve prendere tempo anche se in realtà stava valutando se fidarsi.

«Farà anche in modo di lasciarti fuori dalla cazzata che i tuoi hanno fatto a Firenze. Ero presente e hanno ucciso due dei miei. Ti conviene accettare e ringraziare che non abbia voglia di vendicarsi.»

Margot Massu aveva rimarcato la parola *cazzata* giusto per sottolineare il suo errore grossolano.

L'uomo ci pensò su. Non aveva molta scelta e uccidere la figlia di una spia non lo attraeva per niente. Inoltre, avrebbe chiuso un occhio sul doppio omicidio nella chiesa di Firenze.

«Va bene,» disse lo svizzero.

«Riceverai una mia comunicazione quando tutto sarà sistemato,» aggiunse Margot.

«Non ho capito di Spinazzola, cosa intende per "averlo"?»

«Sarà nostro e ci condurrà alla bolla.»

«E come?»

«Lo sa Alina.»

«D'accordo, facciamo come dici.»

Ripassò il telefono ad Alina, la quale annuì un paio di volte e poi chiuse la telefonata. Accennò un sorriso e prese un borsone che aveva con sé. Aveva pensato a tutto, ancora una volta. Ed era per questo che l'amava e la venerava. Come uno dei sette scorpioni che aveva protetto Iside dall'ira di Seth, il dio del caos e della violenza, quando era incinta del suo unico figlio Horus, il dio falco. Per lei avrebbe fatto qualsiasi cosa. La sua intelligenza non era seconda a nessuno, e affrontava ogni pericolo e minaccia con l'astuzia e la lungimiranza.

Alina tirò fuori quella che sembrava una fiamma ossidrica. Solo in quel momento, gli occhi di Spinazzola ripresero vita e si sbarrarono. Cominciò a mugugnare e cercò lo sguardo di Schluck il quale lo ignorò. Era sinceramente incuriosito.

Lo scorpione prese un pezzo di ferro e ne rese l'estremità incandescente. La fiamma emetteva un leggero rumore, sfrigolava senza curarsi del panico che stava trasmettendo all'uomo legato alla sedia. Come ritenne che fosse sufficiente, spense la fiamma e si avvicinò. Spinazzola grondava di sudore, il suo corpo si contorceva, i lacci che lo tenevano bloccato erano tesi al massimo, i suoi occhi fuori dalle orbite.

«Tienilo fermo,» ordinò Alina a uno degli scagnozzi di Schluck. Afferrò un polso di Spinazzola, tirò su la manica e lo girò per quel che poteva, verso di lei. La carne era esposta al punto giusto. Abbassò il ferro infuocato e spinse a fondo. Il dolore che s'irradiò nel corpo di Andrea lo fece scattare in avanti e solo la presa dell'uomo sulle sue spalle lo tenne bloccato. La testa cadde all'indietro e in un attimo svenne mentre un odore di carne bruciata s'impossessava della stanza.

Schluck si avvicinò e guardò la carne martoriata. Era stato marchiato con uno scorpione, il simbolo di Iside. Alina afferrò il viso di Spinazzola e con due forti schiaffi lo riportò alla realtà.

«Non preoccuparti, passerà presto. Ora appartieni a Iside, ricordati. Lei ha comprato la tua vita da Schluck, se non le obbedirai, morirai. E con te, tutti quelli che ami. È chiaro?»

Il tono non lasciava dubbi. Sembrava stesse parlando come se conoscesse bene quel giuramento.

Andrea trovò la forza di annuire.

Alina tirò fuori una garza, estrasse il pugnale, lo ripulì sul pantalone di Spinazzola e poi gli applicò un bendaggio sulla coscia ferita. Andrea era ancora tramortito e non sentì quasi nulla.

«Slegatelo.»

Non sarebbe andato da nessuna parte.

«Aspetta un mio ordine,» gli disse Alina e lui comprese che la morte sarebbe stata una degna liberazione. In quel momento, pensò ad Alex che aveva evitato quel dolore e la condanna alla schiavitù.

Scivolò dalla sedia e rovinò a terra, stremato.

Gli buttarono vicino il cellulare e se ne andarono. Poco dopo, la stanchezza prese il sopravvento e nei suoi occhi calò il buio.

# 33

Controllò per l'ennesima volta il messaggio che aveva ricevuto la sera prima da un numero sconosciuto; l'aveva lasciata senza parole, però aveva compreso immediatamente chi fosse il mittente. Riconobbe che era riuscito perfettamente ad attirare l'attenzione sua e di suo padre, era quello l'obiettivo. Andrea Spinazzola le aveva inviato il tabulato che serviva ai servizi americani per incastrare Thomas Schluck, con la promessa che si sarebbe fatto sentire. Provò a chiamarlo ma il cellulare era ancora spento.

"Splendido," si disse. Ricordò le parole che avevano accompagnato la fotografia: "'*Più tardi la chiamo e le spiego.*' Sì, certo, come no."

Era passata una notte di silenzio.

«C'è qualcosa che ti preoccupa?»

Incrociò lo sguardo di Nirvana e pensò di dirgli tutto ma poi si trattenne. Se fino a quel momento Spinazzola avesse deciso di non esporsi, ci sarebbe stata una ragione. Gli avrebbe parlato e poi deciso di conseguenza.

«In realtà, sì, c'è qualcosa che non mi torna.»

«Abbiamo ancora un po' di strada, dimmi pure.»

Le sorrise appena e lei si mise di tre quarti. Gli piaceva averlo di fronte, non voleva perdere l'occasione di scrutarlo. Erano sulla strada per l'aeroporto militare di Northolt dove un Falcon dell'Europol li avrebbe portati a Salonicco. Da lì, in poco più di un'ora d'auto, al monastero della Vergine Maria Kanalon per cercare di parlare con Suor Marta. Se mai ci fosse stata e fosse ancora viva.

«Avete rintracciato Alina?»

Nirvana scosse la testa.

«Volatilizzata.»

Ovvio, era uno scorpione, uno dei sette. Donne al servizio di sua madre.

«Avete controllato se il giorno dell'omicidio a Roma del tenente Gavina, Alina fosse al lavoro?»

Nirvana spalancò gli occhi.

«Come ti è venuta quest'idea?»

Elisabeth fece una smorfia mentre Nirvana chiamava immediatamente Hans. Grazie alla collaborazione della Brossuard, aveva accesso ai computer dell'Ars Longa.

Poco dopo, fu di nuovo in linea e aggiornò il gigante.

«Cosa ti ha detto?»

«Quel giorno aveva preso un permesso, potrebbe essere lei la nostra killer. Dobbiamo scansionare i volti dei passeggeri dei suoi probabili voli, sia diretti che con scalo, dal pomeriggio che ha lasciato l'ufficio fino alla sera dell'omicidio. Non è complicato con il controllo passaporto elettronico. Il problema è che non abbiamo una sua foto.»

«È impossibile, ci deve essere qualcosa, devono aver commesso uno sbaglio.»

La serata di beneficenza, la festa, ma certo! In molti riprendevano quel momento, forse con un po' di fortuna l'avrebbero scovata.

L'auto superò il posto di guardia per il controllo dei documenti ed ebbero la conferma che l'aereo era lì ad attenderli, pronto a partire.

Scesero dalla macchina mentre Elisabeth chiamava Lara.

«Sai che ore sono?» Una voce impastata dal sonno la fece sorridere.

«Ma non sei nella città che non dorme mai?»

«Cazzate di Frank Sinatra. Perché hai chiamato?»

«Devi aiutarmi.» L'aggiornò velocemente sul viaggio che stavano per fare, sulla teoria che avevano su Alina.

«Contatta gli invitati, di' loro che la Brossuard ha finalmente a disposizione il pezzo promesso alla serata di beneficenza e vorrebbe mandare un nuovo invito pubblicando le migliori fotografie della serata. Possono mandarle a un indirizzo che creerai appositamente.»

Lara sospirò.

«Non sarà proprio una passeggiata, quelli sono milionari, mica hanno tempo per queste cose.»

Anche Nirvana era meravigliato da tanta immaginazione.

«Lara piantala di lamentarti o ti licenzio.»

«Non puoi, non sei il mio capo e il lavoro all'Ars Longa non è mai iniziato. Con più di una conseguenza, aggiungerei.»

«Non abbiamo finito. Mi serve che rintracci Alina, per favore.»

«Va bene. Recupererò più video possibili mentre tu sarai in viaggio con quel focoso agente.»

Elisabeth abbozzò un sorriso.

«Grazie.»

«Salutami quell'insieme di testosterone atomico.»

«Si dice nucleare, l'atomico è stato superato da un pezzo.»

«Il senso lo hai capito, non fare la sofisticata e soprattutto non fare stronzate.»

Elisabeth non riuscì a replicare, l'amica aveva chiuso la telefonata. A cosa si riferiva esattamente?

Presero posto sui primi sedili che incontrarono intanto che i due piloti si presentavano a Elisabeth e salutavano Nirvana. Lui sembrava in soggezione.

«Abbiamo un tempo di volo di oltre tre ore. Allacciate le cinture di sicurezza, partiamo subito. Nirvana, hai novità di Pulce?» Chiese il più giovane.

L'uomo scosse la testa ma Elisabeth notò che si era irrigidito. Si sedettero uno di fronte all'altra e rimasero in silenzio mentre l'aereo si muoveva e cominciava il rullaggio. Nirvana non riusciva a non guardare Elisabeth. Sembrava perso. Faceva di tutto per evitarla, ma come incontrò i suoi occhi ci rimase dentro.

«Perché mi stai fissando?»

Si ridestò.

«Scusa, ero sovrappensiero.»
Lei sorrise. Bugia.
«Ho indotto tante reazioni ma questa è nuova. Sei un tipo originale.»
Se avesse saputo cosa Nirvana stesse pensando veramente, non sarebbe stata così scherzosa.
«In realtà, sono una persona prevedibile e mi piace la calma.»
«Perché hai conosciuto il caos, quello che c'è dentro.»
Nirvana fece una smorfia e approfittò della velocità dell'aereo durante il decollo per non replicare. Ma fu solo per pochi secondi. Quella donna non aveva intenzione di lasciar perdere.
«Nascondi qualcosa e non vuoi che nessuno se ne accorga.»
Il volo era diretto e così le parole di Elisabeth.
«Sembri così sicura.»
Lei si prese un attimo prima di rispondere, vagando con lo sguardo. Poi lo guardò di nuovo e rispose: «L'ho capito mentre cenavamo. C'è stato un momento in cui eri vulnerabile e ne ho approfittato.»
Fu il turno del gigante di sorridere.
«Cosa avresti visto?»
«In inglese si dice *basement,* in italiano non ha una traduzione così esplicativa.»
«Cavolo, è una cosa importante allora. E com'era?»
«Solido. Un qualcosa su cui puoi fare affidamento. Tu e gli altri.»
Nirvana si tese in avanti come se volesse ridurre lo spazio che li divideva, ma la cintura lo trattenne. Era desiderio o un freno per la paura che lei continuasse?
«Ci hai lavorato su parecchio, sei partito da molto in basso.» Lo stuzzicò e gli fece una smorfia seguita da un mezzo sorriso. «Non pensavi di averne le capacità e ti sei meravigliato. Poi ci hai preso gusto e dotato del fisico e dell'altezza, hai costruito una macchina perfetta.»
«Non è andata proprio così.»
La mano di Elisabeth si mosse su e giù.
«Forse in tempi diversi, prima il fisico e le cicatrici e poi la mente, ma il risultato non cambia.»

Gli sorrise.
«Come fai a sapere delle cicatrici?»
Nirvana era sospeso tra incredulità e attrazione. Chi era davvero questa donna?
«Sono figlia di due agenti che ne hanno collezionate di ben visibili, sia dentro che fuori, quindi ormai le annuso da lontano.»
Rimasero in silenzio mentre raggiungevano la quota di crociera. Il segnale delle cinture allacciate si spense ed entrambi si tolsero i cappotti che portavano.
«Fa caldo,» esclamò lui evasivamente.
«Cosa devi dirmi, Nirvana?»
Lui scosse la testa.
«Cosa sei ora, oltre che un'indovina? Una che legge nella mente?»
«Una strega.»
Elisabeth gli sorrise per la seconda volta in pochi minuti e poi vide che lui cercava un punto in cui far perdere lo sguardo.
«Ho sete, vuoi bere qualcosa?»
Si alzò diretto verso il fondo dell'aereo. Lei lo seguì.
«Un po' d'acqua, va bene.»
Prese un paio di bottigliette dal frigo di un mobile bar e gliene passò una. Una turbolenza improvvisa fece sobbalzare Elisabeth e lui le strinse un polso per sostenerla. Una leggera pressione che le arrivò alla spina dorsale provocandole un brivido. Approfittò di un nuovo scossone per appoggiarsi a lui, la fronte sul petto. Nirvana s'irrigidì e lei rimase il tempo necessario perché lui aumentasse la stretta.
«Fai attenzione,» le sussurrò mentre lei si staccava e lo fissava. Le sue labbra erano invitanti e i suoi occhi sembravano oltrepassarla.
Un suono li riportò alla realtà, e la voce del pilota che li invitava ad allacciarsi le cinture fece il resto.
Erano di nuovo uno di fronte all'altra, qualcosa che li tratteneva.
Lui sospirò.
«Cosa pensi di tutta questa storia?» Gli chiese Elisabeth mentre liberava i capelli e li lasciava andare all'indietro per poi raccoglierli.

Un'altra stilettata al cuore che Nirvana cercò d'ignorare. Bukowski ne sarebbe rimasto ammaliato.

«Siamo sempre indietro, rincorriamo gli eventi. Non ci siamo abituati.»

Era vero.

«Prima i due omicidi, quello di Lipsia e Roma, poi Spinazzola che appare e scompare, la Pareto che rischia di essere rapita a Londra da due uomini poi scomparsi, Fortini che va a Firenze e viene ucciso insieme ad altri non ancora identificati. Per non parlare della Brossuard e Alina come ciliegina sulla torta. Non vedi che ci stanno precedendo e prendendo in giro? Sembra il giochino del gatto e del topo.»

Elisabeth ci pensò su.

«Non puoi controllare tutto.»

«Certo, ma qui non controlliamo un bel niente, questo è il problema.»

Aprì la bottiglia d'acqua e ne prese un sorso.

«Quindi?» Gli chiese Elisabeth.

«Da quanto tempo conosci Lara Donovan?»

«Da più di dieci anni e non pensare che sia corrotta perché è una leale, sincera e onesta.»

Nirvana corrucciò le labbra.

«Da quanto non la vedevi?»

«Piantala di fare questo gioco, di lei mi fido come di una sorella.»

Il gigante alzò le mani.

«Non lo metto in dubbio, tuttavia ci hanno anticipato più di una volta, come se conoscessero le nostre intenzioni prima della mossa successiva.»

«Stronzate. Siamo arrivati tardi solo perché non sapevamo ciò che stava accadendo. Fortini ha ragionato di testa sua e per questo lo hanno ammazzato, i tizi uccisi in chiesa sono stati un danno collaterale e i due omicidi di Klein e Gavina non potevamo evitarli perché non sapevamo nulla. Alina? La Brossuard? Partono da lontano, prima che ci mettessimo a indagare.»

«È questo il punto. Siamo stati tirati in ballo con la certezza di essere battuti.»

Elisabeth alzò i sopraccigli.
«Vuoi dire che ci stanno usando?»
Nirvana non rispose; non ce n'era bisogno.
«Aspetta, fammi capire. Pensi che il mio incontro con Altieri non fosse casuale?»
«No.»
«Neanche quello con il nipote?»
«Esatto. E così il coinvolgimento di tuo padre ma questo lo avevamo capito, te lo ha detto Fortini durante la vostra cena. Consegnavano Schluck per l'immunità.»
«E con i cinque milioni di euro di Brimley. Che però si sono volatilizzati.»
«Perché è tutta una messa in scena, Elisabeth.»
Lei si alzò e gli andò vicino.
«Spiegati meglio.»
«La ricerca della presunta bolla papale ha scatenato una serie di omicidi e ha smascherato gli attori in campo. Chi può averne tratto vantaggio fino a ora?»
«Prima di risponderti, ti faccio io una domanda. E se dovesse saltar fuori?»
«Allora, il quadro generale che mi sono immaginato si rafforza. Rispondimi ora.»
Elisabeth non poteva, non ancora.
«Cosa abbiamo di certo?» Chiese quasi timidamente.
«L'indagine di tuo padre che ha bisogno della testimonianza di Spinazzola. Lì ci sono dentro tutti. Prova a pensare. Lo IOR e quindi il Vaticano, gli Scriba con Brimley e Schluck, il Mossad a lui vicino e i nostri intoccabili Frati Minori.»
«Non solo, i bonifici arrivano anche da aziende arabe.»
«Ora hai capito. Se salta fuori quel foglio, succede il pandemonio.»
«L'obiettivo è impossessarsene. Ma cosa c'entra la bolla papale?»
Nirvana cominciò a muovere la testa. Non riusciva a restare fermo, però non sapeva se fosse per la vicinanza a Elisabeth o per quello che stavano svelando.

«Fin dal primo momento, Spinazzola voleva attirare su di sé la tua attenzione e ci è riuscito. Sappiamo anche perché. Poi però ti ha fatto capire che c'erano altri interessati a quel foglio che lui invece traveste da bolla papale.»

«Come a dire, cerca bene in Terra Santa e capirai dove sta il marcio.»

«Esatto. E noi, cercando la bolla papale, pestiamo sempre più calli fino a quando uccidono Fortini.»

«Chi?»

«Un attimo, ci arriviamo. Ma perché prima ammazzano il professor Klein e il tenente Gavina?»

«Per portarci sulla strada sbagliata?»

«Forse per farci credere che ci fosse veramente qualcosa che i carabinieri avevano trovato dentro la tomba di Pico. Ecco la classica esca. E tutti hanno abboccato. Noi compresi.»

Elisabeth annuì ma senza troppa convinzione.

«Per rispondere alla domanda di prima, non sappiamo chi li ha uccisi. Potrebbero essere stati i servizi dell'Entità, gli Scriba o anche un'ala massona. E questo è quello che dobbiamo scoprire senza tuttavia dimenticare Spinazzola. Lui è il tramite per arrivare alle prove che ha tuo padre.»

«Dobbiamo farlo uscire allo scoperto. E forse so come fare.»

Si prese una pausa, non voleva rivelargli quello che aveva ricevuto la sera prima. Una notifica attirò la sua attenzione.

«Non meravigliarti. Funziona tutto, come se fossimo a terra,» le spiegò Nirvana.

Elisabeth prese il cellulare e riconobbe il numero sconosciuto.

"Parli del diavolo e ne spuntano le corna."

Andrea Spinazzola.

Visualizzò il messaggio.

"Schluck mi ha scoperto e mi ha venduto a una certa Iside che ha comprato il mio debito e ora le devo la vita. Lei è in pericolo, sanno che le ho mandato la lista. Trovi quella bolla e mi salverà. La vuole Iside."

Elisabeth simulò uno sbadiglio per nascondere la paura.

"Cosa vuol dire che è stato venduto?"

Attese che Spinazzola rispondesse mentre sentiva lo sguardo di Nirvana su di sé. Era pressante, come l'ansia che stava provando.

Un nuovo messaggio, questa volta solo una foto, si palesò sullo schermo del cellulare.

Elisabeth toccò per ingrandirla e l'orrore ricoprì i suoi occhi.

La pelle violacea e bruciata della parte interna del polso di Spinazzola le rimandava un disegno marchiato con il fuoco che ormai conosceva bene.

Uno scorpione.

«Oddio.»

«Cosa succede?»

Alzò gli occhi e vide che Nirvana era proteso verso di lei.

Non poteva più tacere, almeno non del tutto.

Girò il telefono in modo che vedesse quello che l'aveva sconvolta e come lui s'immobilizzò, sussurrò: «È il polso di Spinazzola. Lo ha torturato Schluck, dice che se non troveremo la bolla, lui morirà.»

«Perché quel disegno?»

Lei alzò le spalle. Forse troppo velocemente.

«Lo abbiamo già visto ma non ricordo dove.»

Nirvana si lasciò andare sulla poltrona mentre la luce delle cinture allacciate si spegneva. La turbolenza era passata ma una tempesta si era impossessata delle loro menti.

«Chi abbiamo di fronte?» Esclamò Nirvana coprendosi gli occhi con le mani. «E perché fa tutto questo?»

Elisabeth rimase ferma, non osava muoversi. Non era solo lei che sapeva leggere le persone, anche gli agenti segreti venivano addestrati per quello e sembrava che ne avesse uno capace proprio di fronte.

Nirvana sospirò, si alzò e disse: «Vado in bagno. Riprenditi.»

Le sfiorò il polso ma questa volta era solo un gesto di conforto.

Rimase sola e girò velocemente i messaggi a suo padre e poi a Lara. Dovevano sapere e lei stessa doveva poter contare su di loro. Poi rilesse quello che le aveva scritto Spinazzola e inviò un altro messaggio, questa volta dicendo che nessuno sapeva chi fosse I-side e che lei non aveva nessuna intenzione di dirglielo.

Come Nirvana tornò, cercò di riprendersi.
«Cosa stavamo dicendo prima che ricevessi questo messaggio?» Gli chiese Elisabeth.
«Volevamo far uscire Spinazzola allo scoperto ma ora sappiamo dove rintracciarlo. Mandami quella foto e il numero del cellulare da cui è arrivata. Hans lo troverà in un attimo e lo prenderemo.»
Elisabeth selezionò la foto ma poi si bloccò.
Guardò Nirvana.
«È la cosa giusta?»
«In che senso?»
«Voglio dire, se lo prendiamo lui non sarà più libero di muoversi e non ci porterà da nessuna parte.»
Nirvana strabuzzò gli occhi.
«Cosa stai insinuando? Di lasciarlo libero e quindi usarlo come esca?»
«No, assolutamente.»
Il gigante sospirò. Quella donna poteva nascondere altro. Alzò il mento.
«Per la prima volta abbiamo un vantaggio, sfruttiamolo.»
«Come?»
Il tono guardingo, il corpo teso.
«Seguiamolo tracciando il numero del cellulare e interveniamo al momento giusto. Prenderemo lui e chi lo minaccia se si palesa.»
Nirvana ci pensò su.
«A una condizione.»
«Quale?»
«Che nessuno, tranne noi dell'Europol, sappia di questa scelta.»
Lei fece finta di non capire.
«Mio padre...»
«A lui penserà la De Nardi. Deciderà lei se dirglielo o meno. Mi riferisco a Lara Donovan.»
«Ancora lei, non ti fidi proprio?»
Nirvana alzò i sopraccigli.
«Allora?»
Elisabeth annuì.
«Bene, girami tutto che parlo con il colonnello.»

Fece come le aveva chiesto e poi si chiuse in un lungo silenzio. Raggomitolò le gambe e cercò di rilassarsi mentre Nirvana aggiornava il castello.

C'era una talpa, ormai n'erano tutti convinti, e sapeva bene che quando l'intelligence si metteva in testa una cosa, sarebbe andata fino in fondo a qualsiasi costo. Le conseguenze di un tradimento superavano di gran lunga quelle di un omicidio.

Chi poteva essere?

Non certo suo padre e nemmeno Lara, una persona che più volte le aveva mostrato lealtà e amore, oltre che stima e rispetto. E se fosse stato qualcuno di quella famigerata sezione top dell'Europol? Nirvana? Hans? La stessa De Nardi?

Più si ripeteva i nomi e più si sentiva ridicola. Se la talpa c'era, era da cercare altrove. Già, ma dove?

«Andiamo per esclusione.»

Le parole di Nirvana la riportarono alla realtà.

«Per cosa, scusa?»

«Capire chi è il mandante.»

Elisabeth si rimise in una posizione più consona al momento. Si sarebbe concessa più tardi un po' di riposo.

«Cosa è venuto fuori nell'ultima riunione?» Chiese a voce alta a nessuno in particolare.

«Ottima domanda, avvocato.»

La voce della De Nardi riempì la fusoliera.

«Chiuda pure la bocca, pensava che non avessi occhi e orecchie in un nostro aereo?»

Si sentì arrossire all'improvviso, l'avevano vista anche quando si era lasciata andare appoggiandosi al petto di Nirvana?

«Colonnello,» riuscì a dire senza tradirsi troppo.

«Nirvana ha ragione. C'è una leva che lei può usare.»

Elisabeth era del tutto spaesata.

«Cosa esattamente?»

«Quella foto e il messaggio di Andrea Spinazzola. Stia attenta e mi ascolti bene.»

Si costrinse a concentrarsi sulle parole che le disse il colonnello e dopo pochi minuti, annuì poco convinta.

«Non funzionerà.»
«Senta Elisabeth, se lei è veramente figlia di suo padre, se è veramente in gamba come dicono, allora tiri fuori le palle perché questa storia ci sta sfuggendo di mano e non vorrei avere un altro omicidio in casa mia. E le assicuro che la mia casa è molto grande.»
Il silenzio, rotto solo dal rumore prodotto dal volo, s'impossessò dell'abitacolo. Nirvana non staccava gli occhi da Elisabeth, la quale gli rimandava uno sguardo pieno di speranza. La conferma che c'era un traditore, il dubbio che le aveva insinuato su Lara e la foto di quel polso martoriato l'avevano quasi messa a terra.
Non poteva rimandare ancora, doveva reagire.
«Va bene.»
«Ottimo, si muova.»
Prese il telefono e selezionò un numero di cellulare. Fece un paio di respiri profondi affidandosi agli occhi del gigante che le sedeva di fronte.
«Maestro Altieri.»
«Avvocato Scorsese, come sta?»
Il professore era guardingo, dopo l'ultima telefonata quella donna gli piaceva meno. In realtà, l'aveva trovata pacchiana fin dal principio, la classica belloccia americana con una punta di eleganza italiana. Giusto una punta, però.
«Bene e lei?»
«Cosa vuole?»
«Barattare la libertà di suo nipote.»
«Lei non è in grado di fare una trattativa.»
«Non era di questo avviso quando mi ha coinvolta con quel teatrino del salvataggio dalla caduta in acqua, maestro.»
L'uomo sbuffò. Non poteva negarlo.
«Cosa vuole esattamente?»
«Le manderò una fotografia e un messaggio, poi mi richiamerà.»
«Ne è sicura?»
Il tono del professore rasentava la strafottenza.
«Vedrà, Sigismondo.»
Chiuse la telefonata e gli inviò ciò che aveva promesso. Una manciata di secondi dopo, il telefono squillò.

«Non mi dica che è Andrea.»

C'era una debole speranza resa ancor più sottile dalla voce rotta dell'anziano.

«Mi dispiace molto, è il suo polso.»

«Ma è stato...»

«Gli hanno fatto del male, professore, ma almeno è vivo.»

«Chi è stato?»

L'uomo balbettava, tutta la spavalderia era sfumata in un brevissimo secondo.

«Abbiamo dei sospetti e ho bisogno del suo aiuto per capire chi c'è dietro tutto questo.»

«Io? Non vedo cosa possa fare.»

«Per favore, non ricominci con la storia del "non so nulla", conosciamo bene le sue amicizie e il suo ruolo nell'Ordine di Malta.»

Elisabeth attese che il peso di quella rivelazione facesse il suo effetto e poi continuò. «Suo nipote mi ha lasciato un biglietto con scritto "Gomeisa 1219". Il nome di una nave dell'Ordine di Malta e l'anno in cui San Francesco è andato in Terra Santa.»

«Giusto.»

Nirvana le fece un cenno di assenso come a interpretare il pensiero di chiunque fosse collegato.

«Perché suo nipote mi ha voluto far vedere in questa direzione? Cosa c'entra l'Ordine di Malta con la bolla papale?»

«Io non so nulla di queste cose.»

Ecco, tanto per non smentirsi.

«E io non aiuterò suo nipote a tirarsi fuori dai guai.»

«Lei non può, deve farlo...»

«Senta, Sigismondo, mi ascolti bene. Mi ha tirato dentro a questa cosa perché il suo caro Andrea era disperato e aveva bisogno dell'intervento di mio padre. Avete fatto un tale casino che Fortini è morto e ora tocca a suo nipote. O lei mi dice come stanno le cose o la denuncerò per intralcio alla giustizia, va bene?»

Questa volta il silenzio fu quasi totale, anche il rombo del motore sembrava magicamente cessato.

«Professore, è ancora in linea?»

«Sì.»

«Allora, vuole dirmi qualcosa?»

«Non posso,» sussurrò Altieri, ma ognuno di loro riuscì a cogliere il senso di quella frase.

«Facciamo in questo modo,» aggiunse Elisabeth, «io le racconterò una storia e lei mi dirà se è vera. D'accordo?»

L'uomo non rispose e lei lo prese per un assenso.

«Come presidente di una commissione interna al Sovrano Militare Ordine di Malta, doveva preoccuparsi di mostrare al pontefice che le voci su una condotta poco "devota", diciamo così, fossero infondate, e per conquistare velocemente la sua fiducia, aveva bisogno di qualcosa di eclatante. Vado bene, professore?»

L'uomo sospirò. Al punto in cui era, non poteva tirarsi indietro.

«Vada avanti.»

«Ecco che si rivolge o forse ne parla involontariamente a suo nipote, il quale si confida con Alex Fortini e il 24 giugno, data importantissima per l'ordine cui appartiene, incontra quest'ultimo a Venezia. Fortini è stato a Roma il giorno prima, il suo cellulare è stato tracciato nel quartiere Testaccio, presso la vostra sede.»

Elisabeth non ne era affatto sicura ma bluffò senza indugio.

«Chi ha incontrato esattamente?»

«Non ha importanza,» rispose subito Altieri.

«Perché?»

«Perché Alex non ha ottenuto quello che voleva.»

«Cosa voleva?»

«Soldi e protezione.»

«Ed è per questo che è venuto da lei, per lamentarsi e chiederle aiuto.»

L'uomo sbuffò.

«Ed è quello che ho fatto, ma a Roma non hanno voluto sentire ragioni. Ormai sono un povero vecchio e aspettano che tiri le cuoia per prendersi il mio diritto al voto.»

«Lo ha venduto?»

La domanda colse Elisabeth di sorpresa. Era Nirvana. Lo stesso Altieri si mise all'erta.

«Chi ha parlato?»

«Un mio collaboratore. Non può pensare che sia da sola in tutto questo, professore.»

Elisabeth pregò che non chiudesse la telefonata.

«Non voglio che nessuno sappia cos'è successo, è troppo rischioso.»

«Non si preoccupi. Piuttosto, risponda alla domanda. Ha barattato il suo voto in cambio della protezione di suo nipote?»

«Sì.»

«Con chi?»

Il professore sospirò per una seconda volta, ancor più sonoramente.

Poi, prima di rispondere, chiuse la telefonata.

«Cazzo,» urlò Nirvana che si alzò in piedi di scatto.

«Elisabeth, lo richiami, subito!» Sbraitò la De Nardi.

«Certo, colonnello.»

Il cellulare era spento e lei scosse la testa.

«La bolla papale era solo una copertura, ammesso che esista. In realtà, la posta in gioco era un voto per l'elezione del gran maestro dell'ordine. Una concussione bella e buona,» concluse per tutti Hans che era rimasto fino a quel momento in religioso silenzio.

«Fortini era colui che batteva l'asta, ossia raccoglieva le migliori offerte,» aggiunse Nirvana con un mezzo sorriso. Ci stavano arrivando. «Ma chi potrebbe volerlo e quanto è il suo valore?» Chiese a nessuno in particolare.

«Cinque milioni.»

La fissò come se la vedesse per la prima volta. Poi con un gesto del capo, la invitò a continuare.

«Alla serata di beneficenza, Christopher Brimley non avrebbe comprato il famigerato pezzo antico dal valore inestimabile, ma quello che aveva messo all'asta Altieri: il suo voto. E io, su suggerimento di Jeff Norton, il mio socio a New York, avrei dovuto essere presente per suggellare la vendita del pezzo antico. In realtà voleva sincerarsi che Brimley ottenesse ciò che voleva,» disse Elisabeth.

«E quando il giorno dell'asta nessuno si è palesato, uno dei compratori che si era sentito rifiutato ha voluto punire Fortini uccidendolo e mandando al tempo stesso un messaggio a Spinazzola molto chiaro: doveva rimettere la posta in gioco.»

«Ecco perché è stato marchiato.»

«Venduto, per l'esattezza. Ora chi lo ha acquistato ha comprato anche il voto di Altieri.»

Elisabeth stava per aprire bocca ma qualcosa le disse di rimanere in silenzio. Abbassò gli occhi.

«Fortini era in contatto con il Vaticano e i Frati Minori. I primi lo hanno trovato subito a Londra e portato la Pareto da lui, mentre l'arcivescovo Pierluigi Battista, il patriarca dei Latini, ha dato alla professoressa il numero del suo cellulare. E Fortini le conferma che lo aveva già incontrato,» aggiunse Nirvana.

Questa volta nessuno disse niente. Non avevano prove ma tutte le strade portavano a Roma. A toglierli dall'imbarazzo, arrivò l'annuncio del pilota che stavano per atterrare a Salonicco.

«Ci aggiorniamo più tardi, Nirvana.»

La De Nardi salutò entrambi nel momento in cui si allacciavano le cinture di sicurezza.

Elisabeth lanciò uno sguardo al suo compagno di viaggio che continuava a osservarla. Poi, chiuse gli occhi.

Alla fine, non lo aveva detto. Qualcosa che andava oltre lei l'aveva fermata. Per quanto tempo aveva ancora intenzione di mentire a sé stessa? Era tempo di guardarsi dentro e questa volta non sarebbe fuggita a Venezia e in nessun altro luogo del mondo. Alzò lo sguardo e incontrò due occhi chiari, quasi trasparenti, che le sorridevano. Provò la piacevole sensazione di non sentirsi più sola.

# 34

Quando arrivarono al monastero della Vergine Maria Kanalon, era troppo tardi e le suore si erano già ritirate nelle loro celle dopo gli impegni quotidiani. A entrambi venne da sorridere perché non riuscivano a intuire cosa mai fossero questi "impegni quotidiani" ma la suora che aveva aperto lo spioncino era stata categorica. Erano riusciti a ottenere solo un'informazione; Suor Marta era la loro badessa, e li avrebbe ricevuti il mattino dopo dalle ore otto. Prima di chiudere lo spioncino aveva lanciato un'occhiataccia a Nirvana ed Elisabeth giurò che aveva mosso anche la testa in segno di diniego.

«Non le piacevi per niente, caro mio,» disse mentre salivano in macchina. Avevano affittato una Lexus all'aeroporto di Salonicco, guidato per quasi due ore e adesso erano diretti a Litochoro, il centro abitato più vicino al monastero.

«Come volevi che reagisse una suora di clausura di fronte a un uomo?»

«Non è questo il punto.»

«E quale sarebbe?»

«Sei troppo...»

Lui la guardò e lei scoppiò a ridere.

«Brutto? Buffo?»

«Non passi inosservato e non riesco a immaginarti in una missione sotto copertura.»

Nirvana fece una smorfia. Gli toccava sempre fare quello grosso e cattivo.

Gli arrivò un messaggio sul cellulare mentre stava guidando e lo fece controllare a Elisabeth dopo averle sbloccato il telefono.

«Hans ci ha prenotato al Mythic Valley, un piccolo albergo vicino alla strada principale. C'è l'indirizzo.»

Aprì il link e avviò il navigatore.

«Ora sanno dove siamo.»

«Chi, scusa?»

«Chiunque ha un accesso in rete ed è un bravo hacker.»

Lui sorrise.

«Sei figlia di una spia ma non sei aggiornata. Non è così semplice, almeno non con i nostri cellulari.»

«È quello che volevo dire. A noi mortali può succedere e allora addio privacy.»

«Oh mio Dio, sei quel tipo di persona?»

«Quale tipo, scusa?» Fece Elisabeth alzando un po' il tono di voce e mostrandosi offesa. Lui le lanciò un'occhiata e poi esclamò: «Lascia stare, sono certo che in un confronto con te perderei sicuramente.»

«Perché ne sei così convinto?»

Elisabeth si stava pregustando il complimento che stava per arrivare e intensificò il suo sguardo. Era costretto a tenere gli occhi sulla strada e lei voleva approfittare di quel piccolo vantaggio.

Lui sospirò.

«Perché sei un avvocato, per cos'altro?»

Lei sorrise e gli diede un leggero pugno sulla spalla. Avrebbe scommesso che se avesse usato più forza, si sarebbe fatta male.

«Non è da te crogiolarti per dei complimenti.»

Elisabeth arricciò il naso.

«Fanno sempre piacere. Poi dipende.»

«Da cosa dicono.»

Lei scosse la testa.

«Da chi te li fa.»

Nirvana sorrise. *Touché*.

«Hai perso un'occasione, gigante.»

Rimasero in silenzio per alcuni minuti e poi fu lei a parlare per prima.

«Ho un dubbio.»

«Sentiamo.»

«Se l'obiettivo di Spinazzola e Fortini era quello di offrire all'asta il diritto di voto di Altieri, perché hanno tirato dentro la lista di Schluck?»

«Per toglierselo dai piedi. Sono stati furbi. Sapevano che anche realizzando una cifra importante, con quel debito con Schluck non sarebbero andati lontano e quindi dovevano incastrarlo in qualche modo. Gli hanno fatto credere di favorirlo inventandosi il mistero della bolla papale.»

«Da qui il mio incontro con Altieri e poi con Spinazzola.»

«E anche tutto quell'apparire e poi scomparire, il messaggio in codice, la lettera di Fra Bartolomeo e via dicendo.»

«Un piano diabolico. Ma c'è stato un problema, anzi due.»

«Gli omicidi di Klein e Gavina.» Poi aggiunse: «Cosa vorrà dire l'appunto di Pico?»

Lei gli strinse un polso. Le piaceva la sintonia che si era creata.

«Lo scopriremo, puoi starne certa. Nel frattempo, puoi dirmi quanto manca. Quel cellulare è muto da un po'.»

«Rispetta la privacy, al contrario di voi agenti segreti.»

Nirvana annuì. Ormai si era rassegnato, con lei finiva per perdere ogni confronto verbale. E poi gli piaceva far parte della sua *privacy*.

«Se svolti a sinistra fra tre strade, siamo arrivati.»

Le indicazioni li portarono al Mythic Valley, parcheggiarono e poi presero le stanze che Hans aveva riservato per loro.

«Sono affamata.»

«Perfetto.»

Si diedero appuntamento da lì a mezz'ora.

La cena al ristorante tipico Μεζέ Μεζέ, un consiglio dell'addetto alla reception, si era rivelata ottima. Li aveva accolti un ambiente informale ma molto curato, una taverna tipica con tanto di tovaglie bianche e azzurre. Avevano ordinato diversi binelikia, i loro antipasti, le patate della nonna, il metsovone con marmellata, lo soutzoukakia allo yogurt, il bouyiourdi, lo tzatziki, il souvlaki di montone, un abbondante piatto di sardine grigliate e le meatballs avvolte nella pita.

Sembrava non mangiassero da settimane.

«Sei sempre così famelica?»

«Spero ti riferisca al cibo.»

Lui alzò le spalle.

«Mi stai provocando, lo sai? E non è la prima volta.»

Elisabeth allargò le braccia come a dire che così doveva essere.

«Non puoi farci nulla, è più forte di te.»

«Spero ti riferisca al cibo.»

Nirvana sorrise e gli occhi si accesero di una luce nuova. Quella creatura cominciava a piacergli sul serio.

«Il nostro albergo è in pietra e legno. Ti sei mai chiesta perché gli alberghi o le case di montagna sono costruiti in pietra e legno?»

Lei scosse la testa, si stava divertendo.

«Perché la montagna di notte parla.»

«Ora giochi la carta degli spiriti notturni, quelli che s'infilano sotto il letto?»

«È vero, scricchiola tutto e l'unione tra pietra e legno ne attutisce il rumore.»

Elisabeth sorrise e Nirvana si godette quell'attimo. Riuscire a far sorridere una donna era sempre stato un suo desiderio, fin da ragazzo. E se avesse provato anche qualcosa, era tutta un'altra storia.

«Questa non l'avevo mai sentita, mi stai prendendo in giro.»

«Giuro, è la verità!»

«E dove te l'hanno insegnata, all'accademia?»

«Spiritosa, sono cose che impari sul campo.»

«Cos'hai fatto, una missione tra le baite di montagna?»

Nirvana si rabbuiò all'istante, un ricordo gli offuscò la mente ma durò poco. Nel riagganciare i suoi occhi, comprese che lei aveva capito qualcosa e tornò a sorridere. Il silenzio che seguì era un atto dovuto, un segno di rispetto.

«Chi è Pulce?»

Nirvana finse uno sbadiglio per coprire la bocca spalancata.

«Non ti scappa nulla, eh?»

Elisabeth non si mosse; se avesse voluto parlarne, lei sarebbe stata lì.

«Un collega, spagnolo. In una missione non è riuscito a difendere chi si era ripromesso.»

«È morto?»

«L'hanno uccisa. Era una ragazzina di tredici anni, un'esca per incastrare un narcotrafficante con vizi sadici e pedofili.»

Rimase in silenzio, gli occhi nei suoi.

«Vedi Elisabeth, il nostro è un modo malvagio, purtroppo la violenza è parte di noi ed è ovunque. Per tutti quelli che riusciamo a fermare, ce ne sono molti altri che fanno del male. Quindi, se vedi una luce, tienila stretta.»

Sembrava che non parlasse più di Pulce. Lei gli strinse una mano e lui intrecciò le dita con le sue.

«Chiediamo il conto?»

«Per me va bene,» rispose Elisabeth.

Poco dopo s'incamminarono verso l'albergo; il passo lento, il cuore veloce, le dita ancora intrecciate.

«Sai, ho avuto una storia con uno di voi.»

«In che senso? Mica siamo una razza a parte.»

«Sei sicuro? Avete dei tratti solo vostri. Come su un documento, solo che voi ne avete sempre più di uno e tutti falsi. Vai a capirci qualcosa.»

Lui lasciò passare alcuni secondi e poi le chiese in un soffio: «Poi cos'è successo? Sei rimasta imbrigliata nelle sue mille identità?»

«No, ma nei loro giochi sì.»

Nirvana rimase in silenzio. Conosceva bene quella storia. Il loro mestiere non prevedeva affetti duraturi, le incognite erano troppe, imprevedibili e pericolose. Per loro e per chi gli viveva vicino.

«Lo amavi?»

«Molto. Ma non è stato abbastanza. Sono fuggita. Da lui e da mio padre.»

«Sei andata in Italia e hai vissuto a Venezia.»

Elisabeth si fermò e si girò di tre quarti. Un lampione rimandava una luce debole e illuminava Nirvana solo parzialmente.

Non riusciva a distinguere il colore dei suoi occhi, sembravano più scuri, come fosse il presagio di un destino che li attendeva. Ebbe un brivido. Erano sempre coinvolti in un'indagine per omicidio.

«Senti freddo.»

«No, ma ho bisogno che mi abbracci.»

Nirvana scosse la testa e abbozzò un sorriso. Era lei quella imprevedibile, altro che la vita che faceva.

Allargò le braccia e lei ci si tuffò dentro. Rimasero fermi alcuni minuti, il respiro del gigante si faceva sempre più corto e lei se ne accorse. Poi lui appoggiò il naso sui suoi capelli e inalò l'odore che emanavano. Sapevano di buono, ma anche di mistero. Era questo che l'eccitava.

«Chi sei veramente, Elisabeth?» Le sussurrò in un orecchio, il fiato a solleticarle il collo.

Lei non si mosse e rispose quasi nascondendo il viso sul suo petto.

«Non lo so più. Mi sto cercando. Ho perso tante sicurezze e sto provando a risollevarmi.»

Lui allentò un po' la presa. La sua testa stava pensando ad altro e quelle parole lo fecero irrigidire.

A quel punto lei alzò il capo e lo guardò negli occhi, divenuti inaspettatamente chiari come se fosse pieno giorno.

«Però di una cosa sono sicura.»

«Di cosa?»

«Questo.»

Avvicinò le labbra alle sue e un bacio li catturò entrambi.

«Aspetta.»

Nirvana si bloccò. Il letto della sua stanza era pronto ad accoglierli ma un dubbio s'impossessò della sua mente.

Da quanto tempo non faceva sesso?

La tenne stretta ancora un attimo, poi si staccò e cominciò a spogliarla. Elisabeth voleva parlargli ma gli occhi già le stavano dicendo quanto sforzo stava facendo a rimanere morbido, quanto ci tenesse a darle conforto.

Come le sfilò il maglione e rimase in camicetta, la fece sedere sul bordo del letto come fosse una spettatrice in prima fila. Le chiese di fare silenzio portando l'indice alle labbra. Lei annuì, con gli occhi che si aprivano un po'. Un gioco, il suo. Finalmente un uomo che aveva il coraggio di osare e provare a sorprenderla.

Nirvana prese a spogliarsi, il suo sguardo sempre nei suoi occhi. Non ricordava più l'ultima volta che lo aveva fatto. Spesso si sottraeva, non per pudicizia ma per paura di spaventare chi aveva di fronte. Era cosciente della sua mole e di come in diverse occasioni lo avesse messo in situazioni imbarazzanti.

Elisabeth sorrise. Uno spogliarello inatteso. L'idea la divertì e la fece eccitare ancora di più.

Quando fu quasi a torso nudo, si chinò verso di lei e le tirò via le scarpe. Era lui che guidava il gioco, solo perché lei aveva deciso di cedergli il comando.

Poi passò ai jeans, elasticizzati tanto per rimarcare quanto le sue curve fossero sexy. E da lì a poco le avrebbe fatte proprie. Rallentò quasi a fermarsi quando lei dovette alzarsi leggermente per far scivolare via il tessuto e alla vista delle mutandine rosse sentì il pene irrigidirsi ancora di più. Le lasciò dov'erano, per loro ci sarebbe stato un altro momento. Con due dita della mano destra risalì fino alle cosce, muovendosi verso l'interno ed Elisabeth trattenne il fiato. Un tocco, un leggero movimento, le dita che sfioravano la pelle sempre più vicina. Ebbe un fremito, poi un altro. Allora Nirvana usò l'altra mano e fece la stessa cosa con la gamba destra. Quando entrambe furono all'interno coscia, le pizzicò le mutandine. Elisabeth sorrise e si costrinse a non muoversi e scattare in avanti. Lo voleva, e voleva vedere quanto fosse eccitato.

Si sfilò i jeans e guadagnò qualche centimetro verso di lei rimanendole seduto al fianco. Lo guardò negli occhi.

«Aspetta...» Sussurrò, ma Nirvana la bloccò di nuovo, questa volta con un gesto veloce.

La tirò su e le sfilò la camicetta, da entrambe le maniche. Lei rimase sospesa, gli addominali contratti, il seno in fuori. Mancava poco e la sua dea sarebbe stata pronta per lui.

Alzò le braccia e lui ne approfittò per sfilarle il top. Ora solo un reggiseno divideva le sue labbra dai seni pieni e sodi. Non le diede il tempo di far scendere le braccia. Con una mano afferrò il gancetto e lo aprì. Giurò che se ci avesse provato altre mille volte, non ce l'avrebbe fatta. A volte il destino dà una mano affinché i momenti unici diventino indimenticabili.

Lo fece volar via.

Lei lo notò, gli sorrise e spinse il viso verso il suo. Rimasero un attimo fermi a guardarsi, gli occhi liquidi, le emozioni incontrollate, il desiderio al limite. Nirvana poggiò una mano sulla sua guancia. Lei baciò appena il palmo e poi cercò le sue labbra. Si toccarono, prima piano e poi con maggiore intensità. Ma qualcosa, ancora, li tratteneva ed entrambi sapevano cosa. Ogni momento, seppur eterno, ha un inizio e una fine: lo si vive completamente nella consapevolezza che poi diventerà un ricordo sempre più sbiadito.

Le lingue si arrotolarono, colme di un desiderio finalmente condiviso.

Nirvana affondò le mani nei capelli di lei, la sua mente stava perdendo il controllo e solo un piccolo barlume di concentrazione lo riportò a quello che stava vivendo.

Si staccò, rimase nudo ed Elisabeth si prese un attimo per ammirarlo.

Nirvana scese su di lei puntando verso il basso, come una benedizione di dimensioni divine, e senza più barriere a dividerli, affondò la lingua dentro di lei e le appoggiò una mano sugli addominali per tenerla ferma mentre aumentava la pressione.

Elisabeth lo assecondò e si concentrò sulle labbra di Nirvana che aderivano al suo sesso come se fossero parte dello stesso organo.

Il godimento arrivò all'improvviso come un'onda che si gonfia ma non si vede. Un'accelerazione la costrinse a spingere il bacino verso il suo viso, le cosce strinsero le sue mascelle tanto da sentire i peli della barba appena ricresciuti, e poi urlò. Il piacere la invase come se una corrente elettrica la percorresse dal mignolo fino all'ultimo dei capelli. I peli delle braccia le si alzarono, gli occhi incrociarono i suoi.

«Baciami,» sussurrò appena.

Nirvana fissò nella memoria quegli occhi spalancati, pieni di desiderio, luce e passione tutta per lui, solo per lui. In quell'istante comprese che lei non era solo una divinità incantatrice ma reincarnava Afrodite, la dea dell'amore e della fertilità.

Non se lo fece ripetere e salì fino ad avere le labbra sulle sue, ancora umide della sua eccitazione.

Le lingue si agganciarono e il bacino di lei si spinse ancora in avanti per invitarlo a entrare.

Nirvana si fermò appena un istante come toccò il suo sesso. Un altro momento di cui avrebbe goduto più avanti. Poi cominciò a spingere ed Elisabeth si bloccò di colpo.

La sensazione di totale pienezza fu accompagnata da un senso di appartenenza. Il desiderio di Nirvana non le dava solo un godimento assoluto, ma era lì a reclamare il suo abbandono e la completa consapevolezza che non si stavano unendo solo due corpi ma anime in cerca una dell'altra.

Lo voleva, e più le faceva male nel penetrarla, più le entrava nel profondo e lacerava per sempre quel senso di solitudine che non l'abbandonava mai.

Venne, urlando di nuovo con tutto il fiato che aveva in gola.

Nirvana comprese che era inutile resistere a quel tornado che aveva sotto di sé, e come se fosse la cosa più semplice del mondo, fece scattare la serratura delle sue emozioni, ripeté il suo nome per almeno una decina di volte, e poi la seguì in un orgasmo pieno e appagante.

Come i loro respiri tornarono regolari, Elisabeth gli scivolò accanto. Di rimando lui l'abbracciò e la tenne stretta.

Fu un gesto così naturale che lei ne approfittò per poggiare la testa sul suo petto.

Non parlarono, nessuno riuscì a dire nulla. Erano stremati come se un uragano li avesse colti impreparati. E forse era proprio questo.

«Dove sei stata fino a oggi?» Sussurrò Nirvana, dopo un attimo che sembrò interminabile.

«In giro per il mondo,» scherzò lei mentre gli passava le unghie sul petto. «Potevi telefonarmi,» aggiunse alzando un po' la testa per fissare i suoi occhi.

«Non avevo il tuo numero.»

«Sei o no una spia? Dicono anche bravo.»

«Non così tanto, avvocato. Sta a lei dimostrarlo.» Sorrise. Nessuno avrebbe mai incarnato meglio quella professione.

Elisabeth si alzò girandosi leggermente. Voleva averlo a tiro di bacio.

«Tra poche ore dobbiamo alzarci. Dobbiamo dormire. Le suore ci aspettano.»

Le venne da sorridere e si mosse, ma lui l'afferrò per un polso. Si guardarono e il tempo sembrò fermarsi. Le loro bocche si unirono di nuovo e i corpi reagirono nello stesso istante; li colse una foga improvvisa.

In un attimo, Elisabeth gli fu sopra e cercò immediatamente il suo sesso. Era pronto, di nuovo. Lo afferrò e se lo spinse dentro. Le tolse il fiato e si fermò estasiata; le sembrava di aver appena scoperto il silenzio di un giardino giapponese. Era da tempo che non provava simili sensazioni, un insieme di godimento fisico ed estasi mentale. Si mosse con lentezza con lui che l'assecondava e le baciava i capezzoli. Quando comprese che anche Nirvana era al suo massimo, aumentò la velocità e dopo pochi istanti, spalancò gli occhi e urlò senza ritegno.

In quello stesso istante, lui sollevò il bacino, le afferrò le natiche e la inondò di piacere. Avevano trovato il punto di non ritorno, consapevoli che potevano solo andare avanti e non voltarsi indietro.

Sorrisero entrambi, e con le labbra ancora increspate si addormentarono esausti.

# 35

«Scendo io, aspettami in macchina.»

«Ti si è bruciato il cervello. Non se ne parla, vengo con te.»

«Se Suor Marta ti vedesse, potrebbe non parlare. Hai visto ieri che impressione hai fatto.»

«C'è un'indagine in corso e sei stata affidata a me.»

Elisabeth gli sorrise. Si trovavano davanti al monastero e non c'era anima viva.

«Cosa può succedermi?»

«Devo proteggerti, è un ordine del capo.»

«Da chi, scusa? Da poche suore di clausura? Non fare l'ottuso.»

«Senti, io...» Elisabeth gli piantò un bacio sulle labbra con una tale forza che lo fece capitolare. Non andava bene, affatto. Altro che spia integerrima.

«Ora so come farti stare zitto.»

Sorrise di nuovo e lo lasciò basito.

Accelerò il passo fino a fermarsi davanti all'ingresso. Mentre stava per bussare, lo sentì avvicinarsi.

«Non riesci a starmi lontano, gigante?»

Gli sorrise.

«Se la De Nardi venisse a sapere che sono rimasto in...»

Un colpo di fucile colpì il muro subito dietro al suo viso e sentì alcune schegge ferirgli la fronte.

Elisabeth saltò dalla paura mentre lui tirava fuori la pistola e sbloccava la sicura.

Erano allo scoperto, dovevano reagire.

In quel momento si spalancò la porta e una suora tirò dentro Elisabeth per una manica. Nirvana stava per seguirla ma un altro colpo lo costrinse a fermarsi. Si girò e vide da dov'era partito. Cominciò a sparare correndo verso la macchina, il riparo più vicino.

Fu in quel momento che si scatenò un inferno.

Una pioggia di proiettili lo investì ma riuscì a mettersi in salvo dietro la Lexus. I finestrini scoppiarono spedendo schegge di vetro ovunque e provocando tagli anche sulle mani.

Tirò fuori il cellulare e chiamò Hans.

«Ciao bell'italiano, com'è andata la notte in quel lodge?»

Gli rispose un'altra raffica e Nirvana che urlava: «Cazzo, sono sotto tiro, non riesco a muovermi.»

«Elisabeth?»

«L'hanno trascinata dentro il monastero, provo a raggiungerla. Manda subito una squadra!»

Era una richiesta inutile e lo sapeva bene. Erano in un posto isolato e avrebbero dovuto cavarsela da soli.

Ma come?

I colpi suonavano come un temporale, grandine di piombo. Nirvana cercò di rimanere lucido.

Che motivo c'era di usare tutta quella potenza di fuoco? Realizzò che gli spari venivano da tre parti, l'unica via di fuga era alle sue spalle. Ma se avesse provato a muoversi, si sarebbe trovato scoperto. Rispose al fuoco con un paio di colpi, giusto per prendere tempo. Doveva pensare a una via d'uscita. Non aveva molti colpi, non era preparato a un attacco del genere.

«Cazzo,» imprecò a denti stretti.

Mise fuori la testa e in quel momento un colpo risuonò vicinissimo. Si girò lentamente e intravide una figura nel bosco proprio dietro di lui. Lo aveva mancato volutamente e ora era in attesa di capire cosa volesse fare. Il fucile ancora alto.

Era circondato. Non sarebbe andato da nessuna parte.

Poi realizzò: non lo volevano morto, lo avrebbero già ucciso altrimenti, volevano solo che restasse dov'era e dividerlo da Elisabeth.

Anche lei era in trappola.

La suora la trascinò quasi correndo mentre fuori sparavano all'impazzata. Dopo pochi metri, raggiunsero il chiostro e poi Elisabeth, costretta ad abbassare la testa, entrò in una stanza e la porta si chiuse dietro di lei.

Era vuota, se non per una scrivania e una libreria.

Si girò e cercò di uscire.

Era chiusa a chiave.

«Ma che cazzo sta succedendo?»

Sentì il panico montarle dentro. In lontananza, il fuoco sembrava essere diminuito. Cercò di riconoscere un suono che si differenziasse dagli altri, se Nirvana fosse stato vivo, avrebbe risposto. Nulla, solo un tipo di colpi.

"Oddio, no." Si disperò.

Doveva agire.

C'era un'altra porta che dava nella stanza, provò ad aprirla. Anche quella era bloccata.

Afferrò il cellulare e fece per chiamare il castello ma si accorse che non aveva linea.

"Cazzo, e ora?" Pensò mentre cercava una via di fuga, praticamente inesistente.

Si mise seduta e cominciò a respirare lentamente. Non doveva permettere alla paura di prendere il sopravvento, così le avevano insegnato i suoi genitori. In teoria sembrava facile, in pratica era un casino. Erano stronzate belle e buone. A parole erano bravi tutti, con i fatti un'altra storia.

Passò una manciata di secondi e la porta laterale si aprì. Elisabeth scattò in piedi pronta a lanciarsi sulla suora che avesse varcato la soglia, ma come vide la figura che aveva di fronte, si bloccò all'istante.

Non poteva essere lei.

No, era lei.

E subito dopo, un'altra donna la seguì. Alla sua vista, la sorpresa venne sostituita dal terrore.

Fissò la donna che avanzava verso di lei, sorrideva.

«Ci rivediamo, Elisabeth. Quanto tempo è passato?»

Lo stupore non fu totale, in un paio di occasioni lo aveva pensato, solo che non aveva voluto crederci fino in fondo.

«Margot Massu, il braccio destro di mia madre. E il suo braccio armato Alina, se questo è il suo nome.»

Il suo tono non nascondeva l'angoscia che provava.

La donna fece una breve risata.

«Rilassati, mia cara. Alina ha attivato un disturbatore di onde magnetiche, ora sei totalmente isolata. E il tuo uomo è bloccato dai miei. Nessuno può aiutarti.»

«Cosa vuoi fare, uccidermi?»

La donna prese posto alla scrivania mentre Alina non le toglieva la pistola di dosso.

«Non temere, ci servi viva, non sai quanto. Ti attende un futuro che non immagini.»

Alina abbassò l'arma. Non ne aveva comunque bisogno, anche a mani nude l'avrebbe neutralizzata in pochi secondi.

Elisabeth cercò di concentrarsi su quello che aveva. Doveva farla parlare. Gli spari sembravano cessati.

«Avevo capito che eri tu.»

«Ma non lo hai detto a nessuno. Perché?»

«Non ne ero sicura.»

«Bugiarda. Non volevi ammettere che tua madre avesse fatto uccidere Klein e Gavina. Sono state due scorpioni e lo hai capito dai segni che abbiamo lasciato. Poi il racconto della Brossuard ti ha confermato che ero coinvolta. E ora eccoci qui.»

Era vero, era andata proprio così. Ma come faceva a saperlo?

«Chi è la talpa?»

Margot alzò le spalle.

«Lo scoprirai, ma sarà troppo tardi.»

«Lo champagne, ti ha tradito. La frase di Spinazzola era un indizio per farmi capire dove guardare.»

Ora la francese sorrise. «Sei sicura non fosse intenzionale? Un indizio che solo tu potevi capire, al momento giusto.»

Elisabeth rimase in silenzio, era senza parole. L'avevano

manovrata, e con lei anche tutte le intelligence coinvolte. Non poteva sottovalutare più nulla, erano sempre davanti a loro.

«Cosa vuoi?»

«Che la copia del tabulato che hai sul cellulare venga cancellata definitivamente. Quella che ti ha inviato Spinazzola due giorni fa. E che nessuno sappia del nostro incontro e coinvolgimento, ovvio.»

Elisabeth tradì uno stupore rivelatore e Margot sorrise.

«Come lo avete scoperto?»

Nessuno era a conoscenza di quel messaggio mandato da Spinazzola, se non loro due ovviamente.

«Prova a pensare, ci puoi arrivare.»

Un'ombra passò sul suo viso. Alina, l'esecutrice silenziosa, quasi invisibile.

«Ora vi appartiene.»

Margot annuì.

«Ci serve più tenerlo in vita che ucciderlo.»

Quella risposta le gelò il sangue. Doveva reagire.

«E la bolla papale?»

Margot fece un gesto con la mano come a dire che non le importava. «La lasciamo al Vaticano.»

Elisabeth non capì e rimase interdetta.

«Non preoccuparti, capirai anche questo più avanti.»

«E se non cancellassi nulla e raccontassi tutto?»

La donna si alzò, l'incontro era terminato. Un "no" non era contemplato.

«Farò uccidere il tuo agente qui fuori.»

Elisabeth si sentì mancare il respiro.

«Non ne saresti capace,» disse in un soffio.

«Ne sei sicura? Rifletti bene e conoscerai la risposta.»

Passarono alcuni interminabili secondi e poi Margot fece un paio di passi avanti. Le fu vicina, si chinò e le sussurrò all'orecchio: «Allora?»

Elisabeth prese il cellulare, lo sbloccò, premette un paio di tasti e come trovò la foto del tabulato, la cancellò.

«Anche il cestino va svuotato, dolcezza.»

Fece come le aveva ordinato la Massu che poi uscì dalla stanza seguita da Alina. Era tentata di correrle dietro, ma il terrore che stava provando la tenne bloccata sul posto.

Controllò il telefono, era ancora off line.

Doveva fare qualcosa.

All'improvviso due spari risuonarono molto vicini.

Nirvana!

"Cazzo, non posso stare qui. Pensa, Elisabeth, pensa."

Riprovò ad aprire le due porte per disperazione, sapeva bene che erano chiuse da fuori.

Di nuovo due spari, questa volta ancora più vicini. Pregò che fosse Nirvana ad avvicinarsi.

Cosa prevedeva la clausura sopra tutto il resto?

Il silenzio. Ma quello era andato a farsi benedire da un pezzo.

C'era altro?

"Pensa Elisabeth, pensa."

Si guardò intorno.

La stanza non era una qualunque, sembrava quella della badessa. Suor Marta, giusto. Un ritratto di Santa Chiara d'Assisi, la fondatrice dell'ordine, glielo confermò, e così una fotografia con tutte le sorelle riunite. Al centro la più anziana sorrideva.

Una scrivania, una sedia, una libreria. Erano sufficienti.

Cominciò rovesciando la libreria, poi prese a sbattere la sedia sopra la scrivania. Il fracasso che fece la sorprese. Era come se quella piccola stanza fungesse da cassa di risonanza. Passò alla scrivania, ne saggiò il peso e si accorse che sarebbe riuscita a spostarla.

La spinse contro il muro e poi di nuovo indietro.

Il rumore era infernale e, finalmente, sentì una chiave girare nella porta che dava sul chiostro. Come questa si aprì, una piccola suora anziana la apparve davanti.

«Cosa sta facendo?» Cercò di urlare anche se in realtà le uscì poco più che un rantolo.

Elisabeth si fermò in un istante.

«Suor Marta.»

La donna annuì cercando di metterla bene a fuoco.

«Avete portato il demonio, vada via. Carlo mi aveva avvisato. Prima quelle donne e adesso lei.»

C'era dolore nelle sue parole, gli occhi si stavano riempiendo di lacrime.

«Lo sapevo che avrebbe fatto del male, che quel segreto andava mantenuto. Ha portato la violenza in casa mia, nel mio monastero.»

Era disperata e sembrava rimpicciolirsi, schiacciata dalla pena che provava.

Elisabeth alzò le mani in segno di resa e piano piano si avvicinò all'uscita.

«Ha ragione, me ne vado, ma devo chiederle una cosa prima. La bolla papale consegnata a Pico della Mirandola esiste veramente?»

Lei annuì, sconsolata.

«Ne è sicura? Non è mia intenzione offenderla, ma non è che è stata solo una sorta di leggenda tramandata nel suo ordine?»

Suor Marta ebbe un sussulto, come se avesse ricevuto uno schiaffo. Elisabeth se ne dispiacque, ma il tempo a sua disposizione stava terminando.

«Mi perdoni ma mi risponda, per favore.»

«Per noi figlie di Dio la fede è assoluta, credere è come l'acqua che beviamo, l'aria che respiriamo.»

Quelle parole s'impressero nella mente di Elisabeth, che le fece un cenno di assenso e lasciò la stanza correndo.

Come sbucò nel chiostro, una mano la bloccò facendola cadere.

Alina la teneva sotto tiro con la pistola.

«Che bravo il mio avvocato, sei riuscita a uscire. Comunque, non andrai da nessuna parte. Alzati.»

Poco più avanti, Margot Massu stava aspettando. Il portone del monastero era ancora chiuso. Ogni tanto si sentiva qualche sparo isolato.

«Alina, spegni il disturbatore.»

La scorpione fece come le aveva ordinato e in pochi secondi tornò il segnale. Il cellulare di Elisabeth ricevette una serie di notifiche. In quel momento, si sentì il debole rumore di un elicottero in avvicinamento.

«Il tuo compagno è preoccupato. Chiamalo e digli che per ora stai bene. Viene da sé che se non ci lascia andare via, la situazione cambia.»

«Non ne avresti il coraggio, mia madre te la farebbe pagare.»

Margot scoppiò a ridere.

«Ora invochi la mammina! Non era una criminale con cui non volevi avere nulla a che fare?»

Elisabeth accusò il colpo e Madame Milione fece un segno ad Alina, la quale l'afferrò per un braccio e la spinse verso la porta principale. L'elicottero era ormai molto vicino.

«Sbrigati, non abbiamo tempo.»

Margot aprì il portone d'ingresso rimanendo coperta mentre il viso di Elisabeth faceva capolino. Subito dietro, Alina le puntava una pistola alla tempia.

La spinse in avanti e lei incrociò lo sguardo con Nirvana. Era appostato dietro l'auto con cui erano arrivati. La macchina era crivellata di colpi.

«Chiamalo,» le ordinò secca Margot ed Elisabeth spinse un paio di tasti.

«Metti in vivavoce.»

Ancora un ordine, ancora un tasto premuto.

«Nirvana, giusto?»

L'uomo non disse nulla e rimase in ascolto.

«Ora, noi saliremo su quell'elicottero e se lei prova a fermarci, i miei uomini spareranno alla sua amica. Non dimentichi che la tengono sotto tiro. Come lo è anche lei, d'altronde,» chiarì Margot.

Elisabeth fece per parlare ma la pressione della canna della pistola di Alina le consigliò di rimanere in silenzio.

Margot si posizionò dietro di loro e le strappò il telefono dalle mani. Lo lanciò lontano mentre l'elicottero scendeva sul piazzale dinanzi al monastero.

Come atterrò, le tre donne si mossero stando attente a tenere Elisabeth nella linea di tiro di Nirvana. Non l'avrebbero mai uccisa, però il gigante non poteva saperlo.

Elisabeth cercò di farglielo capire ma Alina non le diede il tempo.

La spinse costringendola ad aumentare sempre più il passo e come furono vicini all'elicottero, attese che Margot salisse a bordo.

Avvicinò le labbra all'orecchio di Elisabeth.

«Horus, tu sei intoccabile, non dimenticarlo.»

Poi, colpì la testa di Elisabeth con il calcio della pistola facendola crollare a terra. Nirvana sparò un paio di colpi in successione e il secondo prese la coscia di Alina che in quel momento stava salendo a bordo. Una nuova grandine di colpi lo costrinse ad abbassarsi. Non volevano colpirlo, volevano solo che non si muovesse.

L'elicottero si staccò da terra girando la coda verso di lui, il quale imprecò. Alina fu tirata dentro e il portellone si chiuse.

Nirvana avrebbe potuto farlo saltare in aria con un proiettile, ma non avrebbero ottenuto niente, anzi si sarebbe sorbito le urla della De Nardi.

Controllò il cecchino appostato dietro di lui, era sparito. Mise fuori la testa dal suo riparo e sentì il motore di una macchina che si allontanava. I suoi assalitori stavano scappando. Non era riuscito a fare granché. Corse verso Elisabeth che giaceva a terra. Respirava lentamente ma era viva.

Alzò gli occhi al cielo.

L'elicottero era in fuga.

# 36

Il sole capitolino l'accolse come se fosse primavera anche se il primo freddo cominciava a farsi sentire pure nella Città Eterna. Non credeva ancora ai suoi occhi, in volo aveva chiesto il permesso di poter scattare alcune foto che Nirvana aveva poi autorizzato. Si vedevano alcuni interni del Falcon che aveva in dotazione l'Europol con cui erano volati da Londra a Roma quella mattina dopo che lei aveva richiesto, e ottenuto, l'accesso alla Biblioteca Vaticana per studi e ricerche. Aveva inviato le foto ai ragazzi, includendone una dell'aereo per intero scattata poco prima d'imbarcarsi e già s'immaginava Fabio vantarsi con gli amici. Un volo privato con due soli passeggeri a bordo, lei e quel gigante.

«Ci sono novità su Elisabeth?»

«Sarà la decima volta che me lo chiedi da stamattina. La tengono sedata e l'ematoma sta rientrando. Non c'è motivo per non farla dormire.»

Anna non era del tutto convinta che le dicesse la verità. Gli agenti segreti erano i primi a mentire, almeno così c'era scritto nei libri o si vedeva nei film o serie tv.

«Hanno capito se ci saranno delle ripercussioni per quel colpo alla testa?»

«Dicono di no.»

Sbuffò. Si stava affezionando a quell'italo-americana, tanto sfrontata quanto coraggiosa, e da quando aveva saputo quello che era successo, non riusciva a darsi pace.

Rischiare la vita per una cosa che forse non esisteva? Era da incoscienti, ma a quanto sembrava più di una persona si era convinta che la bolla fosse da qualche parte e chi la voleva era disposto a tutto pur di ottenerla.

E la sua amica era finita in una camera d'ospedale.

«Ma dove la tenete esattamente?»

Fu il turno di Nirvana di sbuffare.

«Te l'ho già detto. Non devi preoccuparti, ha le migliori cure che si possano trovare in Europa. Contenta ora?»

Annuì, anche se non era affatto tranquilla. Aveva un motivo in più per andare fino in fondo.

«Piuttosto sei pronta?»

Erano di fronte a Porta di Sant'Anna. Lei si sistemò gli occhiali che le avevano dato quella mattina.

«Non toccarli troppo, va bene? Come sai, contengono due telecamere, una per lente, e potresti rischiare di sporcarli con un'impronta compromettendo la registrazione.»

«Ho capito.»

«Ti ricordo che c'è anche un microfono quindi Hans e noi tutti sentiremo quello che dici o senti. Oltre a vedere con i tuoi occhi, ovvio.»

Anna abbozzò un mezzo sorriso. Tremava.

«Hai paura?»

«Sì, molta.»

Nirvana la prese per le spalle. Le arrivava al petto e a lei ricordò suo nonno, che quando era piccola, le diceva: "Nella vita ce la farai perché non ti perdi d'animo. E questo conta."

«Fa parte del gioco, lo sai vero?»

Anna lo fissò intensamente. Non parlava solo a lei. Fece un gesto con il mento. Tutti li stavano ascoltando e lui lo sapeva.

«Aiutami ti prego,» gli sussurrò e il gigante l'attirò a sé. Due grandi braccia la strinsero e lei si appoggiò al suo petto.

«Sai quando ho smesso di avere paura?» Le confidò in un orecchio, quasi un sussurro.

Lei contraccambiò la stretta e lui continuò: «Quando ho capito che non mi importava più vivere. Avevo perso la donna che amavo, un figlio di puttana me l'aveva portata via, e non m'interessava morire, anzi cercavo la morte in azione o davanti a un bicchiere.»

Si fermò e trattenne il respiro. Così fece lei e immaginò gli altri fare altrettanto. Nirvana tirò su col naso. Stava vivendo un'emozione intensa, di quelle che squarciano il cuore.

«Ma c'era un lumicino dentro di me, in fondo e appena riconoscibile. Una persona lo ha scovato, ci ha soffiato sopra e riacceso la luce che mi ha fatto tornare a vivere. E ad avere paura.»

Lei si staccò e vide i suoi occhi lucidi. Quell'uomo grande e grosso era capace di emozionarsi davanti a una professoressa qualsiasi conosciuta solo pochi giorni prima. Si sentì privilegiata ad aver potuto assistere a quell'unica lacrima che scendeva per la mascella squadrata di Nirvana, e in cuor suo lo ringraziò. Le sue emozioni non erano nulla di fronte a quello che lui stava condividendo.

«Ogni volta che ho paura, ringrazio quella donna e la vita stessa che è tornata in me. Più piena di prima.»

"Ecco, l'ha detto."

«Allora, hai una cotta per Elisabeth?»

Nirvana scoppiò a ridere e lasciò andare le braccia. Solo Hans si permise un "*touché*" in diretta mentre la De Nardi faceva finta di nulla.

«Vedo che la paura è passata.»

«Sei stato divino e mi sono già innamorata.»

«Mettiti in coda, professoressa.»

Quelle parole la fecero sorridere.

«Ragazzi, non siamo in *Virgin River*, vi muovete?» Sbottò la De Nardi.

«Certo, capo.» Rispose Anna e sorrise al gigante.

«Ti aspetto qui fuori.»

«Ci metterò qualche ora.»

«Il tempo che ti serve, io sarò qui.»

Anna si mise in punta di piedi mentre lui si abbassava, e gli diede un bacio su una guancia; poi fece un respiro profondo e camminò fino al cancello della porta. Lo passò e si diresse alla dogana. Non doveva dimenticarsi che era una cittadina vaticana, quindi una volta mostrato il passaporto, poteva passare.

«Professoressa Pareto?»

Un gendarme le sorrise e le venne incontro.

«Mi dica.»

«Il monsignor Gimenez l'aspetta.»

Anna indugiò. Non era nei programmi. Lui non doveva sapere che fosse lì. Ma poi pensò a chi potesse essere veramente il suo vecchio mentore e allora annuì con un gesto. Nel frattempo, Hans la tranquillizzò e così la De Nardi. Fece una smorfia e seguì il gendarme. Era alto, giovane, e camminava a passo spedito. Dovette allungare la falcata per stargli dietro. Il suo cuore accelerò ma non era sicura che fosse per lo sforzo che stava facendo.

Aveva paura.

«Calmati e respira,» le sussurrò Hans in un orecchio.

«Pensi alle parole di Nirvana,» le suggerì la De Nardi strappandole un cenno con il capo.

«Si ricordi che vediamo tutto ciò che vede lei ma non il suo volto. Quindi, se deve dirci qualcosa, parli da sola o con qualcuno,» aggiunse il grande capo.

«Potrebbe rallentare?» Chiese al gendarme che la precedeva.

L'uomo si girò e annuì.

«Mi scusi. È necessario che lei lo veda prima delle sue ricerche.»

«Certo, ma dieci minuti in più o in meno non fanno differenza.» Usò un tono volutamente piccato. Era pur sempre una cittadina del Vaticano ed era nel suo Stato. Un po' di rispetto per una concittadina, e che diamine!

Poco dopo, riconobbe la sagoma dell'uomo che la stava aspettando. Era seduto sulla stessa panchina dell'ultimo incontro, al Giardino Quadrato. Solo che quella volta lei aveva richiesto che s'incontrassero. Ora le posizioni si erano invertite.

«Da qui, può procedere da sola.»

«Grazie.»

Fece gli ultimi passi guardandosi un po' intorno e le ritornò il sussurro di una conferma. Hans era sempre all'erta. Stava andando bene.

«Sua eccellenza.»

Mimò un inchino e l'uomo le rispose con un cenno del capo.

«Vieni, Anna, siediti qui vicino e non farmi alzare. Le mie ossa sono sempre più stanche.»

Gli sorrise e fece come le aveva detto. Gli puntò gli occhi addosso, quasi indagatori.

«Cosa è successo, monsignore?»

L'uomo attese un istante prima di rispondere. Sembrava scrutarla.

«Non lo so bene, dimmelo tu.»

Anna si strofinò le mani tradendo un certo nervosismo.

«Ho incontrato Fortini e poi è morto.»

«Ho sentito. Non lo conoscevo, ma mi dispiace.»

«È stato assassinato, eccellenza.»

L'uomo annuì e aggiunse: «Davanti a Dio siamo tutti anime pie.»

Anna sospirò. «Non è questo il punto. Chi lo ha ucciso?»

«Non ne ho idea. Sapevo solo dove si trovava. Sono riuscito a parlarci al telefono per combinare il tuo incontro e poi ho atteso che tu mi chiamassi. Ma non lo hai fatto.»

Voleva farla sentire in colpa, tipico dei preti.

«Ho avuto paura. La sera in cui ho incontrato Fortini, tornando all'hotel due uomini si sono avvicinati per rapirmi.» Quasi sussurrò e vide il prelato tendersi leggermente in avanti.

«Non lo potevo immaginare, perdonami.» Le prese una mano e poi aggiunse: «Perché non hai chiamato i miei uomini? Avrebbero potuto risolvere la questione.»

«Ero nel panico. Non sapevo più cosa dovessi o potessi fare. Ho chiamato Fortini e lui mi ha aiutato. E poi...»

Si bloccò. Non osava tanto, ma quel dubbio lo aveva avuto fin dal principio.

«Dimmi pure. *Cor unum et anima una.*»

«Come facevano quei due che mi hanno affiancato a sapere dove alloggiavo? L'albergo lo hanno scelto i suoi uomini.»

Il prelato alzò lo sguardo al cielo e si prese qualche secondo. Anna ebbe l'impressione che cercasse un'ispirazione.

«Ti ho mostrato una volta che eri rintracciabile. Un gps, ricordi? Ottenere la posizione di una persona non è difficile, mia cara. Ma comprendo il tuo dubbio e ora capisco perché non mi hai più chiamato.»

Anna rimase in silenzio e lui, dopo un po', sembrò assopirsi. Era anziano e il peso dell'età era ormai visibile. Tirò via la mano.

«Perché ha voluto vedermi?»

L'uomo si riscosse.

«La tua relazione era ben fatta.»

«Sono contenta andasse bene.»

«Perfetta per monsignor Battista ma meno per monsignor Abbate.»

«Ho scritto quello che ho visto.»

«Certo, mia cara, certo.»

Il suo sguardo avvolse la vista che il Giardino Quadrato offriva, uno dei pochi piaceri esclusivi per il giardiniere del papa.

«Ma non voleva dirmi questo.»

«No, infatti. Stai per fare delle ricerche delicate e non ti fermerò perché credo tu abbia il senso giusto delle cose. Tuttavia, sento il bisogno di dirti una cosa.»

Si girò fino a quando non inquadrò il suo sguardo.

«È un monito, prendilo per questo. Tieni per te quello che scopri. Non rivelarlo a nessuno. A volte le conseguenze sono imprevedibili.»

«Neanche a lei?»

«Neanche a me. Il nostro accordo si conclude qui. Sono felice che tu sia in perfetta forma. I tuoi nuovi occhiali ti donano.»

Anna arrossì e si portò una mano al viso un po' troppo velocemente.

Il prelato si alzò facendosi leva su un bastone che aveva tenuto poggiato alla panchina. Non lo aveva mai avuto prima; non mentiva sul dolore alle ossa, allora.

Fece per salutarla ma poi rimase in silenzio. Abbozzò un sorriso e s'incamminò dalla parte opposta da cui lei era venuta.

«Non perdere tempo qui. Non ti ha detto molto e ora lui è fuori dai giochi. Qualcuno lo ha superato. Vai alla biblioteca, non hai molto tempo,» le ordinò il colonnello.

Scattò in piedi e con passo sicuro coprì il quarto d'ora di cammino fino al Cortile Belvedere. L'entrata dell'Archivio Apostolico era a due passi dall'ufficio di monsignor Abbate.

«Se mi cerca Abbate, cosa faccio?» Chiese sottovoce.

«Non crearti problemi dove non ci sono, Anna. Continua così che vai bene.»

Hans e il suo pragmatismo.

Finora era andato tutto storto, altro che storie; c'erano cinque morti ammazzati e li aveva giocati pure la segretaria della Brossuard. Come poteva pensare che filasse tutto liscio?

Tirò fuori la tessera della biblioteca e la passò sotto il lettore all'ingresso. Scattò il verde e da quel momento era segnalata. Sapevano dove si trovava.

"Smettila di vedere complotti ovunque," si disse mentre prendeva posto in un banco un poco lontano dall'entrata.

Ma prima trattenne il fiato. Entrare in quel luogo la catapultò indietro anni luce quando riuscì a ottenere il primo ingresso da studentessa. C'erano oltre un milione e seicentomila volumi, 9500 periodici, 8300 incunaboli, 150.000 manoscritti, microfilm, video, diapositive, 300.000 monete e medaglie, 20.000 oggetti d'arte; insomma, la storia del mondo.

Attivò un computer e digitò il numero della sua tessera e password collegata. Strinse i pugni mentre la rotellina girava e le credenziali venivano validate.

L'homepage che apparve le confermò che era dentro.

A quel punto, prese l'iPad e cercò la ricerca che aveva fatto alla British Library.

«E quello da dove scappa fuori?»

Anna quasi sobbalzò per le parole di Hans.

«In che senso?»

«Professoressa Pareto, perché non ci ha mai detto di avere un iPad?» Tuonò la De Nardi. «È con quello che la seguono, cazzo, altro che gps.»

Anna trattenne il respiro.

«Disattivi immediatamente la geolocalizzazione, subito!» Le urlò il capo e lei eseguì all'istante.

«Ora tiri fuori quello che le serve e poi lo spenga. Dovrà lasciarlo dov'è.»

«Non se ne parla, mi è costato un patrimonio ed è nuovo di zecca,» mormorò stando attenta a non farsi sentire. Tratteneva a stento la rabbia. Quegli agenti erano dei rompiballe.

«Gliene regalo dieci ma faccia come le ho detto, chiaro?»

Anna sbuffò e giurò di aver sentito uno sbuffare come commento. Era sicuramente il gigante che reprimeva un sorriso. Più tardi, gliene avrebbe dette quattro.

Condivise la ricerca con il suo nuovo cellulare e poi spense l'apparecchio. Con un po' di resistenza, lo depositò a terra. Avrebbe fatto un regalo a chi lo avesse ritrovato.

Ora doveva concentrarsi.

A detta della lettera di Fra Bartolomeo, Suor Marta aveva protetto per anni un segreto passato di generazione in generazione circa l'esistenza di una bolla papale di Innocenzo VIII, consegnata a Pico della Mirandola e costui, chissà per quale motivo, non ne avrebbe fatto voce con nessuno e l'avrebbe nascosta. La notizia non tornava, storicamente parlando. E per due motivi, almeno. Il primo perché Innocenzo VIII considerava Pico un eretico, tanto da farlo arrestare, e poi perché Pico non avrebbe avuto nessun motivo per tenerla nascosta. Si tramandava infatti che la bolla papale favorisse i Domenicani come nuovi custodi della Terra Santa al posto dei Francescani, o comunque apriva la gestione di quei luoghi anche ad altri ordini religiosi. Ma allora perché tanta certezza sulla sua esistenza da scatenare ben cinque omicidi e una lotta interna al Vaticano? Perché esisteva sì qualcosa, ma non era quello che si credeva. Nel corso dei secoli, il segreto di Pico, che lo avrebbe portato alla morte per avvelenamento, aveva avuto tanti svelamenti e questo poteva essere il più credibile. Pico non aveva la bolla papale ma era sicuramente a conoscenza di qualcosa che girasse intorno a quell'enigma. Ma cosa?

Anna doveva partire dal suo epistolario perché, a quell'epoca, se avesse sentito il bisogno di sgravarsi di un peso, ne avrebbe parlato o scritto a qualcuno di vicino. Gran parte delle lettere di Pico era a stampa e si trovava nel libro II dell'epistolario pichiano. Le altre, codificate come "Vat. Cappon. 235" ossia i "Capponiani della Biblioteca Vaticana", erano state raccolte a Roma nel 1899. Cercò il secondo libro e cominciò a sfogliarlo con cura. Doveva tradurre dal latino e in fretta, non aveva così tanto tempo.

«Riesci a leggerli bene?» Chiese ad Hans nella speranza che potesse aiutarlo.

«Abbastanza. Cos'hai in mente?»

Sempre sussurrando, Anna rispose: «Traduci il tutto con l'IA e cerca le parole più ricorrenti e i nomi, poi i luoghi e le date.»

«Gira le pagine lentamente, tempo di caricarle.»

Erano una dozzina, fece come le aveva detto e nel frattempo si preoccupò di analizzare gli altri elementi che aveva.

L'ultimo arrivato al tavolo da gioco, come a lei piaceva immaginare la ricerca della presunta bolla papale, era l'Ordine di Malta che guarda caso aveva a che fare con la Terra Santa fin dalla sua nascita. E si occupava di malati e pellegrini, il cuore del lavoro dei Frati Minori ancora oggi. I punti di contatto coincidevano, stessa causa, stessi obiettivi. Cos'altro li univa? San Francesco certo, il 1219, l'anno del suo arrivo in Terra Santa, la prima indicazione di Spinazzola lasciata a Elisabeth; Gomeisa, la nave dell'Ordine di Malta, che lo riportò a casa da Acri. Cosa aveva promesso Fortini a Sigismondo Altieri quando lo aveva incontrato a Venezia il giorno della nascita di San Giovanni Battista tanto da indurlo a offrire molto denaro?

Si mise al computer. Doveva ricercare nella storia del Sovrano Militare Ordine di Malta. Cominciò a consultare una serie di libri, dalla *Storia della Costituzione del Sovrano Militare Ordine di Malta* di Barbaro di San Giorgio, stampato a Roma nel 1927 dalla Tipografia del Senato, alla *Storia dei Cavalieri del Sovrano Militare Ordine di Malta. Dalle origini alla caduta di Rodi: 1522* di Armando Riccardi pubblicato nel 1958. Cercava un indizio, una traccia, qualsiasi cosa li legasse ai nomi che aveva sul tavolo. Passò in rassegna anche il libro di Gottardo Bottarelli, *Storia politica e militare del Sovrano Ordine Militare di S. Giovanni di Gerusalemme detto di Malta, vol. I – Dalle origini alla caduta di Rodi* e tranne i privilegi concessi da Innocenzo VIII all'ordine degli Ospitalieri, però ritrattati dal Papa Alessandro VI, non trovò altro.

Nulla. Non c'era niente.

Sbuffò. Diede uno sguardo all'ora e scosse la testa. Aveva perso quasi tre ore. Ma allora perché Spinazzola li aveva condotti verso l'Ordine di Malta? Cosa voleva che scoprissero oltre al voto dello zio?

«Per favore Hans, dimmi che hai qualcosa. Qui non c'è niente.»

«Le lettere di Pico che ho potuto visionare, sono state così catalogate da Fay.»

«Da chi?»

«È la nostra IA, le abbiamo dato un nome. Ti lascio alle sue parole. Puoi fermarla quando vuoi, fa quello che chiedi.»

«Caspita, che figata,» sussurrò Anna che tornò a concentrarsi. Poi una voce squillante le disse: «Professoressa Pareto, piacere di fare la sua conoscenza. Le lettere di Pico sono state catalogate in questo modo. Tre, forse quattro, sono le lettere al Carmelitano Battista Spagnoli da Mantova: la numero V, la XXIII, la XXXIII e, credo, anche la XL. In quest'ultima, Pico si rivolge evidentemente per la prima volta a un religioso dotto, di cui gli ha parlato "Mattheus noster", ossia Matteo Bosso da Verona. Il tono della lettera giustificherebbe l'ipotesi che sia da considerarsi cronologicamente anteriore alle altre tre. Delle altre racchiuse nel tomo, la prima è di certo la XXXIV, datata Firenze XIII anno 1490, in cui Pico, dopo una preghiera ad Apollonio Tianeo, dice di attendere le opere dell'amico. Nella XXIII dice di aver letto i poemi dello Spagnoli che loda molto vivamente, mentre gli richiede Filostrato. La V reca la data del 20 marzo 1490 e risponde ad alcune osservazioni su Filostrato fatte da Battista Mantovano, a cui dà anche notizia dei suoi studi condotti successivamente.»

«Fay, un attimo. Torna sulla figura di Mattheus noster.»

«Non sono finite. Nella XXXIII, il destinatario è ignoto. Ma, oltre a queste incluse dal nipote Gian Francesco nell'epistolario, sono note varie altre lettere di Pico delle Mirandola.»

«Per esempio?»

«Professoressa, colgo un senso di ansia nelle sue parole. La prego di farmi finire.»

«Sì, mi scusi.»

Anna fece una smorfia. La trattava come una persona, era proprio arrivata.

«Una è indirizzata al Merula, una del 1486 a Baldo Perugino, una del 12 novembre 1486 a Girolamo Benivieni, una all'episcopum caputaquensem...»

«Ferma?»

Anna usò un tono di voce troppo alto che attirò un paio di occhiatacce da due vicini prelati chini sui libri.

Accennò delle scuse e poi sussurrò: «Chi era il vescovo di Roma, ossia il papa nell'anno della lettera?»

«Innocenzo VIII.»

Pico lo aveva cercato. Perché? Si annotò di cercare una risposta.

«Vai avanti Fay.»

Incrociò le dita e i polsi come faceva il figlio Fabio poco prima di un esame. Doppia croce porta doppia fortuna, mamma.

«La successiva per Alessandro VI, è del 1492.»

«Certo, ovvio. Muore Innocenzo e lui cerca il successore. Scusa Fay, continua.»

Le parve di cogliere un attimo di esitazione come a sottolineare il fastidio per essere stata interrotta. Le ricordò la De Nardi. "*Et ait faciamus hominem ad imaginem et similitudinem nostram*" era proprio vero.

«Una lettera è per Poliziano, una per Lorenzo de' Medici del 27 agosto 1489, una per Ficino, una per Giorgio Valla. Ho concluso quello che c'era nel libro secondo.»

«Ma c'è altro, giusto?»

«Hans mi ha chiesto di allargare la ricerca e ho trovato un notevolissimo numero di lettere a noi note indirizzate al Pico o in cui si parla ampiamente di lui, non incluse nel secondo libro delle epistole. Le interessano?»

«Sì, aspetta però, mi serve del tempo, seguo un'idea.»

Fay non rispose. Rispettava i tempi della studiosa così come nessuno di quelli in collegamento fiatava.

Anna prese la sua agenda. La portava sempre dietro anche se in realtà usava l'iPad ma viste le circostanze, optò per la carta.

Scrisse: "Una lettera senza destinatario. Qual è il contenuto?"

Una lettera a Innocenzo VIII, una ad Alessandro VI, e poi una al suo amico più vicino, Poliziano.

«Fay?»

«Mi dica.»

«Tra le lettere ricevute da Pico quante ne hai trovate di Poliziano, datate tra il 1492 e la sua morte?»

«Due, professoressa Pareto.»

«Me le mandi per mail tradotte? Anche il testo di quella senza destinatario.»

«Immediatamente.»

Anna allungò le braccia. Si stirò la schiena e mosse la testa da un lato all'altro, giusto per impegnare il tempo.

Poi le arrivò una mail sul cellulare. Aveva tre allegati.

Lesse il primo, la lettera senza destinatario, passò al successivo e quindi all'ultima lettera al Poliziano.

Sorrise, ci era vicino, aveva solo bisogno di una conferma e di fare un paio di verifiche.

«Fay, controllami se le edizioni del *De ente et uno* che Pico ha mandato in stampa sono diverse.»

La domanda colse di sorpresa Hans.

«Professoressa, non credo che Fay abbia capito...»

«Hans, fa' silenzio. Professoressa Pareto, le confermo che ci sono alcune piccolissime differenze dovute a testi un po' diversi nelle due edizioni del *De ente et uno*. Nei primi tre capitoli, le edizioni venete del 1519 e del 1557 hanno dei titoli alquanto più brevi rispetto a quella del 1491. Hanno meno pagine. Inoltre, l'esergo all'inizio del terzo capitolo è diverso. In un caso, *Dico hoc ens, de quo ambigitur*, che vuol dire "Intendo questo essere, riguardo al quale è ambiguo", nell'altro: *Dictio haec ens, de qua ambigitur* ossia "Questa espressione è ciò su cui è ambigua".»

«Sì!»

Anna esultò e si prese un'altra occhiataccia.

«Comandante, forse ho capito dov'è la bolla papale. Devo andare subito alla Biblioteca Marciana a Venezia.»

«Ottimo. Esca da lì prima possibile e raggiunga Nirvana. Mi coordino con lui per il trasferimento. E complimenti.»

«Brava, professoressa Pareto,» le fece eco Hans.

Anna uscì dal suo profilo, lanciò un ultimo sguardo all'iPad, raccolse le sue cose e si diresse verso l'uscita.

Sorrise. Innocenzo VIII non c'entrava niente e nemmeno l'Ordine di Malta. C'era un'altra storia dietro ma per averne conferma doveva controllare altri documenti e ripassare un po' di storia.

Si ritrovò nel cortile, doveva sbrigarsi, ma qualcuno la bloccò.

«Anna.»

Alzò lo sguardo, incredula.

«Camille, cosa ci fai qui?»

La francese sorrise.

«Dovrei chiederlo a te. Vieni a Roma e non mi chiami.»

Le parole le dicevano una cosa e gli occhi parlavano un'altra lingua. Così come la postura che aveva assunto.

«Stavo andando via, vuoi che prendiamo un aperitivo?»

Camille continuava a sorridere.

«Sei brava Anna, l'ho capito subito, dalla prima telefonata. Poi per come mi hai seminato a Gerusalemme ti sei superata. E tutta quella scena della brava e ingenua ragazza.»

«Non so di cosa stai parlando.»

«Ma io sì.»

Anna fece per allontanarsi ma due gendarmi le si avvicinarono.

«Se fossi in te, andrei con loro senza opporre resistenza. Sono gentili con chi è gentile.»

Anna sbuffò.

«Mi state arrestando?»

Camille si fece seria, come se d'un tratto avesse capito.

«Sei in stato di fermo per aver violato l'articolo 39 comma 4 e l'articolo 42 comma 2 del nostro codice.»

«Cioè?»

«Hai divulgato documenti della Santa Sede senza il nostro permesso.»

Anna scoppiò in una risata che suonò forzata anche a sé stessa.

«Ma sono di pubblica consultazione.»

«Appunto. E per essere spediti fuori dallo Stato del Vaticano hanno bisogno di un permesso speciale. Sono sotto il nostro controllo che tu hai eluso.»

«Non hai le prove.»

Camille fece due passi e le sfilò gli occhiali, girandoli verso di lei.

«Questi li prendo io. Saluta i tuoi amici. Sei una cittadina del Vaticano e devi seguire le nostre leggi. Non andrai da nessuna parte per un bel po' di tempo, mia cara.»

Dopodiché li spezzò in due e se li mise in tasca.

Anna rimase ferma, ogni atomo del suo corpo congelato.

Se avesse potuto, sarebbe svenuta.

E adesso?

# 37

Come Elisabeth aprì gli occhi, Fay se ne accorse.

«Bentornata, avvocato Scorsese.»

Girò leggermente la testa e cercò la persona che aveva parlato. La stanza era vuota.

«Chi sei? Dove sono? Come sto?»

«Una domanda alla volta, la prego. Le mie capacità sono strabilianti, ma non infinite.»

Elisabeth sorrise. Una voce intelligente, alla faccia.

«Chi sei?» Ripeté.

«Ci siamo già conosciute, sono Fay.»

«Dove sono?»

«Al Castello di la Mothe-Chandeniers, sede operativa dell'Europol.»

"La De Nardi, ovvio."

«Come sto?»

«Le sue condizioni di salute sono ottime, le abbiamo somministrato una serie di farmaci che hanno agito immediatamente.»

"Certo, il colpo di Alina e io che perdo i sensi."

«Nirvana?»

«Cosa vuole sapere dell'agente Nirvana?»

Elisabeth fece per aprire bocca ma poi la richiuse. Bella domanda: avrebbe voluto sapere chi fosse veramente, il suo nome di battesimo, se aveva una donna, una moglie, uno stralcio di fidanzata, dove viveva e soprattutto se era vivo.

Alla fine, si arrese.

«Dov'è?»

«Lo chiederà al comandante De Nardi, non posso risponderle.»

Intelligente sì, ma non ingenua.

«È vivo?»

Non aveva motivo di dubitare ma quando si trattava di sua madre e delle sue killer, le scorpioni, nulla era scontato.

Fay non rispose. Le cose ovvie non si ripetono due volte.

In quel momento, si aprì la porta della stanza ed entrarono un dottore e un'infermiera.

«Ecco la nostra ospite, sveglia e vigile. Ottimo,» disse lui mentre si apriva in un sorriso. Era un tipo paffutello, non molto alto, con due occhi che scrutavano tutto ciò su cui si posavano. Era un uomo curioso, senza dubbio.

«Dottore, buongiorno. Posso chiederle come sto?»

Lui annuì.

«Prima di tutto sono le cinque del pomeriggio. Ha dormito quasi due giorni.»

«Cosa?»

L'infermiera scambiò un'occhiata divertita con il dottore, complicità professionale.

«Le abbiamo somministrato un sedativo per permettere al suo corpo di assorbire il piccolo ematoma che si era creato per il colpo che ha ricevuto. La tac ha escluso altre conseguenze e i suoi dati vitali sono nella norma.»

«Quindi sto bene?»

Lui la fissò per un istante e poi le chiese: «Lei come si sente?»

Elisabeth fece un veloce check del proprio corpo e non avvertì nulla di strano, doloroso o anche solo fastidioso.

«Molto bene, direi.»

«Ottimo, e allora è così che sta.»

Le sorrise mentre l'infermiera le misurava la pressione.

«Cos'è questo posto?»

«Il nostro ospedale privato. Interveniamo quando qualcuno ha bisogno di noi.»

«Non è di molte parole.»

Lui le sorrise di nuovo.

«Questa struttura è stata voluta dal nostro comandante, se un nostro agente viene ferito e ha bisogno di cure, noi siamo operativi ventiquattro ore al giorno. E siamo indipendenti.»

Elisabeth lo guardò, in attesa.

«Perché io? Insomma, non sono un agente.»

«Lo ha deciso il comandante, lo chiederà a lei. La vedrà tra poco. Noi qui abbiamo finito. Può essere dimessa, e noi possiamo andarcene.»

«Dottore?»

Lui alzò il mento, quel sorriso che non voleva lasciarlo.

«Grazie.»

Fece per girarsi e guadagnare l'uscita, ma prima aggiunse: «Siamo qui per servirvi e proteggervi, non va mai dimenticato.»

Elisabeth non comprese il motivo di quelle parole ma gli fece un cenno di assenso. Come lasciarono la stanza, Fay disse: «Avvocato Scorsese, troverà tutto ciò che le serve in bagno e i suoi vestiti puliti nell'armadio.»

"Cavolo, un servizio da cinque stelle," pensò Elisabeth mentre si metteva seduta. «Il colonnello De Nardi ha bisogno di parlarle urgentemente, la prego di prepararsi.»

"Ecco, appunto, altro che gentilezza."

«Ai suoi ordini, Fay.»

«No, a quelli del comandante.»

"Poco spiritosa la nostra IA," si disse mentre pensava che se l'aveva voluta la De Nardi, l'umorismo non era una delle sue caratteristiche principali. Come diceva la *Genesi*, "a nostra immagine, conforme alla nostra somiglianza", beh, valeva anche per le componenti digitali, a quanto pareva.

Seguì le indicazioni di Fay, si fece una doccia e mise i vestiti puliti. Si sentiva bene, carica e positiva. Era tempo che non provava certe sensazioni e anche se gli avvenimenti si stavano complicando, la pervadeva un senso di appagamento. Era forse l'effetto della notte di sesso con Nirvana? Già, perché era solo quello: provare qualcosa per una spia era solo una perdita di tempo. Non avrebbe portato da nessuna parte e lei lo sapeva bene.

Sentì un brivido correrle lungo la schiena e si accorse che quel pensiero la spaventava. Ci era già passata con Palmer.

Si avvicinò alla porta d'uscita della stanza e, come mise la mano sulla maniglia, Fay disse: «Uscendo a destra, segua il corridoio e poi aspetti lì. Hans verrà a prenderla per portarla dal comandante.»

Stava per controbattere, però si ricordò che, alla fine, Fay era solo una macchina che dava istruzioni.

Uscì e l'odore di pulito e disinfettante la sorprese; le stanze erano tutte vuote, un buon segno. Vide l'infermiera di poco prima alla fine del corridoio. Le si avvicinò e lei le sorrise.

«Siete tutti così gentili, qui?»

«Cosa la meraviglia?»

«Il sorriso, gli occhi divertiti, i movimenti cauti, quasi studiati.»

La donna alzò le spalle.

«Abbiamo seguito più di un corso ma credo che quello che muova tutti noi, da chi opera sul campo a chi sta dietro le quinte, sia la consapevolezza di contribuire ad aiutare milioni di persone a vivere in sicurezza. Per quello che possiamo o riusciamo a fare, ovvio.»

«Una sorta di grande obiettivo condiviso.»

«È di più: una scelta di vita e un valore umano molto forte in ognuno di noi.»

Elisabeth rimase in silenzio. Non l'aveva mai vista in quel modo. Alla fine, anche il lavoro di suo padre rientrava in quella categoria. E quello che era stato di sua madre prima che venisse rapita in Venezuela. Volevano fare del bene, entrambi. Ma allora perché si era trasformata in Iside?

«Elisabeth.»

Si riscosse e vide che Hans la stava chiamando.

«Vieni.»

Allungò una mano che lei strinse, un gesto di benvenuto che anche uno rozzo come lui apprezzava.

Camminarono uno a fianco all'altra.

«Come sta Nirvana? È vivo? Scusami, ma devo saperlo.»

«Quell'italiano ha fatto colpo, eh?»

«Piantala e rispondimi.»

«È vivo e vegeto, è in missione.»
«Dove? A fare cosa?»
Hans fece una smorfia.
«Cavolo, ti piace così tanto?»
Elisabeth sbuffò e nessuno dei due disse più nulla. Mentre superavano diverse stanze, si accorse della maestosità di quel luogo. Era un vero e proprio castello, con tanto di soffitti a volta e decorazioni in marmo.
«Questo posto è bellissimo.»
«Merito della De Nardi. Ha convinto quei testoni a Bruxelles a farlo restaurare e renderlo una fortezza, dentro e fuori.»
«In che senso?»
Hans gonfiò il petto, neanche fosse un pavone che mostra la coda.
«Prima che arrivasse lei, l'Europol era un semplice organo di polizia di controllo e smistamento dati. Erano le intelligence di ogni singolo Paese membro dell'Unione che poi si adoperavano nel seguire e catturare il criminale da noi segnalato. Ma a volte il suddetto criminale era più veloce delle nostre scartoffie e lo perdevamo. Per non parlare dei traffici in arrivo da altri Paesi intercontinentali. La burocrazia rallentava e il crimine accelerava. Così, ha convinto i vari ministri interessati a investire su di noi, è riuscita a farci diventare la prima intelligence al mondo con a disposizione i migliori agenti europei, le migliori tecnologie e i mezzi più all'avanguardia in fatto di armi e logistica.»
«Accipicchia, direbbe Anna Pareto.»
Hans abbozzò un sorriso che non sfuggì a Elisabeth.
«Avevamo bisogno di una casa e lei ha fatto restaurare questo castello ormai in disuso, ha dotato la struttura di spazi ricreativi e sportivi, una pista di decollo sia per aerei che elicotteri, un vero gioiellino.»
«Le sarà costato una fortuna.»
«Non a lei ma a noi tutti. Dovresti vedere cosa c'è sottoterra.»
Lasciò a metà quella frase perché entrarono in un ascensore alla fine del corridoio.
Cominciarono a scendere.

«Preparati.»

Dopo alcuni secondi, le porte si aprirono su una sala immensa con dentro decine e decine di persone, tutte sedute davanti a un computer. Erano di varie nazionalità e indossavano cuffie con un microfono. A un lato della sala, un enorme megaschermo proiettava il mondo ed era pieno di luci accese, verdi e rosse.

Si fermarono un istante.

«Quelle rosse indicano le situazioni calde. Come vedi, c'è anche Firenze per Fortini, Roma per Gavina e Lipsia per Klein. La De Nardi vuole farle diventare verdi in fretta.»

Le toccò un gomito e la precedette lungo un corridoio. Notò che al loro passaggio alcuni analisti si scambiavano un cenno d'intesa.

«Perché ci guardano in quel modo?»

«Non mi hanno mai visto con una donna.»

«Non ti piacciono?»

Lui la guardò scuotendo la testa.

«No, sono riservato.»

"Giusto, bella figura di merda che ho fatto," pensò Elisabeth mentre entravano in una stanza. La De Nardi non le tolse gli occhi di dosso fino a quando non le fu vicina. Hans chiuse la porta.

«Come si sente?»

«In perfetta forma.»

«Ottimo, vuol dire che abbiamo fatto un buon lavoro.»

Elisabeth le sorrise ma c'era qualcosa che non andava.

«Ricorda niente di quello che le è successo?»

Lei annuì.

«Come sta Nirvana?»

«Bene, è a Roma con Anna Pareto.»

«Quindi...»

«Un attimo, mi lasci finire, una cosa alla volta.» La De Nardi fece una pausa e poi aggiunse: «Dopo che Alina l'ha colpita e lei è svenuta, Nirvana ha chiesto un recupero immediato e l'abbiamo portata qui per curarla nel più breve tempo possibile.»

«La ringrazio.»

Fece un cenno con la mano ad Hans, il quale accese uno schermo e apparve la foto di Margot Massu. Elisabeth ebbe un tuffo al cuore.

«Senta, non è come pensa.»

«Faccia silenzio e ascolti bene perché non mi ripeterò.» Fece una pausa. «Nirvana è riuscito a scattare una foto ad Alina e una alla Massu e così l'abbiamo riconosciuta. È schedata perché è stata coinvolta in un'indagine alcuni anni fa. E immagino lei conosca il motivo.»

Sospirò. La resa dei conti era arrivata, non poteva più tacere.

«Ho trattato per lei con la DARPA, l'agenzia americana.»

La De Nardi sbuffò. «So cos'è.»

Le fece cenno di continuare.

«Era stata fermata a New York perché durante una fuga, un uomo e una scienziata, Debbie McRoland, sua presunta vittima, avevano trovato rifugio in un'abitazione di una società, la Lumière, di cui l'amministratrice era appunto la Massu. Erano convinti che avesse dato supporto al rapitore. Poi però la stessa scienziata ha dichiarato che la Massu era estranea ai fatti e quindi ha ottenuto la liberazione.»

«Perché si trovava al monastero?»

«Margot Massu è molto più di quello che fa credere. È il braccio destro di Iside.»

La De Nardi spalancò gli occhi ma non disse nulla. Aveva accusato il colpo. Hans trattenne il respiro.

«Come fa a saperlo?» Chiese infine il colonnello.

«Me lo ha detto lei.»

«E perché mai le avrebbe confidato di essere molto vicina a sua madre?»

La De Nardi si fece accorta e Hans alzò gli occhi.

Elisabeth fece un respiro profondo.

«Suppongo che credano in una sorta di successione. Per loro io rappresenterei Horus, l'intoccabile figlio di Iside.»

Un luccichio comparve negli occhi della De Nardi.

«Da dove viene fuori questa ipotesi strampalata?»

«Il primo che me l'ha suggerita è stato Brimley durante l'evento di beneficenza; poi ne ha fatto riferimento la Massu al monastero delle Clarisse; infine Alina, prima di colpirmi, chiamandomi Horus e facendomi intendere di avermi graziato.»

Passarono alcuni secondi senza che nessuno facesse nulla, poi la De Nardi prese fiato e si ricompose.

«Quando ha capito che la Massu era coinvolta?»

«Spinazzola mi ha confidato di essere un gran bevitore di champagne, che è un vizio della Massu. Voleva mettermi sulla strada giusta perché lui in realtà è astemio. Poi la Brossuard ci ha rivelato di essere stata avvicinata da Madame Milione, le iniziali coincidono. Ho unito i puntini.»

«Non mi basta.»

«In che senso?»

«Milioni di persone bevono lo champagne e le iniziali potrebbero essere una coincidenza, cosa non mi sta dicendo?»

Elisabeth lanciò uno sguardo ad Hans che cercava di mascherare la sua urgenza di sapere. Erano a un punto di svolta, la soluzione era vicina.

«Iside riuscì a fuggire a Seth grazie all'aiuto di sette scorpioni. Tre avanti, due ai lati e due dietro a proteggerla da tutto e tutti. E a vendicarsi contro chi si metteva sul suo cammino e l'ostacolava. Nell'unica foto che Gavina ha fatto alla killer, s'intravede un tatuaggio. È la parte della coda con il pungiglione. E Alina ha marchiato a fuoco il polso di Spinazzola con uno scorpione. A ciò si aggiunge che il biglietto lasciato da Alina a Olivia Brossuard aveva una parte di una coda con il pungiglione in un angolo.»

«Tutti segnali per lei. Perché?»

«Non ne ho idea.»

«Io invece sì. Lei è la talpa che ha informato Iside dei nostri progressi nell'indagine. Pronta per la successione ora che sua madre è in galera.»

Elisabeth spalancò la bocca.

«Ma cosa dice?»

«E allora perché ha taciuto?» Urlò la De Nardi, le sembrava tutto così verosimile. La figlia di James Scorsese era passata dalla parte della madre. «Hans, chiama gli agenti di sorveglianza, lei è in arresto per intralcio alla giustizia. Per ora.»

«No, aspetti. Ho una spiegazione,» la implorò Elisabeth.

Il colonnello fece un cenno al tedesco che mise giù il telefono.

«Sentiamo.»

Sentì le gambe che tremavano e cercò una forza che non aveva. Quel luogo così incantevole si stava trasformando in una prigione. Abbassò gli occhi.

«Non volevo crederci. Non volevo pensare che mia madre, rinchiusa in carcere, muovesse ancora i fili di tutto questo.»

Suonava debole come motivazione, ma era la verità anche se, a dirla tutta, lei non ci avrebbe creduto un istante come avvocato.

«Dovrei bermi questa stronzata sui sentimenti?»

Elisabeth alzò lo sguardo e lo puntò sul viso della De Nardi. Gli occhi erano pieni di lacrime.

«Non avrei mai tradito mio padre,» riuscì a dire prima che la voce le si rompesse in gola. Una lacrima decise di scendere.

La De Nardi mosse appena le labbra.

«Così facendo, ci ha negato delle informazioni utili, questo lo capisce?»

Annuì. Non poteva fare altro.

«Come ha potuto? È stata un avvocato di successo ed è figlia di un agente segreto, sa bene quanto conta avere un'informazione in più in una causa piuttosto che in un'indagine.»

«Lei ha ragione. Credo di rifiutare ancora che mia madre sia una criminale.»

Ecco, l'aveva detto.

«Beh, prima lo accetterà e prima smetterà di compiere certi errori. Non serve rifugiarsi a migliaia di chilometri di distanza se non si fa un passo avanti nella testa.»

"E nel cuore," avrebbe voluto aggiungere lei ma rimase zitta. Alla fine, era sempre e solo questione di sentimento.

«Cos'altro non ci ha detto?»

Elisabeth ci pensò su e poi scosse la testa.

«Le rammento che lei è ancora in arresto, non basta un pianto per scagionarla. Le accuse sono ancora in piedi e affronterà un processo dove potrà dimostrare il contrario.»

Elisabeth sentì un brivido correrle lungo la schiena. Sapeva dove questo l'avrebbe portata e dubitava di riuscire a superarlo.

Scosse la testa.

«E non è sola in questa faccenda. La sua complice è Lara Donovan.»

A quel punto, Elisabeth scattò in piedi.

«Non è vero!»

«Tutte le prove dimostrano il contrario.»

«Quali sarebbero?»

La De Nardi tirò fuori dalla tasca un cellulare. Era quello di Elisabeth, spento.

«Il giorno in cui Alina è scomparsa, dopo che lei e Anna avete parlato con la Brossuard, la quale ha confessato di essere stata ingaggiata da Madame Milione, lei ha aggiornato Lara Donovan.»

Non poteva negarlo. Quel giorno le aveva inviato un messaggio.

«Allora, è vero o no?»

Elisabeth rimase in silenzio, cercava di ragionare.

«Vuole che le rilegga il messaggio che le ha inviato?»

Alzò le mani come per difendersi dalla furia della De Nardi e da quello che le stava succedendo.

«No, lo ricordo. Però può essere stata Margot Massu, informata dalla Brossuard, ad avvisare Iside. O addirittura Brossuard stessa.»

Insinuare il dubbio, spesso era sufficiente.

«Come spiega la presenza della Margot al monastero? Sapevamo del viaggio solo noi, suo padre e Lara Donovan a cui lei ha mandato un altro messaggio. E, guarda caso, non mi ha detto nulla.»

Elisabeth cercò una spiegazione ma non ne aveva. Le cose stavano come le aveva dette.

«Si è chiesta perché il suo socio di New York ha voluto che Lara Donovan venisse con lei facendole le giuste pressioni?»

«Sono io che ho chiesto a Lara di accompagnarmi.»

«Forse è quello che lei ci ha voluto far credere, Elisabeth. Si crede così scaltra e intelligente da non poter essere smascherata?»

La De Nardi attese che la mente di Elisabeth elaborasse quella supposizione e poi aggiunse: «Sa cos'è successo al monastero quando lei era dentro con la Massu?»

Scosse la testa.

«Ora glielo spiego: quattro persone armate fino ai denti hanno tenuto sotto tiro Nirvana e lo hanno graziato. Non aveva riparo o armi sufficienti con cui difendersi ed era lì per lei. Potevo perdere un agente e tutto a causa sua!»

Elisabeth si accigliò nuovamente. Quel gigante aveva rischiato la vita per proteggerla?

«Allora? Ha un'altra spiegazione?»

Non sapeva replicare, il dubbio che forse Lara fosse coinvolta si era insinuato nelle sue convinzioni. Ma più ci pensava, più le sembrava impossibile.

«Non avrebbe avuto modo di entrare in contatto con mia madre.»

«Lei dice? Attraverso di lei oppure Brimley, ovvio, come cliente del suo studio. Lara Donovan è con lei da anni e sa tutto di ciò che è successo con sua madre. Ha la sua fiducia e accesso a tutto ciò che conosce.»

«Non mi tradirebbe mai.»

«Perché è sua complice.»

Elisabeth comprese che era il momento di stare zitta; sapeva bene come un attimo d'incertezza avrebbe trasformato una supposizione in una conferma.

La De Nardi abbozzò un sorriso amaro.

«Dobbiamo neutralizzarla e ho già il via libera da suo padre.»

«Come...?»

Si bloccò quando un grande schermo si accese e nelle immagini riconobbe il corridoio del suo ufficio a New York. Intuì che trasmetteva immagini in diretta da una body-cam posizionata sul giubbotto di un agente di polizia. Come questi si mosse, inquadrò alcuni colleghi. Erano dell'NSA, senza dubbio mandati da James Scorsese.

Rimase in piedi, le mani che non riuscivano a stare ferme. Per sua fortuna, l'audio era stato escluso. Vide Lara che alzava la testa e si spaventava rimanendo a bocca aperta. Immaginò che le leggessero i diritti mentre i suoi occhi si riempivano di lacrime e la testa prendeva a muoversi senza senso. Poi urlò, o almeno questo le sembrò, e continuava a ripetere sempre un nome finché due agenti non le misero ai polsi un paio di manette.

Elisabeth rimase di sasso; quel nome era il suo.

Sentì un dolore comprimerle lo stomaco che aveva deciso di rivoltarsi. Represse un conato di vomito e crollò sulla sedia, piegata in due.

«Hans.»

Il tedesco intuì l'ordine della De Nardi e lo schermo divenne buio.

«Lei non ha pietà,» mormorò Elisabeth che riuscì a guardarla con gli occhi pieni di rabbia.

La De Nardi sembrò accusare il colpo, ebbe un attimo di esitazione ma poi disse, tenendo la voce ferma: «Ho a che fare ogni giorno con omicidi efferati, traffico di droga, corruzione, prostituzione anche di minori, solo per dirle alcuni crimini, e in tutta Europa. Se riesco a mantenere un minimo di controllo è perché non mi fermo a pensare cosa sia giusto o sbagliato per una singola persona o un popolo. Agisco seguendo le prove e quelle che ho adesso mi portano a lei e alla sua amica. Se siete innocenti, lo dimostrerete.»

«Si è innocenti fino a prova contraria, colonnello.»

«Giusto, e se non ci aiuta, avremo la certezza della sua colpevolezza.»

Elisabeth tirò indietro le spalle facendo una smorfia.

«Mi tira un colpo basso e poi chiede il mio aiuto per auto-accusarmi di una cosa che non ho commesso? Lei è pazza.»

«Mi dimostri che non lavora per sua madre.»

Hans fece un risolino e le due donne si girarono a guardarlo. Chiese scusa alzando una mano, però il divertimento rimase nei suoi occhi. Vedere la De Nardi all'opera era sempre uno spettacolo ma con un'interlocutrice così si trasformava in un incontro di boxe di supermassimi.

La De Nardi continuò: «Lei ci ha detto che Brimley è il destinatario della bolla papale perché Schluck ha dato queste indicazioni a Spinazzola, e che per questo acquisto, chiamiamolo così, verserà cinque milioni a Spinazzola. Ora, se Schluck cede la vita di Spinazzola a Iside vuol dire che ha passato a lei l'impegno di versare quei soldi. Brimley sarà ricchissimo, ma non pagherà di tasca sua.

Questo ci porta a dire che li riceverà in qualche modo. Dobbiamo scoprire come.»

Elisabeth cercò di ricordare tutto quello che conosceva degli Scriba e il pensiero andò al primo incontro con uno di loro nel suo mega ufficio a Manhattan, John Corvino, un boss della mafia italo-americana. Esponeva pezzi antichi di valore, come i libri conservati con una cura quasi maniacale. E così faceva anche Brimley nella sua villa a Long Island. Per non parlare di quello che le aveva confidato il detective Peter Makarov: durante la sua "conversione" al crimine indotta da una droga somministratagli a sua insaputa, aveva scoperto l'esistenza di una vera e propria cattedrale di libri, gestita dai due criminali russi, Andrej Suchov e Yuri Baranov. Baranov era poi stato ucciso da un sicario che si era ribellato a sua madre ma Suchov era ancora libero. Almeno così credeva.

Raccontò tutto alla De Nardi e ad Hans.

«Finalmente, ci dà quello che ci serve. Il collezionismo diventa la copertura per muovere denaro. D'altronde chi può contestare il valore di un'opera venduta a cifre esorbitanti quando tutto è regolare? Nessuno. E chi rende il tutto regolare? La dichiarazione di una casa d'aste nonché una regolare asta di beneficenza dove c'è chi alla fine ottiene ciò che vuole. E con l'asseverazione di un ufficio legale che ha un nome rispettabile, sinonimo di trasparenza. Tutto alla luce del sole.»

«Spinazzola e Jeff Norton,» tradusse per entrambe Hans.

«E si ha bisogno di più pezzi di carta possibile per autenticare un pezzo e la sua provenienza, come il referto di un'analisi condotta da un importante dipartimento universitario.»

«Il professor Klein.» Ancora Hans.

«E si necessita anche di un timbro doganale, e cosa di meglio che farlo transitare per un Paese dove si hanno le giuste conoscenze?»

«L'Italia di Gavina,» concluse il tedesco.

La De Nardi sorrise.

«C'è ancora una cosa,» aggiunse Elisabeth. «Alla cena con Fortini, io e Lara lo abbiamo messo alle strette e ci ha confessato che Brimley è un amico di Schluck, il quale lo stava ricattando per averlo salvato da un furto di un dente di un orso siberiano di 3400 anni. Mi disse che Schluck aveva messo a tacere i russi che volevano farla pagare, a lui e a Spinazzola.»

«Cos'ha fatto la sua assistente quella sera?»

«Ha voluto registrare di nascosto ciò che ci siamo detti.»

«Lo aveva mai fatto prima?»

«No.»

Elisabeth si sentì sprofondare. Non poteva crederci, ci doveva essere un'altra spiegazione.

«Hans, quando è stato ritrovato l'orso bruno in Siberia?»

Passarono alcuni secondi in cui il tedesco armeggiò con i tasti del computer.

«Febbraio 2023.»

«Dove lavorava Gavina in quel periodo?»

A Elisabeth sembrò che il comandante trattenesse il respiro.

«Aeroporto Leonardo da Vinci a Fiumicino, assegnato al controllo doganale.»

La De Nardi lasciò andare l'aria che aveva trattenuto.

«Un'ultima cosa, Elisabeth. C'è ancora un modo in cui lei può aiutarmi. Se lo farà, le accuse avranno un peso sulle sue.»

Non era una richiesta, era un ricatto. La De Nardi era una vera stronza.

«Mi dica.»

«Deve chiamare Sigismondo Altieri e chiedergli se suo nipote conosceva il professor Klein.»

«Mi serve il cellulare.»

«È tutto suo.»

La De Nardi allungò una mano e poi aggiunse: «Ovviamente, ora è sotto controllo e la sua privacy è andata a farsi fottere.»

Elisabeth lo prese e, rassegnata, lo accese.

Pochi minuti dopo, era in linea con Altieri.

«Devo avere un'informazione che può portarci all'arresto di chi minaccia suo nipote.»

Il vecchio respirava piano. Era attento a non complicare una situazione già molto compromessa.

«Andrea conosceva il professor Klein dell'Università di Lipsia?»

«Perché me lo chiede?»

Elisabeth lanciò un'occhiata alla De Nardi che annuì.

«Il professor Klein è stato ucciso e pensiamo che sia stata la stessa persona che vuole uccidere suo nipote.»

L'anziano professore trasalì.

«Oh Dio, prima Alex e ora Klein.»

Elisabeth voleva aggiungere che era andata in un altro modo, ma invece disse: «È per questo che ho bisogno che risponda alla mia domanda.»

«Glielo ha presentato un carabiniere qualche anno fa, aveva a che fare con la tomba di Pico della Mirandola. La sua morte è ancora un mistero che appassiona noi storici.»

«Non si dilunghi, per favore.»

«Sì, giusto. Andrea lo ha contattato per delle consulenze, si sono trovati molto bene a lavorare insieme.»

«Sa se Andrea ha richiesto la sua consulenza a febbraio del 2023 per un dente che apparteneva a un orso siberiano di 3400 anni?»

«Sì.»

Elisabeth sospirò. La bolla papale di Pico della Mirandola non c'entrava nulla con gli omicidi di Gavina e Klein; era tutta una storia di corruzione.

La De Nardi annuì e ammise che averla provocata aveva funzionato.

«Grazie professore, mi è stato di grande aiuto. L'aggiornerò sugli sviluppi.»

Si salutarono e per un attimo non volò una mosca.

«Ora abbiamo il movente, la truffa del dente dell'orso siberiano, e il mandante, Thomas Schluck per mano di Iside. Hans, fai emanare un mandato d'arresto per Schluck.»

«Capo, è svizzero.»

La De Nardi ci pensò su.

«Forse so come fare. Elisabeth, ho bisogno di...»

Il cellulare del colonnello si mise a suonare.

Era Nirvana.

«Cosa succede?»

Ascoltò in silenzio guardando prima Hans e poi la Scorsese. Poi lo salutò e come chiuse la telefonata disse: «Hanno arrestato la professoressa Pareto in Vaticano per aver divulgato documenti riservati.»

«Oh, no,» esclamò Elisabeth.

«Domattina presto andrà a Roma. La professoressa Pareto ha bisogno di un avvocato e sarà lei a rappresentarla. Ha qualcosa in contrario?»

Sì, voleva fuggire su Marte.

«Assolutamente.»

«Ottimo. Hans le farà vedere la sua stanza e dove mangiare. Si riposi e si ricordi che siamo ancora in ballo.»

Lei annuì e lasciò la stanza con il tedesco.

Oddio, Anna e Lara arrestate. Non poteva crederci, si era tutto complicato. E non poco. Come ne sarebbero uscite?

# 38

Non aveva chiuso occhio, se non per alcune ore quando la spossatezza l'aveva sopraffatta. Aveva pianto, urlato, chiesto aiuto, si era vergognata e aveva realizzato cosa l'animo umano potesse provare in momenti di assoluta desolazione.

Un cenno, una voce, qualsiasi cosa le dicesse che sarebbe andato tutto bene. Quello era ciò che desiderava in quel momento. Camille, quella stronza, era stata una di loro fin dal principio e lei aveva creduto che l'affabilità mostrata fosse segno di amicizia. Tutte cazzate. Fin dalla prima telefonata, aveva mostrato un'aria dimessa, da semplice segretaria che non faceva altro che assecondare i desideri o le volontà della preziosa professoressa di Storia delle religioni e del suo diretto superiore.

"Una cretina, come ho fatto a non capire," pensò sconsolata.

Già, perché gli elementi li aveva, eccome. Il passaporto e il gps applicato nelle pagine interne. Glielo aveva dato quel giorno a Roma per concludere la prenotazione con l'agenzia. On line, certo; che bisogno c'era di chiederlo, bastava avere il numero identificativo, no? E le domande apparentemente innocenti durante il viaggio che l'avevano indotta a raccontarle ogni cosa? E l'atteggiamento remissivo durante l'incontro con i patriarchi? Tutta finzione. Per non parlare della reazione sul giardiniere del papa... si bloccò.

Non lavorava per monsignor Abbate ma per Gimenez. L'aveva messa al suo fianco per controllare come si comportasse e visto che il risultato finale gli era andato bene, aveva chiuso la loro amicizia. Ma era poi così?

Gimenez l'aveva convinta ad andare a Londra a cercare Fortini per avere maggiori informazioni sulla presunta bolla papale. Perché lo aveva fatto se la relazione era sufficiente a chiudere la faccenda?

Guardò l'orologio e si accorse di avere fame. Si alzò dalla brandina di quella misera cella, perché quello era, e andò in bagno. Doveva rassettarsi un minimo per essere presentabile anche senza vestiti di ricambio. Per fortuna o forse no, non le avevano dato un camiciotto da galeotta o qualcosa del genere.

"Sei in stato di fermo," le aveva detto Camille; poi l'avevano chiusa lì dentro, le avevano tolto ciò che poteva usare per farsi del male, e portato una cena leggera lasciata in un vassoio poi ritirato, sempre in silenzio. Avevano ignorato volutamente le sue domande, e in seguito le sue urla, perse nel momento in cui le aveva pronunciate.

Mentre si stava lavando, sentì la serratura scattare e la porta aprirsi. Era la colazione. Se la prese comoda, e quando uscì, trasalì.

Monsignor Gimenez era in piedi e l'aspettava.

«Io...»

«Vieni, siediti.»

Le indicò l'unica sedia nella stanza.

Anna fece un paio di passi e poi scoppiò a piangere. Un dolore le prese lo stomaco e si accasciò di fronte al vecchio prete. Lui si avvicinò immediatamente, cercò di sorreggerla per le braccia ma lei si abbandonò e rimase seduta a terra. Teneva gli occhi chiusi e singhiozzava.

Monsignor Gimenez prese posto sulla sedia che le aveva indicato, anche lui esausto. La sua allieva prediletta, colei che credeva fosse forte e strutturata anche per le disfatte della vita, era china ai suoi piedi, quasi sdraiata a terra. E sussultava, devastata dal dolore.

«Anna,» la chiamò allungando una mano.

Lei aprì gli occhi.

«Perché?» Gli chiese.

Lui scosse la testa. Aveva messo la propria vita nelle mani del Signore proprio per quella domanda. Perché tanto dolore, ingiustizia, tragedia e accanimento?

«La risposta è nelle parole di Dio.»

Non poteva dire altro, almeno non in quel momento.

Anna si tirò su e conquistò il letto dove si mise seduta. Si asciugò gli occhi e cercò di recuperare un po' di contegno. Raddrizzò le spalle e lo fissò.

«Cosa non mi ha detto?»

Lui spalancò gli occhi.

«Camille Flammarion lavora per lei, non per monsignor Abbate.»

Annuì e aggiunse: «Non cambia le cose, mia cara.»

«In che senso?»

«Camille era lì per proteggerti. Per farlo bene non dovevi saperlo e per fortuna non è stato necessario. Anche Ari vegliava su di te, anche se non te ne sei mai accorta.»

«Ma da chi? Chi poteva farmi del male?»

Il prelato continuò a fissarla e rimase in silenzio. Lei capì che non le avrebbe mai risposto.

«Ari. È lui che mi ha messo sulla strada della minaccia allo Statu Quo.»

«È quello che doveva fare. Gli hai creduto e hai assecondato giustamente il volere del patriarca, che era anche il mio.»

«Ma non di Abbate.»

L'uomo non disse nulla, non ce n'era bisogno.

«Perché non cambia le cose?»

«Perché hai un'accusa difficile da negare e sei una cittadina del nostro Stato ora. Il che complica le cose.»

Anna non sapeva nulla di penale, figuriamoci del codice ecumenico.

«Si spieghi meglio.»

«Cercherò di parlare con termini a te più abituali. Ti rappresenterà un avvocato difensore che cercherà di controbattere alle accuse mosse da un procuratore. Qui i nomi sono diversi ma la sostanza è la stessa. Dei giudici analizzeranno il tuo caso e se sarai ritenuta colpevole rischi anche tre anni di carcere. Non ci sono sconti o pene alternative.»

«Ma non sapevo...»

Il prelato alzò una mano e lei si zittì.

«Tieni per loro le tue argomentazioni. Io sono qui per la nostra lunga amicizia e per darti conforto. C'è qualcosa che posso fare?»

«I miei figli, loro non sanno nulla. Vorrei dirglielo io.»

«È giusto. Ti farò parlare con loro più tardi. Ora c'è una cosa che devi fare per me.»

«Mi dica, qualsiasi cosa.»

Il senso di frustrazione e condanna l'avevano completamente svuotata. Si concentrò sui suoi figli, si aggrappò all'amore per loro, doveva reagire altrimenti non sarebbe uscita da quella stanza neanche trascinandosi.

«Cos'hai trovato in tutte quelle ore in biblioteca?»

Cazzo, lo sapeva!

«Ho scoperto dov'è la bolla papale.»

Non era totalmente vero, ma faceva effetto. Se c'era una linea di difesa, era l'unica.

Monsignor Gimenez aggrottò i sopraccigli.

«Stai scherzando?»

Era maledettamente serio.

«Crede che nella mia situazione ci sia una voglia anche minima di scherzare?»

Monsignor Gimenez incrociò le dita sotto il grembo, la canonica posizione del prete tanto per non smentirsi.

"Adesso è lui che deve fare la prossima mossa."

In quel momento, suonò un citofono. La serratura scattò e un gendarme le portò la colazione.

«Che ore sono?»

«Le nove. Siamo un po' in ritardo, ci scusi.»

Anna non rispose, il prelato si alzò e disse: «Ti lascio alla colazione, ci vediamo più tardi.»

Lei annuì e si sedette, pronta a divorare tutto il divorabile.

In una partita a poker si vinceva anche con un bluff.

***

Il citofono suonò ancora e la porta si aprì subito dopo.

«Elisabeth!»

Anna si alzò dal letto e l'abbracciò senza ritegno. L'amica ricambiò la stretta e le sorrise. Poi le diede un sacco, conteneva vestiti e qualche crema per il corpo e il viso.

«Sono le cose che avevo al castello, non abbiamo la stessa taglia ma almeno puoi cambiarti. Me le hanno fatte passare. Vai, vediamo come ti stanno.»

«Come ti senti? Nirvana mi ha raccontato quello che ti è successo.»

«Solo una gran botta in testa.»

Fece una smorfia, la sollecitò a muoversi.

Anna si rinchiuse nel piccolo bagno mentre Elisabeth si metteva comoda. Aveva dovuto lasciare fuori qualsiasi oggetto fosse riconducibile a una minaccia o a un'opportunità per la detenuta di farsi del male e si mise a tamburellare con le dita sul piccolo tavolo.

Come Anna uscì, esclamò: «Certo che ti sei trovata un bel posto?»

«Vaffanculo, avvocato.»

Elisabeth sorrise.

«Ti trovo più in forma di quanto pensassi, ottimo. Allora cominciamo.»

«Dimmi.»

«Siamo qui per trattare, io e Nirvana.»

Lei sospirò.

«Grazie a Dio.»

«Non per te, dolcezza. Per te non c'è via d'uscita.»

Anna spalancò la bocca.

«Mi prendi per il culo?»

«Affatto. Vedo che una notte in prigione ti ha già fatto entrare nella parte sguaiata dei detenuti. Comunque, potresti aiutarci.»

«Io... Cosa?»

«Sei la mia merce di scambio, tutto qui.»

«Non ti seguo.»

Elisabeth si chinò verso di lei. «Spero tu non gli abbia detto dov'è la bolla papale.»

Anna scosse la testa. Per miracolo, ma lo aveva evitato.

«Ottimo e non dirlo a nessuno, neanche a me.»

«Va bene.»

«Faremo in questo modo; consegnerai a loro la bolla papale in cambio della caduta di tutte le accuse a tuo carico.»

Anna rimase in silenzio e poi chiese: «Dov'è il tranello?»

«Come, scusa?»

«Perdonami, ma non si scomoda un avvocato di grido con tanto di volo privato per arrivare a fare questa proposta. Non dico che bastava una mail, mi sembra così banale.»

Elisabeth fece una brutta smorfia tanto che Anna ebbe il dubbio che fosse una conseguenza del colpo ricevuto.

«Hanno il tracciato delle informazioni che hai trafugato e porta dritto all'Europol, ossia all'Unione Europea. A questo punto, la De Nardi rischia il posto, oltre a una mega crisi internazionale. La bolla papale potrebbe essere la soluzione che mette tutti d'accordo. Tu esci da qui e torni felice dai tuoi figli, il Vaticano ottiene ciò che è suo e rimane segreto e l'Unione Europea evita una figura che dire pessima è poco, soprattutto per un'intelligence considerata d'eccellenza.»

«E per quale motivo tu e Nirvana siete qui?»

«Per garantirgli che farai come promesso.»

«Cosa vuol dire, esattamente?»

«Vuol dire che verrà con noi Camille Flammarion come loro inviato e indosserai un braccialetto elettronico. Ogni movimento sarà seguito e registrato.»

«Non se ne parla.»

Elisabeth accennò un sorriso. Era quello il momento che più le piaceva delle trattative.

«Di cosa esattamente? Del consegnare loro la bolla papale o del braccialetto elettronico?»

«Del secondo.»

«Quindi tu stai mandando a puttane l'unica via che hai di uscire pulita da questa storia per un po' di orgoglio ferito? O hai in mente di fuggire con qualche amante segreto?»

«Non essere sciocca.»
Elisabeth alzò le spalle.
«Non credo che tu sia nella situazione di dettare condizioni.»
«No certo, ma sono l'unica che conosce dov'è la bolla papale.»
«Giusto, ma se tiri troppo la corda, rischi che si spezzi.»
Anna si tirò indietro i capelli e prese fiato.

«Ascoltami bene. Abbiamo tre omicidi da un mandante che vuole quella bolla e che ha dimostrato di essere un ottimo hacker oltre che un assassino senza scrupoli. Si sono inseriti nel programma del pacemaker del professor Klein o nel computer dell'Università di Lipsia, tanto per dirne una. Quindi anche loro seguiranno i miei, i *nostri* spostamenti, e come sapranno dove si trova, ci faranno secchi. Ecco perché non voglio quel braccialetto.»

L'avvocato Scorsese la guardò ammirata. Era riuscita a capovolgere una situazione senza via d'uscita.

«Non ti fidi di loro?»
«Non mi fido di nessuno.»
«Neanche di me?»
Anna abbozzò un sorriso.
«Mi dispiace, ma no. Neanche di te.»
«Abbiamo arrestato la talpa.»
«Chi sarebbe?»
«Lara Donovan, la mia assistente.»
Anna rimase senza parole e mosse più volte la testa.
«È impossibile.»

«Lo so, però tutti gli indizi portano a lei. Ora quella minaccia è scongiurata. Quindi accetti la mia proposta?»

«No.»

Elisabeth non si sorprese, al suo posto avrebbe reagito allo stesso modo, pur con meno freddezza e distacco.

«Ottimo. Qui il mio lavoro è finito, dirò al Prete Gianni che ti ho trovato in forma anche se un po' provata, e che troverai la forza per affrontare il processo e la condanna nelle sue parole.»

Anna si alzò con lei e la fissò. Poi le porse la mano.
«Elisabeth, accetto.»
Lei sorrise.

«Brava ragazza, così si fa. Tra un paio d'ore torni con me a Venezia. Sai, è una città che può regalare intense emozioni.»

Le fece l'occhiolino e attese che la serratura scattasse. Senza voltarsi indietro, lasciò la stanza.

# 39

L'aereo volava in direzione di Venezia e il braccialetto elettronico alla caviglia di Anna rifletteva la luce del sole che stava tramontando. Sembrava emanasse un cerchio di fuoco come uno di quei supereroi della Marvel. C'era voluto più del previsto per definire l'accordo del suo "permesso temporaneo" e monsignor Gimenez aveva preteso e poi ottenuto che Camille viaggiasse con loro.

Ciò significava solo una cosa: la loro indagine non poteva andare avanti.

«Però ti dona,» esclamò Elisabeth lanciando uno sguardo divertito alla sua nuova amica. Lei per tutta risposta alzò il dito medio.

«La galera ti ha cambiata, Anna. Da timida e insicura ora sei una tipa sfrontata e impavida.»

«Ad andar con lo zoppo, s'impara a zoppicare.»

«Sarebbe colpa mia?»

La professoressa Pareto fece una smorfia come a dire "di chi se no?" e tornò a scrivere una mail a sua figlia. Li aveva sentiti poco prima di partire dicendo che andava tutto bene e sarebbe rientrata presto. Ormai erano giorni che mancava da casa e le sembravano passati mesi per quello che aveva vissuto. Alzò lo sguardo dal computer e sorprese Elisabeth a fissarla. Cosa voleva dirle, ancora?

Poi, quasi senza volerlo, indicò con un cenno del capo Nirvana che teneva gli occhi chiusi e sembrava dormisse.

L'avvocato Scorsese annuì lentamente e poi le regalò un sorriso.

Anna spalancò gli occhi e con un dito le fece segno che dopo avrebbe voluto sapere tutto.

In quel momento, il cellulare di Elisabeth ricevette una notifica. Era l'ufficio di suo padre. Lara chiedeva di parlarle urgentemente ma in quella situazione non poteva proprio. Con molta probabilità, la stavano trattenendo in un luogo protetto fino a quando l'indagine della De Nardi non si fosse conclusa. Doveva aiutarla sì, ma in modo diverso. Più stavano lontano e meglio avrebbe svolto il proprio lavoro.

Chiuse gli occhi cercando di concentrarsi ma un'altra notifica la costrinse a muoversi.

Era Hans. Sapeva della presenza della francese e quindi usava una chat su WhatsApp.

"Alina si chiama Maryna Tuzenko, originaria di Minsk ma ha studiato a Londra. Laureata in Economia e management a Oxford nel 2011, ha lavorato nella City per dieci anni, nel frattempo ha sposato un inglese di ottima famiglia, ottenuto il passaporto inglese e da un paio d'anni è sparita dai radar."

"Come, scusa?"

"Non ci sono più movimenti che la riguardino da quel periodo. È diventata un fantasma."

"Una scorpione," aggiunse Elisabeth.

"Stiamo setacciando tutti i volti transitati negli aeroporti di Londra e Roma nei giorni precedenti e successivi la morte di Gavina per avere una conferma. È solo questione di tempo," concluse Hans.

Elisabeth guardò Anna e si ricordò di una battuta che aveva detto sul fatto che si sarebbe immolata per il suo mentore al tempo degli studi. Le università erano il luogo più indicato per convertire alla propria causa giovani preparati ma ingenui e con un forte credo, radicalizzare fanatici per il terrorismo islamico, arruolare nuovi agenti, hacker o anche apparenti e innocui funzionari per governi ombra. E forse anche per gli Scriba, forti della loro prima formazione, legati da sempre alla cultura e conoscenza delle dottrine più svariate, sarebbero state un pozzo d'oro, inesauribile e prezioso.

Scrisse il nome di Maryna, dell'università e l'ultimo anno del suo corso sul motore di ricerca, ma per accedere al sito dell'università doveva essere iscritta ad altre università o roba simile.

Prese il cellulare e mandò un sms ad Anna che stava sonnecchiando.

Come ricevette la notifica, afferrò il telefonò e la guardò con aria interrogativa. Lei mosse appena la testa e scrisse ancora. Anna annuì.

Un istante dopo aveva le sue credenziali e così riuscì ad accedere all'area privata del sito. Cercò negli album degli anni passati l'elenco degli studenti laureati nel 2011 ma tranne qualche particolare menzione, non trovò nulla. La colpì una cosa: veniva menzionato un master post-laurea di sei mesi presso la American Academy of Arts and Sciences a Cambridge, nel Massachusetts.

Forse era sulla strada giusta.

Ora le serviva una piccola spinta.

Scrisse di nuovo ad Anna che stavolta reagì nervosamente.

"Cosa vuoi ora?"

"Ti ho tirato fuori dalla prigione, sii riconoscente."

"Stronza."

Elisabeth sorrise e lei scrisse: "Dimmi."

"Conosci come funzionano le università americane?"

"Ovvio, perché?"

"Se volessi rintracciare un vecchio compagno di corso e avessi bisogno di un'indicazione, cosa faresti?"

"Cercherei qualche ex studente che tiene un blog o roba simile. C'è sempre qualche nerd in un corso e poi sono dei nostalgici. Avendo sempre perso nelle sfide sportive, oggi vorrebbero mostrare il successo ottenuto dopo lo studio."

"Una forma di rivalsa."

Anna le sorrise.

Elisabeth aveva capito e osservandola bene, non escludeva che anche lei avesse fatto parte di quella cerchia.

Tornò a navigare e stavolta usò altre parole chiave. Visitò un paio di siti ma i nerd di quel corso erano rimasti tali, lontani e incomprensibili ai più. E pensare che erano diventati tra le persone più ricche e influenti del pianeta. Non solo, ma da loro dipendeva il futuro sostenibile, la crescita nella ricerca e la protezione di un ecosistema sempre più alterato. Tanto per citare alcuni campi di loro dominio. Per non parlare della tecnologia e del digitale.

Alla fine, scovò un blog di un ex alunno particolarmente scatenato: www.bobgotlieb.com

Elisabeth si stirò le braccia incrociando le dita, sentiva un formicolio che le piaceva. Bob aveva una cinquantina d'anni ma dal sorriso della sua foto in home page sembrava ancora il ragazzo uscito dall'università: rotondo e rubicondo.

Nel menu a comparsa sulla destra c'erano le date, selezionò il 2011 e le apparve una serie di notizie. I corsi, i nomi dei professori, l'elenco dei laureati con relative foto e poi in basso a sinistra la sezione "Eventi&sport".

La selezionò.

Una foto di dodici ragazzi sorridenti, sei accosciati e sei in piedi, riempiva tutto lo schermo del cellulare. Ci cliccò sopra un paio di volte e s'ingrandì. Scorse i volti ed eccola lì, la loro Alina/Maryna che sorrideva all'obiettivo. Per fortuna che era una in gamba e aveva vinto qualcosa, la foto era solo dei vincitori. Scrutò gli altri volti e a un certo punto si irrigidì.

Alina aveva un braccio sulle spalle della ragazza vicina ed Elisabeth strabuzzò gli occhi. Non poteva crederci, non poteva essere lei. Quel volto le tornò in mente nell'attimo esatto in cui l'aveva visto la prima e unica volta, non molto tempo prima.

Aveva due grandi occhi verdi, i capelli erano biondi. Il rosso che sfoggiava ora era una tinta, fin troppo ovvio. E il tatuaggio che aveva intravisto, era sicuramente uno scorpione.

Fece uno screenshot e cercò meglio per vedere se c'era un nome anche se a quel punto non era importante.

Si sforzò di mantenere una calma che non aveva dato che gli occhi di Camille la stavano perforando. Non osava muoversi più di tanto e si accorse in quel momento che Anna stava provando a catturare la sua attenzione.

Doveva trovare un modo per contattare suo padre senza far capire nulla alla De Nardi; se avesse usato i soliti canali, la talpa avrebbe capito e sarebbe fuggita. Peggio, avrebbe fatto in modo che Iside potesse fare del male a Spinazzola.

Un pensiero improvviso la fece rabbrividire.

Erano in pericolo, sua madre sapeva dove stavano andando, sarebbe intervenuta per prendersi la bolla papale. Doveva fermarla e così facendo avrebbe salvato anche Lara.

Selezionò il numero di James Scorsese, cosciente che quella chiamata sarebbe stata ascoltata e registrata dal castello. Lasciò squillare. Camille continuava a fissarla.

«Elisabeth?» Il tono era decisamente sospettoso. Era stato aggiornato dalla De Nardi e, conoscendolo, non avrebbe mai tollerato il suo atteggiamento.

«Sono io, papà. Come stai?»

Tutti nel piccolo aereo la stavano ascoltando.

«Bene, ma...»

«Volevo sentire la tua voce, mi manchi.»

James Scorsese si fece attento.

«Anche tu. Vedrai che ci rivedremo presto.»

«Sai, stavo ripensando alla passeggiata che abbiamo fatto nel parco a Washington, quando c'era anche Omar con noi. È un cane così vivace, non trovi?»

«Elisabeth... cosa vuoi dirmi?»

Lei pregò che non ci mettesse molto a capire.

«Quel signore che era seduto sulla panchina si è spaventato. Poi ti ha riconosciuto e lo hai salutato calorosamente chiedendogli scusa.»

«Sei impazzita o cosa?»

«Dài, era lui che cercavi da tempo, ricordi? E stava insieme a una donna, forse la figlia. Credo che anche lei abbia avuto paura di Omar.»

James Scorsese rimase un attimo interdetto e lei aggiunse: «Sì, papà, è così, fin dal primo istante. Sai a volte basta rimanere in contatto, oggi con la tecnologia fai qualsiasi cosa. Basta un niente.»

«Hai ragione.»

«Salutami le persone che amo, abbi cura di loro.»

Pregò che capisse il suo invito a tranquillizzare Lara.

Chiuse la telefonata.

Aveva trovato la talpa, era vicina a una scorpione che usava l'arma della seduzione come sua madre. Bella e malefica.

Ora toccava a suo padre.

# 40

Avevano atteso tre ore dopo la chiusura e che l'ultimo addetto alle pulizie uscisse dalla Biblioteca Marciana. Poi si erano fatti aprire l'ingresso principale e, solo a quel punto, Elisabeth aveva aperto bocca.

«Lei rimane fuori,» disse rivolta a Camille Flammarion.

«È fuori discussione.»

Non le staccò gli occhi di dosso. «Mettiamola così. Abbiamo un accordo che è quello di darle la bolla papale e, come la troveremo, lei sbloccherà il braccialetto di Anna.»

«È così.»

«Noi lo rispetteremo perché non vogliamo che la professoressa Pareto trascorra tre anni in prigione ma faremo a modo mio.»

«Non la seguo.»

Elisabeth fece un passo avanti, Nirvana al suo fianco mentre Anna tratteneva il respiro.

«Abbiamo firmato un impegno preciso che non contempla che lei debba stare vicino alla vostra detenuta tutto il tempo della ricerca, perciò lei rimarrà fuori. D'altronde, con quell'affare addosso la può controllare dal suo cellulare, o sbaglio? Ogni singolo movimento.»

Non sbagliava, lì dentro aveva i codici per disattivarlo. Anna non sarebbe andata da nessuna parte.

«Le abbiamo permesso di venire con noi in aereo, ora io e lei possiamo aspettare fuori,» disse Nirvana in aiuto di Elisabeth.

Camille non si fidava delle loro parole, ma poi guardò quel gigante. «Lei aspetta con me?»

«Da qui non mi muovo.»

«Non solo,» aggiunse Elisabeth, «ci chiuderete dentro, così sarete ancora più tranquilli. Quando avremo finito, manderò un messaggio a Nirvana.»

L'uomo annuì.

«Potranno volerci molte ore,» disse timidamente Anna che aveva perso l'aria baldanzosa del viaggio in aereo. Sembrava che l'adrenalina provata nelle ore successive al rilascio si fosse consumata una volta giunta nella città galleggiante.

Elisabeth la guardò di traverso, pensierosa. Non avevano avuto modo di parlare e ora lei indossava un microfono in collegamento aperto con il castello e Washington. Sperava che suo padre avesse agito tempestivamente altrimenti anche stasera sarebbero state precedute.

Entrarono in biblioteca con il direttore che, scortato da Nirvana, accendeva tutte le luci. Era meravigliosa, vuota, silenziosa, illuminata a giorno, con la notte che le faceva da cornice come *La Notte stellata* di Van Gogh. Univa sogno e realtà. Anna sentì un tuffo al cuore e non si accorse che i due uomini e Camille erano usciti, chiudendo lei ed Elisabeth dentro.

Elisabeth aveva con sé una borsa mentre lei portava il suo cellulare, un nuovo iPad dono della De Nardi, e il quaderno per gli appunti.

«Siamo sole?»

«Così pare ma tutti ci ascoltano. Ho un microfono in mezzo alle tette, mia cara.»

Anna sorrise appena, sembrava stesse ritrovando la serenità. Erano i libri che le circondavano, gli scaffali stracolmi di storia e cultura.

«Quanto tesoro. E non ha cambiato l'animo dell'uomo. Noi siamo qui a cercare un documento che potrebbe segnare il destino di una terra che ora vede per l'ennesima volta una guerra. Che senso ha, Elisabeth?»

Lo scoramento della studiosa ebbe il sopravvento, la sua passione e motivo di vita si era spenta con la nuova guerra tra Israele e Hamas e le bombe dell'Iran, con tutti quei morti innocenti, bambini falcidiati, bombe sugli ospedali, donne e vecchi trattati come stracci. E gli stupri sulle donne israeliane. Indicibili. Cosa avevano insegnato i millenni di storia che quel luogo racchiudeva?

Nulla.

«Vieni,» le sussurrò Elisabeth cercando di trasmetterle un po' di ottimismo. «Lo so, è difficile, è complicato reagire, ma dobbiamo farlo per chi ancora ci crede, Anna. Siamo qui per evitare che una situazione che ha portato a cinque morti, sei con il suicidio di Frate Alberto, non degeneri in una faida tra criminali. Riesci a comprenderlo?»

Anna annuì velocemente.

«Tu sei sempre stata la chiave e ora tocca a te, ancora una volta, l'ultima.»

Lei si bloccò.

«Dove mi stai portando?»

«La stanza del direttore ha un tavolo lungo per le riunioni, useremo quello come base, cosa ne dici?»

Poi le fece un cenno e lei rispose: «D'accordo.»

Camminarono in silenzio fino a quando Anna le disse: «Oggi pomeriggio, dopo che siamo arrivate in albergo, sei sparita. Volevo parlarti.»

Lei accennò un sorriso. «Dovevano microfonarmi e, reduce dall'ultima volta, avevo da sistemare delle cose. Diciamo intime, ok?»

«Oh, scusa.»

Arrivarono nell'ufficio preposto e si sistemarono al tavolo. Anna tirò fuori il suo quaderno, lo aprì alla prima pagina bianca e accese il suo iPad. Elisabeth prese il suo e scrisse subito: "C'è una talpa a Washington, l'ho scoperta oggi, lavora per gli Scriba. Di' solo cose che hai già detto, non fare nessuna nuova congettura e non rivelare nulla d'importante. Qui scrivi quello che serve per me e basta, ok?"

Poi lo fece vedere ad Anna che lesse in silenzio e annuì. Avrebbero usato quel modo.

Elisabeth fece tornare bianca la pagina e scrisse di nuovo: "Tu non hai una minima idea di dove sia la bolla o se esista, giusto?"

Anna fece una smorfia e annuì di nuovo.

"Lo sapevo, sei una grande. Giochi a poker?"

Anna scrisse: "Da quando avevo dieci anni. Hai mai visto *Genitori in trappola*?"

Elisabeth le strinse un polso.

"Quindici volte. E per l'ultima mano ci ho pensato io, mentre mi depilavo."

Anna represse una risata portandosi una mano alla bocca e le mandò un bacio silenzioso. "Ti adoro," scrisse.

«Cominciamo, professoressa Pareto.»

Lei scrisse sull'iPad i nomi di Savonarola, Pico della Mirandola e Matteo Bosso.

«Vedi Elisabeth, come sai non mi ha mai convinto l'ipotesi che Innocenzo VIII lasciasse un documento così importante a un eretico come Pico. Però è anche vero che a quei tempi le persone in grado di poter sostenere una discussione con un papa erano poche; quindi, mi sono detta di cercare nella sua vita momenti chiave che potessero suffragare anche in minima parte questa teoria. Pico si convertì al pensiero di Savonarola, entrambi avevano un amico in comune che per il conte della Mirandola fu anche di più, quasi un padre. Mi riferisco a Matteo Bosso che Pico chiama in una sua lettera "Mattheus noster". Allora, ho allargato le ricerche ad altre amicizie di Pico che potessero essere all'altezza di un tale segreto: se non una bolla papale un qualcosa, una lettera o un appunto del papa divenuto nei secoli una bolla papale bell'e buona. E ho individuato Poliziano, all'anagrafe Agnolo Ambrogini. Segnati questo nome, Elisabeth, è fondamentale.»

Anna girò pagina e si concentrò ancora, la mano sulla piccola tastiera dell'iPad.

«Chi ci svela la pista da seguire è Matteo Bosso. Seguimi, stai attenta. Bosso incontra nel 1451, appena fatto prete, a Roma il suo maestro di scrittura, che si firma A. de Florentia ossia Andrea Fiocchi, vissuto tra il 1400 e il 1452, canonico di Firenze. Accumulò, secondo l'uso del tempo, le cariche di scrittore, abbreviatore e segretario di Eugenio IV. Perché è importante? Eugenio IV fu l'unico papa a riunificare la Chiesa greca con quella cristiana dopo lo scisma del 1054. Nel 1431 Fiocchi ne fu il segretario, colui che seguì i negoziati con il patriarca di Costantinopoli e tutti i suoi vescovi. Decretarono l'atto di unificazione delle due religioni cristiane d'Occidente e Oriente. L'originale venne fatto in cinque copie, una la tenne Fiocchi che, per cupidigia o distrazione, non la consegnò a Eugenio IV. Ma ci fu un problema: la delegazione era molto numerosa, oltre ottocento persone e siamo in un momento storico fondamentale, cioè il passaggio dalla scrittura gotica a quella umanistica. Nel trascrivere l'atto nella lingua greca, si persero le righe relative al controllo della Terra Santa. Ti dice nulla tutto questo?»

«Si tramanda un documento non completo che non sposta gli equilibri di secoli fino a oggi, al tuo viaggio e alla relazione sullo Statu Quo. Se fosse uscita fuori la copia di Fiocchi, e non una bolla papale come si pensava, monsignor Abbate sarebbe stato pronto a chiederne conto.»

«Ma non finisce qui. Fiocchi era un collezionista disinvolto, diciamo così, non se la sentì di autodenunciarsi e quindi tenne il documento in segreto, fin in punto di morte. Era un prete e stava per andare al cospetto di Dio, doveva lavare via il suo peccato e così entrò in gioco Matteo Bosso, il suo miglior allievo, acuto, pronto e fedele. Gli consegnò la copia originale in latino dell'atto di unificazione delle Chiese con annesso l'accordo per la Terra Santa.»

«Spettacolare,» sussurrò Elisabeth neanche fosse tornata ai tempi dell'università. «Certo che sei brava, professoressa.»

Anna mimò una parolaccia ma sorrise.

«Come fai a sapere tutto questo?»

«Ora ci arrivo. Bosso portò con sé questo segreto per tanti anni e non sapeva cosa fare. Ebbe una carriera eccezionale, girò l'Italia, salì di livello, scrisse, frequentò Lorenzo il Magnifico quando era a Fiesole e così i più grandi filosofi e letterati del tempo. Insomma, accantonò il problema anche perché avrebbe rischiato una scomunica e di perdere tutto. Inoltre, aveva come riferimento Innocenzo VIII che non brillava per apertura mentale, anzi. È stato lui che ha dato il via alla caccia alle streghe durante l'Inquisizione.»

«Un tipo tranquillo.»

«Già. Ma poi cambiò il vento. Innocenzo morì e salì sul trono pontificio Alessandro VI di ben altre vedute. Un nepotista e un rammollito, però aperto agli artisti e ai filosofi, tanto che riabilitò lo stesso Pico, tra gli altri. All'inizio del 1492, Bosso decise di andare a Roma per conoscerlo e quindi capire se potesse essere la persona giusta a cui svelare finalmente il suo segreto. C'è un passaggio in una lettera di Bosso a Pico in cui dice che non lo convince, non sa ancora se è degno di tale ruolo. Ha sospeso il giudizio, diciamo. Bosso rimase a Roma fino a gennaio del 1493, un anno e mezzo prima della morte di Pico. In quegli anni, presta attenzione, Pico era in piena conversione e si avvicinò al Savonarola mentre Alessandro VI lo bollò come eretico, venne processato e mandato al rogo.»

«Sembra un romanzo storico.»

«Potrebbe, invece è un resoconto perché i protagonisti muoiono davvero.»

«Continua.»

«La conversione di Pico, la pubblicazione del suo *Heptaplus* nel 1489, che Bosso definì "meraviglioso" e soprattutto la lettera che Pico stesso mandò ad Alessandro VI nel 1492 convinsero il Matheus noster a rivelare al suo amico intellettuale il segreto dell'atto di unificazione delle due religioni. Non solo, gli affidò anche la copia con la promessa di attendere il momento giusto per darne conoscenza al mondo.»

«Ma perché Pico?»

Anna prese fiato; si accorse che stava sudando. Le succedeva raramente ma dovette ammettere che stava vivendo un momento unico, esclusivo.

«Perché era l'unico in grado di capire la portata di un evento del genere. E, a suo parere, un uomo superiore che non si sarebbe fatto trasportare dall'istinto di condividere con altri quel lascito. Ma Bosso si sbagliava.»

Elisabeth le fece cenno di attendere. Le parve di aver sentito dei rumori. Dopo alcuni secondi di assoluto silenzio, le chiese di continuare.

«A questo punto, ho analizzato le lettere di Pico dopo il 1492 e ce n'è una senza destinatario che risulta rivelatrice. Procediamo per gradi. Quando la prima edizione dell'*Heptaplus* venne pubblicata nel 1489, c'era una lettera d'accompagnamento indirizzata a un "soavissimo maestro" di cui non sappiamo l'identità. Credo che Pico intendesse Poliziano e perché c'è un suo appunto a mano in una lettera indirizzata al suo amante, Girolamo Benivieni. Sai che Pico era bisessuale tanto era bello e libero e il Poliziano era gay; non siamo a conoscenza di una storia tra i due ma di un'amicizia molto coinvolgente, caratterizzata dalla condivisione della sapienza e della scrittura.»

«Perché è importante tutto questo?»

«Perché Pico si confida con Poliziano. E per questa ragione entrambi verranno avvelenati.»

Elisabeth era presa dalla storia di Anna, ma sapeva che due omicidi di più di cinquecento anni fa non risolvevano quello per cui si trovavano in quella stanza.

«Perdonami, professoressa. Mi complimento con te per aver risolto un caso storico di un duplice omicidio, ma qui passano le ore e dobbiamo trovare questo atto di unificazione, come lo hai chiamato tu. Altrimenti il tuo braccialetto rimarrà lì per un bel po'.»

«È quello che sto per fare ma tu m'interrompi sempre.»

Elisabeth stava per aprire bocca, ci ripensò e le fece segno di proseguire.

«La conferma che Poliziano ne era a conoscenza è in una lettera che Pico ricevette dopo avergli mandato una copia a lui dedicata del *De ente et uno* poi pubblicato nel 1491.»

«Poliziano ricevette da Pico la copia in bozza che vantava molte più pagine delle edizioni stampate nel 1519 e nel 1577. Contengono l'atto in latino. E lo dimostra l'esergo che Fay ha tradotto magistralmente: *Dico hoc ens, de quo ambigitur*, che vuol dire "Intendo questo essere, riguardo al quale è ambiguo" invece di *Dictio haec ens, de qua ambigitur* ossia "Questa espressione è ciò su cui è ambigua".»

«Cosa vuol dire?»

«L'ambiguo è riferito alla copia in latino rispetto a quelle in greco trascritte cinquantacinque anni prima. E sai chi era il personaggio che permise quell'atto di riunificazione nel 1439? Il testimone dell'errore, per così dire.»

«Il segretario del papa, Andrea Fiocchi, come dicevi prima?»

«No, lui fu il ladro. Senza prove non si può dimostrare nulla e per questo motivo nessuno ha sollevato il problema nei secoli. L'uomo che partecipò al concilio di Ferrara e Firenze per l'unificazione delle Chiese greca e latina e mise tutti d'accordo fu Bessarione, di origine greca poi patriarca di Costantinopoli e cardinale del papa allo stesso tempo. Colui che poi donò a Venezia la sua preziosa collezione di manoscritti greci. E quella donazione costituisce ancora il primo nucleo del luogo in cui ci troviamo.»

«Ecco perché siamo qui.»

«Esatto, qui troveremo la copia in latino e quella in greco. Contenta adesso?»

«Anna, sei un genio! Ma non mi hai detto chi ha ucciso Pico e Poliziano.»

«Al contrario, prima Poliziano e poi Pico.»

Elisabeth fece una smorfia.

L'anima accademica prevale sempre in chi ama insegnare.

«Sì, scusa.»

«Figurati.»

L'avrebbe strozzata, però apprezzava anche la sua puntigliosità, che era ammirevole. Senza, non sarebbero arrivati fino a quel punto.

«Allora?»

Anna si fermò e ne approfittò per riposarsi.

«Semplice, chi ci guadagna o perde? Partiamo da qui. Pico scoprì che se avesse reso pubblica la copia in latino dell'atto di riunificazione, greci e latini avrebbero avuto gli stessi diritti sulla Terra Santa, ma non dimentichiamoci che erano i Frati Minori a controllare i luoghi santi da duecento anni e più. Sarebbe successo un bel casino, davvero. Ne parlò con Poliziano e temporeggiarono.»

«Pico scrisse ad Alessandro VI per chiedere udienza ma lui non rispose. O se lo fece, lui era già morto. Voleva sapere da lui cosa fare!»

«Brava avvocato Scorsese, vedo che hai capito. Ma Poliziano o Pico stesso non riuscirono a mantenere il segreto e quindi i Francescani decisero di farli fuori. Considerando anche che Pico si stava avvicinando pericolosamente al Savonarola che, con un documento del genere in mano, ne avrebbe combinate delle belle.»

«Rendi la storia così accessibile che ti farei insegnare all'università,» la canzonò Elisabeth. «Ma ti è sfuggito un particolare, il messaggio scritto nell'anello di Pico.»

«Intendi le lettere AADEX.»

«Esatto.»

Anna accennò un sorriso. Quel momento era una delizia.

«Arrivati a questo punto, sono semplici. Ricordi il nome di Poliziano?»

Elisabeth sollevò le spalle.

«Ti avrei bocciato senza indugio, mia cara. È Agnolo Ambrogini, le sue iniziali stanno per AA, il DE invece indica il titolo dell'opera che Pico gli ha dedicato prima della pubblicazione, il *De ente et uno*, e la X non è una lettera ma un numero romano, ossia dieci, la pagina in cui è inserito. Troviamo l'edizione in bozze destinata al Poliziano e abbiamo il nostro atto in latino.»

Elisabeth si stava innervosendo; c'erano stati morti, minacce, entrambe, e anche Lara, erano state arrestate e quella donna riusciva a mantenere una calma disarmante. Poi comprese: era la pace conquistata per aver risolto l'enigma di Pico della Mirandola, un rebus storico di cui nessuno conosceva l'esistenza. E con lui, l'enigma del patriarca, Bessarione per l'appunto.

«Diventerai famosa.»

«Se non troviamo le carte, diventerò una galeotta. Quindi diamoci da fare.»

«Io vado dai latini, tu continua con i greci.»

«Ottima idea.»

Era tempo di accelerare, l'orologio correva troppo velocemente e non potevano star lì tutta la notte.

Erano passate le quattro del mattino e Anna girava per i corridoi come se avesse il fuoco sacro nelle vene. La dimostrazione della sua tesi aveva catturato l'attenzione di Elisabeth e sicuramente di chi stava ascoltando, ma se non avessero trovato ciò che cercavano, tutto quello sforzo non sarebbe valso a nulla.

Aveva tirato giù e sollevato non sapeva quanti libri, cominciava a essere stanca, pensando addirittura a com'era iniziata quella giornata.

Ma fu Elisabeth la prima a esultare. La copia in latino dell'atto era tra le sue mani e l'alzò in segno di trionfo.

«Anna, eccolo!»

Stando attenta a non scuoterlo troppo lo portò nella stanza del direttore dove si trovava Anna.

«Elisabeth, sei stata fantastica. Mettilo in quella plastica protettiva, presto.»

Lei fece come le aveva detto senza perdere un minuto in più e poi si rivolse all'amica.

«Novità sull'atto greco?»

«Non dobbiamo trovarlo per forza, non era nell'accordo.»

Si guardarono.

«Aspetta qui.»

Elisabeth uscì dalla stanza e compose il numero di Hans che rispose al primo squillo. Era notte fonda ma lui era vigile come se avesse dormito dieci ore di fila.

«Ho sentito, complimenti. Siete state bravissime.»

«Ha fatto tutto Anna, è merito suo. C'è la De Nardi?»

«Rimani in linea.»

Sentì Hans fare un commento mentre la De Nardi prendeva la telefonata.

«Mi dia dieci minuti per parlare con Gimenez ma credo che siamo a posto, anche senza i greci.»

«Siamo stravolte,» disse Elisabeth mentre si allontanava dalla stanza del direttore. Con sé, aveva la busta che conteneva l'atto di riunificazione. Solo poche ore prima aveva smascherato la talpa, quel Montero che collaborava con suo padre. Era per questo che la Massu era così sicura della distruzione delle copie del tabulato in circolazione. Per una l'aveva fatto personalmente, per l'altra aveva incaricato Montero che, per amore di una scorpione, aveva collaborato con sua madre. Di cosa erano capaci le donne. James lo aveva fermato ma sicuramente era intervenuto troppo tardi. I tempi lo testimoniavano. C'era poi l'intuizione avuta con Nirvana che la bolla papale fosse tutta una messinscena per coprire il movente reale e infatti, in passato, il tenente Gavina aveva lavorato all'aeroporto di Fiumicino, da dove era transitata la merce di contrabbando di Spinazzola. Chiudeva un occhio e così il collega con cui era solito giocare a tennis. Quest'ultimo aveva confessato e il dente dell'orso bruno era diventato un dente avvelenato per entrambi, Klein e Gavina. Non c'entrava nulla Pico, ma dato che per una coincidenza si erano ritrovati all'apertura della sua tomba, Spinazzola vi aveva costruito su una bella farsa per tirare dentro lei e suo padre e cercare di liberarsi di Schluck. Altrimenti il prossimo sarebbe stato lui. Lo svizzero non aveva apprezzato il furto del dente antico e si era rivolto a Iside, sua madre, chiedendo la testa dei quattro balordi coinvolti. Lei lo aveva accontentato con i primi due, ma in cambio aveva chiesto la copia del tabulato dei movimenti bancari, e per risparmiare Spinazzola lo aveva marchiato a vita. Ora le apparteneva. Ma per quale motivo?

Un'altra cosa non le tornava, perché sua madre aveva intenzionalmente fatto cancellare le uniche due copie del tabulato?

Il telefono squillò.

«Potete uscire, Camille Flammarion vi aspetta fuori. Anna è libera,» sintetizzò la De Nardi.

«Grazie.»

«No, grazie a voi.»

Elisabeth sorrise tra sé e tornò nella stanza.

«Ma quanto ci hai messo?»

«Ho dovuto attendere il permesso dall'alto. Sai com'è, è roba di Dio.»

«Lo sai che sei diventata una tipa simpatica, avvocato Scorsese? Poi a quest'ora di notte. È merito di quell'agente?»

Elisabeth scosse la testa.

«Ci stanno ancora ascoltando, Anna.»

«Oh, mi dispiace.» Si portò una mano alla bocca e le fece l'occhiolino.

«Possiamo andare.»

«E qui chi mette in ordine?»

Elisabeth guardò il tavolo pieno di volumi e fogli sparsi. Ci avrebbe pensato chi sarebbe venuto a lavorare da lì a poche ore chiedendosi come mai c'era tutto quel caos.

La prese sottobraccio e sorrise. «Professoressa, basta così, hai fatto già abbastanza.»

# Epilogo

Erano passati quattro giorni da quando era tornata da Venezia e un senso di solitudine la colse all'improvviso. I due ragazzi avevano deciso di rimanere in casa quel pomeriggio, sentivano che qualcosa non andava. Era venerdì, lei non lavorava e si trascinava dalla poltrona al tavolo della cucina. Si sentiva diversa, cambiata, come se la vita al limite del pericolo avesse risvegliato in lei un senso di irrequietezza, una sorta di desiderio di spingersi oltre, di provare emozioni che credeva non fosse in grado di comprendere. Si era sempre considerata una donna di studio, ponderata, attenta alle parole o ai modi con cui relazionarsi, ma poi quell'avvocato scaltra e bella da morire, quell'uomo gigante che le scorrazzava intorno e Lara, così minuta e precisa, le avevano trasmesso un senso di ribellione.

"Nella vita c'è altro," si disse mentre le arrivò una notifica sul cellulare.

Era Elisabeth e il messaggio diceva: "Controlla il conto in banca ma prima ascolta l'audio allegato."

Fece partire il file mettendosi le cuffiette. Fabio e la sorella erano due ficcanaso all'inverosimile.

*"Andrea Spinazzola?"*

*"Avvocato Scorsese."*

*"Ho portato a termine quello per cui mi aveva dato l'incarico."*

*"In che senso, mi scusi?"*

*"Ritrovare la bolla papale che in realtà è un atto in latino di riunificazione della Chiesa greca e latina con tanto di controllo sui luoghi sacri della Terra Santa, e ora è in mano al Vaticano. Le ho inviato una foto."*

*"E quindi?"*

*"Il contratto che ho firmato con la dottoressa Brossuard prevedeva il suo ritrovamento, non c'è nessun accenno al fatto che doveva essere poi consegnato a voi. Deve proceder, quindi, con il pagamento. Non le conviene disattendere il suo impegno, le voci circolano e in questo momento deve accreditare di nuovo il suo nome."*

Si sentì un attimo di silenzio, sicuramente di esitazione.

*"D'accordo."*

Poi il telefono divenne muto.

Lo aveva fatto e ci era riuscita. Elisabeth si era ricordata che durante la prima visita alla Biblioteca Marciana il professor Altieri le aveva fatto vedere l'area del restauro dove le aveva confidato che migliaia di volumi erano sbiaditi o in pessime condizioni, adatti a un totale recupero. Così aveva avuto l'idea del Prete Gianni ossia dare al compratore ciò che desiderava, inventandoselo. Bastava soddisfare la richiesta, non ci avrebbero badato più di tanto, e quindi avevano trascorso tutte quelle ore in biblioteca a riprodurre una copia di un atto che non era mai esistito.

Così il Vaticano avrebbe voluto ciò che cercava e per cui era morto Alessandro Fortini, per non parlare del suicidio di due frati. Lo scontro interno si sarebbe così sgonfiato.

Bastava creargli intorno una storia che stesse in piedi e Pico e i suoi amici erano pieni di spunti. Lei conosceva il latino e non sarebbe stato difficile. L'idea era venuta a Elisabeth quel giorno che Nirvana l'aveva sottratta dalle grinfie di Brimley: erano una coppia solo perché glielo avevano fatto credere. L'apparenza regna sovrana, figlia del nostro tempo con social e video TikTok a fare da contorno. Il suo compito, da storica, era stato cercare una via credibile e con un minimo di prove documentarie a supporto. Tutto questo per chi stava ascoltando in quel momento, il Vaticano prima degli altri.

Prima di uscire, aveva voluto immortalare quel momento con una serie di foto al documento "ritrovato". Ora ne aveva capito il motivo, aveva onorato un impegno preso e poteva richiederne il pagamento.

Quando Nirvana gli aveva aperto l'ingresso, in piena notte, Elisabeth aveva dato a Camille il documento finto, lei l'aveva tirato fuori, scattato una foto e inviata chissà a chi e, ottenuto il via, l'aveva bruciato davanti a loro. E così aveva fatto con il suo passaporto del Vaticano. Poi aveva usato il codice di sicurezza e le aveva tolto il braccialetto elettronico. Da quel momento, l'incubo era finito.

Avevano puntato sul bluff, scommettendo sulla brama dei loro avversari di risolvere tutto velocemente, e con l'aiuto della notte fonda, altra scelta di Elisabeth, complice la stanchezza, non erano andati tanto per il sottile nell'autenticazione.

Erano convinti di aver vinto ma in realtà non avevano nulla in mano. E poi la De Nardi aveva fatto la sua mossa qualche ora dopo, usando la Brossuard come esca per far venire Schluck a Parigi e arrestarlo come ricettatore di opere d'arte rubate. Il doppio omicidio nella basilica a Firenze lo aveva privato della protezione degli Scriba aggravando la sua posizione e sarebbe rimasto in carcere per molto tempo.

Aprì l'app della sua banca, entrò nel conto con l'impronta digitale e sbiancò.

«Oh, mio Dio!» Urlò.

Fabio ed Eleonora corsero subito dalla madre.

«Mamma, ti senti bene?»

Lei li guardò e scoppiò a piangere. Allargò le braccia e li abbracciò stretti.

Elisabeth le aveva mandato un terzo della cifra che aveva incassato da Spinazzola.

Era da un'ora ferma di fronte al Leavenworth, il carcere femminile di massima sicurezza dov'era rinchiusa Caterina Scorsese, in Kansas. Ci erano volute poco più di tre ore di volo fino a Kansas City, e poi una macchina a noleggio aveva fatto il resto. Non le andava di prendere un taxi, voleva essere libera di fuggire in qualsiasi istante.

Sua madre.

Iside.

Aveva chiesto di poterla vedere, ma nel momento in cui avevano acconsentito, avrebbe voluto cancellare tutto. Ma la De Nardi aveva ragione, doveva affrontarla una volta per tutte oppure avrebbe passato una vita a raccontarsi menzogne.

Stava per scendere dalla macchina quando vide una berlina nera uscire dal cancello principale. Era una macchina da corpo diplomatico e la bandierina che svolazzava era bianca e gialla. Uno stemma color oro al centro. L'auto rallentò, e come le fu vicino, il finestrino posteriore scese quel tanto da permettere a una mano e un viso conosciuto di salutarla.

Rimase di sasso.

Quell'uomo era molto lontano dal suo giardino.

Scese dall'auto e s'incamminò verso l'entrata per le visite. Fece il suo nome, seguì gli obblighi che conosceva bene e poco dopo si ritrovò in una stanza spoglia con solo una finestra, un tavolo e due sedie.

La porta si aprì ed entrò sua madre. Indossava l'uniforme arancione, appena un po' cadente ma non troppo. Sotto s'intravedeva ancora un fisico forte, forse allenato.

«Ciao Elisabeth.»

C'era un'emozione che non riuscì a distinguere. Sorpresa, piacere, orgoglio, incredulità?

«Caterina.»

«Puoi chiamarmi mamma, se vuoi.»

«Non voglio.»

La donna si sedette e lei fece altrettanto.

«Complimenti per i soldi che hai ricevuto da Spinazzola.»

Elisabeth alzò appena le spalle.

«Mi sono fatta pagare un lavoro che ho fatto, semplice.»

«Gli hai anche salvato la vita.»

«A quello ci hai pensato tu, ora ti appartiene.»

Caterina colse una sfumatura nuova. Intravedeva il percorso che aveva cominciato a fare sua figlia.

«La vendetta e la cattiveria ci appartengono, l'unica cosa che possiamo fare è controllarle, non possiamo far finta che non esistano.»

«Detto da chi è rinchiuso in un carcere di massima sicurezza, non ha dato buoni risultati.»

«Esatto. Questa è la lezione, figlia mia.»

Elisabeth attese qualche istante; le sembrava di aver ricevuto un insegnamento o un suggerimento?

«Perché hai fatto cancellare quel tabulato? Dopo tutti quei morti.»

«Gimenez mi ha ricattato. Se non l'avessi fatto, ti avrebbe fatto uccidere.»

«Mi ricorda qualcuno.»

«Io non colpisco se non per un valido motivo.»

Elisabeth sorvolò su cosa potesse essere per lei "un valido motivo"; uccidere Klein e Gavina per conto di Schluck era stato ritenuto tale, dopotutto.

Scosse la testa.

Sua madre era un'assassina e lo era sempre stata. Doveva accettarlo.

«Mi dispiace di aver fatto saltare un tuo affare. E poi con la vittoria già in tasca, Caterina. Chissà quale sofferenza avrai provato.»

Iside sorrise ed Elisabeth si accorse che la sua bellezza era ancora intatta.

«La gioia che ho provato è opposta alla miseria che provo ogni giorno qui dentro. Ma ne ho provata una maggiore nel saperti viva e al sicuro.»

«Che bella consolazione, mi protegge un'assassina.»

Le vennero in mente le parole di Alina prima che le infliggesse un colpo alla testa.

Caterina alzò le spalle.

«È il risultato che conta.»

«Ma non è solo questo, vero?»

Gli occhi di chi governava gli Scriba pur rinchiusa in un buco di cella in una terra sperduta si allargarono per la sorpresa.

«Allora, sei veramente intelligente, figlia mia.»

«Ho preso da te, Caterina.»

La donna si passò una mano tra i capelli corti e in quel momento Elisabeth si accorse di quanto le mancava la loro lunghezza.

«Dimmi allora, cosa pensi?»

«Nel cancellare il tabulato ti sei piegata a un ricatto, è vero, ma ora hai un favore molto grosso da riscuotere dal Vaticano. Mi sembra un'ottima ricompensa.»

«Oltre alla tua vita salva, non dimenticarlo.»

"Come potrei," pensò Elisabeth, annuendo.

«Era Gimenez quello che si stava allontanando, giusto? E hai fatto in modo che lo vedessi. Astuta, madre, astuta.»

«Si fa quel che si può, Elisabeth.»

Lei accennò un sorriso e Caterina aggiunse: «Levati dalla faccia quell'aria da compiaciuta, figlia mia. Ti credi pura ma invece ti sei piegata alle mie condizioni senza neanche combattere.»

«Cos'avrei dovuto fare? Margot avrebbe fatto uccidere Nirvana.»

«Non ne sarei così sicura. La missione era dividervi così che Margot potesse ottenere da te quello che voleva. E così è stato.»

"*Touché*," avrebbe detto Hans. Era stata giocata ancora una volta.

«Cos'è questa storia della successione? Horus e via dicendo.»

«C'è sempre un erede, volente o nolente.»

«Si può sempre rinunciare a un'eredità.»

«Lo credi veramente?»

«Lo prevede la legge.»

Iside allargò le braccia stendendo in avanti le mani. Sembrava un gesto liturgico, ma di purezza non aveva nulla.

Poi allargò le spalle e la fissò.

«Hai cominciato a capire che il male a volte è a fin di bene.»

«Ci sono dei limiti. Uccidere vuol dire averli trapassati e di gran lunga.»

Caterina alzò i sopraccigli.

«Ti sfugge un particolare. Non pensi che sia tutto proporzionato al gioco che stai conducendo? Il sacrificio di pochi per il bene di tanti.»

Elisabeth la fissò e poi rispose.

«Per te è questo, un gioco?»

Iside scosse la testa senza staccarle gli occhi di dosso.

«Guarda dove sono, ti pare che mi stia divertendo?»

Elisabeth sospirò.

«Perché hai comprato la vita di Spinazzola?»

«Per risparmiargliela.»

«Non è vero. Perché così controlli il voto dello zio nel consiglio dell'Ordine di Malta.»

Caterina abbozzò un sorriso.

«Non chiedere se conosci già le risposte, è una perdita di tempo e una dimostrazione d'insicurezza. Dovresti fare sempre la mossa successiva.»

Elisabeth non sapeva cosa dire e rimase in silenzio per qualche secondo. Sua madre alla fine aveva ottenuto ciò che voleva fin dal principio.

«Posso chiederti come fai a comandare da qui dentro? È un carcere di massima sicurezza.»

Caterina si alzò.

«Tornerai a trovarmi?»

«Non credo.»

«Se lo farai, te lo dirò.»

Si avvicinò, quasi per abbracciarla, ma Elisabeth rimase rigida e con lo sguardo fisso avanti.

Caterina si chinò leggermente e le chiese sottovoce: «Chi ha scoperto Paul Montero?»

«Sono stata io.»

Iside sorrise e il viso le si riempì d'ammirazione. Era figlia di sua madre.

La superò, ma si fermò solo dopo pochi passi.

«Complimenti per aver incastrato Schluck. È uno poco intelligente e troppo maldestro, non ci mancherà.»

Poi camminò fino alla porta, che si aprì per farla uscire.

Si voltò nello stesso istante in cui lo fece Elisabeth.

Gli occhi dello stesso identico colore s'incrociarono e allora Caterina disse: «Ci rivedremo presto, amore mio.»

Poi, rimase solo il silenzio gelido di una stanza vuota.

# Dal catalogo Timecrime

## Timecrime

*Una ragionevole paura* di Scott Pratt
*L'inganno uccide* di Dean Koontz
*La fuga* di David Baldacci
*Un gioco di fantasmi* di John Connolly
*Potere assoluto* di Vince Flynn
*L'ultimo nazista* di Andrew Turpin
*Il lungo cammino verso la verità* di David Baldacci
*Scontro finale* di Tom Wood
*Abisso* di Dean Koontz
*Il lato oscuro* di Lisa Unger
*Lo Specialista* di Shi Heng Wu
*Target* di David Baldacci
*Il passato di Grace* di Emily Elgar
*La donna nel bosco* di John Connolly
*Il buio uccide* di Dean Koontz
*Oltre ogni ragionevole vendetta* di Francesco Gradozzi
*Regola nr. 1: Non morire* di Volker Klüpfel e Michael Kobr
*Terra di nessuno* di David Baldacci
*Palude* di John Connolly
*Uccidi per me* di Tom Wood
*Indagine su un omicidio – Delitti in paradiso vol. 1* di Robert Thorogood
*L'assassinio di Polly Carter – Delitti in paradiso vol. 2* di Robert Thorogood
*A casa prima di sera* di Riley Sager
*Qualcuno conosce la verità* di Lisa Scottoline
*La follia uccide* di Dean Koontz
*Il Demone* di Frank Goldammer
*I segreti del Sun Down Motel* di Simone St. James
*Il libro di ossa* di John Connolly
*L'attimo prima della verità* di David Baldacci
*Il pezzo mancante* di Tim Weaver
*L'uomo della verità – Harris Stuyvesant & Bennett Grey vol. 1* di Laurie R. King
*Chiuditi dentro* di Riley Sager
*Il dittatore inglese* di Derek Raymond
*Un uomo tranquillo* di Tom Wood
*Mille diavoli* di Frank Goldammer
*La morte bussa due volte – Delitti in paradiso vol. 3* di Robert Thorogood
*Omicidio ai Caraibi – Delitti in paradiso vol. 4* di Robert Thorogood
*You Don't Know Me – Voi non mi conoscete* di Imran Mahmood
*La colpa* di David Baldacci
*La lista degli ospiti* di Lucy Foley
*Il mistero di Whitstable Pearl* di Julie Wassmer
*The Old Man – Il vecchio* di Thomas Perry
*Sporco Sud* di John Connolly
*Ragazze infrante* di Simone St. James
*Alla luce del giorno* di David Baldacci

*Morte sospetta – Le indagini di David Raker vol. 1* di Tim Weaver
*Tracce di morte – Le indagini di David Raker vol. 2* di Tim Weaver
*Svanito – Le indagini di David Raker vol. 3* di Tim Weaver
*Nessun ritorno – Le indagini di David Raker vol. 4* di Tim Weaver
*Oscure verità – Le indagini di David Raker vol. 5* di Tim Weaver
*Triplice omicidio – Le indagini di David Raker vol. 6* di Tim Weaver
*Cuore infranto – Le indagini di David Raker vol. 7* di Tim Weaver
*Chi sono? – Le indagini di David Raker vol. 8* di Tim Weaver
*La verità su David Raker – Le indagini di David Raker vol. 9* di Tim Weaver
*Un villaggio scomparso – Le indagini di David Raker vol. 10* di Tim Weaver
*Scomparsi nel nulla – Le indagini di David Raker vol. 11* di Tim Weaver
*Natura selvaggia* di Kyle Perry
*Nessun luogo è sicuro* di Mark Edwards
*Le indagini del Marlow Murder Club* di Robert Thorogood
*L'appartamento a Parigi* di Lucy Foley
*La donna del treno* di Lisa Unger
*La pietra che scotta* di Donald E. Westlake
*L'angelo delle ossa* di John Connolly
*La gabbia delle scimmie* di Victor Gischler
*Survive the Night – Sopravvivi alla notte* di Riley Sager
*Il mistero di Montmartre – Harris Stuyvesant & Bennett Grey vol. 2* di Laurie R. King
*I Know What I Saw – So cosa ho visto* di Imran Mahmood
*Guarda più da vicino* di David Ellis
*Tutto ciò che è mio lo porto con me* di William Landay
*La morte* bussa a Marlow di Robert Thorogood
*The Nameless Ones – I senza nome* di John Connolly
*La regola del tre* di Sam Ripley
*Last Girl Ghosted* di Lisa Unger
*La casa oltre il lago* di Riley Sager
*Segreti dal passato* di Mary Kubica
*Semplici bugie* di David Baldacci
*The Perfect Couple – La coppia perfetta* di Elin Hilderbrand
*L'ultimo saluto – Le indagini di David Raker vol. 12* di Tim Weaver
*L'eredità di Daisy Darker* di Alice Feeney
*Il cacciatore* di Richard Stark
*La casa sulla scogliera* di Riley Sager
*Il traditore* di Tom Wood
*Pensavano fossi morta – La storia di Sandy* di Peter James
*L'ultima parola* di Taylor Adams
*Festa di mezzanotte* di Lucy Foley
*Chiedi di Andrea* di Noelle W. Ihli
*Tiro di sponda* di Donald E. Westlake
*End Game. La fine del gioco* di David Baldacci
*A notte fonda* di Riley Sager
*Sweetpea – Non chiamarmi tesoro* di C.J. Skuse
*Furia omicida* di John Connolly
*Codice Scorsese – Trilogia dei Codici vol. 1* di Sergio Fanucci
*Codice Scriba – Trilogia dei Codici vol. 2* di Sergio Fanucci
*Codice Lumière – Trilogia dei Codici vol. 3* di Sergio Fanucci
*L'Enigma del Patriarca – Trilogia degli Enigmi* di Sergio Fanucci

Per consultare il nostro catalogo
visita il sito www.timecrime.it
e iscriviti alla newsletter
per essere continuamente aggiornato
sulle nostre pubblicazioni.
Seguici su:

Finito di stampare nell'aprile 2025 presso
Elcograf S.p.a., Cles (TN)
Printed in Italy